Ingram Content Group UK Ltd.
Milton Keynes UK
UKHW011908310323
419486UK00006B/602

9 798987 439326

زارا

زارا

حسین اعتمادی

زارا

حسین اعتمادی

ویراستار: عصمت الطاف
طراح جلد و صفحه آرا: محمدرضا قربانی
تصویر: Engin Akyurt از ویب سایت Pixabay
شابک:
کتاب چاپی: 979-8-9874393-2-6
کتاب الکترونیکی: 979-8-9874393-3-3

قیمت:
سال نشر: ۱۴۰۱

©Copyright 2022 by Hussain Etemadi

hussain_etemadi@yahoo.com

تقدیم به دختران کاج، نسلی توانا که از رؤیاهایشان دست بردار نیستند!

هنر آخرین پناهگاه آدمی است!

فصل اول

زارا اولین دختر دانشجوی فامیل بود. او درحالی سال دوم دانشگاهش را آغاز کرده بود که بسیاری از هم‌بازی‌های دوران کودکی‌اش دیپلم هم نداشتند. آن‌ها در سنین پایین ازدواج کرده بودند و صاحب چندین فرزند بودند. زارا اولین دختر فامیلش بود که از نوجوانی کار می‌کرد و درآمد داشت. پدرش سال‌ها پیش در یک حادثهٔ ترافیکی کشته شده بود. آن زمان او خردسن بود. از این‌رو، مرگ پدرش را به سختی به یاد می‌آورد. مادرش بی‌بی‌گل بعد از کشته شدن شوهرش، درگیر کش‌مکش‌هایی با اقوام همسر خود شد. تقریباً یک سال بالا و پایین دوید تا بالاخره مثل ماده‌پلنگی توانست پدر و برادرِ شوهرش را مغلوب کند و اختیار فرزندان و اموال شوهرش را به دست بگیرد.

زارا با مادر، خواهر و خواهرزاده‌اش زندگی می‌کرد. بی‌بی‌گل با پولی که از شوهرش به جا مانده بود و دیه‌ای که به خاطر مرگ شوهرش از شرکت بیمه دریافت کرد، توانست کاروبار تازه‌ای شروع کند و زندگی‌اش را رونق ببخشد. او با پیشنهاد برادرش یک کارگاه خیاطی زنانه راه انداخت. برادرش سال‌ها در کارگاه‌های خیاطی غیرمجاز افغان‌ها در ایران کار کرده بود و با نحوهٔ کار این کارگاه‌ها کاملاً آشنایی داشت. هم‌چنین

دوستان زیادی هم در بازار خیاطی زنانه داشت که می‌توانست روی کمک آن‌ها هم حساب کند. این کارگاه‌ها بیشتر در جنوب شهر تهران، نزدیکِ بازار سنتی بودند. کارگران آن‌ها هم معمولاً افغان‌هایی بودند که به صورت قاچاقی به ایران می‌آمدند و از صبح زود تا نیمه‌های شب با دست‌مزد کم‌تر نیز کار می‌کردند. ساعت کاری‌شان در ماه‌های نزدیک عید نوروز، روزانه تا هفده ساعت هم می‌رسید.

خیاطی برای افغانستانی‌های مهاجر در ایران، جزو شغل‌های غیرمجاز بود. تمام این کارگاه‌های تولیدی به علت داشتن کارگران افغان، غیرقانونی حساب می‌شدند. بنابراین، صاحبان آن‌ها سعی می‌کردند تا حد امکان دور از انظار عمومی کار کنند. آن‌ها برای ادامهٔ کارشان معمولاً مبلغی را به پاسگاه‌های محلی پرداخت می‌کردند. در مقابل، پلیس نیز سعی می‌کرد از کار آن‌ها چشم‌پوشی کند. محصولات تولیدی بی‌کیفیت و کم‌کیفت این کارگاه‌ها را مردم فقیر ایران یا خود آوارگان افغان می‌خریدند؛ اما محصولات باکیفیت آن‌ها که با مارک‌های خارجی یا داخلی عرضه می‌شدند، از فروشگاه‌های بالاشهر سر درمی‌آوردند و با قیمت خوبی به فروش می‌رفتند. هرچند سود اصلی این تولیدات به جیب صاحبان فروشگاه‌های بزرگ می‌رفت؛ ولی درآمد آن برای صاحبان کارگاه‌ها هم قابل توجه بود. کارگران هم نان بخورونمیری گیرشان می‌آمد.

در سال‌های اول ورود آوارگان افغانستان به ایران، صاحبان کارگاه‌های تولیدی خود ایرانی‌ها بودند؛ ولی در سال‌های بعد افغان‌ها نیز کارگاه‌هایی را راه انداختند و کم‌کم وارد بازار کار شدند. بیشتر صاحبان فروشگاه‌های بزرگ ترجیح می‌دادند با کارگاه‌هایی کار کنند که هم کارگران و هم صاحبان آن‌ها افغان بودند. به این شکل، آن‌ها می‌توانستند محصولات باکیفیت را با قیمت ارزان‌تر تهیه کنند و پول محصولات را هم معمولاً بعد از فروش نهایی تصفیه‌حساب می‌کردند. در ضمن، وقتی طرف حساب‌شان افغان‌ها بودند، در معامله نیز دست بالاتری داشتند.

احمد، دایی زارا، به کمک تجربه‌ای که بعد از سال‌ها کار خیاطی، کسب کرده بود، در حاشیهٔ شهر قم کارگاه زنانه‌دوزیی به راه انداخت؛ جایی که عمدتاً افغان‌های مهاجر و ایرانی‌های فقیر زندگی می‌کردند. هرچند ارتباطات و مشتری‌های عمدهٔ آن‌ها در تهران بودند؛ ولی بازهم آن‌ها برای کاهش هزینه‌ها و نظارت بهتر از کارگران و کارگاه‌شان، تصمیم گرفتند که کارگاه در قم باشد. از طرفی، فاصلهٔ نزدیک قم و تهران امکان دست‌رسی به هر دو بازار را به آن‌ها می‌داد.

سال‌های اول تأسیس کارگاه، بی‌بی‌گل و برادرش سختی‌های زیادی را متحمل شدند؛ ولی به تدریج کارشان رونق گرفت. وضعیت عمومی زندگی آن‌ها با گذشت زمان بهتر شد. علی‌رغم پیش‌بینی فامیل پدری زارا، بی‌بی‌گل توانست زندگی خود را خوب جمع‌وجور کند. آن‌ها تصور می‌کردند که بی‌بی‌گل نمی‌تواند گلیم خود را از آب بکشد و سرانجام مجبور می‌شود سرشکسته و پشیمان دوباره به سمت آن‌ها برمی‌گردد؛ اما چنان نشد که آن‌ها انتظار داشتند.

فاطمه، خواهر بزرگ‌تر زارا، در یک دفتر حقوقی به عنوان منشی مشغول به کار شده بود. شوهرش رضا انگلیس رفته بود و بعد از قبولی پناهندگی‌اش می‌توانست او و دخترش مریم را هم آن‌جا ببرد. زارا هم در کارگاه خیاطی به حساب‌وکتاب‌ها رسیدگی می‌کرد، دانشگاه می‌رفت و درس می‌خواند. آن‌ها حتا خانهٔ جمع‌وجوری در بلوار امین، یکی از از محله‌های خوب قم، نیز خریده بودند. آن‌ها همهٔ این همه پیش‌رفت و زندگی را مدیون سخت‌کوشی مادرشان بودند؛ ولی کاش دخترانش می‌فهمیدند که او به خاطر آن‌ها چقدر فداکاری کرد. بعد از مرگ پدرشان سراغ هیچ مرد دیگری نرفت و خود را وقف آیندهٔ دخترانش کرد. چشمانش در کارگاه خیاطی کم‌سو شدند و یکی از انگشتانش زیر سوزن چرخ خیاطی آسیب دید و در نهایت از نیمه قطع شد.

هرچند بی‌بی‌گل از تصمیم‌هایی که در زندگی گرفته بود، رضایت داشت؛ اما همیشه با خودش می‌گفت: قسمت بد ماجرا این است که هیچ‌کسی از زحمت‌هایی که او

کشیده، تشکر نخواهد کرد. گله‌های فاطمه به خاطر زود به شوهر دادنش، رابطهٔ او را با مادرش سرد کرده بود. بی‌بی‌گل نمی‌خواست رابطه‌اش با زارا هم خراب شود. به همین خاطر به او زیاد سخت نمی‌گرفت. شاید تنها برخورد جدی او و زارا زمانی بود که زارا نامش را در پاسپورت به جای زهرا سادات، فقط زهرا ثبت کرد. علاوه بر این، او خود را همه جا به نام زارا معرفی می‌کرد. حداقل زارا نام یک کمپنی معروف مُد و فَشِن بود. مادرش مطمئن بود که اگر شوهرش زنده می‌بود، اجازهٔ این‌طور خودسری‌ها را به او و خواهر بزرگ‌ترش فاطمه سادات نمی‌داد.

زارا چهرهٔ استخوانی، قد کشیده، پوست سبزه و موهای سیاه داشت. زیبایی چشمان سبزِ کم‌رنگش در روشنایی و نور خورشید دوچندان می‌شد. بینی‌اش تقارن خوبی داشت و لبان گوشتی‌اش او را جذاب‌تر نشان می‌داد. با وجودی که در بین پسرهای فامیل طرفداران زیادی داشت؛ اما هیچ‌وقت اجازه نداد آن‌ها به خواستگاری‌اش بیایند. او دوران نوجوانی نسبتاً پرماجراتری نسبت به بقیه دخترهای فامیل داشت؛ در خیابان‌های اطراف حرم پسرها را دید زده بود و چند باری هم سیگار کشیده بود؛ هرچند که از بوی تیز آن روی لباس‌هایش خوشش نیامده بود. چند نفر از پسران فامیل را هم به صورت تلفنی و ناشناس سر کار گذاشته بود. به پارتی مختلط رفته بود و حتا یک بار ودکا هم نوشیده بود؛ ولی با تمام این‌ها فضای دانشجویی، زندگی دوگانهٔ قم ـ تهران و سفرهای منظم هفتگی بین خانه و دانشگاه برای او تجربهٔ کاملاً متفاوتی بودند.

□□

شهر قم به خاطر داشتن اماکن مذهبی و تسلط حوزهٔ علمیه، فضای مذهبی به خود گرفته بود و ظاهر یک شهر محافظه‌کار را داشت. تمام شهر، به خصوص بافت قدیم آن، حول حرم حضرت معصومه طرح‌ریزی شده بود. گویی شهر بازوان خود را باز کرده و حرم را در آغوش گرفته بود. تمام راه‌های اصلی شهر نیز به آن‌جا

ختم می‌شدند. علی‌رغم فضای به ظاهر سنتی، این شهر امکانات فرهنگی زیادی داشت که در دسترس شهروندان بودند. بازار کتاب‌فروشی‌ها و کتابخانه‌ها همیشه داغ بود. همین خصوصیت فرهنگی بودنش، نزدیکی آن به تهران و همین‌طور جوان بودن جمعیتش باعث شده بودند تا شهر فضای زنده‌ای داشته باشد. از طرفی، برگزاری مراسم و کارناوال‌های مذهبی فراوان به شهر جنب‌وجوش خاصی می‌داد. با تمام این خصوصیات، قم در مقایسه با تهران از هر نظر یک شهر درجه‌دو به حساب می‌آمد.

زارا سالی که تازه وارد دانشگاه تهران شد، بسیار هیجان‌زده بود. شهر تهران، به خصوص دانشگاه تهران برای او یک فضای جدید و مدرن بود. دانشگاه تهران قدیمی‌ترین و شناخته‌شده‌ترین دانشگاه ایران بود. شناخته‌شده‌ترین استادان علوم سیاسی ایران نیز در دانشگاه تهران تدریس می‌کردند. زارا آزادی‌های این محیط مختلط را دوست داشت. مخصوصاً در محیط دانشگاه هنگام برخورد با پسران احساس امنیت بیشتری می‌کرد. گذشته از تمام این‌ها، او عاشق اسم و کلاسِ دانشگاه بود. همیشه وقتی در ایستگاه دانشگاه تهران از اتوبوس پیاده می‌شد، احساس می‌کرد تمام عابران یا مسافران به سوی او با نگاه تحسین‌آمیزی می‌بینند.

با توجه به فاصلهٔ نسبتاً کم قم و تهران زارا کلاس‌های درسی‌اش را معمولاً طوری تنظیم می‌کرد که سه یا چهار روز هفته را در تهران باشد و آخر هفته‌ها به قم برگردد. او از بودن در هر دو محیط به نوعی لذت می‌برد و زندگی دوگانهٔ قمی ـ تهرانی‌اش را دوست داشت. علاوه بر این، این‌طوری می‌توانست آخر هفته‌ها به حساب‌وکتاب مالی کارگاه خیاطی هم رسیدگی کند. با گذشت زمان، او با محیط دانشگاه تهران بیشتر خو گرفت؛ مخصوصاً وقتی با یلدا آشنا شد، دلبستگی خاصی به دانشگاه و محیط علمی آن پیدا کرد. هردوی آن‌ها از قم به دانشگاه تهران می‌آمدند. آن‌ها خیلی زود هم‌سفر یکدیگر شدند و بعد از مدتی، رابطهٔ نزدیک و صمیمی نیز برقرار کردند.

یلدا دو سالی می‌شد که با فرزند یکی از همکاران سابق پدرش ازدواج کرده بود.

اسم شوهرش حامد بود که بیشتر وقت‌ها خانه نبود. او به خاطر کارش مجبور بود مدام در سفر باشد. به همین خاطر با پدر و مادر یلدا زندگی می‌کردند تا وقتی او در سفر هست، یلدا پیش آن‌ها باشد و احساس تنهایی نکند. ازدواج آن‌ها بیشتر یک ازدواج تنظیم‌شده، حاصل دوستی قبلی پدران آن‌ها بود. هرچند آن‌ها مشکل خاصی در زندگی‌شان نداشتند؛ اما رابطه‌شان هیچ‌وقت آن‌طوری که باید، گرم و صمیمی نشد. پای یلدا خیلی زود به خانهٔ زارا باز شد. او کم‌کم با فاطمه هم دوست نزدیک شد. هردوی آن‌ها علاقه خاصی به خواندن رمان و مطالعه کتاب‌های تاریخی داشتند. بخاطر این رابطهٔ نزدیک و صمیمی زارا تصمیم گرفت به او بگوید که ایرانی نیست. از طرفی، در دانشگاه نیز به عنوان دانشجوی خارجی ثبت نام کرده بود و می‌دانست حتا اگر موضوع افغان بودنش را پنهان کند، بازهم خود یلدا دیر یا زود متوجه این مسئله می‌شود. بنابراین روزی در یک فرصت مناسب گفت: «می‌دونی یلدا، یک چیزی را می‌خوام بهت بگم. من اصالتاً اهل افغانستانم؛ ولی توی ایران به دنیا اومدم. تمام عمرم را این‌جا بودم. پدر و مادرم خیلی وقت پیش مهاجرت کرده بودند به ایران.»

یلدا با حالت تعجب گفت: «راست می‌گی زارا؟ اصلاً بهت نمی‌یاد که افغانی باشی. چرا تا حالا به من نگفته بودی؟ هرچند این چیزا اصلاً برای من مهم نیست. تو دوستِ خوب منی و من تو را با صد تا ایرانی هم عوض نمی‌کنم.»

«من در مورد افغانستان چیز زیادی نمی‌دونم. تا حالا اصلاً افغانستان رو ندیدم. لطفاً موضوع افغانی بودنم را به کسی نگو. نمی‌خوام کسی بدونه.»

«خیالت راحت باشه، تا خودت نخوای من به کسی نمی‌گم.»

زارا از این بابت که دوستی‌های دوران نوجوانی سطحی‌تر بودند، آن دوستی‌ها را بیشتر می‌پسندید؛ زیرا لازم نمی‌دید که بسیاری از دوستانش را به خانواده‌اش معرفی کند. حتی لازم نبود همهٔ دوستانش بفهمند که او افغان است. قیافهٔ ظاهری‌اش هم چیزی را مشخص نمی‌کرد. از طرفی، چون فارسی زبان مادری‌اش بود و همیشه هم

در ایران زندگی کرده بود، به راحتی می‌توانست هویت اصلی خود را مخفی کند و زندگی راحت‌تری داشته باشد. فقط گاهی از این می‌ترسید که هم‌مدرسه‌ای‌های افغانش به هویتش شک کنند؛ ولی چون همیشه فاصله‌اش را با آن‌ها حفظ می‌کرد، مشکل خاصی پیش نیامده بود.

محیط دانشگاه برای یلدا هم محیط خاصی بود. او در یک خانوادهٔ مذهبی و مردسالار بزرگ شده بود. زود ازدواج کرده بود و دوستان زیادی نداشت؛ ولی حالا که دانشگاه می‌رفت، می‌توانست وقتِ بیشتری را بیرون از خانه بگذراند؛ آن هم با کسانی که می‌خواست.

روزی آن‌ها در مورد شرایط گذشته و برنامه‌های آینده‌شان با یکدیگر صحبت می‌کردند. یلدا با اظهار تاسف به زارا گفت: «منم مثل فاطمهٔ شما زود ازدواج کردم. شاید بهتر بود کمی صبر می‌کردم. کمی مجردی می‌کردم. از محیط و فضای مختلط دانشگاه لذت می‌بردم. و آخر سر هم یک مورد مناسب برای ازدواج پیدا می‌کردم.»

«بچهٔ اول خونه بودن، این چیزا رو داره. نه خودت چیز زیادی از زندگی می‌دونی و نه واقعاً کسی هست که برات توضیح بده. پدر و مادرا هم که فقط می‌خوان زودتر دخترشون رو از سر خودشون باز کنند. تنها نگرانی‌شون اینه که نکنه دخترشون با کسی وارد رابطه بشه و آبروشون رو ببره.»

«واقعاً همین‌طوره، می‌دونی، می‌خوام از دورهٔ دانشجویی بهترین استفاده رو ببرم. می‌خوام درس بخونم؛ ولی هم‌زمان از محیط دانشگاه لذت ببرم. جوونی و ماجراجویی کنم. تو چی زارا؟ برنامه‌ت چیه؟»

«من... می‌خوام که درسامو بخونم و اگه مورد خوبی پیدا بشه، ازدواج می‌کنم.»
«با چه جور آدمی می‌خوای ازدواج کنی؟ در موردش فکر کردی؟»
«در موردش فکر که کردم؛ ولی هنوز نمی‌دونم واقعاً چه کسی رو می‌خوام. تنها چیزی که مطمئنم، اینه که نمی‌خوام ازدواجم باعث بشه که به افغانستان بِرم.»

«خوب با یک ایرانی ازدواج کن و همین‌جا بمون.»

«موضوع به این سادگی نیست. اول این‌که ما سادات هستیم. خانواده‌های ما در مورد دختر دادن به غیرسید حساس‌اند و سخت قبول می‌کنند. در مورد ازدواج با ایرانیا، راستش تو فامیل‌مون تا حالا موردی نداشتیم. برای همین، واقعاً نمی‌دونم واکنش خانواده‌ام چطوریه.»

«تو خوشکلی و تحصیل‌کرده. به نظر من هر پسری از خداشه که با تو ازدواج کنه.»

زارا و یلدا بیش‌ازپیش با یک‌دیگر صمیمی شده بودند. دیگر هیچ کاری نبود که بدون هم‌دیگر انجام بدهند. یلدا دنبال ماجراجویی و جوانی کردن بود. او بیشتر سعی داشت تا تجربه‌های جدیدی داشته باشد. در واقع او هم مانند زارا رازی داشت. آن روزی که زارا در مورد افغان بودنش با او صحبت کرد، یلدا هم گفت که نمی‌خواهد در مورد متأهل بودنش جایی حرف بزند.

سال اول دانشگاه بیشتر سال شناخت و آشنایی بود. همه چیز برای زارا تازه و هیجان‌انگیز بودند. او مانند یک کودک سعی می‌کرد از همه چیز سر در بیاورد. درس خواندن در محیط مختلط انگیزه‌اش را بیشتر کرده بود. تمام هم‌کلاسی‌هایش را زیر نظر داشت و با آن‌ها رقابت می‌کرد.

دانشگاه تهران در میدان انقلاب قرار داشت. این میدان توسط خیابان کارگر شمالی به مجموعهٔ خوابگاه‌ها وصل می‌شد. هرچند بسیاری از دانشکده‌های دانشگاه به صورت پراکنده قرار داشتند؛ اما سردر اصلی دانشگاه تهران، کتابخانهٔ مرکزی و دانشکده‌های قدیمی‌تر همگی در میدان انقلاب بودند. این دانشگاه حدود صد سال قدمت داشت. کتابخانهٔ مرکزی دانشگاه، دانشکده‌های پزشکی، بخشی از دانشکدهٔ فنی و مهندسی، دانشکدهٔ علوم پایه، و دانشکدهٔ حقوق و علوم سیاسی از جمله دانشکده‌هایی بودند که در این مجموعه قرار داشتند. زارا و یلدا هم که

دانشجوی علوم سیاسی بودند، پاتوق شان همان مجموعهٔ اصلی و قدیمی دانشگاه تهران بود.

سردر اصلی دانشگاه در فاصلهٔ کمی از میدان انقلاب قرار داشت. روبه‌رو و اطراف آن را عمدتاً کتاب‌فروشی‌ها احاطه کرده بودند. در واقع بازار اصلی کتاب تهران آنجا بود. تقریباً تمام انتشاراتی‌های مشهور ایران در میدان انقلاب، فروشگاه و نمایندگی داشتند. علی‌رغم شلوغی، سروصدا و تا حدودی آلودگی، فضای فرهنگی این خیابان به خوبی مشخص بود.

زارا و یلدا از همان سال اول بیشتر وقت آزادشان را در فضای باز میان دانشکده‌ها می‌گذراندند. در بین این مجموعه، پارک زیبا و کوچکی قرار داشت. دانشکدهٔ علوم پایه، دانشگاه علوم پزشکی تهران، دانشکدهٔ فنی و مهندسی و کتابخانهٔ مرکزی چهار طرف پارک را احاطه کرده بودند. مسجد دانشگاه تهران نیز در گوشهٔ همین پارک، درست روبه‌روی کتابخانهٔ مرکزی واقع شده بود. آن‌ها معمولاً از کافه‌تریای دانشکدهٔ علوم یا فنی، عدسی یا نیم‌رو با چای می‌گرفتند و در پارک می‌خوردند و باهم صحبت می‌کردند.

در همان‌جا بود که زارا چندین بار متوجه دانشجویان افغان شد. بعدها بعضی از آن‌ها را در مسیر خوابگاه یا در نمایشگاه‌های مختلفی که در دانشگاه برگزار می‌شدند، دید. در یکی از همین نمایشگاه‌ها بود که آن‌ها غرفه‌ای به نام دانشجویان افغانستانی گرفته بودند و سعی می‌کردند خودشان را معرفی کنند. زارا در مجموع سعی می‌کرد خود را از جمع دانشجویان افغان و محفل‌ها و مراسم آن‌ها دور نگه دارد.

دانشگاه و خوابگاه حدود نیم ساعت تا چهل دقیقه پیاده فاصله داشت. آن‌ها اگر خسته نبودند یا زمان کافی داشتند، این فاصله را پیاده روی می‌کردند. پارک زیبای لاله هم در مسیرشان قرار داشت. می‌توانستند از میان پارک لاله بگذرند یا این‌که از پیاده‌رو بروند. گذشتن از پارک لاله، فرصت عبور از فضای سرسبز پارک را به آن‌ها می‌داد. همین‌طور می‌توانستند دختران و پسرانی را دید بزنند که باهم دوست بودند و در

گوشه‌های خلوت پارک دور از چشم دیگران معاشقه می‌کردند. بین خود به آن‌ها تیکه بیندازند، بخندند و البته گاهی در دل حسرت بخورند. بعضی وقت‌ها هم از پیاده‌رو خیابان می‌رفتند تا ماشین‌ها و سرنشین‌های آن‌ها را ببینند. آخرین تیپ‌ها و مدل‌هایی را که دختران تهرانی می‌زدند، ورانداز کنند، در مورد آرایش آن‌ها صحبت کنند و از شلوغی و ازدحام جمعیت لذت ببرند.

تقریباً در میانۀ راه خوابگاه و دانشگاه موزۀ هنرهای معاصر قرار داشت. همیشه بازدیدکننده‌های شیکی به آنجا رفت‌وآمد می‌کردند. در کنار آن بازارچه خوداشتغالی قرار داشت. این دو جا هم از مکان‌های مورد علاقۀ آن‌ها بودند. می‌توانستند در پارک لاله، موزۀ هنرهای معاصر و بازارچۀ خوداشتغالی برای ساعت‌ها بگردند، وقت بگذرانند، بگویند و بخندند.

گذشته از تقاطع فاطمی و کارگر بیشتر آپارتمان‌ها و خانه‌ها مسکونی بودند. البته آپارتمان‌های نبش خیابان حالت تجاری پیدا کرده بودند. طبقات بالاتر مطب دکتر و دفتر شرکت‌های مختلف بودند و طبقۀ همکف هم معمولاً تبدیل به رستوران، کافه، بوتیک و بانک شده بود. نرسیده به بیمارستان دکتر شریعتی یک قهوه‌فروشی بود که بوی قهوه‌هایش دیوانه‌کننده بود. زارا همیشه وقتی نزدیک آنجا می‌رسید، نفس عمیقی می‌کشید تا بوی قهوۀ تلخ تمام فضای ریه‌هایش را پر کند. کمی جلوتر منطقۀ امیرآباد بود که به دو بخش تقسیم می‌شد؛ یک‌طرف بخشی از دانشکدۀ فنی و مهندسی، خوابگاه پسران، خوابگاه دختران و سایر تأسیسات دانشگاه موقعیت داشتند و در سمت دیگر، بیشتر ساختمان‌ها، خانه‌های مسکونی بودند.

سال اول دانشگاه زارا و یلدا هم‌اتاق نبودند. آن‌ها در دو ساختمان مختلف اتاق داشتند و مانند سایر دانشجویان سال اولی، هم‌اتاقی‌های‌شان به صورت اتفاقی و از دانشکده‌های مختلف انتخاب شده بودند. آن‌ها بیشتر اوقات سعی می‌کردند با یکدیگر باشند. بیشتر وقت‌شان را در دانشگاه، شهر، کتابخانه و کنار دوستان

نزدیک‌شان می‌گذراندند. سه‌شنبه‌ها بعدازظهر یا چهارشنبه‌ها صبح زود، راهی قم می‌شدند. بعدازظهر روزهای جمعه یا صبح زود روز شنبه دوباره به سوی تهران برمی‌گشتند. مسافرت بین قم و تهران را معمولاً با اتوبوس‌هایی انجام می‌دادند که از استان‌های دیگر به تهران رفت‌وآمد می‌کردند. بیشتر این اتوبوس‌ها در محدودهٔ قم که می‌رسیدند، صندلی خالی داشتند. کرایه‌شان هم ارزان و باصرفه بود. زارا و یلدا گاهی هم دل به دریا می‌زدند و سوار ماشین‌های شخصی تک‌راننده می‌شدند. مردهای جوان بدشان نمی‌آمد که دو دختر دانشجو را تا تهران برسانند و شانس خود را برای پیدا کردن دوستِ دختر امتحان کنند. به همین خاطر وقتی می‌دیدند، دو دختر جوان منتظر ماشین هستند، برای آن‌ها چراغ می‌دادند. از طرفی، یلدا و زارا هم اوقات خوشی را می‌گذراندند. مجبور نبودند کرایه بپردازند و گاهی اگر احساس می‌کردند با آدم مناسبی برخورده‌اند، تا مدتی رابطهٔ خود را با او حفظ می‌کردند. گاهی زارا یا یلدا وسوسه می‌شدند تا ارتباط جدی‌تر با یکی از این راننده‌ها داشته باشند؛ ولی در نهایت آن‌ها می‌دانستند که خیلی از مردها با دختری که در خیابان به صورت تصادفی سوار ماشین‌شان شده است، وارد یک رابطهٔ جدی نمی‌شوند. از طرف دیگر، خودشان هم نمی‌توانستند به راحتی به مردهایی که دخترهای غریبه را سوار ماشین خودشان می‌کردند، اعتماد کنند. برای همین به هم‌دیگر قول داده بودند تا مواظب یک‌دیگر باشند تا در این نوع رابطه‌ها غرق نشوند و فقط به عنوان یک تفریح و سرگرمی به آن نگاه کنند.

آن‌ها سال دوم دانشگاه را با انگیزهٔ بیشتری شروع کردند. سال گذشته شناخت خوبی از محیط دانشگاه و خوابگاه به دست آوردند. سه ماه تابستان را هم استراحت کردند و حتا اواخر تابستان دلتنگ درس و دانشگاه بودند.

☐☐

هفته‌ها یکی بعد از دیگری می‌گذشت. فصل پاییز در فضای دانشگاه کاملاً خود را نمایان کرد. برگ‌های درختان دانشگاه تهران به رنگ‌های مختلف و زیبا در آمدند. با وزش باد فرومی‌ریختند و فرشی از برگ‌های رنگارنگ روی سنگ‌فرش‌های پیاده‌روها پهن می‌کردند. با شروع ترم سوم تحصیلی درس‌های تخصصی‌شان هم بیشتر شدند. از طرفی، زارا و یلدا واحدهای درسی بیشتر از معمول گرفتند تا بتوانند در هفت ترم دورهٔ لیسانس را تمام کنند. آن‌ها مانند دیگر دانشجویان سال‌بالا گاهی به دانشجویان جدیدالورود دانشکده‌شان نصیحت‌هایی می‌کردند: «مواظب باشین، خصوصاً در همین اول راه گرفتار ماجراهای عشقی‌نشین، رازهاتون را پیش خودتون نگه دارین. اگه یه وقتی از دستتون در رفت، عاشق شدین و شکست عشقی خوردین و کسی گریه‌تون رو دید و پرسید چه شده، فوراً دستتونو رو نکنید. فوراً براش اعتراف نکنین. بذارین فکر کنن کم‌محلی می‌کنین یا آدم حساب‌شون نمی‌کنین. این‌جا باید مواظب خودتون باشین وگرنه کلاه‌تون پس معرکه‌ست.»

به گروه دیگری از دختران جدیدالورود گفتند: «این‌جا همه جور آدم پیدا می‌شه. خودتون را شُل بگیرین، یه وقت می‌بینین همه چه رو باختین. یادتون باشه که هم‌اتاقی‌های شما دخترای مثبت دههٔ شصتی نیستن. بهتره فعلاً فاصله‌تون را ازشون حفظ کنین تا کم‌کم دستتون بیاد که باید باهاشون چطوری تا کنین. در ضمن، باید مواظب وسایل‌تون باشین. با هر کسی بیرون نرین و درس‌هاتون را هم از همین سال اول بهتره بخونین وگرنه عقب می‌افتین.»

سال دوم دانشگاه هم به سرعت می‌گذشت. آن‌ها به پایان‌ترم سوم رسیده بودند. آن دو جزو موفق‌ترین دانشجویان کلاس‌شان بودند. در آزمون پایان ترم نه‌تنها نمرات خوبی گرفتند، بلکه بیشتر از حد معمول هر ترم، واحد انتخاب کرده بودند. از این رو، واحدهای بیشتری را هم گذرانده بودند.

با شروع ترم چهارم تحصیلی زارا علاوه بر یلدا، با محمد نیز مشغول انجام یک

پروژهٔ مشترک درسی شد. روزی در ابتدای ترم چهارم محمد و زارا به صورت تصادفی هم‌زمان به اتاق یکی از استادان‌شان رفتند تا از او مشورت تحصیلی بگیرند. همان روز استاد از آن‌ها خواست که روی ترجمهٔ یک گزارش نسبتاً مفصل با همدیگر کار کنند و به صورت یک کار مشترک آن را در آخر ترم در کلاس ارائه کنند. این حرف استاد، همکاری آن دو را کلید زد.

محمد پسری قدبلند و لاغراندام بود. چشمان سیاه‌رنگ داشت و موهای درازش را همیشه به سمت عقب شانه می‌کرد. او اهل شیراز بود و به خاطر فاصلهٔ نسبتاً زیاد شیراز و تهران، بیشتر وقتش را در خوابگاه به سر می‌برد.

از آن‌جایی که زارا نمی‌خواست تمام کارهای درسی‌اش برای آخر ترم بماند، به طور مرتب در طول ترم با محمد روی تحقیق مشترک‌شان کار می‌کرد. برای این‌که کارشان تکراری و خسته‌کننده نشود، گاهی در کافی‌شاپ‌های بیرون دانشگاه هم یکدیگر را می‌دیدند و روی طرح‌شان کار می‌کردند. محمد یک بار هم فاصلهٔ بین دانشگاه و خوابگاه را با زارا و یلدا پیاده رفت و در طول مسیر در مورد موضوعات مختلفی صحبت کردند. هم‌چنین، آن دو را برای چای لیموعسل به بازارچهٔ خوداشتغالی دعوت کرد. او همیشه چیزی برای گفتن پیدا می‌کرد. جوک‌های بامزه‌ای هم تعریف می‌کرد. به جز چند جوکی که در مورد افغان‌ها گفته بود، زارا بقیه جوک‌هایش را پسندیده بود. محمد عاشق سینما بود. هر فیلم تازه و خوبی را که اکران می‌شد، می‌دید. یک بار یک هارد پر از فیلم‌های خوب سینمای جهان و همین‌طور موسیقی‌های غربی و ایرانی را نیز برای زارا آورد. او به طبیعت و محیط‌زیست علاقهٔ خاصی داشت. طرف‌دار حقوق حیوانات بود و همیشه سلبریتی‌های هالیوود را به خاطر صحبت‌های‌شان در مورد تغییر اقلیم و حمایت از سیاه‌پوست‌ها تحسین می‌کرد.

زمان همین‌طور بی‌وقفه و پرسرعت می‌گذشت. هفته‌ها پشت سر هم می‌آمدند و بدون این‌که کسی بفهمد چگونه، می‌گذشتند. ترم چهارم هم کم‌کم به پایانش نزدیک

می‌شد. با نزدیک شدن به پایان‌ترم، زمان ارائهٔ کارهای دانشجویی نیز رسید. زارا و محمد نیز کار مشترک‌شان را به پایان رساندند، در کلاس ارائه کردند و نمرهٔ کامل گرفتند.

پس از ختم امتحانات، تعطیلات سه ماههٔ تابستان فرا رسید و دانشگاه‌ها تعطیل شدند و دانشجویان به خانه‌های‌شان برگشتند. محمد شیراز رفت و زارا قم؛ فاصله فیزیکی ارتباط زارا و محمد را به فضای مجازی محدود کرد. آن‌ها معمولاً هفتهٔ چند بار احوال هم‌دیگر را می‌گرفتند و با یک‌دیگر صحبت می‌کردند. البته بیشتر محمد صحبت را شروع می‌کرد؛ ولی زارا هم می‌خواست که رابطه‌اش با او ادامه داشته باشد.

□□

تابستان‌های قم گرم و خشک بود. معمولاً از باران خبری نبود. صبح‌ها هوا خیلی زود گرم می‌شد و از حدود ظهر تا ساعت‌های چهار و پنج بعدازظهر خیابان‌ها و کوچه‌ها خلوت بودند. آن‌هایی که مدت زیادی در شهر قم زندگی کرده بودند، می‌دانستند که قبل از گرم شدن هوا باید خودشان را به جای خنکی برسانند. گرما را سپری کنند و بعدازظهر به کارهای بیرونی خود بپردازند. حالا زمانی بود که مغازه‌ها دوباره باز می‌شدند. بچه‌های مدرسه‌ای برای بازی به کوچه‌ها و خیابان‌ها بیرون می‌آمدند و از تعطیلات تابستانی‌شان لذت می‌بردند.

خانوادهٔ زارا بین خیابان ساحلی و ابتدای بلوار امین زندگی می‌کردند. از این منطقه تا خیابان صفائیه، پاتوق عصرگاهی جوانان قمی، فقط ده دقیقه پیاده‌روی داشت. زارا صبح‌های تابستان و در کل زمانی که در خانه بود، شب‌ها تا دیروقت بیدار می‌ماند و صبح‌ها تا نزدیکی‌های ظهر می‌خوابید. وقتی بیدار می‌شد، قهوه و صبحانهٔ مختصری برای خود درست می‌کرد و در بالکن خانه‌شان که رو به حیاط بود، می‌نشست و صبحانه می‌خورد و هم‌زمان در شبکه‌های اجتماعی گشتی می‌زد. اتفاقات جالب را

مرور می‌کرد، پیام‌هایی را که دریافت کرده بود، می‌خواند و اگر لازم بود به آن‌ها جواب می‌داد.

زمانی که آن‌ها مهمان نداشتند، معمولاً یک وعده غذای اصلی خورده می‌شد و آن هم بعدازظهر. خبری از غذای ظهر نبود. صبحانه را هم هر کسی به میل خود، معمولاً به تنهایی می‌خورد. هیچ‌کسی از جمله بی‌بی‌گل علاقه‌ای نداشت تا اضافه‌وزن بگیرد. گذشته از این، فاطمه و بی‌بی‌گل ظهرها سر کار می‌رفتند. تنها مریم در خانه می‌ماند. داخل یخچال همیشه چیزی برای او پیدا می‌شد. در این میان، زارا سخت‌ترین رژیم غذایی خانواده را داشت. او تا غذایی خاص نبود و یا این‌که خیلی گرسنه نبود، ترجیح می‌داد چیزی نخورد. احساس می‌کرد وقتی لاغرتر است، زیباتر به نظر می‌رسد؛ ولی با اندک چاقی، لپ‌هایش بزرگ می‌شوند، چشمانش ریز می‌شوند و زیر آن‌ها خط می‌افتد.

هرچند بی‌بی‌گل دیگر مثل سابق به شدت کار نمی‌کرد؛ ولی صبح‌ها معمولاً کارگاه خیاطی می‌رفت. به برادرش سر می‌زد و اگر مشکل خاصی در کارگاه بود، آن را برطرف می‌کرد. تا بعدازظهر آنجا می‌ماند. بعدازظهر به خانه برمی‌گشت و شروع می‌کرد به پختن غذا. زارا هم معمولاً برای گرفتن نان تازه به نانوایی می‌رفت. کم‌کم فاطمه از سر کار برمی‌گشت. مریم هم اگر برای کلاس آموزشی یا درس بیرون رفته بود، به خانه می‌رسید. همه دور هم جمع می‌شدند تا غذا بخورند، در مورد اتفاقات روز گپ بزنند و ساعتی را باهم باشند.

بعضی از روزها هوا که خنک‌تر می‌شد، زارا و یلدا در خیابان صفائیه قرار می‌گذاشتند و به پیاده‌روی می‌رفتند. آن‌ها گاهی با ماشینِ پدر یلدا خیابان‌گردی هم می‌کردند یا به مراکز خرید اطراف شهر سر می‌زدند. چای، نوشیدنی سرد یا قهوه می‌گرفتند و به صحبت و وقت گذراندن مشغول می‌شدند.

بعضی وقت‌ها فاطمه و زارا مهمانی می‌گرفتند و دوستان مشترک‌شان را دعوت می‌کردند. این دوستان می‌توانستند شامل بعضی از همکاران فاطمه، دخترهای هم‌سلیقهٔ فامیل، یلدا و دوستان تازه‌ای باشند که می‌خواستند با آن‌ها رابطه‌شان گرم‌تر شود. در چنین روزهایی، آن‌ها از صبح مشغول آماده کردن برنامهٔ دورهمی می‌شدند. این آمادگی‌ها به تهیهٔ غذا در خانه یا سفارش از بیرون، آماده کردن لباس‌های مناسب دورهمی، دعوت کردن دوستان، راضی کردن بی‌بی‌گل که به کار آن‌ها کاری نداشته باشد و به خانهٔ برادرش برود، خلاصه می‌شد.

تعطیلات سه ماهه تابستان در مجموع بدون اتفاق خاصی تمام شد. چیزی تا شروع ترم پنجم نمانده بود. زارا لیوان چای خود را در دست داشت، روی صندلی مقابل میز مدور در بالکن خانه نشسته بود و به گذشت زمان فکر می‌کرد. تابستان گرم و سوزان قم به روزهای آخرش نزدیک می‌شد. به زودی برگ‌های پهن و کرک‌دار تک‌درخت انجیر گوشهٔ حیاط‌شان شروع به تغییر رنگ می‌کردند. دیری نمی‌پایید که این برگ‌ها زرد و نارنجی می‌شدند و سرانجام به زمین می‌افتادند.

زمان انگار روی دور سریع خود حرکت می‌کرد. زارا چیزی شبیه این تغییراتِ فصل‌ها را در خودش هم احساس می‌کرد. این روزها دمدمی‌مزاج شده بود. بیشتر خلقش تنگ می‌شد. حتا فاطمه که صبر زیادی در مقابل زارا داشت، آن روزها از دست او شکایت کرده بود. زارا گاهی در افکار خودش غرق می‌شد. هرچند به کسی چیزی نگفته بود؛ ولی گاهی دلش می‌خواست توسط مردی دوست داشته شود. با خودش فکر می‌کرد شاید هم به خاطر این باشد که بیش‌ازحد با محمد صحبت می‌کند. او امیدوار بود با شروع دوبارهٔ درس‌ها و رفتن به فضای درس و رقابت، به اندازهٔ کافی مصروف شود تا این حال و هوا از سرش بپرد.

چیزی نگذشت که پاییز از راه رسید و دانشگاه‌ها هم دوباره شروع شدند. زارا از شروع دوبارهٔ دانشگاه خوشحال بود. بعد از سه ماه تعطیلات تابستانی انرژی زیادی

برای درس خواندن داشت. او در فعالیت‌های کلاسی همیشه به صورت فعال سهم می‌گرفت و درس‌های استادان را قبل و بعد از تدریس مرور می‌کرد.

زیبایی پاییز، قدم زدن در مسیر خوابگاه تا دانشگاه و گاهی هم تا میدان ولی‌عصر را دل‌پذیرتر کرده بود. تمام این‌ها در فاصلهٔ نسبتاً مناسبی از یک‌دیگر قرار داشتند. گرمای تابستان رفته بود و سرمای زمستان نیز هنوز از راه نرسیده بود. پاییز زمان مناسبی برای قدم زدن و لذت بردن بود. زارا و یلدا از هر فرصتی برای پیاده‌روی استفاده می‌کردند. گاه‌گاهی محمد نیز آن‌ها را همراهی می‌کرد. او معمولاً با داستان‌ها و حرف‌های تازه‌ای که داشت هر دوی‌شان را سرگرم می‌کرد. زارا داستان‌ها و روایت‌های محمد را دوست داشت. این باعث می‌شد که گذر زمان را کمتر متوجه شود. یلدا یک‌بار به شوخی گفته بود: «هیچ مردی را ندیده است که بتواند این‌قدر حرف بزند.»

روزی محمد پیشنهاد کرد که سه نفره دربند بروند. این درهٔ زیبا و نسبتاً پرآب در قسمت شمالی شهر تهران موقعیت داشت. از آن‌جایی که این منطقه در حاشیهٔ شهر، با فاصله نسبتاً کمی از خوابگاه آنان قرار داشت، احتیاجی به آمادگی خاصی نداشتند. محمد استدلال کرد: «بهتر است زودتر دربند بریم، قبل از این‌که سرمای هوا کیفیتش را کم کند.» بالاخره یلدا و زارا هم تصمیم گرفتند جمعهٔ بعدی را در تهران باشند تا صبح زود بتوانند با محمد دربند بروند و از گشت و گذار و تماشای آن‌جا لذت ببرند.

آن روزِ جمعه وقتی به دربند رسیدند، دیدند که به خاطر تعطیلی آخر هفته، جمعیت نسبتاً زیادی، به خصوص جوان‌ها برای پیاده‌روی به دربند آمده‌اند. همگی در راه باریکی که در یک سمتش رودخانهٔ زیبایی جریان داشت و در سمت دیگرش مغازه‌ها کنار هم صف کشیده بودند، حرکت می‌کردند. بیشتر مغازه‌ها محصولات خوراکی محلی؛ مانند لواشک، دوغ، ترشی، شیرینی و... می‌فروختند؛ خوراکی‌هایی که زارا را به شدت وسوسه می‌کردند. آن‌ها از یکی از مغازه‌ها کمی لواشک خریدند. در جای دیگری، محمد ترشی و همین‌طور شیرینی خرید و با خنده گفت « یکی با ناهار

و اون یکی بعد از ناهار باید بچسبند.» آن‌ها طول راه را با غیبت دربارهٔ استادان دانشکده، کیفیت غذای سلف سرویس و مقایسهٔ امکانات خوابگاه دختران و پسران کوتاه‌تر کردند. بالاخره به جایی رسیدند که جز آبشارها و دره‌ها، چیز دیگری وجود نداشت. محمد که ظاهراً شناخت خوبی از منطقه داشت، از قبل می‌دانست که به کجا خواهند رفت.

تقریباً بعد از یک ساعت پیاده‌روی بالاخره به نقطه‌ای رسیدند که در آن‌جا یک بند کنترل سیلاب وجود داشت و در کنارش هم تک‌درختی روییده بود. بند از یک شبکهٔ فلزی قفس‌مانند ساخته شده بود و داخل آن با قطعات سنگ پر شده بود. پشت بند، آب ذخیره می‌شد. گیاهانی هم در اطراف آن روییده بودند. کمی آن طرف‌تر رودخانهٔ نسبتاً پرآبی به سمت پایین سرازیر بود. محمد به کوه‌های بالادست اشاره کرد و گفت: «این آب از ذوب شدن برف‌هایی جاری می‌شود که در ارتفاعات بالادست می‌بارد.»

تک‌درخت کنار بند گویی منتظر آمدن آن‌ها بود. این درخت سایه و همین‌طور تکیه‌گاه خوبی برای نشستن فراهم می‌کرد. آن‌ها تصمیم گرفتند همان‌جا بمانند و بعدازظهر قبل از تاریک شدن هوا دوباره به سمت خوابگاه برگردند. هر سه نفر هوس چای کردند. کمی هیزم خشک گردهم آوردند. محمد آتشی افروخت. زارا کتری را از آب زلال رودخانه پر کرد و روی آتش گذاشت. کمی بعدتر همگی شروع کردند به قدم زدن. اطراف بند را گشتند و منظره‌های اطراف‌شان را از نظر گذراندند. بعد از مدتی قدم زدن و صحبت، احساس گرسنگی به سراغ‌شان آمد و برای ناهار به زیر درخت برگشتند.

آن روز محمد با حرف‌هایی که ظاهراً تمامی نداشت، سر آن دو را گرم کرد. او چند تا از فیلم‌هایی را که در تعطیلات تابستانی دیده بود، با جزئیات باورنکردنی برای یلدا و زارا تعریف کرد. علاوه بر این، در مورد هر فیلم نقدهای نسبتاً طولانی هم ارائه کرد. او حتا در مورد حواشی بازی‌گران فیلم‌ها، پشت پردهٔ ساخت‌شان و سایر موضوعات

جانبی نیز توضیحات مفصلی داد. هرچند یلدا بعضی وقت‌ها از پرحرفی محمد لجش می‌گرفت؛ ولی زارا ظاهراً خوشحال بود. زارا در این‌طور مواقع ترجیح می‌داد بیشتر شنونده باشد تا این‌که سؤال‌پیچ شود و مجبور به جواب دادن باشد.

بعدازظهر وقتی آن‌ها از دربند برگشتند، یلدا در مورد محمد با زارا صحبت کرد. یلدا گفت: «این رابطه با وقت‌گذرانی‌ها یا صحبت‌های گاه و بی‌گاهی که با پسرهای دیگه داشتیم، ظاهراً فرق داره... تو می‌خوای با محمد دوست بشی؟»

زارا از محمد خوشش می‌آمد؛ ولی هنوز مطمئن نبود که باید با او وارد رابطه شود یا نه. بعد از ماجرای امیر اولین بارش بود که با یک مرد این‌قدر احساس نزدیکی می‌کرد؛ اما هنوز هم از مردها و خصوصاً از مردهای ایرانی می‌ترسید. همیشه می‌شنید که پسرهای ایرانی، دخترهای افغان را بیشتر اذیت می‌کنند. از طرفی، او فکر می‌کرد محمد با بقیه مردانی که می‌شناسد، فرق دارد. او نشان داده بود که قابل‌اعتماد است. محمد در بین تمام دختران کلاس به او توجه داشت و زارا امیدوار بود این توجه در حدی باشد که بتوان آن را دوست داشتن نامید. محمد از دانشجویان زرنگ کلاس بود. او و زارا می‌توانستند در پیش‌رفت درسی یک‌دیگر خیلی مؤثر باشند. جدای این موضوعات، او خوش‌تیپ بود. دانش کامپیوتری خوبی داشت. مطالعاتش گسترده بود. وضعیت مالی خانواده‌اش هم خوب بود و در میان دانشجویان شهرستانی هم‌دوره‌اش شاید تنها پسری بود که ارزش دوست شدن را داشت.

آن شب زارا در جواب یلدا گفت: «می‌دونی، از محمد خوشم میاد و محمد هم به من علاقه داره؛ ولی در مورد این‌که وارد رابطه می‌شیم یا نه، هنوز مطمئن نیستم.»

لبخندی روی لبانش نقش بست و ادامه داد: «فعلاً که خودمون را سپردیم به جریان، ببینیم به کجا می‌رسیم.»

◻◻

احساس زارا به محمد به تدریج بیشتر و بیشتر شد. او وقتی به دانشکده و سر کلاس می‌رفت، منتظر می‌ماند که محمد را ببیند. وقتی او وارد کلاس می‌شد، زارا از دیدنش ذوق می‌کرد و حتا از بودنِ با او سر یک کلاس حس خوبی می‌گرفت. گاهی حس می‌کرد سال‌ها است که او را می‌شناسد. آن اواخر هر وقت صحبتی از ازدواج می‌شد، ناخودآگاه به یاد محمد می‌افتاد. گاهی با خودش فکر می‌کرد که محمد حتا نمی‌داند که من افغانم. گذشته از این، قضیهٔ امیر را چطوری باید برایش تعریف کنم. آیا به خاطر این موضوع مرا خواهد بخشید؟ آیا او می‌تواند رابطهٔ من و امیر را نادیده بگیرد؟ اصلاً درست است که این موضوع را با او مطرح کنم؟ او برای هیچ یکی از این سؤال‌ها هیچ جوابی نداشت. هجوم این فکرها و سؤال‌ها او را کلافه می‌کرد و در نهایت با خودش می‌گفت «فعلا پیش از وقت است که خودم را در این مورد نگران کنم. اصلاً ممکنه هیچ‌کدوم این اتفاقات نیفتد. گذشته از این، محمد که هنوز چیزی به من نگفته که من این همه شلوغش کرده‌ام. بگذار اتفاقی بیفته، بعد تصمیم بگیر که چه واکنشی نسبت به اون داشته باشی.»

محمد در یکی از روزهای پایانی فصل خزان زارا را برای دیدن فیلمی که تازه اکران شده بود، دعوت کرد. زارا هرچند همان لحظه موافقت یا مخالفتی نکرد؛ ولی بعداً تصمیم گرفت که دعوتش را قبول کند. به هر صورت او می‌خواست با محمد دوست باقی بماند، حتا اگر وارد رابطهٔ جدی هم نمی‌شدند. تصمیم گرفت به او پیامک بدهد تا زمان مناسبی را برای رفتن به سینما انتخاب کنند: «سلام محمد، خوبی؟»

«سلام زارا، خوبم. مرسی، تو چطوری؟»

«من هم خوبم، مرسی. پیامک دادم تا بدونم هنوز هم سر حرفت هستی یا نظرت عوض شده؟»

«ههههه، البته که هنوز سر تصمیمم هستم؛ ولی اگر دیر بجنبی، ممکنه نظرم عوض بشه ها!»

«این هفته به نظرت می‌تونیم بریم سینما؟»

«آری، فکر می‌کنم وسط هفته بریم بهتره. هم قیمت‌ها ارزون‌تره، هم سینما خلوت‌تره و می‌شه جای بهتری پیدا کنیم.»

«خوبه. پس زمان دقیقش را فردا تو دانشگاه معلوم می‌کنیم.»

هردو تصمیم گرفتند عصر دوشنبهٔ همان هفته سینما بروند. زارا هیجان‌زده بود. او به یلدا موضوع قرار سینما را گفت و قول داد وقتی که برگشت، تمام جزئیات را برایش تعریف کند.

بعدازظهر دوشنبه آن‌ها به سینمایی در خیابان انقلاب، نزدیک دانشگاه‌شان رفتند. هرچند سینمایی نسبتاً قدیمی بود؛ ولی نوسازی شده بود و امکاناتش مناسب به نظر می‌رسیدند. محمد با نشان دادن کارت دانشجویی برای هردوی‌شان بلیت نیم‌بها خرید. آن‌ها وارد سالن شدند. محمد با نگاهی سریع سالن را ورانداز کرد و جایی را برای نشستن پیشنهاد کرد. هردو در آنجا نشستند و به تماشای فیلم پرداختند. لحظاتی بعد، پیرمردی که راهنمای سالن بود، از آن‌ها خواست که جای‌شان را عوض کنند. آن مرد از آن‌ها خواست جایی در نزدیکی تماشاچیان دیگر انتخاب کنند. محمد از اینکه باید جای‌شان را عوض کنند، چندان راضی به نظر نمی‌رسید؛ ولی چاره‌ای هم نداشت.

آن‌ها آن روز فیلمی را تماشا کردند که بر اساس یک داستان واقعی ساخته شده بود. فیلم در نقاط مرزی ایران و عراق بازی شده بود. فیلم نسبتاً خوش‌ساختی بود. اما زارا در طول نمایش فیلم تمرکز نداشت. او کمی هیجان‌زده بود. این اولین‌باری بود که او و محمد بدون حضور یلدا، فقط به خاطر وقت گذراندن باهم بودند. در نیمه‌های فیلم بود که زارا گرمی دست محمد را روی دست خود احساس کرد. او کفِ دست راستش را دور دستِ چپ زارا حلقه کرد و با انگشت شست‌اش آرام‌آرام دست زارا را نوازش کرد. ناخودآگاه ضربان قلب زارا سریع‌تر شد. احساس اضطراب و گیجی می‌کرد.

نمی‌دانست دقیقاً چه حرکتی باید انجام بدهد. با خودش گفت: «زارا! خون‌سرد باش و سعی کن خود را آرام نشان بدهی.» در همین فکرها بود که در تاریکی سالن سینما گرمی لب‌های محمد را روی لب‌هایش حس کرد. او سعی می‌کرد بوسه‌ای بدزدد. محمد پیش از این‌که پیرمرد راهنمای سالن به آن‌ها تذکری بدهد، خیلی سریع در جای خودش قرار گرفت. زارا نفس عمیقی کشید. هنوز چند دقیقه نگذشته بود که محمد برای بار دوم به لب‌های زارا نزدیک شد. این بار بوسهٔ عمیق‌تر و طولانی‌تر گرفت.

سرانجام فیلم تمام شد. یکی از تماشاچی‌ها از کیفیت بد فیلم ناراضی بود. یکی با صدای بلند گفت که سر و ته این فیلم هیچ معلوم نبود؛ ولی اکثریت راضی به نظر می‌رسیدند. تماشاچی‌ها سعی می‌کردند زودتر راه خود را به سوی بیرون سالن پیدا کنند. محمد مثل همیشه چیزی برای گفتن داشت. او سعی کرد بعضی از نقدهایی را که در مورد فیلم خوانده بود، به سرعت برای زارا تکرار کند؛ ولی زارا در آن لحظه‌ها به تنها چیزی که فکر نمی‌کرد، فیلم بود. او هرچند با تکان دادن سر حرف‌های محمد را تأیید می‌کرد؛ اما تمام فکر و حواسش روی اتفاقی بود که در سالن بین آن‌ها افتاده بود. علی‌رغم اینکه طعم بوسه‌ها برایش خوشایند بود، ولی نگران سرانجام رابطه‌ای بود که به آن وارد شده بود.

وقتی از سینما خارج شدند، قدم‌زنان به سوی خیابان کارگر شمالی به راه افتادند. محمد پیشنهاد کرد که تا خوابگاه قدم بزنند. در مسیر راه از هر دری صحبت کرد و موضوعات مختلف را پیش کشید؛ اما ذهن زارا هنوز درگیر اتفاق داخل سالن سینما بود. محمد پیشنهاد کرد که کدام جایی شام بخورند؛ ولی زارا عجله داشت تا در مورد قرار آن روزش زودتر با یلدا صحبت کند و نظرش را بداند. بنابراین، بهانه آورد که دوستانش در خوابگاه او را برای شام دعوت کرده‌اند و او هم قبول کرده است.

یلدا غذای هر دویشان را گرفته بود و منتظرش بود. زارا بدون مقدمه سراغ اصل موضوع رفت و تمام جزئیات قرارش را تعریف کرد. یلدا بعد از چند ثانیه سکوت

پرسید: «حالا چه می‌شه زارا؟ می‌خوای چقدر جلو بری؟»

«تو می‌دونی که من اگر وارد رابطه با کسی بشم، می‌خوام یک رابطهٔ جدی و طولانی باشه.»

«می‌خوای بهش همه چه رو بگی؟»

«نمی‌دونم یلدا. نمی‌دونم چطوری بهش بگم. راستش می‌ترسم. ترسم از پذیرفته نشدن است. حتا بعد از این‌که بفهمه من افغانی‌ام، اگر قبول کنه که با من بمونه، نگرانم که نگاهش نسبت به من یه نگاه از بالا به پایین نباشه.»

«اگر این‌طور هست، چرا اصلاً سراغ هم‌شهری‌های خودت نمی‌ری؟ فکر نمی‌کنی اگر با آن‌ها وارد رابطه بشی، دیگه این دردسرها رو نداری؟»

«راستش هم‌شهری‌های خودم که کار و زندگی‌شون تو ایران یا افغانستانه، اصلاً برام آپشن نیستند. باز اگر در امریکا یا اروپا باشند، می‌تونم در موردش فکر کنم.»

آن‌ها بعد از آن تقریباً هر روز با یک‌دیگر در ارتباط بودند. گاهی در دانشگاه می‌دیدند و گاهی در کافه‌های اطراف دانشگاه. گاهی هم یک‌جا با یلدا سه نفری پیاده روی می‌کردند و اگر کار خاصی نداشتند، راه‌شان را به سمت خیابان فاطمی کج می‌کردند. از مقابل هتل لاله می‌گذشتند و وارد بلوار کشاورز می‌شدند و خودشان را به میدان ولی‌عصر می‌رساندند. اگر هوا خوب بود و حوصله‌شان می‌کشید، حتا تا پارک ساعی هم پیش می‌رفتند. در کوچه‌پس‌کوچه‌های تمیز، خلوت و ساکت اطراف میدان فاطمی، میدان ونک و پارک ساعی قدم می‌زدند و خانه‌ها را به یک‌دیگر نشان می‌دادند. آن‌ها در مورد ساکنان خانه‌ها نیز حدس‌هایی می‌زدند. بین آپارتمان‌ها و ساختمان‌ها دنبال خانه‌های با معماری خاص می‌گشتند. در مورد معماری آن‌ها صحبت می‌کردند و تصور می‌کردند، اگر روزی به اندازهٔ کافی پول‌دار شوند، چطور خانه‌ای خواهند ساخت.

□□

فصل رنگارنگ پاییز جای خود را به سرمای زمستان داد. سوز سرمای برفی را که در کوه‌های اطراف تهران نشسته بود، می‌شد در خیابان‌های شهر احساس کرد. ترم پنجم تمام شد و آغاز ترم ششم بود. زارا احساس می‌کرد علاقه‌اش به محمد زیادتر شده است. بیشتر وقت‌ها به او فکر می‌کرد. آن‌ها رابطهٔ خیلی خوبی باهم داشتند و حالا غیر از تفریح، سینما رفتن و درس‌های دانشگاه، با هم‌دیگر زبان انگلیسی هم می‌خواندند. هردوی‌شان علاقهٔ خاصی به زبان انگلیسی، به خصوص لهجهٔ امریکایی داشتند. عاشق تکیه‌کلام‌هایی بودند که در فیلم‌های امریکایی می‌شنیدند. سعی می‌کردند این تکیه‌کلام‌ها و عبارت‌ها را یاد بگیرند و در صحبت‌های روزانه‌شان استفاده کنند. با گذشت زمان، ارتباط‌شان صمیمی‌تر و گسترده‌تر می‌شد. زارا دیگر عادت کرده بود که هر روز محمد را ببیند. او به یاد می‌آورد که در تعطیلات بین دو ترم چقدر دل‌تنگ محمد شده بود. نگران بود که در تعطیلات تقریباً سه هفته‌ای نوروز چه کند. گذشته از این، آن‌ها تعطیلی تابستانی را هم در پیش رو داشتند که تقریباً سه ماه طول می‌کشید. او گاهی خودش از این همه وابستگی تعجب می‌کرد. این در حالی بود که محمد حتا نمی‌دانست او افغان است.

□□

یک سال از اولین تماس‌های زارا و محمد می‌گذشت. چندین ماه هم از رابطه‌شان. زارا می‌خواست بداند که محمد در مورد زارای واقعی و بدون نقاب چه فکر می‌کند. او می‌خواست همه چیز را به محمد بگوید و نظرش را بداند. از طرفی، با خودش فکر می‌کرد در تمام مدتی که با محمد آشنا شده است، با کلی سختی کشیدن و دروغ گفتن توانسته است این رابطه را به این‌جا برساند و نمی‌توانست او را به این راحتی از دست بدهد.

یلدا متوجه شد مدتی است که زارا کمتر در مورد محمد صحبت می‌کند. او با شناختی که از زارا داشت، می‌دانست حتماً موضوعی او را نگران کرده است و در حال فکر کردن به آن است. روزی پرسید: «زارا، رابطه‌ات با محمد به کجا رسیده؟»

«مثل سابق. فرق زیادی نکرده.»

«کاری هم باهم می‌کنین؟»

«نه. کار خاصی نمی‌کنیم. فقط در حد بوس و بغل.»

«یک وقت خَر نشی ها! باهاش سکس نکنی. قبل از این‌که به اون مرحله برسی، باید اول بدونی که اصلاً محمد می‌تونه با افغانی بودن تو کنار بیاد یا نه. نشود که با این موضوع مشکل داشته باشه یا وِلت کنه.»

«نه، حواسم هست. من هم بهش گفتم که قصدم از وارد رابطه شدن با هر مردی، ازدواجه. همین‌طور خط قرمزهایی دارم که یکی‌اش هم نداشتن سکس قبل از ازدواجه.»

چند روز بود زارا با خودش کلنجار می‌رفت که افغان بودنش را با محمد بگوید یا نه؟ بارها عواقب گفتن یا نگفتن این موضوع را با خودش مرور کرد. ظاهراً چاره‌ای نداشت. تصمیم گرفت در اولین فرصت همه چیز را به او بگوید. رابطهٔ آن‌ها به نقطهٔ حساسی رسیده بود و او می‌خواست قبل از هر موضوع یا اتفاق دیگری محمد کاملاً از او شناخت داشته باشد. هم‌چنین احساس می‌کرد که نمی‌تواند این رابطه را به این شکل ادامه بدهد. به نظرش می‌رسید که باید این نقاب را از صورتش بر دارد. اگر محمد زارای واقعی را نمی‌خواست، باید همین حالا مشخص می‌شد.

فصل دوم

تا شروع نوروز زمان کمی مانده بود. سرمای آن روزها سوز سابقش را نداشت. حتا زمانی که باد خنکی می‌وزید، بیشتر حس یک نسیم خنک بهاری را داشت تا سوز سرد زمستانی. خورشید هم آن روزها گویی مهربان‌تر شده بود. در آسمان بیشتر دیده می‌شد و گرمای بیشتری به خیابان‌ها می‌بخشید. مردم به خیابان‌ها سرازیر شده بودند و آمادگی جشن سال نو را می‌گرفتند. بازارها رونق خاصی داشتند. علی‌رغم این‌که همه از گرانی‌ها می‌نالیدند؛ ولی کاروبار فروشنده‌ها ظاهراً پررونق بود. مردم در حال خرید بودند؛ از لباس‌های شیک و مجلسی گرفته تا شیرینی، آجیل، میوه و هر چیزی که بتوان با آن زمینهٔ مهمانی و دیدوبازدید عید را فراهم کرد.

فاطمه و مریم با اشتیاق منتظر سال نو بودند. فاطمه به بهترین خیاط کارگاه‌شان طرحی سپرده بود تا برای او و دخترش لباس مجلسی بدوزد. یکی دو روز دیگر لباس‌ها آماده می‌شدند و باید آن‌ها را امتحان می‌کردند. تمیز کردن و شست‌وشوی اتاق‌به‌اتاق خانه به شدت جریان داشت. بی‌بی‌گل هرچند عیدهای رمضان، قربان و خصوصاً غدیر را بیشتر می‌پسندید؛ اما با نوروز هم میانهٔ بدی نداشت. حداقل سودش این بود

که او می‌توانست تمام فامیل‌هایش را بدون غر زدن دخترهایش به خانه دعوت کند و دخترانش هم برای دیدوبازدید به خانهٔ آن‌ها بروند. گذشته از این‌ها، به بهانهٔ نوروز، خانه حسابی تمیز می‌شد. در ماه‌های دیگرِ سال نمی‌توانست از دخترانش این همه کار بکشد.

فاطمه علی‌رغم تمام مصروفیت‌هایی که داشت، بازهم متوجه بی‌حوصلگی زارا شده بود. او فهمیده بود که زارا مدتی است که مثل همیشه داستان‌های جالب و خنده‌دار از دانشگاه، یلدا و مسافرت‌های هفتگی‌شان تعریف نمی‌کند. متوجه شده بود، وقتی در بالکن خانه می‌نشیند، به جای این‌که از قهوه یا چایش لذت ببرد، به فکر فرو می‌رود. خیلی وقت‌ها نوشیدنی سرد می‌شد؛ ولی او غرق افکارش بود . فاطمه به دنبال فرصتی می‌گشت تا با زارا صحبت کند. او باید زمانی را انتخاب می‌کرد که زارا هم حوصلهٔ تعریف کردن داشته باشد، وگرنه ممکن بود چیزی را مخفی کند.

بیشتر از دو روز به سال نو نمانده بود که تمیزکاری خانه تمام شد. فرش‌ها را از قالی‌شویی آوردند و دوباره پهن کردند. خانه رنگ و روی تازه به خود گرفته بود و پرده‌های تمیز، زیبایی خانه را دوچندان کرده بودند. قبل از این‌که سال نو شود و دوستان و اقوام نزدیک‌شان سروکله‌شان پیدا شود، فرصت کوتاهی برای استراحت بود. فاطمه فرصت را غنیمت شمرد و از زارا خواست که باهم بازار بروند. چیزهایی بخرند، شام را هم بیرون بخورند و دیرتر به خانه برگردند.

وقتی آن‌ها بیرون رفتند، هوا کاملاً بهاری و خیابان‌ها نسبتاً شلوغ بود. مردم سعی می‌کردند با استفاده از فرصت بعدازظهر و پیش از تاریک شدن هوا کارهای‌شان را انجام دهند. آن‌ها تصمیم گرفته بودند که خریدشان را از خیابان صفائیه شروع کنند. به احتمال زیاد اگر در مورد قیمت اجناس به مشکلی برنمی‌خوردند، می‌توانستند خریدهای‌شان را در همان‌جا تمام کنند. از بلوار امین وارد خیابان صفائیه شدند. در ابتدای خیابان، به چند بوتیک و فروشگاه سر زدند. چند شال و مانتو را برانداز کردند،

سپس تصمیم گرفتند وارد یکی از مراکز خرید نسبتاً بزرگ اول خیابان شوند. بعد از دیدن چندین مغازه تقریباً مدل‌ها، طرح‌ها و رنگ‌هایی را که می‌شد در بازار پیدای‌شان کرد، دست‌شان آمد؛ ولی هنوز از محدودهٔ قیمت‌ها مطمئن نبودند. بنابراین تصمیم گرفتند خیابان صفائیه را به سمت حرم پایین بروند و چند جای دیگر را هم ببینند.

بدین منظور، از مرکز خرید بیرون آمدند و در پیاده‌رو در حالی‌که نیم‌نگاهی به ویترین مغازه‌ها داشتند، جلو رفتند. بعد از چند دقیقه قدم زدن فاطمه متوجه تغییر حالت چهرهٔ زارا شد. گویی به یک‌بارگی غم عمیقی زیر پوست زارا دوید و در سراسر وجودش پخش شد. چهره‌اش را دگرگون کرد و حالت چشمانش را از شادابی و طراوت به سمت کم‌سویی و غم تغییر داد. در آن لحظه کاملاً ساکت بود و در خود فرورفته بود. فاطمه امتداد نگاهش را دنبال کرد. نگاهش به سوی بوتیکی در نبش خیابان بود. او آن بوتیک را خیلی خوب می‌شناخت. امیر زمانی که در ایران بود، در همین‌جا فروشندگی می‌کرد. در همین بوتیک زارا با او آشنا شده بود.

فاطمه هرچند می‌خواست کمی بعدتر با او صحبت کند؛ اما با دیدن غمی که در صورت زارا سایه افکنده بود و هرلحظه پررنگ‌تر هم می‌شد، نتوانست طاقت بیاورد. پرسید: «عزیزم، چی شد؟ چرا یک‌دفعه‌ای رنگت عوض شد؟ هنوز هم نتونستی اون موضوع را فراموش کنی؟ می‌فهمم که چقدر اذیتت می‌کنه. کاش می‌تونستم کاری برات انجام بدم.»

زارا تازه به خود آمد. متوجه شد که در تمام این مدت فاطمه با دقت او را زیر نظر داشته است. نگاهی پر از غم به فاطمه انداخت. در حالی‌که قطره‌های اشک از گوشهٔ چشمانش سرازیر می‌شد و روی گونه‌هایش می‌لغزید، گفت: «کاش می‌تونستم از گذشته‌ام درس بگیرم و یک اشتباه را چندین بار تکرار نکنم. این روزها خیلی غمگینم. مدتی است که دلم می‌خواهد با تو حرف بزنم.»

به پیشنهاد فاطمه به کافه‌ای در خیابان صفائیه رفتند که در طبقهٔ دوم یک

کتاب‌فروشی نسبتاً کوچک و جمع‌وجور قرار داشت. او معمولن برای مطالعه و یا سفارش دادن کتابهای مورد علاقه اش به آنجا سر می‌زد؛ جایی دنج و خلوت برای خرید یا مطالعه کتاب و همچنین نوشیدن یک فنجان قهوه و یا چای.

آن روز زارا در مورد رابطه اش با محمد گفت: «ما هم‌کلاسیم. یک تحقیق مشترک درسی با هم‌دیگه انجام دادیم که یک ترم طول کشید. بعد از کار تحقیقی مشترک و ارتباط‌های تلفنی و اینترنتی، بالاخره رابطهٔ ما نزدیک‌تر و صمیمی‌تر شد. گاهی باهم بیرون میرفتیم.

می‌دونی تو کلاس کسی نمی‌دونه که من افغانی‌ام. محمد هم خبر نداشت. بهش نگفتم. می‌ترسیدم اگر بفهمه، من را ترک کند. علاقهٔ ما هر روز به هم بیشتر می‌شد و به هم‌دیگه وابسته‌تر می‌شدیم... من یک رابطهٔ طولانی می‌خواستم. همان اول هم بهش گفتم که می‌خوام رابطه‌مون به ازدواج ختم بشه. بالاخره محمد تصمیم گرفت که در مورد من با خانواده‌اش صحبت کنه. برای همین من هم همه چی رو در مورد خودم بهش گفتم. بهش گفتم که افغانی هستم. اون روز محمد واکنش خاصی نشون نداد. براش عادی بود. فقط از من خواست کمی صبر کنم تا با خانواده‌اش صحبت کنه... فردای آن روز تو دانشگاه به من گفت که خانواده‌اش با ارتباط ما موافق نیستن؛ اونا فکر می‌کنند ما از نظر فرهنگی به هم نمی‌خوریم... همه چیز تموم شد.»

بعد از مکث کوتاهی ادامه داد: «از آن روز به بعد، مدام خودخوری می‌کنم. خیلی ناراحتم. با خودم می‌گم، ای‌کاش هیچ‌وقت وارد این رابطه نمی‌شدم... می‌دونی فاطمه، وقتی می‌بینم افغانیا چقدر در این مملکت بی‌ارزش‌اند، دلم می‌گیره. از افغانیا متنفر می‌شم؛ ولی همان موقع یک‌دفعه‌ای یادم می‌یاد که من خودمم افغانی‌ام. حالا چه کار می‌شه کرد؟ می‌تونم تا جایی که امکان داره خودم رو مخفی کنم. سعی کنم اصلاً معلوم نباشه افغانی‌ام. یا این‌که مبارزه کنم. سعی کنم به این مردم بفهمونم که چقدر احمقانه فکر می‌کنند؛ ولی باز با خودم فکر می‌کنم که من اون‌قدر قوی نیستم.

من از پس این مبارزه بر نمی‌یام. من برای این کار ساخته نشدم. پس سعی می‌کنم خودم رو پشت نقابم پنهان کنم. تا جایی که امکان داره ارتباطم را با هر چیزی که یک طوری مربوط به افغانیا می‌شه قطع کنم. می‌دونی فاطمه، من فقط می‌خوام خوب زندگی کنم. می‌خوام شاد باشم. من چیز زیادی از این زندگی نمی‌خوام.»

فاطمه دست‌هایش را دراز کرد و هر دو دست زارا را گرفت. گفت: «فدات بشم عزیزم. چقدر اذیت شدی تو این مدت و من هم هیچ خبر نداشتم. کاش حداقل یلدا چیزی در این مورد بهم گفته بود.»

«به یلدا گفته بودم که در این مورد به تو چیزی نگوید. اگر تو خبر هم می‌شدی، باید از زبان خودم باخبر می‌شدی. از طرفی، نمی‌خواستم فکر کنی، بعد از قضیهٔ امیر دوباره برای خودم مشکل درست کردم.»

«زارا، خودت می‌دونی که من ازدواج ایده‌ئالی نداشتم. همه‌چیز کاملاً از قبل تنظیم شده بود و به من که شانزده سال بیشتر نداشتم، تحمیل شد. اون موقع بیشتر به خاطر این ازدواج کردم که مامان را خوشحال کنم. اگر این‌طوری ازدواج نمی‌کردم، شاید می‌تونستم عشق واقعی داشته باشم. بعدش هم، هنوز خودم بچه بودم که مریم به دنیا اومد. در واقع هیچی از زندگی و دوران نوجوانی‌ام نفهمیدم.

بعد از ازدواج شوهر آدم بزرگ‌ترین تکیه‌گاهشه؛ ولی رضا متأسفانه هیچ‌وقت متوجه این موضوع نبود. تفاوت سنی ما زیاد بود. سعی می‌کرد منو با ترسوندن کنترل کنه. البته در چند سال اول موفق هم بود. از اون گذشته، فاصلهٔ نامزدی و ازدواج من با رضا خیلی کوتاه بود. دوست داشتم فرصت بیشتری به من داده می‌شد تا با اخلاق، روحیات و بدن رضا و همین‌طور واکنش‌های بدن خودم آشنا بشم؛ ولی این‌طور نشد. مشکلات ما از همون شبِ اول شروع شد. وقت سکس رضا کاملاً برام بیگانه شده بود. انگار اونو اصلاً نمی‌شناختم. در واقع، اولین رابطهٔ ما به زور انجام شد؛ چون من اصلاً نمی‌خواستم که سکس کنیم. آن شب خیلی ترس داشتم. از درد و خون‌ریزی

می‌ترسیدم. اطلاعات کمی در این مورد داشتم. فقط همون چیزهایی را می‌دونستم که مامان چند روز قبلش به من گفته بود... رضا اصلاً به من توجهی نداشت. کار خودش را کرد و من را که از درد به خودم می‌پیچیدم، ول کرد و رفت. حتا برنگشت تا ببینه من در چه حالی هستم. الآن وقتی با خودم فکر می‌کنم، می‌بینم کار اون شب رضا یک تجاوز بود. روز بعدش هم از نظر جسمی و هم از نظر روحی کاملاً ازهم‌پاشیده بودم. فقط داشتم تحمل می‌کردم. من بچه بودم. فکر می‌کردم این هم بخشی از زندگی زناشوییه، و باید تحملش کنم تا بگذره. هیچ کار دیگه‌ای نمی‌شه کرد.

متأسفانه رضا دست بزن هم داشت. از اوایل زندگی مشترک مرتب روی من دست بلند می‌کرد. سر شام به همه چیز گیر می‌داد. خونه را جهنم می‌کرد و یکی دو ساعت بعدش انتظار داشت یک سکس خوب و بی‌نقص باهم داشته باشیم. برای همین بی‌احترامی‌هاش هیچ‌وقت نتونستم باهاش صمیمی بشم. الآن هم تا زمانی که به انگلیس برسم با او هستم، بعد از اون واقعاً نمی‌دونم چی پیش میاد.»

فاطمه لحظاتی مکث کرد و بعد ادامه داد: «این صحبت‌ها را برای این کردم که بگم مردی که نتونه به تو احترام بذاره، هیچ‌وقت هم نمی‌تونه عاشقت بشه. هیچ وقت نمی‌تونه دوستت داشته باشه. چه در مورد امیر و چه حالا در مورد محمد تو به دنبال دوست داشته شدن بودی. در حالی‌که اونا به تو، به چیزی که بودی به عنوان یک افغانی هیچ احترامی نداشتن. محمد اگر تو را واقعاً می‌خواست، جلوی خونواده‌ش می‌ایستاد. بنابراین، ارزشش رو نداره که خودت رو ناراحت کنی. تو باید از همان روز اول همه چیز را بهش می‌گفتی. تا کی می‌شه با یک دروغ زندگی کرد؟»

فاطمه خودش را روی صندلی کمی جابه‌جا کرد، دستان زارا را نوازش کرد و گفت: «ولی من امروز نمی‌خوام بیشتر از این در مورد محمد یا امیر صحبت کنم. می‌خوام یک موضوع مهم‌تر را بهت بگم. می‌دونی وقتی من حامله بودم و مریم داشت به دنیا می‌اومد، نُه ماه تمام رنج کشیدم. احساس تهوع، سرگیجه و ضعف همیشه با من بود. تا

مدت‌ها پاها و سینه‌هام ورم داشت. بی‌دلیل خوشحال، عصبانی و یا افسرده می‌شدم. هیچ‌کسی نبود که بتونم باهاش صحبت کنم. کسی نبود که منو بفهمه و به من کمی آرامش بده؛ ولی بیشتر از تمام این‌ها استرس این‌که مریم چه شکلی میشه، منو اذیت می‌کرد. از خودم می‌پرسیدم، اگر قیافهٔ دخترم هزارگی باشه، تو این جامعه چه بلایی سرش میاد؟ اگر قیافه‌ش مثل دخترِ عمه زهرا یا مثل سجاد، پسرِ خاله مریم بشه، من چه کار کنم؟ با خودم می‌گفتم مردمی که حتا از قیافهٔ خودشون راضی نیستند و همیشه آرزو دارند بلوند باشند، چطور می‌تونن یک قیافهٔ متفاوت، یک قیافهٔ هزارگی را تحمل کنند؟ چی به سر مریم من میاد؟ بچه‌های ایرانی تو مهد کودک، تو مدرسه، تو خیابون، چطوری باهاش رفتار می‌کنن؟ مریم کوچولوی من با اون احساس ظریف دخترونه‌ش چطور می‌تونه تو این جامعهٔ خشن دوام بیاره؟

به خودم قول دادم تمام سختی‌ها را تحمل کنم. دل رضا رو به دست بیارم. اونو قانع کنم هر طوری که شده، از ایران بریم. یه جایی بریم که هزارگی یک قیافه باشه، در کنار قیافه‌های دیگه و به خاطر این‌که ظاهر ما با معیارهای رسمی این جامعه یکسان نیست، این‌قدر تو کوچه و خیابون اذیت نشیم. می‌دونی، رضا چند روز پیش که زنگ زده بود، می‌گفت تو انگلیس اگه زبانشون را بتونی خوب صحبت کنی، همه‌شون از خوشحالی ذوق می‌کنن. تو را بین خودشون می‌پذیرن. بهت تبریک می‌گن که این‌قدر خوب در جامعه‌شون ادغام شدی. درها به روت باز می‌شن؛ اما این‌جا چی؟»

کمی از چایش نوشید و ادامه داد: «زارا، ایران برای ما وطن نمی‌شه. هر کاری که بکنیم این‌جا وطن ما نیست. نهایتش به تو می‌گن که تو چقدر خوبی. اصلاً شبیه بقیه افغانیا نیستی. تو با همه‌شون فرق داری. تو واقعاً از زندگی همین را می‌خوای؟ زمان جنگ ایران و عراق کشته و زخمی دادیم، زمان بازسازی از هر تونل تاریک مترو گرفته تا هر بُرجی ما سر در آوردیم. کارگران ارزون ما بودیم،

کارگاه‌های تولیدی ارزونِ بازار از ما بودند. جرم و جنایت تو جامعه که زیاد شد، ما گردن گرفتیم. بی‌کاری دانشگاهی‌ها که زیاد شد، چوبش را ما خوردیم، مریضی و ویروس که شایع شد، حرفش رو ما شنیدیم.»

او دست‌های زارا را محکم فشار داد و آرام‌تر از پیش گفت: «کم‌کم وقتشه که از این‌جا دل بکَنی زارا. جایی بری که حداقل به تو فرصت‌های برابر با بقیه داده بشه. فرقی نمی‌کنه که این فرصت در بدبختی باشه یا خوشبختی. لیسانس‌ات را بگیر و برو دنبال سرنوشتت. برو افغانستان. مشغول به کار شو. کمی پول پس‌انداز کن. دنبال فرصت‌های تحصیلی در اروپا و امریکا باش. به این‌جا دل نبند. شاید همین اتفاقی که بین تو و محمد افتاده به خیر و صلاح تو بوده. اوضاع افغانستان خصوصاً کابل الآن بد نیست. درسته که گاهی انتحار و انفجار می‌شه؛ ولی اگر احتیاط کنی، ان‌شاالله خطری پیش نمیاد. از اون گذشته، ما مجبوریم ریسک کنیم. وگرنه وضعیت‌مون همیشه همین‌طوری می‌مونه.»

فاطمه ادامه داد: «زبان انگلیسی‌ات رو تقویت کن، ارتباطات خودت رو با دانشجویان افغانی دانشگاه بیشتر کن. در مراسم‌هاشون شرکت کن. در مورد شانس‌ها و فرصت‌های کاری در افغانستان اطلاعات بیشتری به دست بیار. به خصوص در مورد فرصت‌هایی که برای زنان میسرند، بیشتر جست‌وجو کن.»

□□

سال نو دیگری آغاز شد. زارا تعطیلی دوهفته‌ای نوروزش را در حالی گذراند که در مورد آینده‌اش فکر می‌کرد و به صحبت‌های فاطمه می‌اندیشید. می‌دانست که او جز خوبی و موفقیتش، چیزی دیگری را نمی‌خواهد. می‌دانست که فاطمه همان چیزی را برای او می‌خواهد که برای خودش می‌خواست.

بالاخره تعطیلات تمام شد و دانشگاه‌ها دوباره باز شدند. زارا تصمیم گرفت که در آن سال تغییرات اساسی در زندگی خود به وجود بیاورد. او هرچند مطمئن نبود

که چقدر می‌تواند پلانش را عملی کند؛ اما بازهم لیستی از کارهایی را تهیه کرد که باید انجام می‌داد. می‌خواست بیشتر روی تقویت زبان انگلیسی خود کار کند. واحدهای درسی‌اش را زودتر تمام کند. با دانشجویان افغان ارتباط بیشتری داشته باشد. همین‌طور، در مورد رفتن به کابل، کار و زندگی در آن‌جا، اطلاعات بیشتری جمع‌آوری کند.

هفته‌ها به سرعت می‌گذشتند. ترم دوم سال تحصیلی به خاطر تعطیلات طولانی سال نو همیشه کوتاه‌تر به نظر می‌رسید. زارا ارتباطش را با دانشجویان هم‌وطنش بیشتر کرد و با آن‌ها مراودهٔ نزدیکی برقرار کرد. گاهی آن‌ها را در دانشگاه می‌دید. سعی می‌کرد از فعالیت‌های فرهنگی و فوق برنامه‌های آن‌ها باخبر شود و در صورت امکان در آن‌ها شرکت کند. او با بعضی از دانشجویان افغان تحصیلات تکمیلی نیز آشنا شد. آن‌ها به طور مرتب به افغانستان رفت‌وآمد داشتند و اطلاعات خوبی در مورد افغانستان، شرایط کار و اوضاع امنیتی به او دادند.

در یکی از محفل‌های فرهنگی دانشجویان افغانستانی دانشگاه تهران، با نرگس و محسن آشنا شد. آن‌ها دانشجویان سابق دانشکدهٔ فنی بودند. باهم ازدواج کرده بودند و حدود یک سال پیش به کابل رفته بودند. زارا به شوخی به آن‌ها گفت که عاشق عدسی‌های بوفهٔ دانشکده‌شان است. آن‌ها در کابل در یک شرکت خصوصی کار می‌کردند. با شرایط کنار آمده بودند و به زندگی در کابل عادت کرده بودند. زارا آن‌ها را به خانه‌اش دعوت کرد، اطلاعات مفید زیادی در مورد افغانستان به‌دست آورد و رابطه‌شان حتا بعد از برگشت نرگس و محسن به کابل نیز ادامه پیدا کرد.

زارا همین‌طور از برنامهٔ حمایتی سازمان بین‌المللی مهاجرت[1] باخبر شد. این برنامه برای دانشجویان افغان که تمایل بازگشت به کشورشان را داشتند، شغل پیدا می‌کرد و تا هشت ماه به آن‌ها در افغانستان حقوق خوبی می‌داد. در این هشت ماه دانشجویان فرصت داشتند تا روی پای خود بایستند و مستقل شوند. گذشته از ارتباطات و

مشغولیت‌های تازهٔ زارا، بقیهٔ وقتش را با یلدا می‌گذراند. حالا خیلی کمتر به محمد فکر می‌کرد. با آن‌هم وقتی او را می‌دید، ناخودآگاه غمگین می‌شد. گویی جایی در گوشه‌های قلبش این غم ته‌نشین شده بود و هر بار با دیدن او به حرکت درمی‌آمد و به تمام وجودش پخش می‌شد. او دیگر دلش نمی‌خواست با محمد در یک کلاس بنشیند. حس خوبی نداشت. ترکیب غریبی از غم و افسوس به سراغش می‌آمد. برای محمد آن‌قدرهم ارزش نداشته است. انگار اصلا وابسته زارا نشده بود. چقدر راحت توانسته بود زارا را فراموش کند. تمام این فکرها آزارش می‌داد. با خودش میگفت: «چقدر خوشحالم که تا یکی دو ماه دیگه این ترم تموم می‌شه و بعد برای سه ماه تعطیلات تابستان است و تا سال بعد اتفاقات زیادی خواهد افتاد.»

□□

بالاخره تعطیلات تابستان شروع شد. زارا و یلدا آن تابستان چند واحد درسی گرفتند تا بتوانند در هفت ترم دورهٔ لیسانس‌شان را تمام کنند. بنابراین، قسمتی از وقت‌شان را باهم گذراندند و برای درس‌های‌شان آمادگی گرفتند. تفاوت عمدهٔ این تابستان با تابستان‌های دیگر این بود که این بار تمرکز اصلی زارا روی افغانستان بود. او سعی می‌کرد ارتباط منظمی با دانشجویان هموطنش داشته باشد و اطلاعات خود را در مورد اوضاع جاری افغانستان به‌روز نگه دارد. هم‌چنین در کنفرانسی که دانشجویان افغانستانی دانشگاه‌های تهران برگزار کرده بودند، شرکت کرد. با نرگس و محسن هم ارتباط منظم داشت. از آن‌ها در مورد شرایط کابل مدام سؤال‌هایی می‌پرسید. تصمیم گرفته بود که بعد از پایان دورهٔ لیسانس به کابل برود، برای همین سعی کرد تا بیشتر آن تابستان را پیش خانواده‌اش باشد و با آن‌ها وقت بگذراند.

با شروع پاییز آخرین سال تحصیلی دورهٔ لیسانس و آخرین ترم تحصیلی زارا و یلدا هم شروع شد. یلدا به فکر فوق لیسانس بود؛ اما زارا برنامهٔ ادارهٔ مهاجرت را پی‌گیری می‌کرد و به فکر رفتن به افغانستان بود. سایر هم‌کلاسی‌های‌شان هم با توجه به این‌که

دانشجوی سال آخر بودند، برنامه‌های آینده‌شان را سبک و سنگین می‌کردند. عده‌ای آمادگی کنکور ارشد را می‌گرفتند. بعضی‌ها به فکر مهاجرت از ایران بودند و عده‌ای هم می‌خواستند وارد بازار کار شوند. حال و هوای آن‌ها به نوعی برعکس فضای سال اول‌شان بود. آن‌ها می‌دانستند که وقت رفتن است. کسانی که در سال‌های گذاشته با برنامه پیش رفته بودند، حالا هم با اعتمادبه‌نفس بیشتری به آینده نگاه می‌کردند. گذر زمان در سال آخر کمتر حس می‌شد و همگی به شدت مشغول گرفتن آمادگی برای دورهٔ بعدی زندگی‌شان بودند.

با پایان ترم هفتم دانشگاه، یلدا و زارا هر دو فارغ‌التحصیل شدند. زارا انجام کارهای اداری گرفتن مدرکش را شروع کرد و یلدا نیز تمرکز خود را روی کنکور ارشد گذاشت. از سویی، سرمای زمستان و ویروس کرونا هم‌زمان در همه‌جا در حال گسترش بود و هر روز محدودیت‌های بیشتری وضع می‌شدند. شایعهٔ بسته شدن خوابگاه‌ها و دانشگاه‌ها هم به گوش می‌رسید. از آن‌جایی که آن دو کار زیادی در خوابگاه نداشتند، به قم برگشتند و پی‌گیری کارهای باقی‌مانده‌شان را از آن‌جا انجام دادند.

فصل سوم

اواخر بهار بود که بالاخره مراحل کارهای اداری زارا تمام شد. سازمان بین‌المللی مهاجرت، در وزارت معارف افغانستان برایش کار پیدا کرده بود. قرار بود در دفتر معینیت مالی ـ اداری این وزارت برای حداقل هشت ماه مشغول کار شود. این اولین تجربهٔ کاری اداری‌اش می‌شد. او سعی می‌کرد از اینترنت اطلاعاتی در مورد وزارت معارف افغانستان و فعالیت‌های معینیت مالی ـ اداری پیدا کند.

زارا با نرگس و محسن هماهنگی کرده بود که در کابل با آن‌ها زندگی کند. آن‌ها در پیش بردن کارهای اداری و هماهنگی با ادارهٔ مهاجرت نیز او را کمک کرده بودند. نرگس به او قول داده بود که یکی از اتاق‌های‌شان را در اختیارش قرار دهد و تا هر زمانی که می‌خواست، می‌توانست با آن‌ها زندگی کند. نرگس به زارا گفته بود: «خانه موقعیت خیلی خوبی دارد. در منطقهٔ ای به نام پل‌سرخ است؛ جای امن و خوبی است. به بازار و مراکز خرید نزدیک است. تقریباً تمامی نیازمندی‌های خود را می‌توانیم به سادگی در همان محدوده پیدا کنیم.»

فاطمه برای کاهش مخالفت‌های احتمالی تصمیم گرفت زارا را در سفر کابل

همراهی کند. بر علاوه، او خودش هم می‌خواست وضعیت افغانستان را از نزدیک ببیند. فاطمه و زارا تصمیم گرفتند با عجله و بدون سروصدای زیاد کابل بروند. می‌دانستند که اگر این بحث طولانی شود، ممکن است مخالفت‌هایی از طرف فامیل و حتا بی‌بی‌گل پیش بیاید.

پرواز تهران‌ـ‌کابل چهارشنبهٔ هر هفته، ساعت نه صبح بود. آن‌ها باید سه ساعت زودتر به فرودگاه می‌رسیدند. چندین روز قبل از پرواز، وسایل و سوغاتی‌هایشان را تهیه کردند و چمدان‌هایشان را بستند. باهم طوری برنامه‌ریزی کردند که یک روز قبل از پرواز یلدا به خانه‌شان بیاید و روز بعد، صبح زود آن‌ها را به فرودگاه برساند. یلدا طبق وعده‌ای که داده بود، بعدازظهر روز قبل، نزد فاطمه و زارا رفت. آن‌ها می‌دانستند که برای مدت طولانی یک‌دیگر را نمی‌بینند و برای همین می‌خواستند وقت بیشتری را باهم بگذرانند. علاوه بر این، آن‌ها باید شب زودتر می‌خوابیدند تا بتوانند صبح زودتر به سمت فرودگاه حرکت کنند. شب قبل از این‌که بخوابند، فاطمه گفت: «اگر مریم و مامان تا فرودگاه بیایند، خداحافظی برای آن‌ها، به خصوص برای مریم سخت می‌شود. پیشنهاد می‌کنم فقط یلدا ما را به فرودگاه برساند.» و زارا هم با نظرش موافق بود.

هر سه نفر صبح زود از خواب برخاستند. در مسیر فرودگاه امام خمینی تهران، به قصه پرداختند. آن‌ها از گذشته و روزهای خوبی که باهم داشتند، یاد کردند. خاطرات تلخ و شیرین گذشته یادشان آمد و ناخودآگاه همگی به این سؤال می‌رسیدند که آینده چه سرنوشتی را برایشان رقم زده است. آن‌ها می‌خواستند بدانند که دوباره کی و در چه شرایطی یک‌دیگر را خواهند دید.

یلدا از زندگی‌اش در ایران چندان راضی نبود. او همیشه فکر می‌کرد کشوری با ثروت طبیعی و موقعیت جغرافیایی ایران، باید به مراتب در شرایط بهتری باشد. او فکر می‌کرد باید آزادی‌های بیشتری می‌داشت. رفاه اقتصادی بیشتری را تجربه می‌کرد. گاهی با حسرت به وضعیت اقتصادی کشورهای همسایهٔ ایران؛ مثل امارات متحدهٔ

عربی، ترکیه یا قطر نگاه می‌کرد و انتظار داشت ایران هم در شرایط مشابهی می‌بود. گاهی حتا به مهاجرت فکر می‌کرد. در این مورد با حامد هم حرف زده بود. گفته بود به ترکیه بروند. در آن‌جا برای خود کیس پناهندگی درست کنند و به جای بهتری مهاجرت کنند. او همیشه با دل‌خوری به دوستانش می‌گفت: «ببینید جوانی ما در این مملکت چطوری دارد حیف می‌شود.»

فاطمه با وجودی که در قسمت رفتن زارا به افغانستان اصرار می‌کرد؛ ولی ته دلش نگران بود. گاهی از خودش می‌پرسید: «اگر خدای‌نکرده اتفاقی برای زارا بیفتد، جواب مامان را چی بدم؟... هیچ‌وقت نمی‌تونم خودم را ببخشم. چطور پیش فامیل سر بلند کنم؟ همین که یک دختر تنها را برای زندگی به کابل می‌فرستیم، همه‌شان با دقت دارند ما را نگاه می‌کنند. منتظرند اگر اتفاق ناگواری افتاد، ما را سرزنش کنند و بگویند که می‌دانستند این‌طوری میشه.»

زارا به مسیر بیابانی قم‌ـ‌تهران خیره شده بود. مسیری که طی چند سال اخیر هر هفته به طور مرتب از آن رفت‌وآمد کرده بود. او در دورترها و در بیابان تک چراغ روشنی را دید. با خودش فکر می‌کرد؛ یعنی چه کسی در زیر آن نور نشسته است. چقدر سحرخیز است و روز خود را چقدر زود شروع کرده است. او دلش می‌خواست داستان زندگی آن فرد را بداند: «تنهاست یا خانواده هم دارد؟ آیا تا به حال سفر طولانی داشته است؟ از زندگی چه می‌خواهد؟ آیا توانسته آن‌ها را به دست آورد؟»

زارا با خودش فکر می‌کرد، احتمالاً دیگر ایران برای او تمام شده است. از دوستان افغانش در دانشگاه تهران شنیده بود که در افغانستان فرصت‌های زیادی برای زنان وجود دارند. شنیده بود که بیشتر سفارت‌خانه‌ها، مؤسسات و پروژه‌های بین‌المللی امتیازهای خاصی برای رشد و تقویت نقش زنان در افغانستان دارند. از آن‌جایی‌که مسیر تازه‌ای را پیش روی خود می‌دید، هیجان‌زده بود. وقتی او در مورد حملات

انتحاری پرسیده بود، جواب شنیده بود که باید از مکان‌هایی که هدف حمله هستند، همیشه خود را دور نگه دارد و تا جایی که می‌تواند احتیاط کند.

آن روز یلدا هنگام خداحافظی خیلی دل‌تنگی کرد. او آرزو می‌کرد کاش او هم می‌توانست با آن‌ها به افغانستان برود. زارا او را دلداری داد و گفت: «دعا کن که همه‌چیز خوب پیش برود، اون وقت تو را هم به افغانستان دعوت می‌کنم.»

پرواز تهران ـ کابل حدود دوونیم ساعت طول کشید. بالاخره هواپیما به نزدیکی‌های کابل رسید و زارا کوه‌های سربه‌فلک کشیدۀ اطراف کابل را دید. بعضی از قسمت‌های کوه‌های دورتر هنوز هم پوشیده از برف بودند. کابل شهری به نظر می‌رسید که توسعه‌اش تا حد زیادی به صورت افقی بوده است. ساختمان‌های بلند و آپارتمانی زیادی در شهر دیده نمی‌شد. در مقایسه با بزرگی تهران، کابل شاید یک‌چهارم یا یک‌پنجم آن وسعت داشت و البته جمیعت شهر نیز به مراتب کمتر بود. آن‌ها کم‌کم باید آمادۀ فرود می‌شدند. خلبان اطلاعاتی در مورد وضعیت هوا و این‌که آسمان صاف و آفتابی است، به مسافران داد. پس از آن چیزی نگذشت که هواپیما خود را با باند فرودگاه در یک راستا قرار داد، چرخ‌های خود را باز کرد و فرود آمد.

محسن در فرودگاه کابل منتظر آن‌ها بود. او پیش از این گفته بود که بعد از زدن مهر دخولی به پاسپورت‌هایشان، باید چمدان‌های خود را از بخش مربوط بگیرند و به سمت خروجی فرودگاه حرکت کنند؛ جایی که او منتظرشان بود. محسن با دیدن آن‌ها قبل از این‌که سرگردان شوند، به سراغشان رفت: «سلام فاطمه جان، سلام زارا جان. خوب هستید؟ مانده نباشید.»

«سلام محسن جان، سلامت باشی.»

«چطور بود پروازتان؟ کدام جنجال خو نداشتین؟»

«نه، شکر مشکلی نبود. راحت اومدیم.»

بعد از احوال‌پرسی، محسن به آن‌ها کمک کرد تا وسایل‌شان را داخل ماشین

بگذارند. سپس از پارکینگ فرودگاه خارج شدند. به محضی که برآمدند، محسن گفت: «به خاطر این‌که در این وقت روز مرکز شهر شلوغ است، از جادهٔ میدان هوایی به سمت خانه می‌رویم.»

در مسیر راه، زارا و فاطمه متوجه اطراف‌شان بودند. هردو سکوت کرده بودند و به بیرون خیره شده بودند. ساختمان‌ها، موترها و مردم را از نظر می‌گذراندند. آدم‌ها و لباس‌هایی که پوشیده بودند، شعارها و مطالب روی دیوارها و تابلوهای تبلیغاتی توجه‌شان را جلب کرده بود. همین‌طور که موتر به پیش می‌رفت، به تالارهای عروسی رسیدند؛ ساختمان‌هایی که بیشتر توجه آن‌ها را به خود جلب کرد. تازه از کنار دوتای آن‌ها گذشته بودند که فاطمه گفت: «چه تالارهای عروسی شیک و بزرگی تو کابل دارین.» و رویش را به سوی محسن چرخاند.

محسن لبخندزنان گفت: «اگر شب به این‌جا بیاییم، زیباتر به نظر می‌رسند؛ چرا که چراغ‌های این تالارها روشن‌اند... مردم افغانستان وقت‌شان یا در عروسی می‌گذرد یا در خیرات. برای همین، مسجدها و تالارهای عروسی همیشه پر از جمعیت هستند.»

بعد از مدتی به منطقهٔ باغ بالا رسیدند. زمانی که از مقابل درمسال سیک‌ها می‌گذشتند، محسن گفت: «چند وقت پیش این‌جا یک انتحاری شد.» سپس با تأسف سرش را تکان داد و افزود: «سیک‌های افغانستان به خاطر بدامنی‌ها و حملات انتحاری گروه‌گروه در حال رفتن به کشورهای دیگر هستند.» زارا و فاطمه نیز قبلاً از طریق اخبار شنیده بودند که بر سر سیک‌های افغانستان چه آمده است و آن‌ها چطور به جلای وطن تن داده‌اند. همگی از این موضوع اظهار تأسف کردند.

کمی جلوتر فاطمه در حالی که به سوی هتل کانتیننتال اشاره می‌کرد، گفت: «در مورد این‌جا زیاد شنیده‌ام و جالب است که در چه موقعیت خوبی ساخته شده است؛ بر فراز تپه.»

محسن با اشاره به دروازهٔ ورودی دانشگاه گفت: «دانشگاه پلی تخنیک کابل و همین‌طور خیمهٔ لویه‌جرگه نیز در کنار این هتل موقعیت دارند.»

اندکی پیشتر زارا به ساختمانی بزرگی اشاره کرد و از محسن پرسید: «این ساختمان بزرگ نخودی‌رنگ چیست؟»

«این ساختمان سیلوی کابل است. به کمک روس‌ها ساخته شده است. نان نظامی‌ها و بعضی از ارگان‌های دولتی دیگر را تهیه می‌کند.»

«هنوز هم فعال است؟»

«بلی، هنوز فعال است.»

آن‌ها کم‌کم به میدان دهبوری و دانشگاه کابل رسیدند. محسن لیلیه‌ها و به تعقیب آن در ورودی اصلی دانشگاه کابل را که در نزدیکی وزارت تحصیلات عالی قرار داشت، به آن‌ها نشان داد و گفت: «در این منطقه یکی از درهای دانشگاه کابل، وزارت تحصیلات عالی، تخنیک ثانوی و چندین مرکز آموزشی و اداری دیگر قرار دارند.»

آن‌ها به سوی خیابان روبه‌روی دروازهٔ دانشگاه چرخیدند و به سمت پل‌سرخ راهشان را کج کردند. محسن با خنده گفت: «به محلهٔ ما خوش آمدید. این‌جا پُل‌سرخ است؛ پاتوق جوانان غربِ کابل.» پل‌سرخ به شکل واضحی شلوغ بود. در بعضی قسمت‌ها ماشین‌ها به یک‌دیگر گره می‌خوردند و صدای بوق ماشین‌ها از هر طرف شنیده می‌شد. مینی‌بوس‌ها با چشم‌سفیدی خاصی در ربودن مسافران از یک‌دیگر سبقت می‌گرفتند. دختران و پسران شیک و جوان در پیاده‌روها در حال رفت‌وآمد بودند. زارا و فاطمه به دقت به اطراف خود نگاه می‌کردند. مغازه‌های لباس، بوتیک‌ها، نانوایی‌ها، رستوران‌ها، صرافی‌های کنار خیابان، غذای خیابانی، همه‌وهمه برایشان جالب می‌نمودند.

همان خیابانی را که آمده بودند، ادامه دادند. بعد از چهارراه پل‌سرخ از روی پل نسبتاً کوچک ماشین‌رویی گذشتند. از مقابل چندین مغازه و کوچه عبور کردند و در

نهایت داخل یک کوچهٔ نسبتاً عریض سیمانی شدند. نبش کوچه مرکز خرید بزرگی بود که روی تابلویش نوشته شده بود: رضایی‌سنتر. نبش دیگر کوچه یک نانوایی سنتی و همین‌طور یک سبزی‌فروشی بود. مرد سبزی‌فروش سبزی‌های خوردن را به صورت دسته‌های کوچک و مرتب روی گاری خود چیده بود. داخل کوچه کمی جلوتر چند دکان خیاطی و یک حمام بود. محسن در گوشه‌ای توقف کرد و رویش را به سوی زارا و فاطمه چرخاند و گفت: «پیاده شوید. بالاخره رسیدیم. وسایل ضروری‌تان را بگیرید. بقیه داخل ماشین باشد. من بعداً می‌آورم.»

آن‌ها هم‌زمان گفتند: «برای شما زحمت می‌شود. خودمون وسایل را می‌بریم داخل.»

«نه، زحمتی نیست. همین‌جا جلوی در خانه هستیم. بعدتر ماشین را داخل حیاط می‌برم. وسایل را همان‌جا از ماشین پایین می‌کنم.»

محسن آن‌ها را به سمت خانه راهنمایی کرد. ابتدا وارد حیاط نسبتاً بزرگ شدند. داخل حیاط یک خانهٔ قدیمی، ولی بازسازی‌شده دیده می‌شد. خانه در وسط حیاط قرار داشت و اطراف آن به جز راه ورودی را فضای سبز گرفته بود. در یک گوشهٔ حیاط دست‌شویی بود. در کنار آن یک شیر آب و همین‌طور یک کانال باریک سیمانی بود. آب شست‌وشو به وسیلهٔ کانال سیمانی به جوی کنار کوچه منتقل می‌شد.

محسن صدا زد: «نرگس!» چند لحظه بعد نرگس در آستانهٔ در ایستاد. باهم گرم احوال‌پرسی کردند و همگی به سوی مهمان‌خانه در طبقهٔ دوم رفتند. نرگس به آن‌ها خوش‌آمد گفت. از این‌که بعد از مدت زیادی دوباره یک‌دیگر را می‌دیدند، اظهار خوشحالی کرد. زارا و فاطمه هم تشکر کردند و با شوخی گفتند: «گذر پوست به دباغ‌خانه می‌افتد. ما هم بالاخره سر از افغانستان درآوردیم.»

محسن با خنده گفت: «حالا دیگه افغانستان ما را دباغ‌خانه جور کدین.»

نرگس: «خواستم امروز چاشت برای شما قورمه‌سبزی یا قیمه‌بادمجون درست

کنم؛ ولی گفتم حتماً غذای ایرانی زیاد خوردین. برای همین قابلی جور کدیم. خوب قابلی هم یاد گرفتم.»

زارا گفت: «اتفاقاً خوب کاری کردی. ما غذای افغانی را ترجیح می‌دیم.»

فاطمه با خنده گفت: «باید طرز پختنش را بعداً به منم یاد بدهی.»

نرگس چای سبز دم کرد. بعد از نوشیدن چای و کمی صحبت، تصمیم گرفتند ناهار بخورند. نرگس در کنار غذا، لیمو و پیاز هم سر سفره‌اش آورد و گفت: «چون به محیط تازه آمده‌اید، خوب است کمی از این‌ها هم بخورید.» و رویش را به سوی زارا و فاطمه کرد و افزود: «تا مدتی آب جوش بنوشید و همین‌طور سبزی خوردن را هم با دقت ضدعفونی کنید. بدن شما هنوز به شرایط این‌جا عادت ندارد، ممکن است مریض شوید. چند روزی را باید احتیاط کنید.»

سپس خنده‌ای کرد و گفت: «البته در مورد نوشیدنی‌ها و خوردنی‌های خانهٔ ما خیال‌تان جمع باشد.»

غذا که خورده شد، محسن بیرون رفت و چمدان‌ها را از موتر پایین کرد و آن‌ها را داخل خانه آورد. زارا و فاطمه هم سوغاتی‌هایی آن‌ها را تسلیم کردند.

آنروز بعدازظهر وقتی هوا خنک تر شد، به پیشنهاد نرگس برای قدم‌زدن به پل سرخ رفتند. از خانه آنها تا خیابان کارته چهار و چهارراه پل‌سرخ راه زیادی نبود. کمتر از ده دقیقه پیاده روی داشتند. یک طرف خیابان پل‌سرخ براساس ماستر پلان شهری ساخته شده بود، و کارته‌سه نامیده می‌شد. خانه نرگس در قسمت بی‌نقشه خیابان پل‌سرخ و نزدیک خیابان عمومی بود. جنب‌وجوش خیابان اولین چیزی بود که توجه زارا و فاطمه را به خود جلب کرد. دست‌فروش‌ها در گوشهٔ پیاده‌رو و کنار خیابان تقریباً هرچیزی را که امکان داشت، می‌فروختند. از دسته‌های مرتب و پاک‌شده سبزی‌های خوردن تا انواع میوه، و غذاهای خیابانی مثل بولانی، سوپ و شورنخود وجود داشتند.

نرگس به خیابانی در سمت بی‌نقشه اشاره کرد و گفت: «این جاده به نام سرک قلعهٔ وزیر معروف است و این راه مستقیم به سرک چهارقلعه وصل می‌شه.» او با خنده ادامه داد: «این جادهٔ باریک و تمام‌نشدنی به نظر می‌رسه، به همین خاطر بعضی‌ها به آن سَرَک هزار و یک‌شب می‌گن... تو این خیابان هم‌زمان دو ماشین از کنار هم‌دیگه نمی‌تونند بگذرند و به خاطر باریک بودنش سرویس عمومی هم نداره. مردم مجبورن با وسیلهٔ شخصی و یا پای پیاده این مسیر را رفت‌وآمد کنند.»

آن‌ها وارد خیابان اصلی شدند و راه‌شان را به سمت چهارراهی پل‌سرخ کج کردند. در مسیرشان در یک محدودهٔ کوچک تعداد زیادی قصابی، نانوایی و داروخانه بود؛ چیزی که برای زارا و فاطمه مایهٔ تعجب بود. از مقابل دکان‌ها که می‌گذشتند، پلی در مسیرشان بود که بر روی دریای کابل کشیده شده بود. آن‌ها وقتی روی پل رسیدند، نرگس با اشاره به رودخانهٔ تقریباً خشک و لای‌روبی‌نشده گفت: «این رود پغمان است. کمی جلوتر به رود اصلی کابل می‌رسد و راه خود را به سمت شرق ادامه می‌دهد و در نهایت به پاکستان می‌رود.» سپس به آن‌طرف رودخانه اشاره کرد: «آن‌جا هم شیرینی‌فروشی رضوی است. شیرینی‌ها و بستنی‌هایش مطابق سلیقه و مزهٔ دهان ما هستند.» با خنده ادامه داد: «آن‌ها هم ایرانی‌گک هستند... مردم این‌جا به کسانی که در ایران بزرگ شده‌اند، ایرانی‌گک می‌گویند.»

گذشته از پل‌سرخ بوی کباب در پیاده‌رو پیچیده بود. تعداد زیادی رستوران‌های وطنی و مدرن را می‌شد در خیابان مشاهده کرد. بعضی از این رستوران‌ها جزو بهترین رستوران‌های کابل بودند و انواع غذاهای وطنی، هندی، ایرانی و غربی را عرضه می‌کردند. گذشته از پل‌سرخ و در نبش خیابان ساحلی کبابی پهلوان قرار داشت. وقتی آن‌ها از پیش رویش می‌گذشتند، مردی در حال پختن کباب بود. او با دقت سعی می‌کرد که بو و دود کباب‌هایش به سمت عابران برود. بوی کباب تازه در تمام پیاده‌رو پخش شده بود. نرگس گفت: «امکانات تفریحی کابل نسبت به جمعیت زیاد

آن بسیار کم است. برای همین رستوران رفتن یکی از تفریحات اصلی مردم است و رستوران‌های زیادی در کابل وجود دارد.»

آن‌ها مسیر خود را به سمت چهارراهی پل‌سرخ ادامه دادند. زارا و فاطمه به بولانی‌فروش‌ها، دست‌فروش‌ها، مراکز خرید، عکاسی‌ها و عابرین پیاده با دقت نگاه می‌کردند. سعی می‌کردند هر چیز تازه‌ای را پیدا کنند و در مورد آن صحبت یا سؤال کنند. در چهارراهی پل‌سرخ نرگس به یک فروشگاه بزرگ اشاره کرد و گفت: «در آن‌جا تقریباً تمام مواد غذایی و وسایل ضروری خانه را می‌شود پیدا کرد.» و بلافاصله در کنار آن پاساژ بزرگی را نشان داد که تقریباً تمام کتاب‌هایی که در افغانستان و ایران چاپ شده بودند، پیدا می‌شدند: «نامش پاساژ ملی است، بازار کتاب و کتاب‌فروشی.»

در گوشهٔ شرقی میدان دو مینی‌بوس شهری پشت سر هم ایستاده بودند و سعی داشتند مسافران مرکز شهر را به سمت خود جلب کنند. کمک‌راننده‌ها با صدای بلند و نخراشیده داد می‌زدند «شاررو، شاررو، شاررو.» زارا و فاطمه اما دقیق نمی‌فهمیدند که کمک‌راننده‌ها چه می‌گویند. نرگس با خنده گفت: «آن‌ها می‌گویند: شهررو، شهررو، شهررو؛ یعنی هر کسی که می‌خواهد به سمت مرکز شهر برود، سوار شود.»

سمت غربی چهارراهی وَن‌های مسافربری در یک صف، مسافران دشت برچی و غرب کابل را سوار می‌کردند. نرگس گفت: « اون ماشین‌ها تویوتاهای مسافربری‌اند. بین مردم به تونس مشهورند و معمولاً حدود ده مسافر گنجایش دارند. تونس‌ها جزو پرطرف‌دارترین ماشین‌های مسافربری در افغانستان هستند.»

خیابان شمالی چهارراهی پل‌سرخ به دانشگاه کابل ختم می‌شد؛ مسیری که آن‌ها همین پیش از ظهر از آن آمده بودند و سمت جنوبی میدان به سوی سه‌راهی علاء‌الدین و خیابان دارالامان می‌رفت. نرگس به سوی خیابان شرقی چهارراهی پل‌سرخ اشاره کرد و گفت: «بیشتر کافه‌ها و رستوران‌های خوب پل‌سرخ تو این خیابون قرار دارند. این بخش تقریباً توسط بوتیک‌ها، مرکزهای خرید، کافی‌شاپ‌ها و رستوران‌ها پر

شده‌اند. کافهٔ سیمپل، کافهٔ لاینِ و کافهٔ اسلایس از پرطرف‌دارترین کافی‌شاپ‌های این منطقه‌اند که جوانان زیادی را بعدازظهرها به سمت خودشون می‌کشانند.»

آن‌ها از مقابل کافهٔ سیمپل گذشتند. در زیرزمین آن رستورانی بود که غذاهای ایرانی می‌پخت. در طبقهٔ بالای آن کافهٔ سیمپل بود. آن‌ها دختران و پسران جوانی را دیدند که داخل کافه مشغول نوشیدن چای، قهوه و یا خوردن غذاهای فوری بودند. چند دختر و پسر جوان هم با تیپ متفاوت، بیشتر شبیه هنرمندان، سوسیالیست‌ها و سلبریتی‌ها در بالکن کافه نشسته بودند و سیگار می‌کشیدند.

□□

فردای آن روز زارا با دفتر ادارهٔ مهاجرت در کابل تماس گرفت و رسیدن خود را به آن‌ها اطلاع داد. آن‌ها به زارا گفتند که می‌تواند کار خود را از روز شنبهٔ پیش رو در وزارت معارف شروع کند. هماهنگی‌های لازم انجام شده بود. زارا باید در طول هفتهٔ بعدی یک روز نیز برای انجام بعضی کارهای اداری به دفتر ادارهٔ مهاجرت کابل می‌رفت.

در ورودی ساختمان خانهٔ محسن صفهٔ سیمانی با ارتفاع حدود نیم متر از زمین قرار داشت. دو اتاق با پنجره‌های بزرگ آفتاب‌گیر رو به این صفه باز می‌شدند. هر دو اتاق از سمت دیگر هم پنجره‌های بزرگی داشتند تا بتوانند در فصل زمستان بیش‌ترین آفتاب را دریافت کنند. صفه به ورودی طبقهٔ اول ساختمان ختم می‌شد. اتاق‌های طبقهٔ اول توسط یک سالن باریک به یک‌دیگر ارتباط داشتند. سمت راست سالن یک تک اتاق بود؛ اما سمت چپ آن، یک اتاق، یک حمام‌دستشویی و یک انباری کوچک بود. محسن و نرگس تمام مجموعهٔ سمت چپ سالن ورودی را در اختیار فاطمه و زارا قرار دادند.

بسیار زود تعطیلی آخر هفته از راه رسید. دختر عمهٔ بی‌بی‌گل همهٔ آن‌ها را برای ناهار دعوت کرد. فاطمه و زارا او را عمه صدا می‌کردند. عمه در منطقهٔ دشت برچی

زندگی می‌کرد؛ منطقهٔ هزاره‌نشینی که در غرب کابل موقعیت داشت. سر دسترخوان صبحانه بودند که مسئلهٔ مهمانی او مطرح شد. مثل هر روز تعطیلی دسترخوان صبحانه روی صفه چیده شده بود. محسن در حالی که چایش را هوفت می‌کرد، گفت: «برای این‌که به ترافیک بر نخوریم، بهتر است کمی زودتر حرکت کنیم. برچی جمعیت زیادی دارد؛ ولی تنها یک خیابان عمومی دارد. بنابراین، ترافیک و حجم بالای ماشین‌ها از دردسرهای بزرگ این منطقه است.»

یک ساعت به ظهر مانده بود که از خانه حرکت کردند. از مسیر چهارراهی پل‌سرخ و سرای غزنی به سمت برچی رفتند. نرگس گفت: «نام این منطقه سرای غزنی است.» زارا پرسید: «چرا این منطقه را سرای غزنی می‌گویند؟»

نرگس: «احتمالاً این‌جا ورودی شهر برای مسافرانی بوده است که از سمت جنوب و غزنی به کابل می‌آمده‌اند.»

محسن: «ما برای مدتی در این محله زندگی می‌کردیم. محلهٔ آرام و خوبی است. از این‌جا خوشم می‌آمد... چندین سال قبل آثار جنگ‌های داخلی در این مناطق وجود داشتند. زمانی که ما به کابل آمدیم، بازسازی زیادی شده بود؛ ولی بازهم بعضی جاها آثار جنگ‌های داخلی به چشم می‌خوردند؛ مثلاً دیوارهایی دیده می‌شدند که توسط گلوله سوراخ‌سوراخ شده بودند یا هم در اثر راکت‌های مجاهدین کاملاً از بین رفته بودند.»

نرگس با تأیید صحبت‌های محسن گفت: «با وجود تغییرات زیاد هنوز هم حتا نسبت به کشورهای همسایه امکانات کابل به مراتب کمتر است.»

از گولایی دواخانه گذشتند و به چوک مزاری رسیدند. سپس وارد خیابان عمومی برچی شدند. خیابان هنوز خیلی شلوغ نبود و رفت‌وآمد به شکل طبیعی جریان داشت. خانهٔ عمه در ایستگاه تانک تیل قرار داشت. عمه از دیدن زارا و فاطمه ذوق‌زده شده بود؛ این اولین باری بود که آن‌ها را از نزدیک می‌دید. آخرین دیدارش با بی‌بی‌گل وقتی

بود که او تازه نامزد شده بود و مسافر ایران بود. ته چهرهٔ عمه شباهت‌هایی با مادر زارا و فاطمه داشت. عمه خاطراتی را که با بی‌بی‌گل داشت، دانه‌دانه به یاد می‌آورد و با افسوس برای دیگران تعریف می‌کرد: «روزای خوبی را دَ بامیان تیر کدیم. چاهی آوِ ما هیچ وقت خشک نموشد. هوا همیشه پاک و صاف بود. شاوا پر از ستاره و مافتی بود. بامیان یخ بود، مگم یخی کسی را بی‌طاقت نموکد.»

عمه ادامه داد:« کوچه‌های کابل پر از گل و لایَ. بازهم از قبل کده وضعیت خوب‌تر شده. بعضی سرک‌ها و کوچه‌ها را مؤسسه سیمان کده.»

محسن از مشکل آب‌شان پرسید. عمه ادامه داد: «چاه آوِ ما زیاد وقته که خشک شده. عمق چاه را زیادتر کدیم؛ ولی چاره نشد. حالی یک شرکت خصوصی با قیمت بالا روزانه فقط پنج سات ما را آو میدیه.»

محسن گفت: «چاه ما هم کم‌آب شده. مشکل کم‌آبی کابل جدیه؛ ولی جنگ و کش‌مکش‌های سیاسی، وقتی برای رسیدگی به مشکلات اصلی نگذاشته... کسی به فکر مردم نیست.»

فاطمه: «به مشکل کم‌آبی اگر رسیدگی نشه، از هر مشکل سیاسی دیگه‌ای بدتره. آب چیزی است که مردم هر لحظه احتیاج دارن. شاید بشه بدون برق زندگی کرد؛ ولی بدون آب ممکن نیست.»

عمه که از این بحث‌ها چندان سر در نیاورده بود، سعی کرد موضوع بحث را عوض کند. او به زارا و فاطمه گفت: «از خود قصه کنید، شوی کَدید؟ چند اولاد دارید؟ در کابل چیز کار موکونید؟»

صحبت های آن‌ها بعد از ناهار هم تا مدتی ادامه پیدا کرد. سپس به سمت خانه برگشتند. زارا باید آمادهٔ شروع اولین کار خود در کابل می شد.

□□

صبح روز شنبه زارا زودتر از خواب برخاست و خودش را برای اولین روز کاری‌اش در وزارت معارف آماده کرد. وزارت معارف در مرکز شهر قرار داشت. بعد از خوردن صبحانه، محسن او را به محل کارش رساند. برای رسیدن به وزارت معارف باید از شلوغی دهمزنگ، شاه دوشمشیره و سر زیرزمینی می‌گذشت؛ آن صبح علی‌رغم زیاد بودن موترها، ترافیک روان بود. محسن آهسته‌آهسته از شاه دوشمشیره عبور کرد و سپس شاروالی کابل را دور زد و خود را به وزارت معارف رساند. او زارا را جلوی در ورودی کارمندان و مراجعین وزارت پیاده کرد و برایش آرزوی موفقیت کرد.

وزارت معارف مجموعه‌ای از چندین ساختمان بود، با محوطهٔ سرسبز و بزرگ، درست در مقابل شاروالی کابل. وزارت‌خانه‌ها و ساختمان‌های اداری زیادی در اطراف این وزارت موقعیت داشتند. مرکز بزرگ تجارتی گل‌بهارسنتر هم در مجاورت این وزارت، در سمت شمالی آن قرار داشت و فقط یک خیابان این دو ساختمان را از هم جدا می‌کرد. بعد از گل‌بهار سنتر چندین مرکز اداری موقعیت داشتند. وزارت اقتصاد، صدارت، وزارت خارجه و چند سفارت‌خانهٔ دیگر از آن جمله بودند.

درِ ورودی وزارت معارف توسی‌رنگ، ضخیم و بزرگ بود. به نظر می‌رسید آن را برای مقاومت در برابر حملهٔ انتحاری به این شکل ساخته‌اند. در کنار در اصلی ماشین‌رو یک در نسبتاً کوچک قرار داشت که افراد پیاده از آن وارد وزارت می‌شدند. در کوچک به دو بخش زنانه و مردانه تقسیم شده بود. یک قسمت به بخش بازرسی آقایان ختم می‌شد و قسمت دیگر به بازرسی خانم‌ها. زارا به سوی در ورودی زنانه رفت و نامهٔ ادارهٔ مهاجرت را به نگهبان خانمی که آن‌جا بود، نشان داد. نگهبان گفت که نامه را باید به دفتر مراجعین ببرد. برایش گفت اندکی جلوتر است. بعد، شروع به بازرسی بدنی و همین‌طور بازرسی کوله‌پشتی زارا کرد.

در اتاق مراجعین غرفه‌های متعددی بودند. در غرفه‌ها نماینده‌های معینیت‌ها و ریاست‌های وزارت نشسته بودند تا به مراجعین همان بخش جواب بدهند. نامهٔ

اداری زارا به معینیت مالی‌اداری مربوط می‌شد. او به غرفه‌ای رفت که نمایندهٔ معینیت مالی‌اداری در آن‌جا نشسته بود. نماینده که جوانی کم‌سن به نظر می‌رسید، با دیدن زارا کمی مرتب‌تر نشست و قیافهٔ جدی به خود گرفت و منتظر ماند که زارا درخواستش را مطرح کند. زارا سلام کرد و گفت: «ببخشید این نامه را از ادارهٔ مهاجرت آوردم. قرار است در معینیت مالی‌اداری شروع به کار کنم.»

آن شخص نامه را گرفت، نگاهش کرد و بعد گفت: «بلی، مکتوب مربوط ما می‌شه. دفتر ما در منزل دوم تعمیر اصلی وزارت می‌باشد. شما می‌شه که به همان‌جا بُرین. ضرورت به کدام کاری در این‌جه نیست.»

زارا که سعی می‌کرد با لهجهٔ کابلی صحبت کند، گفت: «درسته. می‌بخشید، تعمیر؟ منظور شما را نفهمیدم.»

نمایندهٔ معینیت سعی کرد با لهجهٔ ایرانی صحبت کند: «به نظرم تازه از ایران آمدی. منظورم ساختمانِ اصلیِ وزارت است. همان ساختمان آبی‌رنگ، طبقه دوم.»

زارا تشکر کرد و از سالن مراجعین خارج شد. از محوطهٔ سبز بزرگ گذشت و به چپ پیچید و به طرف ساختمان اصلی وزارت رفت. تمام حیاط وزارت با بلاک‌های بزرگ سیمانی فرش شده بود. پیاده‌رو نسبتاً باریکی که کمی از فرش سیمانی حیاط بلندتر بود، از بخش ماشین‌رو توسط چمن جدا می‌شد. زارا به سمت در ورودی ساختمان اصلی وزارت پیش رفت. کمی جلوتر، نزدیک در ورودی ساختمان سه ماشین ضدگلولهٔ لندکروزر پارک بودند. زارا با خود فکر کرد که این ماشین‌ها باید مربوط آدم مهمی باشند که این‌قدر جلو رفته‌اند و دقیقاً جلوی در ورودی ساختمان پارک شده‌اند. احتمالاً ماشین‌های وزیر معارف باشند.

زارا وارد ساختمان شد. روبه‌روی در ورودی تابلوی بزرگی با عنوان راهنمای طبقات نصب شده بود. او جلوتر رفت تا تابلو را ببیند و مطمئن شود که مسیر را درست آمده است. معینیت مالی‌اداری در طبقهٔ دوم همین ساختمان بود. از پله‌های سنگی

قدیمی خوش‌ساخت که کتاره‌های چوبی گوشه‌های آن را احاطه کرده بود، بالا رفت. در مسیر بالا رفتن از پله‌ها، مردان و زنانی را دید که احتمالاً هم‌کاران جدیدش بودند. نگاه زارا با نگاه بعضی از آن‌ها برای لحظه‌ای گره می‌خورد؛ ولی بلافاصله بدون این‌که حرفی ردوبدل شود، هر کدام مسیر خود را ادامه می‌دادند.

در طبقهٔ دوم به محضی که پله‌ها تمام می‌شدند، فضای بزرگی وجود داشت. سمت چپ و روبه‌روی پله‌ها اتاق شیشه‌ای بزرگی قرار داشت. داخل اتاق شیشه‌ای و نزدیک در ورودی، میز بزرگ اداری گذاشته شده بود. مرد جوان و خوش‌پوشی پشت میز بود و یک کامپیوتر و چندین موبایل و تلفن روی میزش قرار داشتند. هم‌چنین، دور تا دور اتاق برای مراجعین یک ردیف صندلی چیده شده بود. در میان اتاق سه میز پذیرایی نیز بودند که روی آن‌ها مجلات و روزنامه‌های مختلف گذاشته شده بود. چند نفر در اتاق منتظر بودند. دو نفر مسلح با لباس‌های نظامی نیز آن‌جا دیده می‌شدند. روی در شیشه‌ای لوگوی وزارت معارف نصب شده بود؛ دایره‌ای که در وسط آن خورشید، قلم و کتاب کشیده شده بود و در قسمت پایین آن وزارت معارف نوشته شده بود. پایین لوگو نیز "سکرتریت مقام وزارت معارف" به فارسی و انگلیسی دیده می‌شد.

اتاق شیشه‌ای از هر دو طرف خود به اتاق‌های دیگری باز می‌شد. در یک سمت و نزدیک به مردِ خوش‌پوش دری وجود داشت که احتمالاً اتاق وزیر بود. در سمت دیگر که زارا دید بهتری به آن داشت، اتاقی بود که در بالای آن نوشته شده بود: اتاق جلسات. در گوشهٔ سمت راست سالن درِ دولنگهٔ بزرگ و کاملاً باز با رنگ قهوه‌ای سوخته وجود داشت. بالای در تابلوی قاب‌شده‌ای نصب بود که روی آن نوشته شده بود: معینیت مالی-اداری. زارا به سمت در دولنگهٔ قهوه‌ای رفت. در به اتاق بزرگ سالن‌مانند باز می‌شد. او وارد سالن شد و نگاهی به اطراف انداخت. روبه‌روی در، یک مرد میان‌سال پشت میزی نشسته بود. روی میز، کاغذ قاب‌شدگی‌ای بود که روی آن نوشته بود: قیوم حامدی، سکرتریت مقام. کنار میز او یک در دولنگهٔ کوچک وجود داشت که

روی آن تابلوی "مقام معینیت مالی‌ـاداری" دیده می‌شد. دورتادور اتاق صندلی‌هایی در یک ردیف گذاشته شده بودند. روبه‌روی هر چند صندلی، یک میز پذیرایی کوچک وجود داشت که روی آن‌ها روزنامه‌ها و مجله‌های مختلفی وجود داشت. در گوشهٔ سمت چپ سالن دو میز اداری کنار یک‌دیگر قرار داشتند. یک لب‌تاب، یک نمایشگر نسبتاً بزرگ و یک تلفن رومیزی در آن‌جا دیده می‌شدند. مردی جوان با کت و شلوار نوک‌مدادی و کراوات سرخ‌رنگ پشت یکی از میزها نشسته بود. پشت میز کناری مرد جوان دیگری با مخابره واکی‌تاکی دیده می‌شد که کت‌وشلوار به تن داشت؛ ولی کراوات نبسته بود. چند نفر مراجعه‌کننده روی صندلی‌ها نشسته بودند و به نظر می‌رسید منتظر هستند تا با معین مالی‌ـاداری ملاقات کنند. زارا به سمت میزی رفت که مرد میان‌سال نشسته بود. سلام کرد و گفت: «نام من زهرا موسوی است. از طرف ادارهٔ مهاجرت آمدم. به من گفتند پیش شما بیایم.»

منشی معین، به گونه‌ای که گویی قبلاً در موردش چیزی شنیده بود، گفت: «خَی زهرا موسوی خودت هستی. بلی، مکتوب ادارهٔ مهاجرت به دست ما هم رسیده.»

سپس با لبخندی ادامه داد: «پس به خیر آمدی که کارت را شروع کنی. مهربانی بفرمایید، بنشینید. معین صاحب فعلاً کمی مصروف هستند. من برای‌شان می‌گویم که شما آمدین. باز هر وقت که خواستند، می‌شه که شما داخل برین و همراه‌شان ببینید.»

«درست است، تشکر.»

زارا روی یک از صندلی‌های مقابل منشی معین مالی‌ـاداری نشست. منشی رو به زارا کرد و گفت: «من حامدی تخلص می‌کنم.» سپس با دست به گوشهٔ اتاق، جایی که دو مرد جوان نشسته بودند، اشاره کرد و گفت: «احمد جان هم‌کار من هستند.» سپس به مردی که مخابره واکی‌تاکی در دستش بود، اشاره کرد و گفت: «صبور جان هم یاور معین صاحب هستند.»

احمد و صبور هم با زارا سلام و احوال‌پرسی کردند. سپس حامدی تکه‌کاغذی برداشت و چیزی روی آن نوشت. احمد و صبور از گوشهٔ اتاق زیرچشمی حرکات زارا را زیر نظر داشتند و سعی می‌کردند بدون این‌که توجه کسی را جلب کنند، همکار تازه‌شان را برانداز کنند.

بعد از حدود ده تا پانزده دقیقه مردی از اتاق معینیت خارج شد. او از حامدی تشکر کرد و از سالن برآمد. حامدی وارد اتاق معین شد و بعد از چند دقیقه‌ای برگشت. سپس به یکی از کسانی که در سالن انتظار نشسته بود، اشاره کرد که داخل برود. زارا هم منتظر نشسته بود تا معین به او وقت ملاقات بدهد. کمی دلهره و اضطراب داشت؛ زیرا تا کنون هیچ‌وقت با کسی در حد رئیس هم ملاقات نکرده بود، چه برسد به معین یک وزارت. با خودش فکر می‌کرد چطور باید رفتار کند و یا چگونه باید باشد تا معین فکر نکند که او یک آدم تازه‌کار و کم‌تجربه است. ذهنش درگیر همین فکرها بود که شخصی که پیشتر داخل اتاق شده بود، بیرون آمد. او هم از حامدی تشکر کرد و رفت. این بار حامدی بدون این‌که داخل اتاق شود، به فرد دیگری گفت: «شما می‌توانید بروید داخل.» وقتی آن شخص داخل اتاق معین شد، حامدی به زارا گفت: «ای نفر که خلاص شد، باز خودت می‌شه که معین صاحب را ببینی.»

بالاخره نوبت زارا رسید. او وارد اتاق معین شد. اتاق بزرگ و نورگیر بود. در انتهای اتاق میز بزرگ و شیکی قرار داشت که پشت سر آن یک کمد دیواری بزرگ با در شیشه‌ای کشویی گذاشته شده بود. داخل کمد کتاب، وسایل دکوراسیون و چندین تندیس یادبود دیده می‌شدند. در دو گوشهٔ کمد هم پرچم افغانستان و وزارت معارف به چشم می‌خوردند. معین مالی‌ـاداری پشت میز نشسته بود و ظاهراً مشغول خواندن اسناد و نامه‌های اداری بود. زارا سلام کرد، و بعد خودش را معرفی کرد: «زهرا موسوی هستم.»

معین سرش را از روی نامه‌ها برداشت، سلام او را علیک کرد و گفت: «بلی، مکتوب شما به دست ما رسیده است. مهربانی، بفرمایید بِشینید.»

در مقابل میز معین دو صندلی روبه‌روی هم قرار داده شده بودند و یک میز قهوه‌خوری دو نفره هم بین آن‌ها بود. به نظر می‌رسید معین مهمان‌های خاص و هم‌سطح خود را در آن‌جا می‌بیند. کمی پایین‌تر یک دست مبلمان هشت نفره طوری چیده شده بودند که مبل‌های یک نفره و سه نفره در یک ردیف گذاشته شده بودند. زارا روی یکی از مبل‌های سه نفره نشست و منتظر شد تا معین کارش تمام شود.

بعد از چند لحظه معین کاغذهایی را که مطالعه می‌کرد، به گوشهٔ میز گذاشت. از پشت میزش بلند شد و روبه‌روی زارا نشست. کت‌وشلوار راه‌راه پوشیده بود و کراوات قرمزرنگی بسته بود. موهای جوگندمی و کم‌پشتش را از راست به چپ شانه کرده بود. به نظر می‌رسید کمتر از چهل سال داشته باشد. معین چشمان سیاه‌رنگ و ابروهای پرپشت داشت و چون ریش و سبیل خود را تراشیده بود، لُپ‌های گوشتی‌اش بیشتر به چشم می‌آمدند. گفت: «خوش‌آمدی به وطن. کی رسیدی به خیر؟»

زارا که سعی می‌کرد تا حد ممکن به لهجهٔ دری صحبت کند، گفت: «تشکر معین صاحب. چهارشنبهٔ هفته پیش رسیدم.»

«به‌خیر، به‌خیر. وطن به متخصصین مثل خودت احتیاج داره. به نظرم که در ایران کلان شدی، درست است؟»

«بلی معین صاحب. من در ایران متولد شدم و همان‌جا بزرگ شدم.»

«مقصد در این‌جا غریبی نکنی. هر چیزی که ضرورت داشتی، می‌شه به حامدی صاحب یا یاور من بگویی. اگر مشکلت حل نشد، باز می‌شه به خودم بگویی.»

«تشکر معین صاحب.»

معین سپس سؤالاتی در مورد محل زندگی و تحصیل زارا در ایران پرسید. او گفت که فقط دو بار سفرهای کاری به ایران داشته است. بعد از سؤال و جواب‌هایی از این دست، معین زنگی را که کنارش بود، فشار داد. چند لحظه بعد، حامدی وارد اتاق شد و گفت: «بلی معین صاحب.»

«زارا جان را به سکرتریت ببرین. جایش را تنظیم کنید و وظایفش را برایش شرح بتین.»

معین سپس رو به زارا کرد و پرسید: «زارا جان، کمپیوتر داری؟»

«بلی معین صاحب.»

«کمپیوتر از خودت است یا ادارۀ مهاجرت بَرت داده؟»

«کامپیوتر خودم هست.»

«به نظرم که ادارۀ مهاجرت هم برتان کمپیوتَر میته. می‌شه اسنادی را که ضرور هستند، باز برایم بیاری که امضا کنم تا زودتر کمپیوترت را از ادارۀ مهاجرت گرفته بتانی.»

«درست است معین صاحب، تشکر.»

زارا با حامدی به اتاق اداری معینیت برگشتند. یاور وزیر دیگر آنجا نبود. اکنون میزی آنجا خالی بود. حامدی به سوی آن میز اشاره کرد: «زارا جان این میز خودت است. می‌شه که وسایلت را همین‌جا بانی و شروع به کار کنی. امروز احمد جان برایت در مورد کارها توضیح میته. اگر بازهم کدام مشکل و یا سؤالی بود، می‌شه که از مه پرسان کنی.»

قرار شد برای مدتی زارا با احمد کار کند و به کارهای معینیت مالی‌ـ‌اداری آشنایی پیدا کند. احمد مسئولیت‌ها و صلاحیت‌های معینیت مالی‌ـ‌اداری را برای زارا شرح داد. همچنین یک سری فایل و گزارش را نیز به او داد تا آن‌ها را بخواند. وظایف حامدی و خودش را نیز برایش توضیح داد: «حامدی صاحب معمولاً با مراجعینی که به ملاقات معین صاحب میایند، در تماس است. نوبت‌های آن‌ها را تنظیم می‌کنه و اگر کدام مهمان مهمی قرار است بیاید، پیش از پیش با گاردهای دروازۀ اصلی، نگهبان‌های ساختمان و همینطور معین صاحب هماهنگی‌های لازم را انجام میته. اگر کدام وقت کار فوری پیش آمد، برنامه‌های معین صاحب را بر اساس آن تنظیم می‌کنه

و در واقع بیشتر مسئول روابط عمومی است. کارهای فنی، تهیه و تحلیل گزارش‌های معینیت و کارهای کامپیوتری را من انجام میتم.»

احمد اصالتاً از هزاره‌های بلخ بود. خانواده‌اش در زمان حکومت کمونیست‌ها به ایران مهاجرت کرده بود. احمد هم در ایران به دنیا آمده بود و تا کلاس دهم در همان‌جا خوانده بود. با بهتر شدن شرایط زندگی در افغانستان، پدرش تصمیم گرفته بود که به افغانستان برگردد. احمد دیپلمش را از کابل گرفته بود و در دانشگاه کابل روان‌شناسی خوانده بود. او از کارهای کامپیوتری سر در می‌آورد و نرم‌افزارهایی را که می‌توانست کارشان را ساده‌تر کند، بلد بود. زبان انگلیسی را هم در دوران دبیرستان و همین‌طور دانشگاه خوانده بود. دو سال پیش در ریاست اداری وزارت معارف به عنوان کارمند مشغول به کار شده بود، ولی حدود یک سال قبل زمانی که معین مالی-اداری احتیاج به شخص فنی در دفترش داشت، رئیس اداری احمد را پیشنهاد کرده بود.

آن روز احمد به زارا توضیحاتی در مورد ساعات کاری وزارت داد. گفت: «به خاطر شیوع ویروس کرونا ساعت کاری از هشت صبح تا یک بعدازچاشت است. من و حامدی ساعت کاری خود را با برنامه‌های معین صاحب هماهنگ می‌کنیم. بعضی وقت‌ها زودتر می‌آییم و ناوقت به خانه می‌رویم. خودت فعلاً احتیاجی نیست که ساعات کاری‌ات را با معین صاحب هماهنگ کنی و می‌شه مطابق جدول زمانی کارکنان عادی وزارت رفت‌وآمد کنی.»

احمد بعد از مکث کوتاهی ادامه داد: «سالن غذاخوری هم به خاطر شیوع ویروس کرونا فعلاً تعطیل شده و معلوم نیست کی دوباره باز می‌شه. بعضی از کارمندان نان چاشت خود را از خانه‌شان می‌آورند و یا صبر می‌کنند تا بعد از تعطیلی ناهار بخورند.

به خاطر حملات انتحاری و هدف قرار گرفتن موترهای مأمورین، وزارت تصمیم گرفته است که کرایهٔ راه هر کارمند را به صورت نقدی پرداخت کند. به همین خاطر، سرویس‌های وزارت دیگه فعال نیستند و هر کسی باید به صورت شخصی رفت‌وآمد

کند. البته اگر بعضی از روزها مجبور شدی زودتر سر کار بیایی، یا دیرتر به خانه برگردی، وزارت راننده و ماشین شخصی برایت می‌ده.»

زارا کم‌کم با روند کاری وزارت آشنا می‌شد. فاطمه هم سعی می‌کرد شناخت بیشتری از کابل به دست بیاورد. آن‌ها هم‌چنین سعی می‌کردند تا بعدازظهرها یا آخرهفته‌ها به جاهای مختلف شهر کابل بروند. روزی برای خریدن سیم‌کارت تلفن همراه بیرون رفته بودند. مردی که کار آن‌ها را راه می‌انداخت، به بهانه‌های مختلف کارشان را طول می‌داد و سعی می‌کرد بهانه‌ای برای صحبت با زارا پیدا کند. آن‌ها هم متوجه این موضوع شده بودند، و با هم‌دیگر می‌خندیدند.

روز دیگر هردو باهم به شرکتی رفتند که محسن و نرگس آن‌جا کار می‌کردند. فاطمه هم دوبار به وزارت معارف رفت تا دفتر و کارهای زارا را از نزدیک ببیند. آن‌ها یک‌بار با نرگس به دانشگاه کابل رفتند. در فضای سبز آن قدم زدند و مقبرۀ سید جمال‌الدین را از نزدیک دیدند. آخر یکی از هفته‌ها هم چهارنفری به باغ بابر رفتند. فاطمه و زارا از معماری باغ خوش‌شان آمده بود. نرگس وقتی دید آن‌ها از ساختمان‌های باغ خوش‌شان آمده است، گفت: «این باغ توسط مؤسسۀ آقاخان مرمت و بازسازی شده است.» سپس توضیحاتی در مورد تاریخچۀ باغ بابر نیز ارائه کرد و به آن‌ها پیشنهاد کرد که اگر می‌خواهند جزئیات بیشتری در مورد باغ بدانند، تابلوی ورودی باغ را مطالعه کنند.

محدودیت‌های کرونایی در افغانستان برخلاف بسیاری از کشورهای دیگر خیلی شدید نبود. به نظر می‌رسید دولت نوعی رویکرد ایمنی جمعی در مقابل کرونا را در پیش گرفته است. محسن می‌گفت: «دولت افغانستان به خاطر مشکلات مالی و تخنیکی غیر از این رویکرد چارۀ دیگر ندارد. بر اساس این روش مردم آن‌قدر کرونا می‌گیرند تا بخش بزرگی از جمعیت به صورت طبیعی در مقابل آن مقاوم شوند و گسترش ویروس کاهش پیدا کند.»

بیشتر رستوران‌ها و مکان‌های عمومی در صورت رعایت مسائل بهداشتی باز بودند. آن‌ها یک بار به سلف‌سرویس هتل انترکانتیننتال رفتند. زارا علی‌رغم رژیم‌اش، اصلاً نتوانست از غذاهای خوش‌مزهٔ افغانی چشم‌پوشی کند. آن‌ها همگی از چرب بودن غذا صحبت کردند؛ ولی هم‌زمان تا توانستند خوردند. فاطمه گفت: «اگر زارا نتواند جلوی خودش را بگیرد، یعنی این‌که غذا خیلی خوش‌مزه است.» آن شب آن‌ها خیلی جوک گفتند، خندیدند و غذا خوردند. هنگام برگشت محسن مدام می‌نالید و می‌گفت: «کاش رانندگی بر عهدهٔ من نبود. با این معدهٔ پر، رانندگی چقدر سخت است.»

آن‌ها به چندین رستوران پل‌سرخ هم رفتند. در میان غذاهای آن‌جا، فاطمه از خوراک ماهیچهٔ رستوران بلوفِلیم خوشش آمده بود. هم‌چنین به کافهٔ سیمپل رفتند. فاطمه تحت تأثیر فضای ساده و پست‌مدرن آن قرار گرفته بود. در این کافه دختران و پسران جوان گردهم می‌آمدند و صحبت می‌کردند. زارا و فاطمه به آن‌ها نگاه می‌کردند و غیبت‌شان را می‌گفتند. یک‌بار آن‌ها به کافهٔ لاینِ رفتند. یک بار هم برای قابلی خوردن به یک رستوران وطنی در دهبوری رفتند.

فاطمه و زارا دیگر خود را در کابل بیگانه احساس نمی‌کردند؛ ولی فاطمه همیشه می‌گفت: «میان زندگی در کابل و سیاحت آمدن تفاوت زیادی است. در آینده اگر فرصتی شد، می‌خوام مدتی برای کار و زندگی به کابل بیام.» حالا آن‌ها دیگر فقط سؤال نمی‌کردند، بلکه گاهی نظراتی هم در مورد کابل داشتند. بعضی وقت‌ها نظرات محسن و نرگس را بر اساس یافته‌های خودشان از افغانستان نقد می‌کردند. یک شب بحثی میان آن‌ها در مورد مقایسهٔ افغانستان و ایران پیش آمد؛ بحثی که تا نیمه‌های شب ادامه یافت. محسن می‌گفت: «کابل یک شهر بین‌المللی است؛ مثلاً در شرکتی که ما کار می‌کنیم، از چندین کشور دنیا کارمند داریم. پروژه‌های ما توسط کشورهای مختلف دنیا حمایت مالی می‌شه و در حین انجام یک کار با کشورهای مختلفی در ارتباط هستیم. چنین فضاهایی در ایران خیلی کمتر است.»

فاطمه با تأیید حرف‌های او گفت: «باهات موافقم. ایران علی‌رغم امکانات و ثروت عظیمش، یک کشور نسبتاً منزویه. حتی در تهران هم ایرانی‌ها اگر یک خارجی خصوصاً اروپایی یا امریکایی را ببینند، ذوق می‌کنند. در حالی‌که در کابل دیدن یک خارجی عادی شده.»

زارا با خنده گفت: «ایرانی‌ها خارجی ندیده هستند.»

نرگس: «پس ما چه بودیم؟»

محسن: «تو ایران، خارجی یعنی اروپای غربی یا امریکای شمالی، خصوصاً بلوندهاشون.»

فاطمه: «چرا این‌طوریه واقعاً؟ چرا ایرانی‌ها این‌قدر از موطلایی‌ها و چشم‌رنگی‌ها خوش‌شون میاد؟»

نرگس: «خوب اگر خدایی هم بگیم، بلوندها خوشکل‌اند. منم خیلی خوشم میاد.»

محسن در حالی‌که خنده بر لب داشت، رو کرد به سوی نرگس و گفت: «پس به نظرت من خوشکل نیستم؟ می‌بینی این فقط مشکل ایرانی‌ها نیست. مشکل بقیه و از جمله ما هم هست. می‌دونین در سیصد سال اخیر، پول، ثروت و رسانه دست همین بلوندها بوده. اینا زیبایی و خیلی چیزای دیگه رو بر اساس سلیقه و خصوصیات ظاهری خودشون تعریف کردند، تکرار کردند و به ناخودآگاه همهٔ ما دادند. با این معیارها و استانداردها هیچ غیربلوندی خوشکل حساب نمی‌شه. اگر حساب هم بشه، به اندازهٔ حساب می‌شه که به بلوندها؛ یعنی ایده‌ئال زیبایی نزدیک‌تر باشه.»

او افزود: «یادمه مادرم می‌گفت بچه که بودیم، کسی اگه چشماش سبز بود، اونو تو منطقهٔ ما مسخره می‌کردند؛ ولی الآن از نظر ما چشمای رنگی یک امتیاز محسوب می‌شه.»

زارا: «ولی به نظرم هر طوری که استدلال کنیم، باز همهٔ ما می‌دونیم که موی طلایی و چشای رنگی یه چیز دیگه است.»

محسن: «من وقتی می‌خوام منطقی باشم به چیزی که گفتم اعتقاد دارم؛ ولی وقتی می‌خوام با احساساتم تصمیم بگیرم، با زارا موافقم. متأسفانه آدم‌های خیلی کمی هستند که بدون تأثیر احساسات‌شون بتونن تصمیم بگیرن. از نظر عاطفی ما الآن کاملاً تحت تأثیر همان معیارها و استانداردهای دنیای بلوند هستیم.»

فاطمه: «با این حساب این فقط ما نیستیم، این مشکل تقریباً تمام آدم‌های غیرسفید یا غیربلوند هست. هر ملیتی که می‌خواد داشته باشن، پس چرا می‌گفتیم در افغانستان مردم خارجی‌ندیده نیستند؟»

محسن: «به نظرم در افغانستان هم بین مردم بی‌سواد و بی‌خبرش این‌طوریه که براشون بلوندها معیار زیبایی نیستن؛ مردمی که در نقاط پرت و دوردست افغانستان هستن و اصلاً نمی‌دونن بیرون از دهشان چه خبره. البته این اعتمادبه‌نفس از بی‌خبری‌شونه؛ ولی هرچه که درس‌خوانده‌تر می‌شن و از دنیا آگاه‌تر معیارهای ساخته‌شدهٔ دنیای بلوند می‌ره زیر پوست‌شون و ناخودآگاه به اون باور پیدا می‌کنن.

شبیه همین موضوع در افغانستان هم است؛ مثلاً این‌جا پشتون‌ها برای چند صد سال حاکم بوده‌اند، پول و قدرت و رسانه در اختیارشون بوده و خواهی‌نخواهی معیارهای زیبایی را بر اساس قیافه‌های خودشون تعریف کردند. حالا هر قومی به هر نسبتی که از معیارهای اونا دور باشه، به همون مقدار از زیبایی دور به نظر می‌رسه. برای همین قیافه‌های ازبیکی و هزارگی به استانداردهای پشتون‌ها برابر نیستند؛ ولی اگر ما در چین یا جاپان یا در شرق آسیا زندگی می‌کردیم، کاملاً با معیارهای زیبایی‌شون برابر بودیم.»

زارا: «من از کره‌ای‌ها خوشم میاد. تو این سریالا و فیلما می‌بینم، به نظرم خیلی جذاب می‌رسن.»

فاطمه: «در دهه‌های اخیر با ظهور قدرت‌های ثروتمند شرق آسیا؛ مثل ژاپن، کرهٔ جنوبی و چین، کم‌کم این تیپ و قیافهٔ آسیایی هم داره طرف‌دارهای خودشو پیدا

می‌کنه؛ چون این کشورها هم دارند معیارهای دیگه‌ای رو برای زیبایی تعریف می‌کنن؛ معیارهایی بر اساس ظاهر خودشون.»

نرگس: «دقیقاً مثل عیسای مسیح. سفیدپوستا با این‌که می‌دونن مسیح از خاورمیانه بوده و به احتمال زیاد بلوند نبوده؛ ولی چون می‌خوان اون رو بر اساس معیارهای خودشون زیبا تصور کنن، همیشه مسیح را موطلایی، قدبلند و چشم‌رنگی درست می‌کنن. آدم یه جورایی یاد قهرمان‌های فیلمای هالیوود می‌افته تا عیسای مسیح.»

محسن: «گپ از کجا به کجا رسید. امشب زیاد غیبت ایرانی‌ها را گفتیم. یک خوبی‌شون را هم به نظرم باید بگیم. فضای جامعه در ایران نسبت به افغانستان مدرن‌تره، مردم خیلی سنتی نیستند، و بنیادگرایی هم خیلی کمتره.»

فاطمه: «بله، ولی این فضای بنیادگرایی و همین‌طور گروه‌های بنیادگرا در افغانستان را غربی‌ها و کشورهای منطقه ایجاد و تقویت کردند تا بتونن شوروی را شکست بدهند. بعد از شکست شوروی هم افغانستان کاملاً فراموش شد، مردم ماندند، یک فضای سنتی و گروه‌های بنیادگرای داخلی و خارجی.»

▫▫

آخر آن هفته نرگس به زارا و فاطمه پیشنهاد کرد که باهم به شهرنو بروند. روزهای کاری مرکز شهر شلوغ بود. آخر هفته فرصت خوبی بود که سه نفری به مرکز شهر سر بزنند، کمی بگردند و همان‌جا ناهار بخورند. زارا و فاطمه که هم‌چنان در کابل مشتاق کشف جاهای جدید بودند، از پیشنهاد نرگس استقبال کردند.

نرگس گفت: «امروز از مسیر کلوله‌پشته به سمت شهرنو می‌ریم. می‌خوام یک راه جدید رو بهتون نشون بدم.»

فاطمه: «خیلی هم عالی.»

زارا: «کی گواهی‌نامه گرفتی نرگس؟ ما را به کشتن ندی یک وقت.»

نرگس: «رانندگی را پیش محسن یاد گرفتم، در خیابونای شهرک حاجی نبی. خیابونای اونجا خلوت و بزرگه و هنوز جمعیت مثل بقیه جاها خیلی زیاد نشده؛ ولی گواهی‌نامه را پولی گرفتم. ۱۵۰ دلار رشوه دادم و گواهی‌نامهٔ آماده ازشون گرفتم.»

فاطمه: «چرا رشوه؟ نمی‌شد که از راه قانونی‌اش اقدام کنی؟»

نرگس: «باید حداقل دو هفته کلاس اجباری می‌گذروندم. آن هم قوانینی را که بلد بودم و خوانده بودم. از اون گذشته، در هر صورت ریاست ترافیک کاری می‌کنه که در نهایت مجبور بشی بهشون رشوه بدی. منم تصمیم گرفتم از همون اول پول‌شون را بدم و خیالم را راحت کنم. گذشته از تمام این‌ها خدا نکنه کار یک دختر به ادارات این‌جا بیفته. خیلی‌ها سعی می‌کنند یک طوری ازش سوء استفاده کنن.»

زارا: «وضعیت تو شرکتی که خودتون کار می‌کنید، چطوریه؟»

نرگس: «این‌جا من و محسن باهم هستیم و همه می‌دونن که متأهلیم. از طرفی، شرکت‌ها مجبورند مخارج هرماه‌شون را پیش از پیش دربیارند وگرنه درشون تخته می‌شه. برای همین، بحث کار کردن جدی‌تر از دولت هست. در کل در مقایسه با دولت اوضاع شرکت‌ها بهتره.»

نرگس از آینهٔ ماشین به زارا نگاه کرد و با خنده گفت: «مثل دولت نیست که صبح تا شب بی‌کارند و هیچ کاری انجام نمی‌دهند.»

زارا با خنده گفت: «حالا دیگه به ما دولتی‌ها تیکه می‌ندازی. ما هم کلی کار داریم که انجام بدیم. همیشه سرمون شلوغه.»

زارا با خودش فکر کرد که حق با نرگس است. در وزارتی که او مصروف کار بود، کار خیلی زیادی انجام نمی‌شد. طی چند هفته‌ای که از رفتنش به وزارت می‌گذشت، فقط چند گزارشی را که از ولایات آمده بودند، مرتب و خلاصه کرده بود و برای بعضی از آن‌ها هم فایل‌های اکسل درست کرده بود. در اینترنت هم در مورد وضعیت معارف کمی تحقیق کرده بود. با خودش فکر کرد که اگر کسی درست کار کند، تمام این‌ها را

حداکثر در یک هفته انجام می‌دهد؛ ولی او دو هفته وقت داشت تا آن‌ها را انجام دهد. او در همین مدت کوتاه متوجه شده بود که خیلی از کارمندان سعی می‌کنند فقط وقت خود را بگذرانند و یا دنبال بهانه‌ای هستند که مرخصی بگیرند. هم‌چنین از توانایی اندک بعضی از کارمندان، خصوصاً کارمندان مسن‌تر و کیفیت پایین کارها هم تعجب کرده بود.

با این حال، زارا از شرایط کاری خودش راضی بود. حجم کارش زیاد نبود و حقوق خوبی هم می‌گرفت. می‌توانست در وقت ضرورت، در رزومه‌اش بنویسد که در ادارهٔ بین‌المللی مهاجرت کار کرده است و هر کجا کار دولتی اهمیت داشت، می‌توانست بگوید در وزارت معارف مشغول به کار بوده است. گذشته از این‌ها، حالا که کار زیادی در وزارت نداشت، می‌توانست زبان انگلیسی خود را تقویت کند، به کارهای شخصی‌اش برسد یا هر کاری که دلش می‌خواهد، انجام بدهد.

فاطمه طوری که انگار موضوع مهمی به ذهنش رسیده باشد، رو کرد به زارا و گفت: «تو باید از حالا کم‌کم به این فکر باشی که بعد از هشت ماه، وقتی حقوق ادارهٔ مهاجرت قطع می‌شه، می‌خوای چه کار کنی.»

نرگس: «بله، خوب است که از حالا برنامه‌ریزی کنی. اگر خواستی در دولت بمونی، باید یک منبع دیگه برای معاشت پیدا کنی و اگر می‌خوای به مؤسسات و شرکت‌های خارجی بری، باید کم‌کم به فکر یه جای خوب باشی.»

آن‌ها از باغ بالا گذشتند و به چهارراهی کلوله‌پشته رسیدند. نرگس راه خود را به سمت شهرنو کج کرد. همان‌طوری که داشت رانندگی می‌کرد، گفت: «ترک‌ها یک مرکز تجاری به نام مجید مال در شهرنو دارند. یک رستوران غذاهای فوری هم در آن‌جا هست. پیشنهاد می‌کنم برای ناهار به اون‌جا بریم.»

زارا و فاطمه هم موافقت خودشان را اعلام کردند. در میانهٔ راه، نرسیده به مجیدمال نرگس یک مرکز تجارتی دیگر را به آن‌ها نشان داد و گفت: «این‌جا سیتی‌سنتر است. تا

یکی دو سال پیش این‌جا شیک‌ترین مرکز تجاری کابل بود.» سپس به یک مجموعهٔ آپارتمانی اشاره کرد و گفت: «این‌جا برج شهرنو است. کرایه‌اش نسبتاً زیاد است و بعضی از مقامات دولتی و تاجران مشهور این‌جا خانه دارند. پشت بام این‌جا معمولاً پارتی‌های لوکسی گرفته می‌شوند.»

آن‌ها بالاخره به مجید مال رسیدند و در گوشهٔ خیابان در امتداد چند ماشین دیگر تصمیم به پارک گرفتند. پسربچه‌ای ده‌یازده ساله فوراً شروع کرد به راهنمایی آن‌ها. او منتظر شد تا آن‌ها از ماشین پیاده شوند: «خاله جان، موتَر را هوش کنم؟» سپس بدون این‌که منتظر بماند و نظر آن‌ها را بگیرد، افزود: «پنجاه روپه می‌شه.»

«پنجاه روپه می‌تم، مگر موتر را یک دستمال هم کَش کو تا میام. شیشه‌هایش را هم پاک کن.»

«نه، خاله جان، اگر موتر را بشویم، صد روپه می‌شه.»

«نه، ضرورت به شستن نیست. فقط همراه دستمال پاک کن و همان پنجاه صحیح است.»

نرگس، زار و فاطمه از ماشین دور شدند. از خیابان گذشتند. بعد از عبور از کنترل امنیتی و بازرسی کیف‌های‌شان وارد مجیدمال شدند. رستوران در طبقهٔ دوم قرار داشت. آن‌ها از راه پله‌ها بالا رفتند و وارد رستوران شدند. در همان زمان پیش‌خدمت به آن‌ها خوش‌آمدید گفت و آن‌ها را به سوی میز چهار نفره‌ای راهنمایی کرد.

دیری نگذشت که غذای سفارشی‌شان را آوردند. آن‌ها در حین غذا خوردن دربارهٔ موضوعات مختلفی صحبت کردند. فاطمه که دلتنگ مریم و بی‌بی‌گل شده بود، در مورد صحبت اینترنتی دیروزش صحبت کرد: «مریم به خاطر دوری من خیلی دلتنگی می‌کرد؛ ولی مامان سرش گرم بود. می‌خواست یک مراسم روضه بزرگ بگیرد. می‌گفت هوا تو قم خیلی گرم شده. کارهای کارگاه خیاطی هم خدا را

شکر بد نیست. فقط مامان می‌گفت که خیاط تازه‌ای که استخدام کرده یک پارچه گرون‌قیمت را موقع اطو کشیدن سوزونده.»

بعد از غذا آن‌ها چای و باقلوای ترکی سفارش دادند. زارا از فرصت نبودن محسن در جمع‌شان استفاده کرد و سعی کرد از نرگس سؤال‌های زنانه و خصوصی بپرسد: «تصمیم ندارین بچه‌دار بشین؟ صحبت می‌کنین اصلاً در این مورد؟»

«راستش الآن که بیشتر سعی داریم کار کنیم و کمی پول جمع کنیم. در ضمن، برای بورسیهٔ فولبرایت امریکا ثبت نام کردیم. راستش فعلاً بچه‌دار شدن اولویت ما نیست.»

فاطمه پرسید: «به نظرت دیر نمی‌شه؟ تازه، اگر می‌خواهی محسن را پای‌بند زندگی کنی، بهتر نیست بچه‌دار شوی؟»

«راستش گاهی به این موضوع فکر می‌کنم. مردا رو که می‌شناسی، باید مدام مواظب‌شون باشی. از طرفی، وقتی به شرایط افغانستان، به انتحار و انفجار، آیندهٔ نامطمئن و نبودن امکانات درست و محیط مناسب برای رشد بچه‌ها فکر می‌کنم، کمی می‌ترسم. یکی از دوستامون یک بچهٔ هفت ساله دارند، مکافاتی داشتند برای مهد کودکش. با این‌که همیشه سعی می‌کردند به جای خوب بفرستنش؛ ولی همیشه بچه‌های دیگه اذیتش می‌کردند. تازه مهد کودک‌ها هم هیچ‌کدام امکانات درست‌وحسابی و مربی‌های خوب نداشتند. حالا هم که کلاس اول هست، مجبورند کلی هزینه کنند، سرویس بگیرند و یک جای دور بفرستنش. اختطاف و دزدی بچه‌ها هم که زیاد شده. خلاصه این‌که خیلی نگرانی دارند.»

«می‌فهمم چه می‌گی نرگس. من که مریم رو تو ایران به دنیا آوردم که امکانات و شرایط بهتری نسبت به این‌جا داره، همیشه از روزی که به دنیا اومده، نگرانش بودم.»

نرگس پرسید: «فاطمه، تصمیم تو چیه؟ قصد نداری که دوباره بچه‌دار شی؟»

«دلم می‌خواد این دفعه اگر بچه‌دار شدم، تو ایران نباشه. رضا در حال انجام

کارهای اداری رفتن ما به انگلیسه. اونجا در موردش تصمیم می‌گیرم. الآنم متأسفانه با این وضعیت کرونا تمام کارهای اداری عقب افتاده و خیلی کند پیش می‌ره.»

فصل چهارم

فاطمه کم‌کم به فکر برگشتن به خانه بود. در قم کارهایی داشت که باید انجام می‌داد. مرخصی طولانی‌ای که از محل کارش گرفته بود، هم رو به تمام شدن بود. مریم دخترش ده سال بیشتر نداشت و به او احتیاج داشت. از این گذشته، خودش هم برای مریم و بی‌بی‌گل دلتنگ بود؛ ولی فاطمه قبل از برگشتن آرزو داشت هر طوری که شده یک بار بامیان، سرزمین مادری‌اش را ببیند. فاطمه نمی‌دانست بار دیگر کی می‌تواند به افغانستان برگردد، برای همین نمی‌خواست این شانس را از دست بدهد. او در مورد بت‌های بامیان چیزهایی خوانده بود: «صلصال با پنجاه‌وسه متر ارتفاع در دل کوه بابا کنده شده و بزرگ‌ترین مجسمهٔ بودای ایستادهٔ دنیا است. کمی آن‌طرف‌ترش شهمامهٔ سی‌و‌پنج متری قرار دارد. این بوداها بیشتر از یک‌هزاروپنجصد سال قدمت دارند... بامیان از مراکز اصلی تمدن‌های کوشانی، بودایی، آریایی و یونانی بوده است.» هر وقتی او به این تاریخ باشکوه می‌اندیشید، ناخودآگاه به خود می‌بالید. احساس می‌کرد او هم بخشی از این تاریخ و فرهنگ است؛ ولی ناگهان به یادش می‌آمد که طالبان در سال دو هزار و یک، کمی قبل از سقوط حکومت‌شان صلصال و شهمامه را به توپ بستند و با دینامیت منفجر

کردند. غم عمیقی وجودش را فرا می‌گرفت. حالا فقط می‌توانست جای خالی بوداها را ببیند، فقط یک جای خالی. خوانده بود که امیر عبدالرحمن هم سعی کرده بود بوداهای بامیان را تخریب کند؛ ولی توپ‌های او آن‌قدر قوی و پیشرفته نبودند که بتوانند بوداها را از بین ببرند و فقط به آن‌ها آسیب رسانده بودند.

فاطمه موضوع سفر بامیان را با محسن، زارا و نرگس در میان گذاشت. آن‌ها هم هیچ‌کدامشان تا حالا به بامیان نرفته بودند. محسن گفت: «اتفاقاً تابستان، فصل بامیان رفتنه. هوای بامیان در این فصل عالی است.»

نرگس: «من هم دوست دارم بامیان بریم؛ ولی راستش کمی می‌ترسم.»

فاطمه با کمی تردید گفت: «البته شما شرایط امنیتی را بهتر می‌دونید. با این‌که خیلی دوست دارم بریم، ولی اگر فکر می‌کنید خطری داره بی‌خیال بشیم.»

زارا: «من هم دوست دارم بامیان رو ببینم؛ ولی در مورد خطرات سفر واقعاً چیزی نمی‌تونم بگم.»

فاطمه: «بعضی از اقوام نزدیک ما در بامیان زندگی می‌کنند. چطوره با اونا تماس بگیرم و از امنیت راه بپرسم؟»

محسن: «فکر خوبیه. منم فردا یک سر به ایستگاه موترهای بامیان می‌زنم تا ببینم راننده‌ها و مسافرا در مورد وضعیت راه چه می‌گن. همین‌طور می‌بینم اگر پروازی به بامیان بود، در مورد اونم معلومات می‌گیرم.»

فردای آن روز محسن و فاطمه در مورد سفر به بامیان و وضعیت راه‌ها پرس‌وجو کردند. دریافتند که این روزها اگر به صورت ناشناس و با ظاهر مردم محلی سفر کنند، مشکلی نیست؛ ولی راننده‌ها به محسن هشدار داده بودند که بعضی وقت‌ها طالبان در راه‌ها به دنبال هزاره‌ها می‌گردند و آن‌ها را از ماشین‌ها پیاده می‌کنند. از این‌رو، آن‌ها حتماً قبل از سفر باید مطمئن می‌شدند که کدام راه برای آن‌ها امن‌تر است و در روزهای گذشته مشکلی نداشته است.

محسن در مورد پروازهای بامیان هم جست‌وجو کرد؛ ولی زمان پروازها معلوم نبود. آن‌ها باید ثبت نام می‌کردند، و منتظر می‌ماندند. پروازهای سازمان‌های بین‌المللی هم فقط کارمندان خودشان را می‌بردند. بنابراین، شانسی برای مسافرت هوایی به بامیان وجود نداشت. حتا اگر وجود هم می‌داشت، قیمت بلیت برای یک پرواز حداکثر نیم‌ساعته بسیار زیاد بود.

فاطمه هم در پرس‌وجوهایی که از فامیل‌های نزدیکش در بامیان کرد، اطلاعات مشابهی به دست آورد. آن شب بعد از شام هر چهار نفرشان دربارهٔ مسافرت بامیان دوباره صحبت کردند. فاطمه که بیشتر از بقیه مشتاق بامیان رفتن بود، گفت: «من از فامیل‌هامون که پرسیدم، گفتن این روزا وضعیت راه خوبه. اونا می‌گفتن اگر به صورت ناشناس و آدم‌های معمولی بیایین، مشکلی پیش نمیاد. ممکنه تو راه طالبان ماشین را نگه دارن و سؤالایی بپرسن؛ ولی اگر متوجه نشوند که ارتباطی با دولت و شرکت‌های خارجی دارین، کاری ندارن. اونا می‌گفتن که طالبان معمولاً از زن‌ها سؤالی نمی‌پرسن.»

محسن: «من هم اطلاعات مشابهی پیدا کردم. امکان سفر هوایی فعلاً وجود نداره. معلوم نیست که پرواز بامیان کی باشه و زمان پرواز برگشت هم دست ما نیست.»

زارا: «پس تصمیم چی شد؟ به نظرتون بریم یا نه؟»

محسن: «اگر بخوایم بریم، به نظرم باید از راه غوربند بریم. راه میدان نزدیک‌تره، ولی اخیراً چندین دفعه هزاره‌ها را در اون مسیر طالبان پیاده کردند و در بعضی موارد کشتند. حدود بیست دقیقه از رانندگی در مسیر میدان خیلی خطرناکه و همون منطقه‌ای است که طالبان کنترل راه دست‌شونه.»

نرگس: «غوربند تا حالا مشکلی نداشته؟»

محسن: «در راه غوربند گاهی بین طالبان و نیروی‌های دولتی درگیری می‌شه؛ ولی در مجموع جاده تو کنترل دولته. راهش طولانی‌تره، ولی مسیر قشنگی داره. از منطقهٔ

پشتون‌ها که بگذریم، بقیهٔ راه امن و دیدنی است. راننده‌های تونس‌های مسافربری بامیان به من گفتند که تمام ماشین‌های کابل‌ـ‌بامیان تقریباً در یک زمان، آن هم اول صبح حرکت می‌کنند تا در روشنایی اول صبح از منطقهٔ خطر بگذریم. اول صبح مردم محلی معمولاً بیرون نیستند. در ضمن، وقتی تعداد ماشینا زیاد باشه، جرئت نمی‌کنن به جادهٔ عمومی بیان و جلوی ماشینا رو بگیرن.»

فاطمه: «من شنیدم که طالبان مردا را با دقت می‌گردند؛ ولی به زن‌ها بیشتر وقت‌ها کاری ندارند. مگه این‌که واقعاً مشکوک شده باشند.»

محسن: «بله، به من هم گفتند که طالبان معمولاً به زن‌ها کاری ندارند. از ترس این‌که نیروهای دولتی سر نرسند، مردها را هم خیلی باعجله می‌گردند؛ ولی اگر جاسوس‌هایی که دارند خبری براشون رسونده باشند، مشخصاً همان ماشین و فردی را که در موردش گزارش و اطلاعات دارند، با خودشون می‌برند. برای همین اگه تصمیم گرفتیم بامیان بریم، در مورد مسافرت‌مان به بامیان، نباید با کسی صحبت کنیم.»

محسن رو به زارا کرد و گفت: «چون تو در دولت کار می‌کنی و هر جور آدمی در وزارت هست، اصلاً در مورد سفر به بامیان نباید با کسی صحبت کنی.» هم‌چنین گفت: «طالبان موبایل، کامپیوتر و ... را با دقت چک می‌کنند. برای همین بهتر است کامپیوتر نبریم. موبایل هم فقط من و نرگس داشته باشیم. من یک موبایل دارم که استفاده نمی‌کنم و چیزی داخلش نیست. همونو می‌گیرم با یک سیم‌کارت نو. نرگس هم می‌شه یک موبایل معمولی ارزان‌قیمت که فقط برای زنگ زدن باشه با خودش بگیره. زارا و فاطمه را می‌تونیم بگیم که دو سه روز می‌شه از ایران اومدند و می‌خوان فامیل و اقوام‌شون را در بامیان ببینند. فعلاً بیکارند و موبایل هم هنوز نگرفته‌اند. من هم مثلاً خودم را خیاط معرفی می‌کنم و نرگس هم زن خانه‌دار. شما دو نفر هم مثلاً دخترعموهای ما هستین و باهم سفر بامیان می‌ریم. در ضمن، باید برای احتیاط اسم‌های پدر و مادرهای هم‌دیگه، تعداد خواهر و برادر ... را از قبل بدونیم و هماهنگ

باشیم. اگر طالبان خیلی شک کنند، ممکن است از هر نفر ما به تنهایی اینا رو بپرسند و جواب‌های ما را باهم مقایسه کنند. خیلی وقتا هزاره بودن در چنین جاهایی جرمه، اگر کدوم سندی، فایلی چیزی پیدا کنن، اون‌وقت جرم ما دوبرابر بقیه است.»

محسن بعد از تمام شدن صحبت‌هایش، نگاهی به بقیه کرد و متوجه شد که همگی ترسیده‌اند و کسی واقعاً نمی‌داند که سفر بامیان به خطرش می‌ارزد یا نه. هر چهار نفرشان هیچ‌وقت بامیان را ندیده بودند و دوست داشتند ببینند، ولی از طرفی ترس هم داشتند. خیلی از دوستان آن‌ها بامیان رفته بودند و این خطرها را به نوعی قبول کرده بودند. در بین دوستان نزدیک‌شان کسی نبود که مشکلی برایش پیش آمده باشد، ولی باز هم می‌توانستند با یک یا دو واسطه کسانی را پیدا کنند که بدشانسی آورده بودند. برعلاوه، در اخبار و اینترنت بارها اتفاقات بدی را دیده بودند که در این مسیر افتاده بود.

محسن با خنده ادامه داد: «البته اینا را که گفتم برای بدترین وضعیت ممکنه که احتمالش کم است. ما که سه زن و یک مرد هستیم، اگه احتیاط را رعایت کنیم، بعید است به مشکلی بربخوریم. اگه خوش‌شانس باشیم که اصلاً به ایست بازرسی طالبان برنمی‌خوریم، اگر هم بر بخوریم و ببینند سه تا زن تو ماشین است، احتمال زیاد وجود دارد که ما را نگه ندارند... من ماشین خودم را نمی‌برم. یک ماشین مدل پایین‌تر که کمتر به چشم بیاد، از دوستام قرض می‌گیرم. صبح با ماشین‌های مسافربری مسیر بامیان یکجا می‌رویم. حدود چهل دقیقه تا یک ساعتی در منطقهٔ خطر هستیم، از آن‌جا که گذشتیم، دیگه مشکلی نداریم؛ ولی باز هم تمام موضوعات احتیاطی را که گفتم، باید رعایت کنیم. در این مسیر فعلاً جنگی بین طالبان و نیروهای دولتی نیست. به خاطر خوب بودن آب‌وهوا تعداد مسافرا هم زیاد است و مسیر هم شلوغ؛ اما بازهم خوب است که یک‌بار دیگه فکر کنیم و باز تصمیم بگیریم.»

بالاخره بعد از یک روز فکر و سبک‌وسنگین کردن، تصمیم گرفتند بامیان بروند. آن‌ها فکر می‌کردند اگر این دفعه نروند، معلوم نیست دیگر چه وقت چنین

فرصتی میسر می‌شود. علاوه بر این، به نظرشان نمی‌رسید که شرایط امنیتی در آینده بهتر شود.

صبح سفر، همهٔ آن‌ها لباس‌های محلی و تا حدی کهنه پوشیدند و تا می‌توانستند ظاهرشان را شبیه مردم عادی مسیر بامیان‌ـ‌کابل در آوردند. خودشان را صبح زود به ایستگاه ماشین‌های بامیان رساندند. با ماشین‌های شخصی و مسافربری‌ای که طرف بامیان می‌رفتند، همراه شدند. کاروان آن‌ها به سمت شمال کابل حرکت کرد. وارد جادهٔ سالنگ شد، در میانهٔ راه، نرسیده به جبل‌السراج به سمت غوربند پیچید.

محسن گفت: «اگر با تونس‌های مسافربری می‌رفتیم، احتمالاً در مسیر راه راحت‌تر بودیم؛ اما بدی‌اش این بود که در بامیان ماشین نداشتیم. آن‌جا ماشین شخصی لازم است. در ضمن، مسافرت با ماشین شخصی بیشتر خوش می‌گذرد.»

کاروان ماشین‌ها کم‌کم به منطقهٔ خطرناک نزدیک می‌شد. تا زمانی که آن‌ها در منطقهٔ خطر بودند، محسن به دیگران چیزی نگفت. او نمی‌خواست همراهانش را نگران کند. اول صبح بود و از مردم محل کسی در جاده دیده نمی‌شد. از طرفی، تعداد ماشین‌هایی که همراه آن‌ها راهی بامیان بودند، نسبتاً زیاد بود. همین باعث شده بود که ناخودآگاه قوت قلب بگیرد. او با سرعت به دنبال ماشین‌های جلویی می‌رفت و تمام هوش و حواسش به جاده و اطراف آن بود.

بالاخره آن‌ها ساحهٔ خطرناک را پشت سر گذاشتند. ترس از وجود محسن فروریخت و احساس راحتی کرد. کسی ماشین آن‌ها را توقف نداد و مشکلی هم پیش نیامد. محسن با خنده گفت: «به خیر از منطقهٔ خطر گذشتیم. بعد از این طالبان وجود ندارند.»

نرگس با خوشحالی آهنگی با صدای بلند گذاشت و با خنده گفت: «آهنگ‌های درخواستی‌تان را آماده کنید که وقت شادی‌ست.»

آن‌ها از مسیر پرپیچ‌وخم و زیبایی که در امتداد رودخانه کشیده شده بود،

گذشتند و از میان چندین روستا و منطقهٔ مسکونی عبور کردند. بعد از احساس امنیت، حالا کم کم گرسنگی به سراغ شان آمده بود. محسن آن‌ها را در یک بازار روستایی پیاده کرد؛ بازار کوچکی که دو طرف جادهٔ عمومی کابل-بامیان ساخته شده بود. تصمیم گرفتند که صبحانه را همان‌جا بخورند. محسن هوتلی را در همین بازار انتخاب کرد. چای سبز و سیاه، قیماق، کره، مربا و نان تازه سفارش دادند. از آن‌جایی که از کابل صبح زود حرکت کرده بودند، می‌دانستند که به اندازهٔ کافی وقت دارند و می‌توانند با خیال راحت صبحانه‌شان را بخورند و بعد به راه‌شان ادامه بدهند. گذشته از این، باقی مسیرشان تا شهر بامیان امن بود و نیازی نداشتند که همراه ماشین‌های دیگر حرکت کنند.

حدود ساعت چهار بعدازظهر بود که آن‌ها به دروازهٔ ورودی شهر بامیان رسیدند. از میان بازار جدید بامیان هم گذشتند. همگی خسته بودند و در مورد این‌که به کدام هتل بروند، صحبت می‌کردند. محسن گفت: «یکی از هتل‌های خوب شهر بالای یکی از تپه‌های رو به مجسمه‌های بودا است. می‌شه که اونجا بریم تا منظرهٔ شهر و بوداهای بامیان را هم داشته باشیم. هتل نسبتاً بزرگی هم هست، حتماً اتاق خالی دارد.»

همه نظر او را تأیید کردند و به سوی هتلی رفتند که محسن پیشنهاد کرده بود. آن‌ها دو اتاق را کرایه کردند. قرار شد که شب در مورد جزئیات برنامهٔ سفرشان تصمیم بگیرند و باهم صحبت کنند.

آن‌ها وقت زیادی نداشتند و نمی‌توانستند بیشتر از چند روز در بامیان بمانند. بنابراین، تصمیم گرفتند که از وقت‌شان بیشترین استفاده را ببرند. همان روز، قبل از تاریک شدن هوا در شهر گشتی بزنند، شام بخورند و سپس استراحت کنند. آن‌ها می‌خواستند روز بعد آثار تاریخی نزدیک بامیان را ببینند و سپس به سمت بند امیر بروند.

قبل از شهرگشتی، نفسی تازه کردند و کمی خستگی‌شان را رفع کردند. دوش گرفتند و لباس‌های کهنه‌شان را عوض کردند. آن‌ها نزدیکی‌های عصر در بازار بامیان به قدم زدن پرداختند. آرامش خاصی در شهر برقرار بود. بعد از یک سفر پرخطر درک این آرامش و امنیت کار مشکلی نبود. ردیفی از دکان‌های یک‌طبقه که در دو طرف جادۀ عمومی ساخته شده بودند، بازار را به وجود آورده بود. فقط بعضی از دکان‌ها طبقۀ دوم هم داشتند که از آن‌ها به عنوان هتل یا مسافرخانه استفاده می‌شد. این هتل‌ها ارزان‌قیمت بودند و امکانات اندکی هم داشتند. تعدادی از رستوران‌های وطنی، تعمیرگاه‌های ماشین و یک پارکینگ هم در میان دکان‌ها دیده می‌شد.

آن‌ها قدم‌زنان تا میانه‌های بازار رفتند. بعضی از محصولات محلی بامیان؛ مثل کشک، میوۀ خشک و همین‌طور یک نَمد خریدند. سپس به سمت میدان معروف چراغ در بامیان حرکت کردند و از آن‌جا در سرک معارف به سمت مجسمه‌های بودا رفتند. خیابان خلوت و مستقیم به جای خالی بوداهای بامیان کشیده شده بود. دو طرف خیابان را درختان بلند احاطه کرده بودند. بادی که رو به سردی می‌گذاشت، از روبه‌رو می‌وزید. هوا پاک و تمیز بود و خبری از دود و غبار همیشگی کابل نبود. هرچه جلوتر می‌رفتند، چارچوب تراشیدۀ صلصال، بودای بزرگ، بیشتر به چشم می‌آمد. به آخر جاده رسیدند. عظمت تاریخ و فرهنگ گذشتۀ بامیان این‌جا بیشتر به چشم می‌آمد. دو بودای بزرگ ایستاده در دل کوه برای پانزده قرن چشم بر درۀ بامیان دوخته بودند. گویی برای قرن‌ها صلصال و شهمامه شاهد آمدن و رفتن تمدن‌های مختلف بودند. کاروان‌های تجارتی جادۀ ابریشم را که از این‌جا می‌گذشتند، نظاره کرده بودند و روزهای شکوه و روزهای سخت بامیان را هم دیده بودند. غم و شادی این مردم را از نزدیک حس کرده بودند و بخشی از زندگی روزمره‌شان شده بودند.

برای چند دقیقه هیچ‌کس چیزی نگفت. همه سکوت کرده بودند و به کوه بزرگی که در مقابل‌شان قرار داشت و به عظمت شاهکارهایی که در دل این کوه کنده شده بودند، می‌نگریستند. فاطمه ناگهان سکوت را شکست: «داستان اون غارهای کوچک و رواق‌ها که در بعضی قسمت‌های کوه کنده شده، چیه؟»

محسن گفت: «این‌جا در واقع عبادتگاه بوده. در دل این کوه غارها و اتاقک‌های زیادی برای گوشه‌گیری و عبادت ساخته شدند که بیشترشون به یک‌دیگه ارتباط دارند. من یک فیلم مستند در این باره دیدم. اتاقک‌ها با دقت و سلیقهٔ خاصی نقاشی و رنگ‌آمیزی شده و هنوز هم آثار نقاشی‌ها در بعضی از اونا دیده می‌شه.»

□□

فردای آن روز آن‌ها تصمیم گرفتند که روزشان را با دیدن بوداهای بامیان شروع کنند. چون فعالیت فیزیکی و پیاده‌روی نسبتاً زیادی پیش رو داشتند، کفش‌ها و لباس‌های مناسب پیاده‌روی و تا حدودی کوه‌نوردی پوشیدند. می‌خواستند به کوه بالای سر مجسمه‌ها نیز بروند. بوداها و همین‌طور درهٔ بامیان را از آن منظر هم ببینند. آن‌ها تا نزدیکی‌های مجسمه‌ها با ماشین رفتند. سپس به فضای باز و خاکی‌ای رسیدند که می‌شد همان‌جا ماشین را پارک کرد. از ماشین پیاده شدند و با پای پیاده به سمت بوداهای بامیان حرکت کردند. غرفهٔ بلیت‌فروشی نزدیک مجسمهٔ صلصال قرار داشت و شخصی به نمایندگی از وزارت اطلاعات و فرهنگ مسئول فروش بلیت بود. محسن چهار بلیت سفارش داد. آن شخص گفت: «قیمت تکت برای توریست‌های خارجی و داخلی متفاوت است.»

محسن با خنده گفت: «بیادر، خارجی از کجا شد. ما همه وطن‌دارای خودت هستیم.»

فروشنده هم خندید و گفت: «عجب، ای هم‌شیره‌ها که همراهت هستند چطور؟ کل‌شان وطن‌دار هستند؟»

نرگس، زارا و فاطمه هم خندیدند و گفتند: «بله ما همه وطن‌دار هستیم.» و بلیت‌ها را خریدند و به سمت صلصال، مجسمهٔ بزرگ بودا حرکت کردند.

حس افتخار و اندوه به صورت هم‌زمانی به سراغشان آمده بود. جای خالی بودا در واقع قاب بزرگی بود که برای آن پیکرهٔ عظیم کنده شده بود. سپس در دل این قاب، مجسمهٔ بودا را تراشیده بودند؛ اما حالا هیچ اثری از بودا نبود. تنها جایش، تنها قابش باقی مانده بود. آنها فکر می‌کردند که اگر طالبان در سال دو هزارویک میلادی آن بلا را بر سر مجسمه‌های بودا نیاورده بودند، حالا می‌توانستند خود مجسمه‌ها را هم ببینند. در واقع جهان یکی از زیباترین میراث‌های فرهنگی‌اش را چه ساده از دست داد. علاوه بر این، مجسمه‌ها می‌توانستند برای همیشه منبع درآمد مهمی برای شهر تاریخی بامیان و کشور فقیر افغانستان باشند. فاطمه با دست به اتاقک‌های فراوانی اشاره کرد که در داخل قاب بودا، دو طرف و بالای سر آن وجود داشتند، او گفت: «باید داخل اون‌ها رو هم ببینیم.»

آنها مدتی در قسمت پایین مجسمه به دیدن آثار باقی‌ماندهٔ تاریخی پرداختند، عکس گرفتند و در مورد وضعیت حال و گذشتهٔ بامیان صحبت کردند. اتاقک‌های کنده‌شده در قسمت‌های بالایی کوه سالم‌تر و دست‌نخورده‌تر به نظر می‌رسیدند. بنابراین، تصمیم گرفتند به قسمت بالای سر مجسمه‌ها هم بروند و داخل اتاقک‌ها را هم در همان‌جا ببینند. بعد از یک ساعت صعود و پیاده‌روی، خودشان را بالای سر مجسمهٔ بودا رساندند. در قسمت بالای سر مجسمه ایوان بزرگی ساخته شده بود که از آنجا می‌شد تمام شهر بامیان را به وضوح دید. گویی تمام تاریخ بامیان از پیش چشمان آنها می‌گذشت. باد خنک و ملایمی می‌وزید و آرامش خاصی در آنجا برقرار بود. زارا بالای سر مجسمه ایستاد و شهر بامیان را از نظر گذراند. با خودش فکر می‌کرد، مجسمهٔ بودا حدود یک‌هزار و پنجصد سال این منظرهٔ بدیع را هر روز نظاره کرده است.

آن‌ها تعدادی از اتاقک‌های بالای سر مجسمه را نیز دیدند و آثار رنگ روغن و طرح‌های مختلف کارشده را از نظر گذراندند. داخل اتاقک‌ها طاقچه‌هایی بودند که احتمالاً برای گذاشتن مجسمه‌های کوچک بودا استفاده می‌شدند. راهبان بسیاری، شب‌ها و روزهای زیادی را در این اتاقک‌ها به تفکر و عبادت گذرانده بودند. چطور انسان می‌تواند از نظر شخصیتی به مرحله‌ای برسد که تنها و بدون این‌که به کسی احتیاج داشته باشد، سال‌ها در چنین مکان‌هایی اعتکاف کند. در مورد هستی و کائنات به تفکر بپردازد و یا خود را وقف عبادت کند. زارا دوست داشت در مورد آدم‌هایی که در این خلوتگاه‌ها به عبادت و تفکر مشغول بودند، بیشتر بداند. او می‌خواست بداند آن‌ها چه شکلی داشته‌اند. چه لباس‌هایی می‌پوشیده‌اند. خانواده داشته‌اند یا نه. اگر داشته‌اند، خانواده‌شان کجا زندگی می‌کردند. مخارج زندگی‌شان را چطور تأمین می‌کردند. این‌ها همه سؤالاتی بودند که در ذهن او خطور می‌کردند؛ ولی احتمالاً جواب دقیقی برای هیچ‌کدام این سؤالات وجود نداشت.

آن‌ها بعد از دیدن بالای سر مجسمهٔ بزرگ، از کوه پایین آمدند و به سراغ مجسمهٔ سی‌وپنج متری شهمامه رفتند؛ مجسمه‌ای که در فاصلهٔ کمی نسبت به مجسمهٔ بزرگ قرار داشت. آن‌جا هم تقریباً شرایط مشابهی وجود داشت. از مجسمه چیزی جز قاب خالی آن نمانده بود. یونسکو تکه‌های مجسمه‌های بودا را بعد از تخریب توسط طالبان جمع‌آوری کرده بود و در محلی در نزدیک مجسمه‌ها انبار کرده بود. آن‌ها امیدوار بودند که شاید روزی بتوانند آن‌ها را دوباره ترمیم کنند و مجسمه‌ها را سرجای‌شان برگردانند.

برنامهٔ بعدازظهر آن‌ها بازدید از شهر ضحاک بود. بنابراین، بعد از خوردن ناهار آن‌ها به سمت شمال‌شرق شهر بامیان رفتند. در آن‌جا بر فراز تپهٔ سرخ‌رنگ بقایای یک قلعهٔ قدیمی به نام شهر ضحاک وجود داشت. این قلعه دقیقاً در گذرگاه کابل، غزنی و بلخ موقعیت داشت و در گذشته منطقهٔ بسیار مهم و استراتژیکی محسوب

می‌شده است. محسن توضیح داد: «اینجا به احتمال زیاد یک قلعهٔ نظامی بوده و حتا در زمان روس‌ها نیز مجاهدین به عنوان پایگاه نظامی از اینجا استفاده می‌کردند. این منطقه بارها بمباران هوایی شده است.»

او بعد از کمی مکث ادامه داد: «شهر ضحاک در فهرست آثار تاریخی یونسکو ثبت شده و مطالعاتی هم در مورد این محل انجام شده است. آثار تاریخی دوران ترکان یفتلی، سده‌های اول حکمرانی مسلمانان و همین‌طور آثار دورهٔ تیموریان در اینجا پیدا شده‌اند. مردم محلی اعتقاد دارند که اینجا محل حکمرانی ضحاک پادشاه ماردوش بوده که در شاهنامهٔ فردوسی هم داستانش اومده. وجود دره‌ای به نام آهنگران در نزدیکی اینجا، این ادعا را تقویت می‌کنه. در کل روایت‌های مختلفی وجود دارد و به سختی می‌شه درست یا غلط بودن اون‌ها را مشخص کرد.»

نرگس: «چرا در مورد تاریخ و آثار تاریخی افغانستان همه چیز گنگ و مبهمه؟»

فاطمه: «یه جملهٔ معروف هست که می‌گه تاریخ را حاکمان و فاتحان یک سرزمین می‌نویسند. حاکمان افغانستان هم ظاهراً علاقه‌ای به این بخش تاریخ کشور نداشته‌اند. بنابراین، نه‌تنها در موردش تحقیقی انجام نشده، بلکه در حد توان سعی کرده‌اند که نابودش کنند.»

شهر ضحاک در وضعیت خوبی قرار نداشت. دیوارهای شهر در بیشتر قسمت‌ها فروریخته بود. داخل شهر هم بیشتر به خرابه‌ای شبیه بود که در اثر گذشت زمان، جنگ‌ها و برف و باران دچار فرسایش شده بود. در بامیان آثار تاریخی دیگری هم وجود داشت؛ ولی در مجموع هیچ‌کدام وضعیت خوبی نداشت. تمام این آثار حکایت از یک گذشتهٔ باعظمت می‌کرد؛ ولی در حال حاضر جز شکوهی غم‌انگیز و از یادرفته چیزی را در ذهن تداعی نمی‌کردند.

آن روز آن‌ها چندین ساعت پیاده‌روی و کوه‌نوردی کردند. هرچند از برنامه‌شان راضی و خوشحال بودند، ولی همگی خسته شده بودند. تصمیم گرفتند به هتل‌شان

برگردند و استراحت کنند تا برای برنامهٔ فردا آماده باشند. برنامهٔ روز بعدی دیدن بند امیر و دیدار با اقوام فاطمه و زارا در روستای چشمهٔ قریش یکاولنگ بود. آن‌ها باید صبح زود به سمت ولسوالی یکاولنگ می‌رفتند. تصمیم داشتند در مسیرشان در بندامیر توقف کنند و تا بعدازظهر آن‌جا بمانند. سپس به سمت مرکز یکاولنگ و بعد روستای زادگاه پدر و مادر فاطمه و زارا بروند.

بندامیر مجموعه‌ای از چندین دریاچه بود که با بندهای طبیعی از یک‌دیگر جدا شده بودند. این دریاچه‌ها در ارتفاع حدود سه هزار متری از سطح دریا توسط چشمه‌ها و آب‌های زیرزمینی تغذیه می‌شدند. جادهٔ بامیان به بندامیر و یکاولنگ به تازگی به وسیلهٔ کره‌ای‌ها ساخته شده بود. کیفیت خوب جاده، امنیت منطقه و همین‌طور مناظر زیبای اطراف، یک مسافرت دلپذیر را برای همهٔ آن‌ها به وجود آورد. آن‌ها حدود دو ساعت در راه بودند تا بالاخره به بندامیر رسیدند. در کنار دریاچه، بازار بندامیر قرار داشت. بازار ردیفی از دکان‌های یک‌طبقه بود و بعضی از آن‌ها مسافرخانه‌های کوچکی نیز در کنار خود داشتند. تصمیم بر این شد که صبحانه را در همان بازار بخورند. به پیشنهاد نرگس، که البته زارا هم خیلی موافق بود، املت خوش‌مزه‌ای با مقدار زیادی گوجه همراه با چای سیاه سفارش دادند. طعم تخم‌مرغ‌های خانگی بندامیر مزهٔ املت را دوچندان کرده بود.

بعد از خوردن صبحانه نوبت گشت‌وگذار در قسمت‌های مختلف بندامیر فرارسید. در بند اصلی قایق‌های کوچکی وجود داشت که می‌شد کرایه گرفت. آن‌ها حدود یک ساعت را در بند اصلی قایق‌سواری کردند. آب بند زلال و شفاف بود. ماهی‌های خال‌دار به صورت گروهی به هر سمتی حرکت می‌کردند. آن‌ها تا ظهر در دریاچه‌ها به قایق‌سواری، آب‌بازی و قدم زدن مشغول بودند. هوا کم‌کم گرم می‌شد و نور خوشید پوست‌شان را می‌سوزاند. از این‌رو، تصمیم گرفتند که دوباره به بازار بندامیر برگردند. آن‌ها در بازار ناهار خوردند و کمی استراحت کردند.

بر اساس برنامه‌ریزی قبلی‌شان، بعدازظهر به سمت یکاولنگ و روستای چشمهٔ قریش به راه افتادند. این روستا تا بندامیر حدود دو ساعت فاصله داشت. آن‌ها باید ابتدا به نَیَک، مرکز ولسوالی یکاولنگ می‌رفتند و بعد، از بازار ولسوالی می‌گذشتند و راه خود را به سمت روستای چشمهٔ قریش ادامه می‌دادند. چشمهٔ قریش جایی بود که والدین زارا و فاطمه آن‌جا متولد و بزرگ شده بودند. آن‌ها فامیل نسبتاً دور یک‌دیگر بودند. پدر فاطمه و زارا در جوانی و بعد از حملهٔ روس‌ها به ایران مهاجرت کرده بود و بعد از ازدواج، بی‌بی‌گل را نیز به ایران برده بود. اقوامی که امشب زارا و فاطمه را می‌دیدند، هیچ‌وقت از نزدیک با آن‌ها صحبت نکرده بودند. آن‌ها در واقع هم‌بازی‌های والدین‌شان در دوران کودکی بودند.

آن‌ها شب را در خانهٔ یکی از اقوام مشترک والدین‌شان گذراندند. همگی او را کاکا صدا می‌کردند. کاکا در مکتب چشمهٔ قریش معلم بود. او در تمام مدت تحولات چهل سال اخیر در بامیان مانده بود و فقط چند سالی را در زمان طالبان به شهر بامیان کوچ کرده بود، ولی با سقوط حکومت آن‌ها دوباره به روستایش برگشته بود. آن شب، کاکا تا دیروقت در مورد خاطراتی که با والدین زارا داشت، صحبت کرد. او از اتفاقاتی که در چهل سال گذشته بر افغانستان رفته بود هم گفتنی‌های زیادی داشت. صبح بعد، صبحانه را مهمان یکی از اقوام دیگرشان بودند. کاکا نیز همراه‌شان رفت. صبحانهٔ مفصل با انواع محصولات لبنی، تخم مرغ و مرباهای خانگی تدارک دیده بودند. محسن می‌گفت: «تا به حال صبحانه‌ای به این خوش‌مزگی نخورده بودم.» دیگران هم از سفرهٔ رنگین و پذیرایی صبحانه ذوق‌زده بودند. بعد از صبحانه به دیدن چشمه‌ای رفتند که هم‌نام روستا بود؛ چشمهٔ قریش. کاکا گفت: «نام قریه از همی چشمه گرفته شده.» چشمه در دامنهٔ کوه سرسبزی قرار داشت که روستای چشمهٔ قریش را آبیاری می‌کرد. این روستا در واقع آخرین زمین‌های هموار آن منطقه بود. بعد از آن، کوه‌های بلندی واقع شده بودند که یکی بعد از دیگری قرار داشتند. کاکا

به کوه‌ها اشاره کرد و گفت: «سرچشمه‌های هری‌رود پشت همی کوه‌ها قرار دیره. در واقع، هری‌رود از اینجی سرچشمه می گَرِه و طرف هرات و در نهایت ایران و ترکمنستان مُرَه؛ اما قریهٔ قریش جزو سرچشمه‌های هری‌رود نیَه. آب منطقه ازمو در نهایت طرف شَمال افغانستان سرازیر موشه.»

کم‌کم زمان تفریح‌شان به پایان می‌رسید و آن‌ها بایستی برمی‌گشتند. هر کدام دلیلی برای برگشت زودتر به کابل داشت. فاطمه باید زودتر به ایران می رفت. او نمی‌توانست بیشتر از این در کابل بماند. زارا هم تازه کارش را شروع کرده بود و برای مدت کوتاهی مرخصی گرفته بود. او نمی‌خواست همکارانش فکر کنند که او مسئولیت‌پذیر نیست. محسن و نرگس هم فقط برای پنج روز مرخصی گرفته بودند. بنابراین، علی‌رغم اصرار کاکا و بقیه اقوام زارا و فاطمه، نظرشان عوض نشد و همان روز بعد از دیدن چشمهٔ قریش به سمت شهر بامیان به راه افتادند.

بعدازظهر آن روز بعد از جمع کردن وسایل‌شان، همگی در اتاق نرگس و محسن جمع شدند. محسن آن روز سری به ایستگاه ماشین‌های کابل زده بود و در مورد وضعیت راه از بعضی‌ها پرس‌وجو کرده بود. دریافته بود که وضعیت راه‌ها تغییر خاصی نکرده است. دوباره به او توصیه شده بود که از مسیر غوربند بروند. هیچ‌کسی جادهٔ میدان‌وردک را که بین هزاره‌ها به جادهٔ مرگ هم معروف بود، توصیه نکرده بود. راننده‌ها و دکانداران ایستگاه ماشین‌های کابل گفته بودند: «این روزها در مسیر غوربند نیروهای دولتی بیشتر حضور دارند و اگر بین آن‌ها و طالبان جنگی در نگیرد، وضعیت سرکها خوب است. ولی اگر کدام جنگ شد، باید در یک گوشه امن و دور از صحنهٔ جنگ منتظر بانید تا درگیری‌ها ختم شود و باز بخیر حرکت کنید... چون طالبان به صورت چریکی حمله می‌کنند، معمولاً بعد از چند ساعت جنگ دوباره به طرف کوه‌ها یا روستاها عقب‌نشینی می‌کنند، و جادهٔ عمومی به کنترل نیروهای دولتی درمی‌آید.»

محسن بعد از گفتن شنیدگی‌هایش در مورد وضعیت راه، رویش را به سمت بقیه کرد و

گفت: «فردا صبح زود همراه ماشین‌های مسافربری و شخصی، به سمت کابل حرکت می‌کنیم. توکل بر خدا، مشکل خاصی نیست.»

در طول این چند روز آن‌ها آن‌قدر سرگرم زیبایی‌ها و دیدنی‌های بامیان شده بودند که مشکلات و چالش‌های راه کاملاً فراموش‌شان شده بود. به فکرشان نبود که دوباره باید همین مسیر خطرناک را طی کنند. حالا که زمان بازگشت رسیده بود، دوباره همان حسی را داشتند که هنگام آمدن به سوی بامیان داشتند؛ ترس و هیجان شب قبل از مسافرت. همگی به فکر فرورفته بودند. وقتی در کابل بودند، دو گزینه پیش روی‌شان بود؛ اما اکنون، چاره‌ای جز رفتن نداشتند.

فردای آن روز همراه ماشین‌های دیگر به سمت کابل حرکت کردند. تمام سعی‌شان این بود که کاملاً مثل مسافران عادی به نظر برسند. آن‌ها می‌دانستند که طالبان در قدم اول به دنبال کارمندان دولتی و شرکت‌های خصوصی‌اند و گاهی دنبال دانشجویان هم می‌گردند. آن‌ها فکر می‌کردند اگر با ماشین‌های کابل‌رو یک‌جا باشند، طالبان نمی‌توانند تمام ماشین‌ها و سرنشینان آن‌ها را گروگان بگیرند و با خود ببرند. با توجه به حضور نیروهای دولتی، وقت زیادی هم ندارند که تمام مسافران را بازرسی کنند.

هنوز از خورشید خبری نبود که از شهر بامیان خارج شدند. ولسوالی‌ها و روستاهای هزاره‌نشین و مناطق امن را یکی‌یکی پشت سر گذاشتند. هنوز به نقاط پرخطری که احتمال وجود طالبان در آن‌جاها بیشتر بود، نرسیده بودند که محسن متوجه شد از بعضی ماشین‌ها دور افتاده است. با خود فکر کرد که در بامیان باید می‌پرسید کدام ماشین‌ها مقصد نهایی‌شان کابل است تا او خود را به همان‌ها نزدیک‌تر می‌گرفت. در همان زمان، در ذهنش یک بار دیگر مسیر کابل را مرور کرد. از کابل که به سوی بامیان می‌آمدند، منطقهٔ خطر تقریباً در اوایل راه‌شان بود؛ اما اکنون برعکس، مناطقی که احتمال حضور طالبان در آن‌ها بیشتر وجود

داشت، در آخر مسیرشان قرار داشتند. از آن طرف که می‌آمد، تمام ماشین‌ها با هر مقصدی که حرکت می‌کردند، در منطقهٔ خطر باهم بودند؛ ولی این بار این طوری نبود. ماشین‌هایی که مقصد نهایی‌شان کابل نبودند، از آن‌ها جدا شده بودند. محسن پی برد که در نقطهٔ مناسب کاروان نبوده است.

تعداد ماشین‌هایی که از بامیان با آن‌ها حرکت کرده بودند، در حال کم شدن بود. در ضمن، در طول مسیر ماشین‌ها به گروه‌های کوچک‌تری هم تقسیم شده بودند. جاده رو به خلوت شدن می‌رفت. هرچه بیشتر جلو می‌رفتند، جاده خلوت‌تر و ساکت‌تر می‌شد. گاهی افراد پیاده در اطراف جاده به ماشین‌شان خیره می‌شدند و با چشم آن‌ها را تعقیب می‌کردند. محسن باید تصمیم می‌گرفت که سرعت خود را کم کند و منتظر رسیدن ماشین‌های پشت سرش بماند یا سرعت خود را بیشتر کند و خود را به ماشین‌های جلوتر برساند. از طرفی، او نمی‌خواست نظر همراهانش را بپرسد. با این کارش، فقط آن‌ها را می‌ترساند. آن‌ها از کجا می‌دانستند که محسن باید سریع‌تر برود یا کندتر.

او بالاخره تصمیم خودش را گرفت. باید سریع‌تر حرکت می‌کرد. احتمال غلط یا درست بودن حدسش هم پنجاه‌پنجاه بود. بعد از مدتی همراهانش هم متوجه سکوت و کم‌حرفی او شدند. افزایش ناگهانی سرعت ماشین آن‌ها را کمی مضطرب کرده بود. ولی هیچ کس نمی‌خواست در موردش با دیگران صحبت کند. محسن پیچ‌ها و دره‌ها را یکی بعد از دیگری پشت سر می‌گذاشت. گاهی سعی می‌کرد چیزی بگوید تا اوضاع عادی به نظر برسد؛ اما حقیقت این بود که نگرانی در چشمان همه به وضوح دیده می‌شد. محسن هر وقتی که ماشینی را در جاده می‌دید، کورسوی امید در چشمانش برق می‌زد و اگر پیاده‌ای را می‌دید که به سمت جاده می‌آید، نگران می‌شد که شاید مسلحی باشد که می‌خواهد ماشین آن‌ها را متوقف کند. گاهی با خودش فکر می‌کرد که اگر در این‌جاها ماشینش خراب شود چه

کار کند. کاش قبل از حرکت در بامیان یک‌بار ماشین را پیش تعمیرکار برده بود و عوارض‌گیری کرده بود. باز به خودش امید می‌داد... بهترین ماشین را امانت گرفته است، ان‌شاءالله در راه نمی‌ماندش.

تقریباً بعد از یک ساعت رانندگی بالاخره از منطقهٔ خطر گذشتند و خودشان را به شاهراه مزار-کابل رساندند؛ جایی که کارواش‌های زیادی بودند تا ماشین‌های مسیر بامیان-کابل را شست‌وشو کنند. تمام راننده‌ها بعد از یک رانندگی بی‌وقفه و عبور از مناطق پرخطر، در این‌جا توقف می‌کردند، نفس راحتی می‌کشیدند، چایی می‌نوشیدند و ماشین‌های خود را به شست‌وشو می‌دادند. محسن هم جلوی یکی از موترشویی‌ها توقف کرد. رو کرد به بقیه و گفت: «خلاص شد. از جاهای پرخطر و ریسکی گذشتیم.»

همگی خدا را شکر کردند، خندیدند و نفس راحتی کشیدند. آن‌ها از ماشین پیاده شدند، در اطراف کارواش کمی قدم زدند و منتظر شست‌وشوی ماشین ایستادند.

فصل پنجم

زمان خداحافظی فاطمه فرارسید. او آمادهٔ رفتن به ایران می‌شد و بلیت برگشت خود را گرفته بود. با خودش می‌گفت: «شرایط افغانستان آن‌قدر که در اخبار و رسانه‌ها می‌گویند هم بد نیست. این رسانه‌ها همیشه عادت دارند سیاه‌نمایی کنند.» زارا هم با شرایط و محیط جدید خود را وفق داده بود. علاوه بر این، او پیش فاطمه همیشه سعی می‌کرد همه چیز را خیلی مرتب و بدون مشکل نشان بدهد. خواهرش را بیشتر از آن دوست داشت که بتواند با نگرانی‌های خود او را هم به تشویش اندازد: «فاطمه به اندازهٔ کافی سهم خودش را از مشکلات زندگی دارد و نباید نگرانی من هم بر دوش او بیفتد... گذشته از این‌ها من مشکل خاصی هم ندارم و فکر هم نمی‌کنم وضعیتی پیش بیاید که نتوانم آن را مدیریت کنم.»

بعد از رفتن فاطمه خیلی زود احساس تنهایی سراغ زارا آمد. او دلتنگش شده بود. سعی می‌کرد خود را بیشتر و بیشتر سرگرم کند تا جای خالی فاطمه را کمتر احساس کند. وقت بیشتری را با نرگس می‌گذراند و ارتباط خوبی باهم داشتند. هم‌چنین به این فکر افتاد که در وزارت هم دوستان نزدیک برای خودش پیدا کند. به همین خاطر،

روزی حین صحبت به احمد گفت: «می‌خوام با بعضی از دخترهای وزارت بیشتر آشنا بشم. اگر کسی را می‌شناسی که فکر می‌کنی مناسب هست، لطفاً به من معرفی کن.»

احمد در مورد هانیه و صدف با او صحبت کرد: «اونا کارمندای ریاست پلان هستن. از وقتی که در ریاست اداری کار می‌کردم، باهاشون آشنا شدم. هانیه در کابل و صدف در هرات بزرگ شده است. هر دوشون کابل را خیلی خوب می‌شناسند. به نظرم می‌تونند دوستان خوبی برات باشند. من هماهنگ می‌کنم که امروز بعد از رخصتی مأمورین تو حیاط وزارت هم‌دیگه رو ببینیم.»

ساعت یک بعدازظهر کارمندان کم‌کم کارشان را تعطیل می‌کردند و به سمت خانه‌های‌شان می‌رفتند. زارا و احمد هم به حیاط وزارت رفتند. هانیه و صدف در آن‌جا منتظرشان بودند. آن‌ها با یک‌دیگر احوال‌پرسی کردند. احمد زارا را به آن‌ها معرفی کرد. هانیه دختری چهارشانه و توپُر با قدی متوسط و استخوان‌بندی درشت بود. حاضرجواب و چالاک به نظر می‌رسید. صدف دختری قدبلند و استخوانی با چهرهٔ ظریف هزارگی بود.

احمد گفت: «زارا حدود یک ماه است که به وزارت آمده است.» و با خنده ادامه داد: «در معینیت ما از شانس بد دختر کم است، برای همین گفتم زارا را به شما معرفی کنم تا احساس تنهایی نکند.»

آن‌ها برای مدتی در حیاط وزارت با هم‌دیگر صحبت کردند. به جز زارا که تازه‌وارد بود و در مورد محل کارش چیز زیادی نمی‌دانست، دیگران در مورد شایعاتی که در وزارت وجود داشتند، با یک‌دیگر صحبت کردند. هانیه گفت: «رئیس مالی یک منشی تازه استخدام کرده است، شایعه است که دوست‌دخترش است.»

«رئیس مالی پول وزارت پیشش است، هر کاریکه دلش باشد، می‌کُنه.» احمد گفت.

صدف هم در تأیید حرف احمد گفت: «و هم‌تیمی معین مالی‌اداری هم است. بنابراین، هیچ تشویش هم ندارد.»

هانیه به زارا توضیح داد: «در وزارت معارف همگی خبر دارند که معین مالی‌اداری با رئیس مالی و همین‌طور رئیس اداری رفیقای نزدیک هستند. هر دو رئیس از نظر سلسله‌مراتب هم زیر نظر معین مالی‌اداری هستند و به او باید پاسخ بدهند. هرچند در نهایت تصمیم‌گیرندهٔ اصلی وزیر است؛ ولی شکی نیست هر کسی که پول و مسائل اداری را کنترل می‌کنه، نقش مهمی در وزارت دارد. از طرفی، معین مالی‌اداری مستقیماً از طرف وزیر مالیه، مهم‌ترین وزیر کابینه، به وزیر معارف معرفی شده است. گفته می‌شه که وزیر مالیه به وزیر معارف گفته بوده که اگر می‌خواهی کارهای شما در وزارت مالیه بند نماند، خوب است معین مالی‌اداری‌ات کسی باشه که ارتباطات خوبی با وزارت مالیه داشته باشه.»

احمد بعد از مدتی گپ‌وگفت با دختران، دوباره به معینیت مالی‌اداری برگشت. او آن روزها ساعات بیشتری را در معینیت می‌ماند. معین بعد از ساعت اداری کارهای عقب‌مانده‌اش را انجام می‌داد و گاهی ملاقات‌های غیرکاری و سیاسی داشت و یا بعضی از دوستان دولتی‌اش از وزارت‌های دیگر به دیدنش می‌آمدند. حامدی و احمد نیز به عنوان کارمندان اصلی دفتر معینیت مالی‌اداری تا هر زمانی که لازم بود، در وزارت می‌ماندند.

آن روز هانیه، صدف و زارا با هم‌دیگر به طرف پل‌سرخ رفتند. برای زارا معلوم شد که آن‌ها هم پل‌سرخ، نزدیکی‌های خودش زندگی می‌کنند. هانیه به زارا گفت که می‌تواند او را هانی صدا بزند. او دختر محکم و مستقلی به نظر می‌رسید. با این‌که خانواده‌اش در کابل بودند، ولی تصمیم گرفته بود که روی پای خودش بایستد و تنها زندگی کند. خانوادهٔ صدف اما در هرات زندگی می‌کردند؛ ولی صدف بعد از فارغ‌التحصیلی از دانشگاه کابل، در وزارت معارف کار پیدا کرده بود، و در کابل ماندگار شده بود.

صدف و هانی هم در وزارت معارف با هم‌دیگر آشنا شده بودند. آن‌ها تقریباً همیشه باهم بودند؛ ولی هر دوی‌شان علاقه داشتند تا جمع دو نفره‌شان بزرگ‌تر شود. آن‌ها به تجربه فهمیده بودند که اگر گروه‌شان بزرگ‌تر باشد، بیشتر مورد توجه قرار می‌گیرند. بارها در مهمانی‌ها و پارتی‌های مختلف از آن‌ها خواسته شده بود که اگر دوستان دختر دیگری هم دارند، با خود بیاورند.

بعد از آن زارا تقریباً هر روز با دوستان جدیدش یک‌جا به وزارت می‌رفت و به خانه برمی‌گشت. هر روز بعد از تعطیلی در حیاط وزارت یک‌دیگر را می‌دیدند. گاهی احمد هم به جمع‌شان اضافه می‌شد و سپس به سمت خانه می‌رفتند. احمد از زمانی که زارا به جمع هانی و صدف اضافه شده بود، بیشتر با او نزدیک شده بود. آن‌ها حالا دوستان مشترک بیشتر و همین‌طور حرف‌های بیشتری برای گفتن به یک‌دیگر داشتند.

به خاطر شیوع کرونا ساعت کاری اداره‌ها هم کاهش یافته بود. بر خلاف گذشته، دیگر مجبور نبودند که تا ساعت چهار در اداره بمانند. تا ساعت یک بعد ازظهر می‌ماندند و بعد، راهی خانه می‌شدند و این برای زارا این فرصت را فراهم کرده بود تا با کابل بیشتر آشنا شود. هانی، صدف و زارا گاهی بعد از کار به مراکز خرید می‌رفتند، کافی‌شاپ‌های مختلف را امتحان می‌کردند و یا در خیابان‌ها قدم می‌زدند و وقت می‌گذراندند.

روزی هانی به زارا پیامک داد: «امروز بعدازظهر برای عصرانه به رستوران استانبول می‌رویم، یکی از رستوران‌های ترک‌ها در منطقهٔ مکروریان. آن‌ها انواع غذاهای ترکی و بوفهٔ بزرگ سالاد دارند. تو هم با ما بیا. خوش می‌گذرد و دوستان تازه‌ای هم پیدا می‌کنیم.»

زارا تا هنوز به رستوران استانبول نرفته بود؛ ولی تعریف آن را شنیده بود. می‌دانست که یکی از رستوران‌های خوب کابل است. او پیشنهاد هانی را پذیرفت و قرار شد که بعد از ساعت کاری یک‌دیگر را در حیاط وزارت ببینند و باهم آنجا بروند.

آن‌ها بعد از تعطیلی، از محوطه اصلی وزارت خارج شدند، از مقابل سالن مراجعین گذشتند و از جادهٔ کنار پارکینگ به سمت خیابان اصلی حرکت کردند. برخلاف مسیر همیشگی‌شان، این بار، به سمت چهارراهی صدارت رفتند. تازه از دروازه بیرون شده بودند که هانی گفت: «چند دقیقه را باید پیاده برویم، بعد سوار ماشین حبیب شویم.»

صدف اندکی با نارضایتی گفت: «حبیب را می‌گفتی کمی نزدیک‌تر بیاید.»

«در ای وقتِ بیروبار و ترافیک؟ غیر ازو، باز کدام کس این‌جا می‌دیدش، چطو می‌شد؟»

صدف جوابی نداد و هر سه‌شان با سرعت از پیاده‌رو شلوغ کنار وزارت معارف به سمت چهارراهی صدارت به راه افتادند. نرسیده به چهارراهی، یک تویوتای شاسی‌بلند نقره‌ای در حاشیهٔ خیابان توقف کرده بود. هانی به ماشین اشاره کرد و گفت: «آن‌جاست.» هر سه به سمت ماشین رفتند. هانی به صندلی جلو نشست و صدف و زارا به صندلی پشت سر نشستند. راننده مردی جوان با چهرهٔ استخوانی و ته ریش بود. پوست سبزه داشت، عینک آفتابی به چشم کرده بود و کلاه پکولی روی سرش گذاشته بود. وقتی دخترها داخل ماشین نشستند، رو به آن‌ها کرد و گفت: «آمدین به خیر؟»

هانی جواب داد: «بلی، چقدر بیروبار بود امروز.» و رو کرد به سوی زارا و گفت: «زارا جان، ای حبیب است. از دوستانِ نزدیک ما.»

سپس به حبیب گفت: «صدف را هم که می‌شناسی.»

حبیب دوباره سرش را برگرداند و از آشنایی با زارا ابراز خوشحالی کرد. موتر به سمت مکروریان حرکت کرد. آن‌ها از مقابل امنیت ملی و سفارت ایران گذشتند و در ورودی سرک وزیر اکبرخان به ترافیک سنگینی برخوردند. ماشین به کندی حرکت می‌کرد. به خاطر زمان رخصتی مأمورین خیابان‌های مرکز شهر پر از ماشین بود. حبیب سعی می‌کرد با خوش‌مزگی نگذارد حوصلهٔ دخترها سر برود. هانی هم به صحبت‌هایش بلندبلند می‌خندید و همراهی‌اش می‌کرد.

بعد از مدتی، ازدحام ترافیک همه را بی‌حوصله کرد. حبیب در آینهٔ ماشین مرتب زارا را وارانداز می‌کرد و زارا هم معذب به نظر می‌رسید. حبیب کلاه پکولی‌ای را که به سر داشت، روی داشبورد ماشین گذاشت. هانی فوراً کلاه را برداشت و روی سر خودش گذاشت و با خنده گفت: «چقد دوست دارم که از این کلاه‌ها می‌داشتم.» و هم‌زمان به سمت بقیه سرش را برگرداند تا آن‌ها هم در مورد ظاهرش نظر بدهند؛ ولی کسی چیزی نگفت. ظاهراً همه از شلوغی جاده کلافه شده بودند.

حدود بیست دقیقه بود که ماشین در ورودی خیابان وزیراکبر خان در ترافیک بند مانده بود و هیچ حرکتی نمی‌کرد. حبیب به سمت عقب برگشت، خود را به زارا نزدیک کرد تا چیزی بگوید و سر صحبت را با او باز کند. زارا انگار ترسیده باشد، کمی جا خورد و خود را به سمت گوشهٔ در عقب ماشین کشید. ناگهان فکری به ذهنش رسید و گفت: «چقدر خیابان‌ها شلوغ است. من حوصله‌ام سر رفته، پیاده می‌شوم.» بعد هم بدون این‌که منتظر نظر بقیه بماند، در را باز کرد و از ماشین پیاده شد. پس از پایین شدن، به سمت خانه حرکت کرد. به چهارراهی صدارت رسیده بود که هانی و صدف را دید که از سمت دیگر خیابان او را صدا می‌زدند. زارا پیش آن‌ها رفت و پرسید: «شما این‌جا چه کار می‌کنید؟ مگه نرفتین رستوران استانبول؟»

هانی: «نه، ما کمی معطل شدیم؛ ولی سرک‌ها باز نشدند. حبیب گفت که سرک‌ها شلوغ است و اگر به رستوران برویم، ناوقت می‌شود. ماندیمش برای کدام وقت دیگه.»

صدف: «تو نیامدی دیگه، ما هم گفتیم پیش تو باشیم. چرا یک دفعه بدون کدام گپ تا شدی از موتر؟»

زارا: «حبیب یه طوری به من تو آیینه زُل زده بود که داشتم اذیت می‌شدم. اون لحظه که برگشت با من صحبت کنه، دهنش کف کرده بود. اون‌قدر جلو اومده بود که سرش داشت می‌رفت توی صورتم.»

هانی: «بی‌خودی حساس شده بودی. خوب ولش کن. خوب شد که پیاده شدیم.»

□ □

هانیه و صدف در یک آپارتمان چهار اتاقه، در منطقهٔ پل‌سرخ، همراه دو دختر دیگر زندگی می‌کردند. بنابراین، فاصلهٔ خانه‌شان با زارا خیلی کم بود. در آن وقت‌ها زارا هم بعضی شب‌ها پیش‌شان می‌رفت. شب‌های تعطیلی تا نیمه‌های شب بیدار می‌ماندند و قصه می‌کردند. باری، هانی به زارا هم پیشنهاد کرد که او هم بیاید و سه نفری یک آپارتمان اجاره کنند؛ ولی زارا خانه‌های مجردی را برای زندگی دوست نداشت. او حتا زمانی که در ایران هم دانشجو بود، در خوابگاه زیاد نمی‌ماند. آخر هفته را به قم می‌رفت. ترجیح می‌داد آپارتمان مستقل خود را داشته باشد یا این‌که با یک خانواده زندگی کند؛ ولی برای وقت گذراندن بدش نمی‌آمد که به آپارتمان هانی و صدف برود. این‌طوری نرگس و محسن هم می‌توانستند بیشتر باهم تنها باشند.

یکی از آخر هفته‌ها، هانی در مورد جشن تولد یکی از دوستانش به زارا گفت. از او خواست اگر دوست دارد، می‌تواند با آن‌ها به جشن تولد برود. هانی از او خواست که شب را به آپارتمان آن‌ها بیاید تا باهم باشند و صبح بعدی، از همان‌جا کسی آن‌ها را به پارتی می‌برد و دوباره برمی‌گرداند.

زارا تا به حال در پارتی‌های مختلط کابل شرکت نکرده بود و در مورد آن‌ها کنجکاو بود. بنابراین، از هانی تشکر کرد و تصمیم گرفت که با آن‌ها برود. پیش خودش هانی را به خاطر ارتباطات وسیعش و همین‌طور نترسی و شجاعتش همیشه تحسین می‌کرد. به یاد می‌آورد که هانی گفته بود: «در کابل بدون داشتن ارتباطات خوب و وسیع نمی‌توان هیچ کاری را از پیش برد.»

بعدازظهر آن روز، زارا هنگام برآمدن، به نرگس گفت که به دیدن دوستان و همکارانش می‌رود و فردا بعدازظهر برمی‌گردد. زارا دوست نداشت در مورد پارتی

رفتن و شیطنت‌های گاه‌گاهی که با هانی و صدف داشت، به نرگس و شوهرش چیزی بگوید. به هر صورت، آن‌ها خانوادهٔ او را می‌شناختند و امکان داشت خبر به گوش بی‌بی‌گل و فاطمه برسد و بی‌سبب باعث نگرانی آن‌ها شود.

فاصلهٔ خانهٔ زارا تا آپارتمان هانی بیشتر از ده دقیقه پیاده‌روی نبود. او از کوچهٔ خودشان خارج شد و به سمت پل‌سرخ حرکت کرد. از پل و چهارراهی پل‌سرخ گذشت. به سوی چهارراهی دانشگاه پیش رفت. نرسیده به چهارراهی به چپ پیچید و وارد کوچه‌ای شد. آپارتمان هانی و صدف داخل همان کوچه بود. آن‌ها از دیدن زارا خیلی خوشحال شدند. از زارا پذیرایی گرمی کردند. هم‌چنین، از آرایش و لباس‌هایش هم تعریف و تمجید کردند. هم‌خانه‌ای‌های دیگرشان هم اتفاق نظر داشتند که زارا لباس‌های زیبایی پوشیده است و خیلی به او می‌زیبد.

آن‌ها آن شب تا دیروقت بیدار بودند. آشپزی کردند. کمی شراب نوشیدند و رقصیدند. همین‌طور در مورد بعضی از کارمندان وزارت غیبت کردند. کمی هم ادای حامدی همکار زارا را درآوردند. هم‌چنین هانی در مورد جشن تولد فردا هم به زارا توضیحات بیشتری داد: «فردا در واقع مهمان هارون هستیم. او به خاطر تولد دوست‌دخترش محفل گرفته و ما را هم دعوت کرده است. هارون یک شرکت لوجستیکی دارد. قراردادهای کلان با خارجی‌ها و همین‌طور دولت افغانستان می‌بندد. بسیار پیسه‌دار است. فامیلش در امریکا زندگی می‌کند. او زن دارد و سه فرزند؛ ولی زرغونه، دوست‌دخترش می‌گه که هارون با زنش قطع رابطه کرده و فقط به خاطر فرزندان‌شان گاهی با هم‌دیگر گپ می‌زنند.»

آن شب زارا صحبت احمد را هم پیش کشید. به هانی گفت: «احمد مدام در مورد تو می‌پرسه.» سپس با خنده ادامه داد: «ظاهراً یک لحظه هم نمی‌تونه تو را فراموش کنه.»

هانی که چندان بدش هم نیامده بود که یک نفر این‌طوری کشته‌ومرده‌اش باشد،

با خنده ولی جدی از زارا خواست که در مورد پارتی‌ها و شیطنت‌هایی که می‌کنند، نباید به احمد چیزی بگوید. البته زارا بدون تذکر او هم می‌دانست که در این موارد نباید به احمد چیزی بگوید. او می‌دانست که احمد نسبت به هانی نظر دارد و گفتن این حرف‌ها باعث دل‌خوری او خواهد شد. از طرفی، نمی‌خواست دشمنی مثل هانی برای خودش درست کند.

با هماهنگی قبلی، نزدیکی‌های ظهر آن‌ها از آپارتمان‌شان خارج شدند. آپارتمان آن‌ها در میانه‌های کوچه قرار داشت؛ اما ماشین کرولای سفیدرنگ در انتهای کوچه، جایی که کوچه باریک می‌شد، توقف کرده بود و منتظرشان بود. راننده با دقت تمام ماشینش را در گوشه‌ای پارک کرده بود تا توجه سرای‌دار مجتمع آپارتمانی و همین‌طور همسایه‌ها را به خود جلب نکند. آن‌ها سوار ماشین شدند. هانی مرد جوانی را که رانندگی می‌کرد، به زارا معرفی کرد. اسمش قسیم بود و در شرکت هارون کار می‌کرد. او با دخترها احوال‌پرسی کرد. لحظاتی بعد از اینکه ماشین حرکت کرد، هانی پرسید: «قسیم جان از کدام راه می‌رویم؟»

«از طرف باغ بالا؛ ولی در کل امروز فرصتی است، زیاد فرقی نمی‌کنه از کدام راه بریم.»

هانی: «خی اگر فرصتی است، از راه کارته‌سخی برو. می‌خوایم که شهر را از بالای کوه ببینیم.»

قسیم در آیینه نگاهی به زارا و صدف انداخت و گفت: «اگر همه موافق هستند، مشکلی نیست.»

کسی مخالفتی نکرد و قسیم به طرف کارته‌سخی به راه افتاد. خیابانی تقریباً جدید از کنار وزارت زراعت و از بالای کوه به سمت مرکز شهر کشیده شده بود. قسیم از کنار وزارت زراعت گذشت و به قسمت‌های مرتفع‌تر جاده رسید. آن‌ها در یک سربالایی شروع کردند به حرکت. شیب خیابان و کوچه‌های این بخش زیاد بود. خانه‌های مردم

هم در بغل کوه و جاهای هموارتر آن ساخته شده بودند. زارا با خودش فکر کرد مردمی که در دل کوه خانه ساخته‌اند، باید هر روز برای رفت‌وآمد به شهر این مسیر سخت و طولانی را بالا و پایین بروند. بردن آب و غذا به این خانه‌ها باید مشکل باشد. آن‌ها کم‌کم از قسمت سربالایی جاده گذشتند و در سراشیبی قرار گرفتند. زارا سمت دیگر شهر را به‌خوبی می‌توانست از این نقطه ببیند. او مرکز شهر را به خوبی تشخیص داد؛ جایی که هر روز سر کار می‌رفت. شهرنو و برج شهرنو نیز از آن نقطه به خوبی نمایان بود.

بعد از مدتی آن‌ها به تایمنی رسیدند. به اولین جاده پیچیدند و در میانه‌های آن خانه‌ای قرار داشت که جلوی آن سه ماشین پارک شده بود. قسیم جلوی در که رسید، بوق زد. کسی در را برای‌شان باز کرد و آن‌ها مستقیم به داخل حیاط رفتند. داخل حیاط سه ماشین لندکروز پارک بودند. قسیم دخترها را در حیاط خانه پیاده کرد و خودش دوباره بیرون شد تا ماشینش را پارک کند.

یکی از نگهبان‌ها دختران را به سمت ورودی ساختمان اصلی راهنمایی کرد. خانهٔ هارون مانند بیشتر ویلاهای کابل زیبا و نسبتاً قدیمی بود که به دقت بازسازی شده بود. حیاط خانه بزرگ، سرسبز و پوشیده از درختان میوه بود. تاک‌های انگور به شکل سقفی بالکن جلوی خانه را پوشانده بود و سایبان زیبایی درست شده بود. زارا که از سرسبزی حیاط و همین‌طور زیبایی خانه خوشش آمده بود، از خودش می‌پرسید آیا روزی می‌رسد که او هم خانه‌ای به این بزرگی و زیبایی داشته باشد؟ آن‌ها از بالکن گذشتند و وارد راهرو بزرگی شدند؛ راهرویی که در دو طرف به اتاق‌های بزرگ و سالن‌مانندی راه داشت. در همین لحظه هارون و زرغونه به آن‌ها سلام و خوش‌آمدید گفتند. پس از احوال‌پرسی، هانی به آن‌ها گفت: «زارا دوست جدیدمان هست.» هارون و زرغونه از دیدن زارا اظهار خوشی کردند. سپس هارون با شوخی گفت: «خیلی دیر کرده‌اید، بقیهٔ مهمان‌ها همگی رسیده‌اند.»

آن‌ها را به سالنی راهنمایی کردند که سمت چپ‌شان قرار داشت. سالنی که سقف و یکی از دیوارهایش با بادکنک، آویزهای گوناگون، بادبزن‌های تزیینی و گل‌های کاغذی تزیین شده بودند. در گوشه‌ای هم بلندگوها و لوازم رقص نور قرار داده شده بود. در قسمت دیگر سالن مبل‌ها چیده شده بودند و یک میز نسبتاً بزرگ در میان مبل‌ها قرار داشت که روی آن میوهٔ تر و خشک، شیرینی، بطری‌های آب معدنی، انواع آب میوه و نوشیدنی‌های الکلی چیده شده بودند.

هارون مهمان‌ها را به یک‌دیگر معرفی کرد. هشت نفر مهمان‌های دیگر شامل سه زن و پنج مرد آن‌جا بودند. هارون گفت: «پلان داشتیم پارتی را از روی شاو بگیریم؛ مگم بعضی از دخترا نمی‌تانستند شاو بیایند و تا ناوقت باشند. بالاخره تصمیم ای شد که محفل جشن تولد را در روز بگیریم.» او با خنده ادامه داد: «بدون دخترها پارتی هم بی‌مزه می‌شد.»

بعد از چند دقیقه‌ای که همگی با هم‌دیگر بیشتر آشنا شدند، هارون به مهمان‌ها پیشنهاد کرد که با غذاهای فوری، میوهٔ تازه، میوهٔ خشک و نوشیدنی‌های مختلف از خودشان پذیرایی کنند. او گفت که اگر موسیقی درخواستی داشتند به او یا زرغونه بگویند. قرار شد چند ساعتی با یک‌دیگر وقت بگذرانند و ناهار را کمی دیرتر بخورند. هارون با خنده گفت: «ای رقم از نانِ شاو هم پیش می‌شین.» همهٔ مهمانان با برنامه‌ریزی هارون موافق بودند.

سپس هارون از مهمان‌ها پرسید که چه نوع نوشیدنی میل دارند. او انواع نوشیدنی‌های الکلی‌ای را که روی میز قرار داشتند، نام برد و شروع کرد به پذیرایی از مهمان‌ها. هم‌چنین به مهمان‌ها گفت که باید آن‌جا را مثل خانهٔ خودشان بدانند و از خودشان پذیرایی کنند. زارا فکر کرد باید نوشیدنی سبک‌تری انتخاب کند تا احیاناً حالش بد نشود. او تصمیم گرفت که شراب سرخ بنوشد که درصد الکل کمتری نسبت به ویسکی و ودکا دارد. هانی و صدف هردوی‌شان ویسکی گرفتند.

مهمان‌ها بعد از مدتی نوشیدن و صحبت کردن حالت سرخوشی پیدا کردند. سپس زرغونه و هارون با آهنگ مورد علاقه‌شان کمی رقصیدند تا همگی احساس راحتی داشته باشند. آن‌ها از مهمان‌ها هم خواستند که برقصند. جو رسمی شکسته بود و مهمان‌ها احساس راحتی می‌کردند. آن‌ها می‌نوشیدند، می‌رقصیدند و گاهی در میانهٔ رقص با یکدیگر صحبت می‌کردند. زارا که نگران بود در نوشیدن الکل زیاده‌روی نکند، هنوز اولین گیلاس خود را تمام نکرده بود. او هم‌چنین سعی می‌کرد گاهی میوهٔ خشک بخورد تا معده‌اش خیلی خالی نباشد و تأثیر الکل کمتر شود.

در حین رقص یکی از مهمان‌ها که مرد جوان و شیک‌پوشی بود، به زارا نزدیک شد. نامش فرید بود. زارا وقتی نشسته بودند نیز متوجه نگاه‌های پنهانی او شده بود. فرید مدتی در اطراف زارا به تنهایی رقصید و بالاخره خود را به زارا نزدیک کرد. سعی کرد به بهانه‌ای سر صحبت را باز کند: «زارا جان، چقه مقبول رقص می‌کنی.»

زارا با لبخند گفت: «تشکر.»

او با کمی مکث گفت: «خودت در وزارت معارف کار می‌کنی پس.»

«بلی.»

«مه هم همکار خودت هستم.»

«شما هم در وزارت معارف هستید؟»

«نی، منظورم ایست که مه هم دولتی هستم. در وزارت خارجه وظیفه دارم.»

«عالی است. من رشته‌ام علوم سیاسی است و وزارت خارجه هم از وزارت‌های مورد علاقه‌ام است.»

«جالب، وزارت خارجه به آدم‌های مسلکی و تحصیل‌کردهٔ مثل خودت بسیار ضرورت دارد. شما باید به وزارت خارجه می‌آمدید.»

«مرسی. شما لطف دارین.»

فرید سپس با خنده ادامه داد: «فکرم هست، از اول محفل تا حالی همی یک پَیک واین‌تان هیچ خلاص نمی‌شه.»

«من خیلی اهل مشروب نیستم. فقط کوشش می‌کنم همراه جماعت باشم.»

زارا بعد از مدتی رقص دوباره روی مبل نشست. کم‌کم چند نفر دیگر از مهمانان هم ترجیح دادند استراحت کنند و به زارا پیوستند. یکی از مهمان‌ها، دختری بود به نام وژمه. پس از رقص، کنار زارا نشست و با او سر صحبت را باز کرد. وژمه دختر قدبلند و لاغراندام بود، با چشمان عسلی. زارا از همان اول پارتی تحت تأثیر زیبایی و همین‌طور اعتمادبه‌نفس او قرار گرفته بود. وژمه در حین صحبت بعضی از کلمات فارسی را به سختی تلفظ می‌کرد و گاهی برای این‌که کم نیاورد، مجبور می‌شد کلمه‌های انگلیسی را بین جمله‌های فارسی استفاده کند. در حالت مستی گونه‌های استخوانی‌اش گل انداخته بودند و موهای سیاهش که روی صورت و جلوی چشم‌هایش پخش شده بودند، زیباترش کرده بودند.

وژمه به زارا گفت: «مه یک افغان‌ـامریکایی استم. بسیار خُرد بودم که فامیلم به امریکا مهاجرت کردند، و مه همان‌جا کلان شدم. چند سال پیشتر به کابل آمدم. یک انجو دارم و از سفارت‌خانه‌ها و مؤسسات بین‌المللی در بخش توانمندسازی زنان افغانستان پروژه می‌گیرم.»

صحبت‌های وژمه و زارا تازه گل انداخته بود که هارون وارد سالن شد. به مهمانان اعلام کرد که غذا آماده است و همه همراهش به سالن غذاخوری بیایند. سالن غذاخوری در طبقهٔ دوم همان ساختمان قرار داشت. با این دعوت او، همه خودشان را آمادهٔ رفتن به سوی سالن غذاخوری کردند.

سالن غذاخوری اتاق نسبتاً بزرگ و روشنی بود که دو طرفش پنجره‌های بزرگ چوبی داشت که تازه رنگ شده بودند و به سوی حیاط باز می‌شدند. روی میز بزرگ و طولانی وسط سالن انواع غذا و نوشیدنی چیده شده بودند. سالن توسط در

بزرگ دوپله‌ای از اتاق مجاورش جدا شده بود. دروازه باز بود و صندلی و میز اتاق کناری دیده می‌شد. هارون و زرغونه مهمان‌ها را راهنمایی می‌کردند تا بعد از گرفتن غذای‌شان سر میز غذاخوری بروند. دو نفر خدمت‌کار به مهمانان کمک می‌کردند و مواظب بودند تا چیزی کم نباشد. یکی از آن‌ها لباس آشپزی به تن داشت و دیگری‌اش لباس عادی.

حین غذا صحبت‌های گوناگونی صورت گرفت. دخترهای مجلس در مرکز توجه قرار داشتند. به خصوص زارا و وژمه بیشتر توجه‌ها را به خود جلب کرده بودند. وژمه کاملاً مسلط و بااعتمادبه‌نفس به نظر می‌رسید. او جایگاه خاصی در میان جمع داشت و نظراتش به خوبی شنیده می‌شد. زارا و بقیهٔ دختران ناخودآگاه او را تحسین می‌کردند.

آن روز سؤال‌های زیادی در مورد تحصیل، شغل و زندگی زارا پرسیده شد. او سعی می‌کرد با حوصله و لبخند به تک‌تک سؤال‌های آن جمع جواب بدهد. گاهی احساس می‌کرد لهجه‌اش بیش‌ازحد ایرانی است. این احساس بعد از این‌که یکی از مهمان‌ها به شوخی به زارا گفت که باید زبان‌های رسمی کشور را یاد بگیرد، بیشتر شد. بعضی از مهمان‌ها گاهی دوبه‌دو بین خودشان به زبان پشتو صحبت می‌کردند؛ زبانی که زارا اصلاً نمی‌فهمید. حتا بعضی از کلمات فارسی دری را هم تازه می‌شنید. انتظار نداشت بتواند به این زودی‌ها پشتو را یاد بگیرد.

بعد از خوردن غذا آن‌ها دوباره به طبقهٔ پایین برگشتند. طبق برنامه‌شان تولد زرغونه را با بریدن کیک، موسیقی و رقص جشن گرفتند. زرغونه آخرین‌مدل آیفون را از هارون هدیه گرفت و بقیهٔ کسانی که در مهمانی بودند نیز هدیه‌های‌شان را به او پیشکش کردند. بعد از تمام شدن پارتی، مهمان‌ها شماره‌های تماس یک‌دیگر را گرفتند. قول دادند که ارتباط‌شان را با هم‌دیگر حفظ کنند و رفاقت‌شان را ادامه بدهند.

آن بعدازظهر قسیم، دخترها را به آپارتمان هانی رساند. او که آن روز بیشتر به تنظیم

و تدارک مراسم مشغول بود، فرصت نکرد با زارا بیشتر آشنا شود. برای همین به زارا و دوستانش پیشنهاد کرد که کدام وقت دیگر، یک‌دیگر را ببینند و بیشتر گپ بزنند. هانی بلافاصله موافقت کرد. زارا هم با کمی مکث گفت که پیشنهاد خوبی است. بالاخره تصمیم بر این شد که هانی و قسیم برنامه را تنظیم کنند و زارا و صدف را هم در جریان بگذارند.

زارا دیگر نتوانست پیش دوستانش بماند؛ همه آن‌ها خسته بودند. او می‌خواست زودتر به خانه برگردد و با نرگس و محسن هم کمی وقت بگذراند و از برنامه‌های آن‌ها باخبر باشد. هرچند زارا به محسن و نرگس چیزی نگفته بود؛ ولی همیشه سخت‌کوشی و تلاش آن‌ها را تحسین می‌کرد. او گاهی با خودش فکر می‌کرد، باید مسیری را برود که نرگس و محسن انتخاب کرده‌اند؛ اما وقتی بیشتر فکر می‌کرد، حس می‌کرد برای دنبال کردن مسیر آن‌ها، به یک همراه و هم‌سفر خوب احتیاج دارد؛ چیزی که او نداشت. فکر می‌کرد به کسی نیاز دارد که در طول مسیر او را هُل بدهد، روحیه بدهد و کمکش کند تا کم نیاورد.

زارا در مسیر برگشت به خانه متوجه شد که فرید برایش پیامک فرستاده است. احوالش را پرسیده بود و از آشنایی با زارا اظهار خوشحالی کرده بود. همین‌طور پیشنهاد کرده بود که هر زمان وقت داشته باشد، برای ناهار یا شام یک‌دیگر را ببینند. زارا فکر کرد که فرید پسر خوش‌تیپ و همین‌طور بامزه‌ای است. شاید بتواند کمکش کند که بعد از تمام شدن دورۀ کاری‌اش در وزارت معارف، کار خوبی در وزارت خارجه پیدا کند. پیامکش را جواب داد: «فرید جان، به خاطر پیامت تشکر. بلی، فکر خوبی است. حتماً می‌بینیم؛ ولی در مورد زمانش اجازه بدهید کمی فکر کنم، ببینم کی مناسب است.»

«درست است زارا جان. خَی منتظر احوالت هستم. تشکر.»

زارا دوباره به فکر وزارت خارجه افتاد. با خودش فکر کرد، چه می‌شد اگر کارمند وزارت خارجه می‌بود. او در خیال خودش را می‌دید که آن‌جا کار می‌کند. دوستانش حسرت موقعیت کاری او را می‌خورند. ظهرها وقتی که از کار تعطیل می‌شد، در فضای سبز وزارت قدم می‌زد و در مورد کارهای روزانه و هفتگی‌اش فکر می‌کرد. می‌توانست بعد از مدتی دیپلمات شود. به کشورهای خارجی سفر کند. درآمد آن‌چنانی داشته باشد. شیک بپوشد. در هتل‌های گران‌قیمت اتاق بگیرد. راننده داشته باشد و ماشین‌های مدل روز سوار شود. می‌توانست به مهمانی‌های دیپلماتیک مجلل شرکت کند و با آدم‌های معروف سر یک میز بنشیند. غذاهای عجیب‌وغریب بخورد و حرف‌های دهن‌پرکن بزند. البته احتیاج داشت در شروع مهارت‌های دیپلماتیک را هم یاد بگیرد. باید به دوره‌های آموزشی دیپلمات شدن می‌رفت. باید می‌دانست چطور پشت میز اداری بنشیند. یا مثلاً چطور غذا بخورد. قاشق و چنگال را چطور در دستانش بگیرد و یا هر نوشیدنی الکلی را چطوری بنوشد. او باید نام نوشیدنی‌های مختلف را یاد می‌گرفت و شاید لازم بود طرز تهیهٔ بعضی کوکتل‌ها را هم بداند.

□□

زارا کم‌کم در وزارت جا افتاده بود. او حتا بعضی از کارهای اداری را به صورت مستقل پیش می‌برد. در این اواخر معین شخصاً چند کار را به او سپرده بود و از نتیجهٔ آن‌ها هم خیلی راضی بود؛ ولی زارا در قسمت نوشتن نامه‌های اداری هنوز هم مشکل داشت. معمولاً در مورد کاربرد کلمات با حامدی و احمد بحث می‌کرد. احمد معمولاً موقع بحث با زارا موافق بود؛ ولی در نهایت خود او هم نامه‌های اداری را مثل حامدی می‌نوشت. احمد می‌گفت در مورد غلط یا درست بودن‌شان مطمئن نیست؛ ولی این‌جا همین‌طور مرسوم شده‌اند. اگر نامه‌ها به شکل دیگری نوشته شوند، ممکن است خواننده متوجه نشود.

زارا اندک‌اندک متوجه جزئیات هم شده بود. مثلاً دریافته بود که نحوهٔ لباس پوشیدن و آرایشش در برخورد دیگران با او تأثیر زیادی دارد. آرایش و شیک‌پوشی نه‌تنها به خودش اعتمادبه‌نفس خوبی می‌داد، بلکه مردهای اطرافش را نیز تحت تأثیر قرار می‌داد. او می‌دید روزهایی که شیک‌تر و خوشگل‌تر است، مردها در مقابل او اعتمادبه‌نفس کمتری دارند و بیشتر سعی می‌کنند به میل زارا رفتار کنند؛ ولی احمد با طرز پوشش او موافق نبود. حتا یک‌بار سعی کرد به زارا در مورد لباس پوشیدنش تذکر بدهد: «به نظرم بهتر است در مورد لباس پوشیدن و آرایش‌ات کمی بیشتر متوجه باشی.»

«چرا احمد؟ لباس‌ها و آرایش من که مشکلی نداره. من فقط می‌خوام شیک و باکلاس به نظر برسم. آرایشم هم که در مقایسه با خیلی از دخترای وزارت معمولی است.»

«ولی من فکر می‌کنم تو با این‌طور لباس پوشیدن و آرایش‌ات داری سیگنال‌های اشتباهی به مردهای توهم‌زده می‌فرستی و بعد از اون دیگه نباید انتظار احترام ازشون داشته باشی.»

زارا عاشق لباس‌های شیک و تنگ بود. او هیچ منظور خاصی نداشت. فقط فکر می‌کرد این‌طوری بهتر به نظر می‌رسد. تازه این‌جا از گشت ارشاد هم خبری نبود و از نظر قانونی هم هیچ مشکلی در مورد طرز پوشش او وجود نداشت. از طرفی، وقتی او شیک و خوشگل بود، نگاه پر از حسرت و تحسین هانی و صدف و بعضی از دختران دیگر وزارت را هم می‌دید. هانی و صدف چندین بار به او گفته بودند: «چرا هر لباسی که می‌پوشی به تو میاد؟» زارا جواب داده بود: «من هر لباسی نمی‌پوشم، بلکه با دقت و وسواس خاصی نوع پوششم را انتخاب می‌کنم.» هانی حتا یک‌بار سعی کرده بود یکی از لباس‌های او را بپوشد؛ اما حتا دستانش را هم در آستین لباس جا داده نتوانسته بود.

یکی از روزها معین زارا را به دفتر کارش خواست و در مورد بعضی از استعلام‌هایی که باید به ریاست‌های وزارت فرستاده می‌شدند، سؤالاتی پرسید. او با دقت به توضیحات نسبتاً طولانی زارا گوش داد و در تمام مدت هیچ سؤالی نپرسید و یا نظری نداد. بعد از تمام شدن توضیحات، زمانی که زارا می‌خواست از اتاق خارج شود، معین از او پرسید: «زارا جان! رنگ چشمایت از خودت است؟»

زارا خجالت کشید و نمی‌دانست چه جوابی بدهد. سعی کرد خودش را عادی نشان دهد و با لبخندی جواب داد: «بلی، معین صاحب. رنگ چشم‌هایم طبیعی است.» و به سرعت از اتاق معین خارج شد. وقتی پشت میز کارش برمی‌گشت، هنوز گونه‌هایش سرخ بود و کمی هیجان داشت. بعدازظهر همان روز معین پیامکی برایش فرستاد و اظهار امیدواری کرد که او را ناراحت نکرده باشد. زارا هم جواب پیامک معین را داد: «مشکلی نیست. ناراحت نشده‌م.» اما واقعیت این بود که زارا خیلی وقت پیش متوجه شده بود که رفتار معین نسبت به او تغییر کرده است و به او توجه خاصی دارد؛ اما هنوز مطمئن نبود که با معین باید چگونه رفتار کند.

زارا به حمایت معین در قسمت ماندنش در این شغل و پیشرفت کارش احتیاج داشت. در وزارت معارف معین مالی‌ـاداری بعد از وزیر شخص دوم محسوب می‌شد. حتا زمان‌هایی که وزیر به مسافرت می‌رفت، او را به عنوان سرپرست وزارت معرفی می‌کرد. زارا با خودش فکر می‌کرد که حمایت چنین فردی برای او بسیار ارزشمند است. زارا به یاد حرف‌های هانی افتاد که گفته بود: «دوستای پولدار و قدرتمند در کابل یک نعمت است.» با خودش فکر می‌کرد اگر هانی بفهمد که معین از او خوشش می‌آید، حتماً حسودی خواهد کرد.

رفته‌رفته زارا به کارهای معینیت مالی‌ـاداری به خوبی تسلط پیدا کرد. معین هم کارهای بیشتری را به او محول می‌کرد. ارتباطات غیرکاری آن‌ها نیز بیشتر و صمیمی‌تر شده بود. خیلی وقت‌ها آن‌ها به یک‌دیگر پیامک‌هایی در مورد اتفاقات روزانه یا

موضوعات جالب می‌فرستادند. زارا از ارتباط نزدیکش با معین راضی بود. به خودش می‌گفت: «خوب است با رئیس‌ات رابطهٔ نزدیکی داشته باشی، آن‌وقت انجام کارها خیلی ساده‌تر و دل‌پذیرتر می‌شود.» گاهی حس می‌کرد در شرایط سخت کابل به حمایت عاطفی احتیاج دارد. از سویی، می‌دانست که مردها وقتی با کسی وارد رابطه شوند، دیر یا زود از او سکس می‌خواهند. زارا با خودش فکر می‌کرد اگر روزی قرار باشد به چنین کاری تن بدهد، چه بهتر که طرفش کسی باشد که سرش به تنش بیرزد. حداقل یک آدم با‌نفوذ، قدرتمند و پولدار باشد.

در یکی از جلسات هماهنگی معینیت مالی‌اداری که معمولاً هفتهٔ یک بار برگزار می‌شد، زارا گفت: «معین صاحب! به یک میز، صندلی و یک مانیتور تازه نیاز دارم، ولی ریاست مالی گفته است که باید شما برای‌شان هدایت بدهید.» صحبت او تمام نشده بود که تماس تلفنی فوری برای معین پیش آمد و او باید خارج از وزارت می‌رفت. معین قبل از رفتن کاغذ سفیدی را امضا کرد و در قسمت پایین آن به رئیس مالی هدایت داد تا ضروریات زارا را فوراً برایش خریداری نماید. بعد، کاغذ سفید امضا‌شده را به زارا داد و گفت که حکم را هر طوری که مناسب است، خودش بنویسد. بعد از رفتن معین، حامدی خندید و گفت: «زارا جان، معین صاحب برای خودت بسیار رواداری داره.»

فصل ششم

هفته‌ها به سرعت یکی بعد از دیگری می‌گذشتند. دولت در حال آسان کردن شرایط مقابله با کرونا بود. مدرسه‌ها و مراکز آموزشی در بسیاری از نقاط کشور باز شده بودند و کارها به حالت عادی برمی‌گشت. روزی احمد به زارا خبر داد که یک سفر کاری به کشور دوبی در پیش دارند و معین اسم او را هم شامل لیست کرده است. زارا از شنیدن این خبر خیلی خوشحال شد و از احمد پرسید که این سفر در مورد چیست؟

«به خاطر وضعیت بد امنیتی نمایندههای مهم سازمان‌های بین‌المللی به کابل نمی‌آیند و بعضی جلسات خود را در دوبی می‌گیرند. ما با چندین سازمان بین‌المللی در مورد توسعهٔ فعالیت‌های وزارت معارف جلساتی داریم. پنج روز را در دوبی می‌مانیم. رئیس مالی، تدارکات و پلان هم در این سفر همراه ما هستند.»

براساس برنامه‌ای که احمد گفته بود، قرار بود آن‌ها هفتهٔ دیگر به دوبی بروند. این اولین سفر خارجی زارا محسوب می‌شد و از این بابت خیلی خوشحال بود. او به معین پیامک داد و به خاطر این‌که اسمش را در لیست سفر گرفته بود، تشکر کرد. زارا

موضوع سفر دوبی را با خانواده‌اش و یلدا هم در میان گذاشت: «این اولین سفر کاری خارجی من است. قرار است با نمایندگان چندین سازمان بین‌المللی در دوبی جلسه داشته باشیم.»

بالاخره روز سفر فرارسید. زارا و احمد به عنوان دستیار، معین را در این سفر همراهی می‌کردند. وظیفهٔ آن‌ها بیشتر دسته‌بندی مطالب، آماده کردن نکات پیش از جلسات و پی‌گیری موضوعات مطرح‌شده در جلسات بود. آن‌ها معمولاً بعدازظهرها کاری نداشتند. از این جهت، برای دیدن شهر، مراکز خرید و همین‌طور شام خوردن به بیرون از هتل می‌رفتند. زارا عاشق خرید بود. او حتا اگر چیزی لازم هم نداشت، وقت گذراندن در مراکز خرید شیک و بزرگ یکی از تفریحات مورد علاقه‌اش بود.

زارا از اتاقی که هتل برایش داده بود، بسیار راضی بود. دوست داشت مدتی از وقتش را حتماً در آنجا بگذراند. یک اتاق بزرگ با تخت‌خوابی راحت و جادار داشت که می‌توانست روی آن به هر طرفی که دلش می‌خواست، غلت بزند. روبه‌روی تخت‌خواب هم یک تلویزیون قرار داشت با مانیتور بزرگ، فقط اندکی کوچک‌تر از عرض تخت‌خواب. نمای اتاقش رو به خیابان بود و کنار پنجرهٔ شیشه‌ای بزرگ یک میز کوچک قهوه‌خوری با دو صندلی گذاشته شده بود. او می‌توانست پرده‌های پنجره را باز و بسته کند و به بیرون دید بزند. اتاق سرویس بهداشتی تمیز و شیکی داشت. می‌توانست خستگی هر روز کاری را با یک دوش آب گرم، کاملاً از تنش بیرون کند.

بعد از ختم روز کاری اول، زارا و احمد تصمیم گرفتند که باهم به مرکز خرید دوبی بروند. با این‌که تابستان کابل تمام شده بود؛ ولی هوای دوبی هنوز گرم و شرجی بود. زارا هوای شبیه این را در جنوب ایران قبلاً تجربه کرده بود. ایستگاه مترو نزدیک هتل بود و آن‌ها با مترو به دوبی‌مال رفتند و در آنجا شروع کردند به دیدن لباس‌های مارک. قیمت‌ها بالا بود؛ ولی بعضی از فروشگاه‌ها تخفیف‌های نسبتاً خوبی هم داشتند. آن‌ها

حدود دو ساعت در آنجا گشتند. احمد گفت: «بهتر است روزهای اول قیمت‌ها و نرخ‌ها را به دست آوریم و اگر چیزی می‌خریدیم، روزهای بعدی بخریم.»

زارا پیشنهاد داد برای شام به یک رستوران مک‌دونالد بروند. این اولین باری بود که این برند را از نزدیک می‌دید. احمد حین غذا خوردن مسئلهٔ رابطهٔ زارا و معین را پیش کشید. زارا در کابل کسی را نداشت که در این مورد با او صحبت و مشورت کند. علاقهٔ زیادی هم نداشت که فاطمه حداقل در این مرحله، از رابطه‌اش با معین باخبر شود. یلدا هم که اصلاً از فضای افغانستان سر در نمی‌آورد. احمد همکار نزدیک او بود و خودبه‌خود در جریان خیلی از موضوعات قرار می‌گرفت. از سویی، زارا می‌دانست که احمد از هانی خوشش می‌آید و او هم دوست نزدیک هانی بود. بنابراین، با خودش فکر کرد که صحبت با احمد مشکلی ندارد. هر دوی آن‌ها شرایط مشابهی دارند.

خیلی وقت بود که احمد متوجه ارتباط نزدیک زارا و معین شده بود. او فکر می‌کرد رابطهٔ آن‌ها عاقبت خوبی ندارد. از این رو، همیشه در صدد این بود که نگرانی‌اش را با او در میان بگذارد. بالاخره، آن شب زمینه فراهم شد تا آن‌ها باهم صحبت کنند. احمد گفت: «من دو ساله که در وزارت معارف کار می‌کنم و بیشتر از هشت ساله که در افغانستان هستم. بنابراین، شناخت بهتری از این محیط دارم. به نظرم بهتره فاصله‌ات را با معین حفظ کنی.»

«ولی من و معین رابطهٔ خاصی نداریم. فقط در حد پیامک است و گاهی تلفنی حرف می‌زنیم.»

«همیشه از همین‌جاها شروع می‌شه.»

«اون رئیس منه. وقتی پیامک می‌ده یا به من زنگ می‌زنه، من چطور می‌تونم جواب ندم؟»

«آری، می‌دونم کار سختیه؛ ولی باید یه راهی براش پیدا کنی. این‌جا افغانستانه. تو هم تازه اومدی. دختر آزادی هستی. در بیرون کار می‌کنی و با مردم در ارتباطی. پول و

دختر نقطه‌ضعف خیلی از سیاسیون افغانستانه. باید مواظب باشی ازت سوء استفاده نشه. نباید اجازه بدی که مردا خیلی بهت نزدیک بشن.»

و زارا با خنده جواب داد: «نباید هم اجازه بدهم که خیلی از من دور شوند. باید در یک فاصلهٔ مشخص اون‌ها را نگه دارم. مثل کاری که هانی با تو می‌کنه.»

زارا خوب می‌دانست که روی نقطه‌ضعف احمد دست گذاشته است. احمد ساکت شد. چیزی نمی‌توانست بگوید. زارا مدتی بود که منتظر این فرصت بود. می‌خواست در مورد هانی با او صحبت کند. ادامه داد: «حتماً که نباید زن باشی که مورد سوء استفاده قرار بگیری. هانی داره از تو سوء استفاده می‌کنه.»

«قضیهٔ من و هانی فرق می‌کنه. من هانی را دوست دارم.»

«هانی هم تو را دوست داره؟ این رابطهٔ یک‌طرفه به کجا می‌رسه آخرش؟»

«به نظر تو این رابطهٔ یک‌طرفه است؟»

«آری، چون هانی دنبال یک آدم پول‌دار می‌گرده، همین. تازه، حتا اگر هانی تو رو می‌خواست، هیچ وقت خانواده‌ش راضی نمی‌شد. اصلاً می‌دونی چرا هانی با این‌که خانواده‌ش در همین افشار دارالامانه، تنها زندگی می‌کنه؟ چون اقوام اونا ازدواج‌های خیلی فامیلی و تودرتو بین خودشون دارند. خانواده‌ش می‌خواستن او را به پسرعموش بدهند؛ ولی هانی قبول نکرد. آخر، کار به جایی کشید که هانی قید قوم و حتا خانواده‌ش را زد و الآن هم با هیچ کدوم‌شون ارتباطی نداره. آخرین بار مادرش با التماس اومده بود پیشش تا شاید اون رو راضی به ازدواج کنه و برگردونه خونه؛ اما او جوابش کرد.»

«چقدر احمقانه. اگر ازدواج با فامیل نزدیک ارزشه، پس فرعون‌های مصر از همه کار درست‌تر بودند. اونا خواهر و برادر باهم ازدواج می‌کردند.»

زارا با کمی مکث گفت: «به هر صورت، این شرایط فعلاً وجود داره و وضعیت هانی هم پیچیده است. راستش مدتی بود که می‌خواستم تو را در جریان این صحبتا بذارم.»

«مرسی، ولی چرا اصرار داشتی که من از این موضوعات باخبر باشم؟»

«چون تو خودی هستی.»

احمد بحث را ادامه نداد و سعی کرد موضوع صحبت را عوض کند. صحبت به جاهایی کشیده شده بود که او اصلاً انتظارش را نداشت. در موردش فکر هم نکرده بود. اصلاً نمی‌دانست واکنش درست چه است و چه باید بگوید.

هوای دوبی در این فصل آن‌قدر گرم و آزاردهنده نبود. می‌شد قدم زد و پیاده‌روی کرد. برعلاوه خیابان‌های آنجا مانند خیابان‌های کابل پر از گرد و غبار نبودند. با شروع بارندگی‌ها، در کابل فصل گل و لای هم شروع می‌شد. بسیاری از خیابان‌ها پیاده‌رو درست نداشتند و فضاهای سبز و پارک‌های تفریحی هم نظر به جمعیت این شهر، بسیار کم و ناچیز بودند و توزیعشان هم نامناسب بود. زارا پیشنهاد کرد: «حالا که هوا کمی خنک شده است تا هتل پیاده‌روی کنیم.»

وقتی زارا به اتاقش برگشت، به حرف‌های احمد فکر کرد. شاید احمد تا حدی درست می‌گفت؛ ولی او باید شجاع می‌بود و نمی‌ترسید. باید به فامیل و دوستانش ثابت می‌کرد که او با دیگران فرق دارد. باید ثابت می‌کرد که به افغانستان آمدنش درست بوده است. آن‌ها باید او را باور می‌کردند و دختران فامیل باید همیشه او را به چشم الگوی خودشان می‌دیدند. زارا غیر از موفقیت چارهٔ دیگری نداشت.

اولین روزِ اولین سفر کاری زارا رو به پایان بود. او باید کم‌کم آمادهٔ استراحت می‌شد. به گوشی‌اش نگریست که ببیند ساعت چند است. دید که از فرید یک پیام دارد. احوالش را پرسیده بود. زارا هم جواب داد: «برای یک سفر کاری به دوبی آمده‌ام. به خیر زمانی که کابل برگشتم، می‌بینیم.» و به یاد وژمه افتاد. باید ارتباطش را با او بهتر می‌کرد. وژمه دختر موفقی بود. می‌توانست یک الگوی خوب برایش باشد. از اعتمادبه‌نفس، ظاهر و شخصیت او خوشش می‌آمد. او خوشگل، شیک‌پوش و باکلاس بود. تازه پیامکش را به وژمه فرستاده بود که تلفن داخلی اتاقش زنگ خورد.

وقتی گوشی را برداشت، شنید: «سلام زارا جان، خوب هستی؟ امروزت چطور گذشت؟»

«سلام معین صاحب، تشکر. روز خیلی خوبی بود. بعد از کارهای روزانه هم به دوبی‌مال رفتم. شام را هم همان‌جا خوردم و پیاده برگشتم.»

«تنها رفته بودی؟ چطور؟»

«نه معین صاحب. با احمد رفتم.»

«خوب است، پس دیق نیاوردی.»

آن‌ها برای مدتی در مورد موضوعات مختلف صحبت کردند. زارا در مورد شهرگشتی آن بعدازظهرش بیشتر گفت. معین هم پرسید: «آیا آن‌جا سوغاتی‌های خوبی برای طفلا پیدا می‌شه؟ به دو بچه‌ام قول داده‌ام که برای‌شان حتماً سوغاتی می‌آورم.»

«بلی، معین صاحب. چند مغازه را دیدم که اسباب بازی‌های خیلی خوبی برای بچه‌ها داشتند. به خیر فردا با دقت بیشتر می‌بینم. اگر کدام چیز خوبی پیدا کردم، با مشورت شما می‌خرم.»

بعد از تمام شدن صحبت تلفنی، زارا برای فاطمه و یلدا عکس‌های آن روزش را فرستاد. برای آن‌ها پیام صوتی گذاشت و در مورد کارها و برنامه‌های‌شان در دوبی صحبت کرد.

روز دوم سفر هم جلسات کاری و پیگیری‌های آن‌ها تا ساعت چهار بعدازظهر ادامه داشت. بعد از جلسه زارا و احمد به آکواریوم بزرگ دبی رفتند؛ جایی که می‌توانستند زندگی زیر آب و انواع ماهی‌ها را ببینند. بعد از آن، به یکی از مراکز خرید نزدیک آکواریوم رفتند. به چند فروشگاه لوازم آرایشی، فروشگاه‌های لباس‌های مردانه و زنانه و هم‌چنین چند فروشگاه اسباب‌بازی بچه‌ها سر زدند.

احمد وقت خوردن شام دوباره گفت‌وگوهای دیشب‌شان را پیش کشید و از زارا پرسید که آیا هانی کسی را دوست دارد یا نه. زارا اما خیلی سربسته سخن گفت:

«مطمئن نیستم. هانی آدم‌های زیادی را می‌شناسد و شبکهٔ دوستانش وسیع است. راستش نمی‌خوام در مورد هانی زیاد باهات صحبت کنم. تو و هانی دوستان نزدیک من هستید و واقعاً نمی‌خوام باعث کدورتی بین شما بشم.» بعد از کمی مکث ادامه داد: «ولی صحبت‌های دیروز من در مورد هانی را همیشه در نظر داشته باش.»

آن شب چون به فروشگاه اسباب‌بازی هم سر زده بودند، ناخواسته صحبت معین دوباره پیش آمد. زارا گفت: «معین دیروز تلفنی از من خواست که اگر در وقت خرید سوغات مناسبی برای دو پسرش دیدم، بگیرم. به نظرم معین به فکر خانواده و بچه‌هاش هست و احتمالاً تو در موردش داری اشتباه می‌کنی.»

«من این تیپ مردای افغان را می‌شناسم. این‌ها یک مادر اولادا دارند. وظیفهٔ او پسر به دنیا آوردن و بزرگ کردن، شستن، پختن و بودن با شوهرشون تو مهمانی‌های فامیلی، عروسی و فاتحه است و یک یا چند دوست‌دختر دارند که معمولاً عوض می‌شن. وظیفهٔ دوست‌دختر همراهی کردن‌شون در پارتی‌ها و معیشت‌هاشونه.»

«به نظرم داری زود قضاوت می‌کنی.»

«قرار نیست که تمام بلاها سر ما بیاد تا مطمئن بشیم. کافیه نگاهی به اطراف‌مون بندازیم تا ببینیم چه خبره.»

زارا نمی‌خواست در مورد معین در حالی که فعلاً هیچ گپی هم نبود، به خودش تشویش و نگرانی راه بدهد. ترجیح می‌داد در این مورد اصلاً فکر نکند. برای همین سعی کرد که موضوع بحث را عوض کند. از احمد پرسید: «راستی معین و رئیس‌ها بعد از ساعت کاری کجا می‌رن؟»

«تعداد زیادی از مقامات دولتی افغانستان در این جلسات هستند. افراد مهمی هم از سازمان‌های بین‌المللی به دوبی اومده‌اند. اصل جلسه همین حاشیهٔ جلسات و بعد از ساعت کاری است. این‌ها برای صحبت‌های کاری، تجاری و سیاسی هم‌دیگه رو معمولاً می‌بینند و از این فرصت استفاده می‌کنند.»

بعد از شام آن شب، آن‌ها با مترو به هتل برگشتند. پیاده گشتن، دیدن آکواریوم دبی و همین‌طور دیدن فروشگاه‌ها حسابی خسته‌شان کرده بود. دیگر نای پیاده‌روی را نداشتند.

وقتی زارا به اتاقش برگشت، دوش گرفت و کمی استراحت کرد. هتل محل اقامت‌شان پنج‌ستاره بود و امکانات خیلی خوبی داشت. زارا اولین بارش بود که در چنین هتل شیک و مجللی اتاق داشت. او برای خودش چای درست کرد و شروع کرد به گشتن در میان شبکه‌های تلویزیونی مختلف. بعد از مدتی معین به تلفن داخلی اتاقش زنگ زد. او در مورد روز کاری طولانی و نسبتاً سختش صحبت کرد. زارا هم در مورد کارهایی که انجام داده بود، قصه کرد. گفت که چای دم کرده است و مشغول نوشیدن چای است. معین هم گفت که می‌خواهد چای بنوشد و تا ده دقیقهٔ دیگر به اتاقش می‌آید. زارا از این حرف او شوکه شد. نمی‌دانست چه واکنشی نشان بدهد. قبل از این‌که چیزی بگوید، معین گفت: «پس می‌بینیم.» و تلفن را قطع کرد.

زارا دچار تشویش شد. نمی‌دانست باید چه کار کند. دیگر کار از کار گذشته بود. نمی‌شد بهانه‌ای آورد. او فوراً لباس مناسب‌تری پوشید. خودش و اتاق را کمی مرتب کرد و سعی کرد آرام باشد. با خودش گفت: «موضوع مهمی نیست. برای نوشیدن چای می‌یاد، کمی صحبت می‌کنیم و بعد هم می‌رود. گذشته از این، مگر نمی‌خواستم رابطه‌ام باش نزدیک‌تر بشه؛ چه فرصتی بهتر از این سفر.»

چیزی نگذشت که زنگ در زده شد. زارا از جایش برخاست و در را باز کرد. معین پشت در بود و به او سلام کرد. بدون درنگ، وارد اتاق شد. بعد، زارا تعارفش کرد که روی صندلی بنشیند. آن‌ها به نوشیدن چای شروع کردند و در مورد موضوعات مختلف صحبت کردند. منظرهٔ خیابان، نور خانه‌ها و ماشین‌ها همه چیز را زیباتر کرده بودند. معین در حالی که کاملاً از شرایط راضی به نظر می‌رسید، از فشرده بودن کارها و جلساتش شکایت کرد. زارا هم تأیید کرد که جلسات فشرده و گاهی خسته‌کن است.

معین گفت: «اصل جلسات در واقع وقتی است که جلسات رسمی تمام می‌شود.» و با خنده ادامه داد: «جلسات غیررسمی پردست‌آوردی داشتم. با وزیر و معین چندین وزارت‌خانه دیدار داشتم. صحبت‌های خیلی خوبی بین‌مان صورت گرفت. با دونرها هم ارتباطات خود را محکم‌تر و وسیع‌تر کرده‌ام.»

زارا در مورد سوغاتی‌هایی که او فکر می‌کرد برای پسرهای معین مناسب هستند نیز صحبت کرد. از فروشگاه‌های بزرگ اسباب‌بازی سخن گفت که آن روز دیده بود و وسایل بازی‌شان را از نظر گذرانده بود. از اسباب بازی‌هایی که فکر می‌کرد مناسب هستند، عکس گرفته بود و به معین نشان داد. معین هم فکر می‌کرد که زارا سوغاتی‌های خوبی پیدا کرده است. زارا گفت: «فردا به خیر سوغاتی‌ها را می‌خرم.»

معین تشکر کرد و گفت: «مصروفیتم بسیار زیاد است و با خریدن سوغاتی‌ها کمک بسیار کلانی به من می‌کنی.»

او با کمی مکث ادامه داد: «مدتی است که روابطم همراه خانمم خوب نیست و نمی‌خوایم با فراموش کردن سوغاتی یا خریدن سوغات نامناسب کدام بهانه برایش بتم.»

زارا با اظهار تأسف، سعی کرد معین را دل‌داری بدهد. به او پیشنهاد کرد: « به خاطر بچه‌های‌تان هم که شده باید ارتباط خوبی همراه خانم‌تان داشته باشید.» سپس در مورد همسر معین سؤالاتی پرسید.

او جواب داد: «حدودن ده سال می‌شه که ازدواج کردیم. ما یک ازدواج فامیلی و از پیش تنظیم‌شده داشتیم. خانمم از اقوام نزدیک ماست. ما جوان بودیم و فامیل‌های ما بین خودشان جور آمدند.»

با صحبت‌های شخصی معین فضا صمیمی‌تر شد و از حالت نسبتاً رسمی‌ای که داشت، بیرون آمد. آن شب آن‌ها صحبت‌های دیگری هم در مورد زندگی‌شان کردند و شناخت بیشتری از یک‌دیگر پیدا کردند. زارا در مورد زندگی‌اش در ایران صحبت کرد.

این‌که پشت خانواده و دوستانش دلتنگ شده است. معین دست زارا را گرفت و کمی نوازش کرد. به او قول داد که در اولین فرصت می‌تواند یک مرخصی بگیرد و به ایران برود. معین هم در مورد زندگی، کار، وزارت و طرح‌های آینده‌اش صحبت کرد. زارا بیشتر می‌پرسید؛ ولی گاهی پیشنهادات و راه‌حل‌هایی هم به او ارائه می‌کرد. بالاخره، معین با گفتن این‌که باید استراحت کند تا فردا کم‌خواب نباشد، از او خداحافظی کرد و به اتاقش برگشت.

فردای آن روز زارا تصمیم گرفت که تنهایی به خرید برود. او باید سوغاتی‌های معین را هم می‌خرید. احساس کرد اگر با احمد برود، ممکن است او را بیش از پیش به رابطه‌اش با معین حساس کند. از طرفی، او باید به مرکز خریدی می‌رفت که روز گذشته رفته بود و این می‌توانست برای احمد کسل‌کننده باشد. زارا بعد از پایان برنامه‌های روزانه، به احمد گفت: «امروز باید با خانواده‌ام در ایران صحبت کنم... کمی هم کارهای شخصی دارم و نمی‌دونم کی تمام میشه. برای همین امروز نمیتونم با تو بیرون بروم.»

◻ ◻

زارا سوغاتی‌های معین را خرید. هم‌چنین از تنها بودنش استفاده کرد و سری به مغازه‌هایی هم زد که لباس‌های زیر زنانه داشتند. بعد از این‌که از خرید خلاص شد، شام مختصری خورد و در حین شام خوردن عکس سوغاتی‌های معین را هم برایش فرستاد. بعد از شام پیاده به سمت هتل به راه افتاد. در راه به یاد معین افتاد. دلش به حالش می‌سوخت. معین تا دیشب هیچ وقت در مورد زندگی خصوصی‌اش با او صحبت نکرده بود. زارا احساس می‌کرد معین خیلی تنها و همینطور آسیب‌پذیر است. همیشه تصورش از او یک مرد با زندگی خصوصی و اجتماعی موفق و شاد بود. او با وجودی که در زندگی اجتماعی‌اش خوب پیشرفت کرده بود، آیندهٔ درخشانی پیش رو داشت و از نظر مالی نیز در شرایط خوبی بود؛ ولی زندگی خصوصی‌اش از هم پاشیده

بود. به خاطر بچه‌هایش داشت زنش را تحمل می‌کرد. فقط به این خاطر که فکر می‌کرد زنش بهترین مادری است که بچه‌هایش می‌توانند داشته باشند. بعد از مدتی پیاده‌روی، احساس خستگی کرد. تصمیم گرفت بقیهٔ راه را با مترو برود و راهش را به سوی ایستگاه کج کرد.

وقتی به هتل برگشت، پیامک‌های فرستاده شده را خواند و برای آن‌هایی که لازم می‌دید، جواب داد. کمی با فاطمه و نرگس صحبت کرد. بعد، مشغول دیدن سایت‌های اینترنتی و همین‌طور شبکه‌های اجتماعی بود که پیام معین رسید. به خاطر سوغاتی‌ها از زارا تشکر کرده بود و گفته بود که اگر مشکلی نیست تا نیم‌ساعت دیگر می‌آید و سوغاتی‌ها را می‌گیرد.

زارا اتاقش را مرتب کرد. هنوز چند دقیقه‌ای نگذشته بود که زنگ در به صدا درآمد. با خودش فکر کرد که حتماً معین است. در را باز کرد . معین سلام و احوال‌پرسی کرد و گفت: «آمده‌ام تا سوغاتی‌ها را ببرم.» زارا تعارفش کرد که داخل بیاید. بلافاصله قبول کرد و وارد اتاق شد. سوغاتی‌ها روی میز گوشهٔ اتاق بودند. معین مستقیماً به سمت آن‌ها رفت و روی صندلی نشست و شروع کرد به ورانداز کردن آن‌ها. او کاملاً راضی بود و چندین بار اظهار خوشحالی و تشکر کرد. زارا از معین پرسید: «اگر میل دارید دوباره برای شما چای بگذارم؟» ولی معین گفت: «ترجیح می‌تم کمی ویسکی بگیرم.»

زارا گفت: «مطمئن نیستم که در مینی‌بار اتاق ویسکی هست یا نه.» معین همان‌طوری که به سمت تلفن می‌رفت، گفت: «مشکلی نیست، از بارِ لابی هتل ویسکی طلب می‌کنم.»

آن شب زارا و معین کنار میز کوچک قهوه‌خوری کنار پنجره با یک‌دیگر ویسکی نوشیدند. آن‌ها تقریباً دربارهٔ هر چیزی صحبت کردند. از دلایل توسعه و پیش‌رفت دوبی تا وضعیت وزارت، زندگی شخصی‌شان و حتا کمی غیبت حامدی و احمد را هم

کردند. گاهی هم بدون این‌که صحبتی بکنند، برای مدتی کوتاه هر دوی‌شان به خیابان و منظرهٔ زیبای شب خیره می‌شدند. نوشیدنی سنگین ویسکی، صحبت‌های گرم و صمیمی‌شان و همین‌طور منظره‌ای که پیش رو داشتند، احساس راحتی و سرخوشی خاصی به آن‌ها داده بودند. معین برای لحظه‌ای به سمت زارا خم شد و سعی کرد لب‌های او را ببوسد. زارا بی‌اختیار خم شد و چشمان خود را بست و گرمی لب‌های معین را روی لب‌هایش احساس کرد. معین دست راستش را پشت گردن زارا برد و به شکل ملایمی سر او را به خودش نزدیک‌تر کرد و به بوسیدن ادامه داد.

زارا نمی‌دانست که معین چقدر پیش خواهد رفت. به همین فکر بود که معین از او خواست: «مره بوس کن.» و زارا بدون این‌که حرفی بزند، بوسهٔ سبک و ملایمی از لب‌های معین گرفت. لحظاتی بعد، معین زارا را به سمت تخت‌خواب برد. لباس‌های خود را درآورد و به زارا هم کمک کرد تا لباس‌هایش را در آورد. بعد از مدتی معاشقه به زارا گفت: «تشویش باکرگی‌ات را دارم، وگرنه خوش داشتم پیشتر میرفتم.»

زارا که سرش را پایین انداخته بود و به معین نگاه نمی‌کرد، آرام گفت: «فرض کن نیستم، مثلاً چه کار می‌کردی؟»

معین معاشقهٔ خود را دوباره از سر گرفت. هرچند زارا آن شب آن‌طوری که باید، تحریک نشده بود؛ ولی فکر کرد که این مرحله‌ای است که دیر یا زود باید بگذراند. بنابراین، تصمیم گرفت که زودتر انجامش دهد. حتا سعی کرد تا آن‌جایی که می‌تواند با معین همکاری کند تا او بتواند زودتر کارش را تمام کند.

☐☐

روز چهارم سفر زارا، بدون اتفاق خاصی گذشت. در طول روز آن‌ها کارهای روزمره‌شان را انجام دادند. جلسات کاری آن روز تا ظهر ادامه داشت و فردای آن روز باید به کابل بر می‌گشتند. زارا و احمد آخرین خریدهای‌شان را انجام دادند.

زارا سوغاتی‌هایی برای دوستان و خانواده‌اش خرید. احمد هم علاوه بر خانواده‌اش یک سنجاق سینهٔ زیبا برای هانی گرفت. او ابتدا فکر می‌کرد آن را بدون اطلاع زارا بگیرد؛ ولی بعد به این نتیجه رسید که بالاخره زارا متوجه می‌شود. پس بهتر است با مشورت او بگیرد. همان روز برج خلیفه رفتند تا آن را از نزدیک ببینند. بعد از آن، شام خوردند و سرانجام به هتل برگشتند.

معین و زارا آخرین شب دوبی را هم با یک‌دیگر گذراندند. آن‌ها مثل شب گذشته باهم مشروب نوشیدند. معاشقه کردند و در مورد موضوعات مختلف گپ زدند. معین، در مورد تصمیم جدی خود برای جدا شدن از هم‌سرش نیز حرف زد. گفت: «ای زندگی هر روز من را شکسته‌تر و پیرتر می‌کنه، دیر یا زود باید خود را از ای وضعیت خلاص کنم.»

زارا خریدهایی را که در این چند روز کرده بود، به معین نشان داد. سپس تصمیم گرفتند که اتاق را به سالن مُد تبدیل کنند. زارا به حمام می‌رفت. هر یک از لباس‌هایی را که تازه خریده بود، می‌پوشید و بعد به اتاق می‌آمد و از مقابل معین که روی صندلیِ کنار پنجره نشسته بود، می‌گذشت. معین لباس و مُد او را ورانداز می‌کرد، لبانش را می‌بوسید و از ظاهر و لباسش تعریف می‌کرد. زارا لبخند می‌زد و تشکر می‌کرد. بعد، دوباره به حمام می‌رفت و با لباس جدید برمی‌گشت.

پرواز دوبی به کابل نزدیک ظهر انجام می‌شد. بنابراین، آن‌ها می‌توانستند صبح دیرتر از خواب بیدار شوند. عجله‌ای در کار نبود. معین آن شب پیش زارا ماند. فردا صبح هنگام رفتن، ابتدا سالن را با احتیاط وارسی کرد و بعد از این‌که مطمئن شد از همکاران‌شان کسی در آن‌جا نیست، به اتاق خود برگشت.

فصل هفتم

در فرودگاه نرگس منتظر زارا بود. از آن‌جایی که احمد هم در غرب کابل زندگی می‌کرد، با آنها همراه شد. نرگس و احمد هرچند تا بحال یکدیگر را از نزدیک ندیده بودند، ولی از طریق زارا شناخت نسبی از همدیگر داشتند. زارا از آمدن نرگس به فرودگاه خوشحال بود، و در راه خانه گفت: «نرگس جان، تشکر. راستش کمی خستهٔ سفر هم هستم. الآن که فکر می‌کنم، چقد خوب شد که دنبال‌مون اومدی.» احمد رویش را به سوی نرگس کرد و گفت: «به زحمت افتادید نرگس جان. تشکر.»

«مشکل خاصی نیست. من هم در خانه کمی دلتنگ شده بودم. محسن برای یک سفر کاری هرات رفته و یکی دو روز دیگه میاد.»

زارا: «کارهای فولبرایت چطور پیش می‌ره نرگس؟»

«کمی خسته‌کننده شده؛ ولی در مجموع خوب پیش می‌ره.»

زارا: «با تلاش و پشتکاری که تو و محسن دارین، حتماً با موفقیت تموم می‌شه.»

«خدا کنه. خوبه که محسن هست، دوتایی راحت‌تر می‌شه این کارها رو پیش برد.»

زارا: «تو و محسن خوش‌شانس هستین که سلیقه‌ها و اهداف‌تون این‌قدر شبیه هم است.»

«آره، راستش از همان دورهٔ لیسانس تصمیم داشتم برای فوق لیسانس به یه کشور غربی برم. بحث ازدواج اصلاً در فکرم نبود. داشتم راه خودم رو می‌رفتم که به محسن برخوردم. ما در واقع تو مسیری که می‌رفتیم، به هم‌دیگه برخوردیم.»

زارا رو کرد به احمد و گفت: «نرگس بهترین دانشجوی دانشکده‌شان بوده و با نمرهٔ خیلی خوبی هم در کنکور ایران قبول شده بود.»

«واو، چقد عالی.»

نرگس که ظاهراً از تعریفی که ازش شده بود، راضی به نظر می‌رسید، گفت: «تو محیط‌هایی مثل ایران و افغانستان زن‌ها مجبورن خیلی سخت درس بخونن و کار کنن تا خودشون رو ثابت کنن و مردها بهشون به عنوان جنس دوم و یا ابژهٔ جنسی نگاه نکنن.»

□□

زارا بعد از سفر دوبی اعتمادبه‌نفس بیشتری پیدا کرده بود. معمولاً کارهایش را به صورت مستقل انجام می‌داد. در جلسات هفتگی معینیت نیز نظرات بیشتر و گاهی خوبی می‌داد. احمد و حامدی هم متوجه روحیهٔ بهتر و جسارت بیشتر او شده بودند. او یکبار دیگر با هانی و صدف به پارتی رفت و کلی مورد توجه قرار گرفت. هانی کم‌کم حس می‌کرد بردن زارا به پارتی‌ها و دورهمی‌ها کار درستی نیست. از وقتی باهم به پارتی می‌رفتند، توجه پسران بیشتر روی زارا بود. هانی حتا چند باری سعی کرده بود در مورد لباس پوشیدن و ظاهر زارا نظر غلط بدهد تا کمتر زیبا به نظر برسد، و مورد توجه مردها نباشد.

روزی زارا با فرید در یکی از کافه‌های شهرنو قرار گذاشت. فرید گفت که اطلاعات بیشتری را در مورد فرصت‌های شغلی در وزارت خارجه برای زارا جمع‌آوری می‌کند.

زارا تصمیم گرفته بود شبکهٔ ارتباطاتش را تا حد امکان توسعه بدهد و آدم‌های مهم بیشتری را بشناسد. این‌طور آدم‌ها بالاخره یک روزی به دردش می‌خوردند. او یک روز به دفتر کار وژمه نیز رفت. محل کار و خانهٔ او، دو خانهٔ دیواربه‌دیوار در یکی از کوچه‌های شهرنو بود. دری از میان حیاط دو خانه را به یک‌دیگر وصل می‌کرد. معماری و فضای اصلی هر دو خانه شبیه یک‌دیگر بود. وژمه فقط کاربری یکی را به شکل مسکونی و دیگری را به شکل اداری در آورده بود. نزدیکی محل کار و زندگی وژمه، باعث کاهش رفت‌وآمدهای غیرضروری و در نتیجه سبب کاهش تهدیدهای امنیتی شده بود.

زارا برای رسیدن به دفتر وژمه باید از ایست بازرسی سر کوچه و نگهبانی در ورودی می‌گذشت. دفتر در یک خانهٔ قدیمی اما بازسازی‌شده بود. حیاط سرسبز و نسبتاً بزرگی در ورودی آن قرار داشت. سپس وارد ایوان سرپوشیده شد که از سطح حیاط چندین پله بالاتر بود. درِ ورودی چوبی و دولبهٔ بزرگی ایوان را به طبقه اول خانه وصل می‌کرد. روبه‌روی در ورودی راه پله‌ای قرار داشتند که به طبقهٔ بالا، محل کار وژمه ختم می‌شد. وقتی زارا به اتاق کار وژمه وارد میشد، دو دختر به سرعت از اتاق خارج شدند، گویی برای کاری بیرون فرستاده شدند. وژمه از سه دختر دیگر که به نظر می‌رسید باهم باشند، سؤالاتی در مورد تحصیل و زندگی‌شان می‌پرسید. وژمه با دیدن زارا به او خوش‌آمدید گفت و از او خواست که بنشیند. سپس، همه را به یک‌دیگر معرفی کرد.

وژمه پشتو و فارسی را به صورت غیررسمی صحبت می‌کرد؛ ولی نمی‌توانست آن‌ها را بخواند یا بنویسد. در سال‌های اخیر پروژه‌های مهمی در رابطه به توانمندسازی زنان و دختران افغان گرفته بود. ارتباط و دست‌رسی خوبی به وزارت‌خانه‌ها، سازمان‌های بین‌المللی و سفارت‌خانه‌ها داشت. شایعاتی در مورد اینکه او با یکی از وزیران مهم دولت ارتباط خصوصی دارد، وجود داشت. هرچند خودش هیچ‌وقت این ارتباط را رد

یا تأیید نمی‌کرد؛ ولی به صورت غیرمستقیم سعی می‌کرد از این شایعه برای پیش‌برد کسب و کارش و همین‌طور تاثیرگذاری بیشتر روی دیگران استفاده کند.

روزی زارا با احمد در مورد وژمه و کسب‌وکار موفقش صحبت کرد. احمد که انگار مشکلی با وژمه داشته باشد، با هیجان خاصی گفت: «پروژه‌های توانمندسازی زنان افغانستان موفق نبوده. بیست سال پول و برنامهٔ جامعهٔ جهانی تأثیر خیلی کمی روی وضعیت عمومی زن‌ها و دختران فقیر در روستاهای افغانستان داشته است. حتا در شهرهای بزرگ هم خانواده‌های فقیر و حاشیه‌نشین از این برنامه‌ها بهره‌مند نشدند. این پول‌های بادآورده بیشتر صرف پارتی‌ها، جلسات بی‌نتیجه، معاش‌های دالری و ایجاد گروهی از دخترکان پروژه‌ای شدند.»

به نظر می‌آمد احمد از این‌که زارا با وژمه در ارتباط بود، اصلاً خوشحال نیست. او بعد از مکث کوتاهی، قبل از این‌که زارا بتواند چیزی بگوید، با حرارت ادامه داد: «ای دخترکان پروژه‌ای شمع محفل و کفترهای ملاقی مقامات سیاسی و تاجران به اصطلاح ملی هستند. فرقی هم نمی‌کنه چه کسی و با چه اندیشه‌ای نصیب‌شان شود. این‌ها هر کسی را فقط با پول و قدرتش می‌سنجند. سیاسی نیستند، چون حرف سیاسی در کشور هزار تکه‌ای مثل افغانستان بالاخره به یکی برمی‌خورد و چون این‌ا نمی‌خوان هیچ کسی ازشون برنجه، ترجیح می‌دهند سکوت کنند، ترجیح می‌دهند وسط بازی کنند.»

احمد سپس گفت: «اصلاً همین دخترکان و زنان پروژه‌ای‌اند که از فضای آزاد کابل لذت می‌برند، درآمدهای دالری و ارتباطات خوب با سفارت‌خانه‌ها و مقامات دولتی دارند و به نام زن محروم افغان از امتیازات و حقوق مادی ـ معنوی زیادی برخوردارند.»

زارا احساس کرد احمد غیرمستقیم این حرف‌ها را به او هم می‌گوید. خودش را جمع کرد و با صدای قاطعی گفت: «لکچر دادن تو کمکی به حل این موضوعات نمی‌کنه. منم علاقه‌ای به این بحث‌ها ندارم.»

«تو تخصص‌ات علوم سیاسیه. چطور به این بحث‌ها علاقه‌ای نداری؟»

«من وارد این بحث‌ها نمی‌شم و علاقه‌ای هم به شعار دادن ندارم؛ ولی اگر روزی کاری از دستم بر بیاد حتماً انجام می‌دم.»

زارا با خودش فکر کرد که احمد بیش از حد شعار می‌دهد. بالاخره عده‌ای سراغ این‌طور فرصت‌ها و پروژه‌ها خواهند رفت. اگر وژمه نرود، شخص دیگری از این پروژه‌ها استفاده می‌کند. همین خود احمد اگر توانایی ایجاد ارتباط با سازمان‌های بین‌المللی و وزارت‌خانه‌های مهم را داشت و می‌توانست پروژه‌های پرسود را بگیرد، این کار را نمی‌کرد؟ واقعاً چنین فرصتی اگر داشت، از آن دست برمی‌داشت؟ خودش هم این کار را می‌کرد. حالا چون دستش از این فرصت‌ها کوتاه است، به شعار دادن و انتقاد کردن شروع کرده است.

□□

بعد از سفر دوبی رابطهٔ زارا و معین صمیمی‌تر شده بود. آن‌ها به طور مرتب با یک‌دیگر پیامک رد و بدل می‌کردند؛ ولی از زمان برگشت به کابل به جز در وزارت، آن هم به بهانهٔ کارهای اداری نتوانسته بودند هم‌دیگر را از نزدیک ببینند. با وجود روزنامه‌ها، شبکه‌های رادیویی، تلویزیونی و صفحه‌های اینترنتی، مقامات بلندرتبهٔ دولتی چهره‌های شناخته‌شده‌ای بودند. برعلاوه، به خاطر مسائل امنیتی، مقامات بلندرتبه با ماشین‌های ضدگلوله، راننده و محافظ می‌گشتند. بنابراین، امکان دیدن زارا و معین در بیرون از وزارت مشکل بود. داخل وزارت هم باید ملاحظات زیادی را رعایت می‌کردند. نه معین و نه زارا، هیچ‌کدام نمی‌خواستند تا حد ممکن کسی از رابطه‌شان باخبر شود. معین از حاشیه‌هایی که این رابطه می‌توانست خلق کند، نگران بود. زارا هم نمی‌خواست کسی بفهمد او با یک مرد متأهل در ارتباط است. برای همین، هردو طرف به طور ضمنی توافق کرده بودند که برای فعلاً رابطه‌شان تا

حد امکان مخفی بماند. زارا امیدوار بود با یک‌سره شدن رابطهٔ معین و همسرش، بتواند در مورد رابطه خودش حداقل با فاطمه صحبت و مشورت کند.

روزی معین به زارا گفت: «یک آپارتمان در برج شهرنو دارم. تمام وسایلش تکمیل است و کسی هم در آنجا زندگی نمی‌کنه. آن را برای فامیل خودم تیار کده بودم؛ اما فعلاً از رفتن به آنجا منصرف شده‌ایم. صاحبان برج هم از دوستان صمیمی و نزدیکم هستند. به آن‌ها کاملاً اعتماد دارم. اگر موافق هستی، برو آنجا زندگی کن. خودم هم می‌توانم مرتب به تو سر بزنم.»

زارا آن روز به معین جواب قطعی نداد، گفت: «باید بیشتر در این مورد فکر کنم.» ولی او می‌دانست که برج شهرنو خانهٔ رؤیاهاش است. همیشه می‌خواست روزی در آنجا زندگی کند. برج از لحاظ موقعیت در مرکز شهر قرار داشت. از آنجا می‌شد شلوغی شهر را تماشا کرد. همیشه شلوغی و رفت‌وآمد شهر را دوست داشت. حتا می‌توانست تا محل کارش پیاده رفت‌وآمد کند. فاصلهٔ زیادی نبود. با این افکار، به یاد حرف هانی افتاد که گفته بود: «برج شهرنو بدنام است.» با خودش اندیشید که هانی حتما حسودی می‌کند. حالا دیگر او را خوب می‌شناخت. او هیچ‌وقت نمی‌توانست در چنین جایی زندگی کند. برای همین، این حرف را می‌زد. از طرفی، در برج شهرنو آدم‌های معروفی رفت‌وآمد داشتند. خیلی از فامیل‌ها در آنجا زندگی می‌کردند. زارا از خودش پرسید: «یک برج چطور می‌تواند بدنام باشد؟» او این حرف را غیر از هانی از هیچ‌کس دیگری نشنیده بود. گذشته از این، او آپارتمان و زندگی خودش را داشت. به بقیه کاری نداشت. خوبی دیگر برج این بود که در گوشهٔ دیگر شهر موقعیت داشت. خیلی از اقوام زارا و کسانی که او نمی‌خواست از زندگی شخصی‌اش سر در بیاورند، در غرب کابل زندگی می‌کردند. معین و دوستان نزدیکش هم همگی پشتون بودند و ارتباطی با حلقهٔ آشنایان غرب کابل او نداشتند. بنابراین، زارا در برج شهرنو آزادی بیشتری داشت. از این‌ها گذشته، نرگس و محسن به زودی به امریکا می‌رفتند. او

نمی‌توانست برای همیشه با آن‌ها باشد. با خودش فکر کرد که بهتر است از این فرصت استفاده کنم.

زارا با خودش تصور کرد که در بهترین برج شهر کابل زندگی می‌کند. درهای ساختمان همگی ضدگلوله هستند. دوربین‌های امنیتی به صورت همیشگی مواظب هستند که مشکلی پیش نیاید. نگهبان‌ها به طور بیست‌وچهار ساعته از آنجا محافظت می‌کنند. با خودش فکر کرد: چقدر شیک و با کلاس. تمام اینها به او اعتمادبه‌نفس خاصی میداد.

نرگس و شوهرش وقتی از تصمیم زارا خبر شدند، ترجیح دادند نظر خاصی ندهند. آن‌ها به زارا گفتند: «خوشحال می‌شدیم اگر پیش ما می‌ماندی؛ ولی در نهایت تصمیم با خودت است.»

«از منطقهٔ شهرنو کابل خوشم میاد. مرکزهای خرید، کافه‌ها و شلوغی آن منطقه را دوست دارم. برج شهرنو هم بهترین نقطهٔ آنجا است. همیشه می‌خواستم روزی در آنجا زندگی کنم. از این گذشته محل کار و زندگی‌ام نیز نزدیکش است. می‌تونم پیاده به وزارت رفت‌وآمد کنم. علاوه بر این، از طریق یکی از همکاران وزارت می‌تونم تخفیف خوبی در کرایهٔ آپارتمان بگیرم.»

نرگس به زارا گفت: «باید مواظب باشی که به سبک زندگی و روزمرگی کابل عادت نکنی. همه چیز تو این شهر مثل یک سراب است. همه چیز انگار ساختگی و اضطراری است. زندگی کابل یک زندگی نرمال و واقعی نیست. اگر اینجا دچار روزمرگی بشیم، خیلی زود می‌بینیم که مدت زیادی گذشته و ما هیچ کاری برای خودمان انجام نداده ایم.»

کوچ‌کشی به جای تازه برای زارا مشکل چندانی نداشت. او به جز چمدان‌هایش وسیلهٔ دیگری نداشت. محسن او را به برج شهرنو رساند. در آنجا از قبل هماهنگی صورت گرفته بود. زارا کلید را از نگهبانی تحویل گرفت و از سرای‌دار ساختمان

خواست تا چمدان‌هایش را جلوی در آپارتمانش بگذارد. آپارتمانش در طبقهٔ ششم بود. وقتی به طبقهٔ ششم رسید، با خودش فکر کرد تا پشت بام که محل برگزاری پارتی‌ها است، فاصله‌اش زیاد است و سر و صداها اذیتش نخواهد کرد. زارا بعد از باز کردن در ورودی چوبی نسبتاً ضخیم قهوه‌ای‌رنگ وارد سالنی شد که اتاق‌ها را به یک‌دیگر وصل می‌کرد. دو اتاق خواب در دو انتهای سالن و آشپزخانه، حمام‌دست‌شویی و سالن پذیرایی در بین آن‌ها موقعیت داشتند. اتاق پذیرایی، حمام‌دست‌شویی مستقل هم داشت تا مهمان‌ها نیازی نداشته باشند، سالن پذیرایی را ترک کنند. اتاق‌های خواب طوری طراحی شده بودند که یکی از آن‌ها نورگیر باشد و دیگری تاریک. کف اتاق‌های خواب از سرامیک و کف پذیرایی از چوب فرش شده بود. آشپزخانه نسبت به فضای آپارتمان کوچک‌تر بود؛ اما بازهم به اندازهٔ کافی جا داشت و با وسایل مورد نیاز آشپزی تکمیل شده بود. اتاق خوابِ نورگیر و سالن پذیرایی هر دو رو به پارک شهرنو و مرکز کابل بودند. اتاق خواب نورگیر با یک تخت‌خواب بزرگ، آیینهٔ قدنما در مقابل آن، میز و آیینهٔ آرایش و همین‌طور کمد جالباسی تزیین شده بود. در سالن پذیرایی نیز یک دست مبلمان ترکی شش نفرهٔ نخودی‌رنگ وجود داشت. در گوشهٔ نزدیک پنجره، میز غذاخوری و صندلی‌های چوبی برای چهار نفر گذاشته شده بود. اتاق خواب سایه‌رُخ هم بیشتر به شکل یک اتاق سادهٔ پذیرایی در آمده بود.

زارا از آپارتمان کاملاً راضی بود. زیبا، جادار و در همان موقعیتی بود که او دوست داشت. وسایلش را از چمدان‌ها بیرون کشید و مرتب کرد. سپس به جابه‌جایی‌های جزئی در تزئینات آپارتمان شروع کرد. چند ساعت بعدتر، یاور معین آمد تا مطمئن شود که همه چیز مرتب است و زارا به چیزی احتیاج ندارد.

فردا بعدازظهر معین به دیدن زارا رفت و تا دیروقت شب آن‌جا بود. هردو از باهم بودن‌شان حداکثر استفاده را بردند. موسیقی گوش کردند، آشپزی کردند، در وسط شام درست کردن معاشقه کردند و هم‌زمان شراب سرخ نوشیدند. آن‌ها بعد از شام برای

ساعتی در بالکن آپارتمان نشستند، مناظر اطراف کابل را تماشا کردند و تا جایی که سرما اذیت‌شان نکرد، از هوای بیرون لذت بردند.

آنجا همه چیز خوب و مرتب بود. زارا کمتر ضرورت داشت که بیرون بیرود. او می‌توانست خریدهای فوری خود را از فروشگاه برج شهرنو بگیرد یا هم از مغازه‌های نزدیک دیگری که فقط چند دقیقه فاصله داشتند. گاهی حتا به این کار هم احتیاج نداشت. از سرای‌دار می‌خواست که از بیرون چیزی برایش بیاورد. برای خریدهای بیشتر و اساسی‌تر یاور معین یا هم مدیر ساختمان در اختیارش بودند و همکاری می‌کردند.

هفته‌ها یکی بعد از دیگری می‌گذشتند. زارا کاملاً به کار دفتر و خانهٔ جدیدش عادت کرده بود. معین هم به صورت مرتب از او خبر می‌گرفت. جمعه‌ها برای ناهار پیشش می‌آمد و تا دیروقت شب آنجا می‌ماند. در طول هفته هم هر وقت فرصتی پیدا می‌کرد، به او سر می‌زد.

زارا خیلی زودتر از آنچه تصور می‌کرد، در کابل جا افتاد. در خانه و محله‌ای زندگی می‌کرد که دلش می‌خواست. معین را از نظر عاطفی کاملاً وابستهٔ خودش کرده بود. شغل و درآمد خوبی داشت و حتا به دنبال این بود که شرایط کاری‌اش را بهتر کند. معین وعده داده بود که بعد از ختم دورهٔ ادارهٔ بین‌المللی مهاجرت بازهم قراردادش را تمدید می‌کند. تمام این‌ها باعث آرامش خاطر و رضایت قلبی‌اش شده بودند. از سویی، خانواده‌اش هم خیال‌شان از بابت او تا حد زیادی راحت شده بود؛ در کارش موفق بود و از پس مشکلاتش برمی‌آمد. حتا به سفرها و جلسات مهم کاری خارجی می‌رفت. وضعیت اقتصادی‌اش خوب بود و با همکارانش ارتباط خوبی برقرار کرده بود.

هانی و صدف از روزی که خبر شدند زارا به برج شهرنو رفته است، چندین بار از او خواستند که آن‌ها را به خانه‌اش دعوت کند. بالاخره، زارا در یک فرصت مناسب آن دو

را دعوت کرد تا به آپارتمانش بیایند. آن‌ها از دیدن آپارتمان تازه‌اش هیجان‌زده شدند. از زیبایی آپارتمان و لوکس بودنش تعریف کردند. هانی در مورد کرایهٔ آپارتمان سؤال کرد. رقمی که زارا گفت، تقریباً تمام حقوق ماهوار هانی بود. همان‌طوری که زارا انتظار داشت، آن‌ها سراغ کمد لباس‌هایش رفتند. بعضی لباس‌های او را امتحان کردند و عطرها و لوازم آرایشی‌اش را که از دوبی خریده بود، ورانداز کردند.

زارا شام مفصلی هم تدارک دید. هنگام خوردن شام در مورد موضوعات مختلف صحبت کردند. طبق معمول صحبت احمد هم پیش آمد و هانی با خنده گفت: «اگر احمد می‌توانست یک آپارتمان مثل این برایم کرایه کند، احتمالاً با او دوست می‌شدم.»

بالاخره آن دو رفتند. زارا حسابی خسته بود؛ ولی قبل از خواب تصمیم گرفت که کمد لباس‌ها، عطر و لوازم آرایشی‌اش را مرتب کند. لباس‌های شیک، عطرهای گران‌قیمت و زندگی در برج شهرنو به او اعتمادبه‌نفس خاصی داده بود. فکر می‌کرد حتا اگر مجبور شود برای زندگی در آپارتمان شهرنو کرایه بدهد، بازهم این کار را می‌کند. هیچ کدام این‌ها ول‌خرچی نبود، بلکه به پیشرفتش کمک می‌کرد. هیچ مردی که سرش به تنش بیرزد، جذب دخترانی که لباس ارزان می‌پوشند، آرایش نمی‌کنند، عطر گران‌قیمت نمی‌زنند یا در پایین شهر زندگی می‌کنند، نمی‌شود. یک زن هر چقدر خوشگل‌تر و شیک‌تر به نظر برسد، مردان باکلاس‌تری جذبش می‌شوند. در شهری مثل کابل، ظاهر خوب یک دختر همه چیزش است.

زارا به این فکر بود که در داخل برج شهرنو هم دوستانی پیدا کند. چند روز پیش در ورودی ساختمان با یک دختر آشنا شده بود که مانند او تنها زندگی می‌کرد. او دختر زیبا و خوش‌اندام بود. ظاهرش خیلی مرتب و باکلاس می‌نمود. گفته بود که در یکی از سازمان‌های بین‌المللی کار می‌کند. زارا شمارهٔ تلفن و آدرسش را گرفته بود تا بعداً باهم صحبت کنند. در طبقهٔ پایین هم دو دختر باهم زندگی می‌کردند. او می‌خواست

با آن‌ها هم آشنا شود. دخترانی مثل هانی و صدف در سطح زارا نبودند. گذشته از این، آن‌ها بیشتر وقت‌شان را با رفتن به پارتی‌ها می‌گذراندند. زارا نمی‌خواست با رفتن به پارتی باعث دل‌خوری معین شود. می‌دانست معین از این کار خوشش نمی‌آید و نمی‌خواست بهانه‌ای دست او بدهد. مردان عادت داشتند که داستان پارتی‌های‌شان را برای هم‌دیگر تعریف کنند. بالاخره روزی خبر این کارش به معین می‌رسید. او به فکر راه‌های دیگری بود تا با آدم‌های مهم بیشتری آشنا شود و شبکهٔ دوستانش را توسعه بدهد. وژمه قول داده بود که او را با خودش به جاها و جلسات مهم ببرد. او چندین وزیر مهم را از نزدیک می‌شناخت و این فرصت خوبی بود. دخترانی که در برج شهرنو زندگی می‌کردند هم حتماً آدم‌های مهم زیادی را می‌شناختند، شاید خودشان هم مهم بودند.

یکی از روزهای نسبتاً سرد پاییزی، نرگس و محسن به دیدن زارا آمدند. آن روز، آن‌ها در مورد مسائل مختلفی صحبت کردند؛ از کارهای اداری گرفته تا آب و هوا، و وضعیت امنیتی و... نرگس با خنده و شوخی گفت: «حالا دیگه کم‌کم باید به فکر یک همراه باشی. تا کی می‌خوای این‌طوری زندگی کنی؟»

محسن در حالی‌که حرف همسرش را تأیید می‌کرد، گفت: «آره، نرگس راست می‌گه. نکنه خبرایی هست و به ما نمی‌گی؟»

زارا خودش را جابه‌جا کرد: «خبری که چه بگم. راستش یکی... ازم خواستگاری کرده.»

نرگس با شادمانی گفت: «وااا‌و، چه خوب. کی هست؟»

زارا با لبخند محوی گفت: «از همکارای وزارت است، پشتون هست. جزئیاتش بماند؛ چون هنوز مطمئن نیستم که چه جوابی بهش بدهم.»

محسن میان آن دو پرید و گفت: «خانواده‌ات خبر دارند از موضوع؟»

زارا گفت: «نه، هنوز به اونا نگفتم.»

نرگس اندکی با جدیت گفت: «به نظرم زودتر باهاشون مشورت کن. دیدی که تو مسائل ازدواج خونواده‌ها خیلی مهم می‌شن.»

زارا هرچند نمی‌خواست فعلاً در مورد رابطه‌اش چیزی بگوید، ولی از این بحث ناخواسته چندان بدش هم نیامد. همیشه می‌خواست بداند که اگر روزی او و معین واقعاً بخواهند ازدواج کنند، واکنش بقیه چطور خواهد بود. به همین خاطر به محسن رو کرد و گفت: «تو هم مثل نرگس فکر می‌کنی؟»

«آری، خوب یا بد تو کشورهایی مثل افغانستان وقتی دو نفر باهم ازدواج می‌کنند، تمام اعضای فامیل دو طرف هم تا حد زیادی با یک‌دیگه ارتباط پیدا می‌کنند. به نظرم هم خانوادهٔ تو و هم خانوادهٔ طرفت باید زودتر متوجه شوند. تا شما واکنش‌هاشون را ببینید و اگر مشکلی وجود داشته باشه، براش راه حل پیدا کنید.»

نرگس با تأیید حرف‌های شوهرش گفت: «راستی زارا جان، حواس‌تون باشه خیلی تابلو باهم در ارتباط نباشین. شما از دو قوم مختلف هستین. خودت می‌دونی که تو افغانستان بحث‌هایی مثل ناموس و غیرت چقدر جدیه و مردا تو این قسمت چقدر حساس‌اند. خدای نکرده اتفاقی نیفته.»

محسن تأیید کرد: «موافقم. بالاخره این کشور تا همین بیست سال پیش درگیر جنگ داخلی بود. متأسفانه تمام طرف‌ها یکی از ابزارهایی که علیه هم‌دیگه استفاده کردند، تجاوز به زنان بود. به همین خاطر در برابر این موضوعات حساسیت زیادی هنوز تو جامعه وجود داره.»

محسن بعد از مکث کوتاهی با خنده افزود: «مردها تو این قسمت دل‌شون نازکه و خیلی زود می‌شکنه. سعی کن احساسات کسی جریحه‌دار نشه.»

نرگس اندکی با انزجار گفت: «حماقت مردهای افغانی...»

«واقعاً.» زارا تایید کرد.

محسن: «به هر صورت، این یه واقعیته. در شرایط جنگی مردها برای ضربه زدن روحی و روانی به دشمن خودشون سعی می‌کنند تا بدن زنان اونا رو به دست بیارند. در واقع، بدن زن هم جزئی از جغرافیای جنگی مردان است. این البته فقط مختص کشورهای عقب‌مونده هم نیست. شبیه این، بعد از پایان جنگ جهانی دوم در کشورهای پیش‌رفتهٔ اروپای غربی هم پیش آمد. کشورهایی مثل فرانسه، بلژیک و هلند خیلی از زنان و دخترانشون را به جرم این‌که در دوران جنگ و اشغال با دشمن؛ یعنی سربازان آلمانی رابطه داشتند، مجازات کردند. در جنگ‌های یوگسلاوی سابق هم این موضوع به شکل گسترده‌ای اتفاق افتاد. اونا می‌گفتند این کار باعث آسیب‌های اجتماعی و همین‌طور خراب شدن روحیهٔ مردانی شده که در حال جنگ با دشمن بودند.»

آن شب نرگس و محسن، در راه برگشت به خانه‌شان هم در این مورد صحبت کردند. نرگس می‌خواست نظر محسن را در مورد امکان ازدواج زارا با همکارش بداند. او پرسید: «ساداتِ ما روی مسائل مذهبی و سید بودن سخت‌گیرتر هستند. به نظرت امکان ازدواج زارا با همکارش که هم پشتون است و هم سنی‌مذهب، چقدره؟»

محسن: «به نظرم نسل تحصیل‌کردهٔ ما این موضوعات براشون حل شده. اگر هر دوشون واقعاً هم‌دیگه رو دوست داشته باشند و بین‌شون نگاه بالا به پایینی وجود نداشته باشه، چه اشکالی داره؟ خیلی وقتا خود دو طرف می‌تونن بهترین تصمیم رو بگیرن و بالاخره یه طوری خونواده‌شون را هم قانع کنند. البته کار زارا کمی سخت‌تره. اون دختره. سادات هم در این مسائل حساسیت‌شون بیشتره. در ضمن، او تازه تو این جامعه اومده، نابلد هست. امیدوارم تو محاسباتش اشتباه نکرده باشه.»

محسن با کمی مکث ادامه داد: «می‌دونی نرگس، اگر ما روزی صاحب دختر شدیم، باید دو برابر پسرمون رویش سرمایه‌گذاری کنیم. اگر پسرمون فقط یه زبان خارجی بلد بود، دخترمون باید دو تا بلد باشه. هر دانشگاهی که پسرمون رفت،

باید دخترمون دانشگاه بهتری درس بخونه. بالاخره دختر ما هم یک روزی با یک مرد می‌خوابه؛ ولی اون مرد باید لیاقت دختر ما رو داشته باشه. باید عاشقش باشه. نمی‌تونم ببینم دخترم به خاطر شغل، پول و یا کمبود اعتمادبه‌نفس به خواسته‌های هر نامردی تن بده. توی یک رابطه یک زن بیشتر از هرچیزی به احترامِ مرد نیاز داره و یک مرد هم فقط به یک زن قوی احترام می‌ذاره.»

◻◻

بیشتر از شش ماه از شروع کار زارا در وزارت می‌گذشت. زارا هم داخل وزارت و هم بیرون از آن دوستان نسبتاً مهمی پیدا کرده بود. به چندین مراسم رسمی دولتی دعوت شده بود؛ مراسمی که در آن مقامات بلندپایه حضور داشتند. دو بار هم با وژمه به خاطر روز استقلال بعضی از کشورها به سفارت‌خانه‌های آن‌ها دعوت شد. از لحاظ کاری هم در محیط کارش موقعیت خوبی به دست آورده بود. او به کارها مسلط بود و دیگر هیچ کس به او به چشم یک کارمند تازه‌وارد نگاه نمی‌کرد.

روزی معین زارا را به اتاق خودش خواست و برایش گفت: «وزیر هدایت داده که خودت به بخش دیگری از وزارت منتقل شوی و فکر می‌کند با توجه به رفت‌وآمد مقامات بلندپایهٔ سیاسی و شخصیت‌های شناخته‌شده در این ساختمان و خصوصاً این طبقه، صلاح نیست که تو این‌جا باشی.»

زارا با شنیدن حرف معین کاملاً گیج شده بود و نمی‌دانست دقیقاً منظور او چیست. پرسید: «چرا وزیر این‌طوری فکر می‌کند؟»

«وزیر یک آدم محافظه‌کار است. او از شایعات اخلاقی که اخیراً در مورد بعضی از مقامات دولتی در مدیا پخش شده است، تشویش دارد. فکر می‌کند بهتر است دختران جوان که ممکن است باعث جلب توجه شوند، حداقل در این منزل نباشند؛ چون محل رفت‌وآمد افراد برجسته و همین‌طور رسانه‌ها است.»

هرچند زارا تا به حال به صورت مستقیم با وزیر معارف تماسی نداشت؛ ولی او

را بارها در وزارت و رسانه‌های مختلف دیده بود. وزیر مثل اکثر دولت‌مردان دیگر افغانستان بسیار چالاک بود و خوب گپ می‌زد. به راحتی گزارش‌گرهای جوان و کم‌تجربه را قناعت می‌داد. یادش آمد که محسن یک‌بار حین صحبت وزیر معارف در تلویزیون گفته بود: «دولت افغانستان پر از سخنگوهای ماهر است؛ ولی از کار خبری نیست.»

در طول یک ماه گذشته زارا در پله‌های وزارت دو بار به صورت تصادفی با وزیر روبه‌رو شده بود. اولین باری که او را دید، برای یک لحظه نگاه‌شان درهم گره خورد؛ ولی وزیر به سرعت به راه خود ادامه داد. زارا هم با دست‌پاچگی سعی کرد راه را برای او و محافظانش باز کند. آن‌ها خیلی باعجله از پله‌ها پایین می‌رفتند. در آن لحظه فکر کرده بود حتماً کار مهمی دارند؛ ولی بعدها متوجه شده بود که تقریباً تمام مقامات دولتی افغانستان وقتی در اماکن عمومی هستند، خود را بسیار جدی و همین‌طور در حال عجله نشان می‌دهند. گویی، این هم بخشی از رفتار حکومت‌داری افغانی است.

دفعۀ دومی که وزیر را در راه‌پله‌ها دیده بود، بازهم نگاه‌شان برای لحظه‌ای درهم گره خورده بود. او فوراً سلام کرده بود و وزیر نیز جواب سلامش را داده بود. زارا تصمیم گرفت پیش وزیر برود و او را قانع کند که بودنش در آن‌جایی که هست، مشکلی را به وجود نمی‌آورد. او حتا حاضر بود پوشش خود را کمی تغییر دهد تا وزیر تصمیم خود را عوض کند؛ ولی معین مخالف بود: «این کار فایده‌ای ندارد. وزیر تصمیم خود را گرفته است.»

او به زارا قول داد که این موضوع موقتی است: «به زودی سروصدای رسانه‌ها در این موارد خاموش می‌شه. در افغانستان هر روز یک گپ تازه می‌شه و خیلی زود رسانه‌ها به موضوع دیگه مصروف می‌شوند. آن وقت، تو می‌تانی دوباره به جای اصلی‌ات برگردی. برای چند وقت به ریاست اداری برو. آن‌جا جای مناسبی است. رئیس اداری مستقیماً زیر نظر من کار می‌کنه و از طرفی، دوست نزدیک من هم هست.

میشه با خیال راحت و موقتی آنجا بروی، وضعیت که خوب شد، باز پس بیایی.»

زارا هرچند از شرایط پیش‌آمده راضی نبود، ولی ظاهراً چارهٔ دیگری هم نداشت. با خودش فکر می‌کرد که رفتن از دفتر معین به دفتر رئیس، به معنی تنزل رتبه است. در حالی‌که بعد از شش ماه کار او شایستهٔ تشویق و گرفتن موقعیت کاری بهتر بود. از طرفی، او واقعاً حرف‌های وزیر را درک نمی‌کرد. فقط می‌خواست بهتر و زیباتر به نظر برسد. او منظور دیگری نداشت. واقعاً نمی‌فهمید چرا باید وزیر این‌قدر نسبت به او حساسیت پیدا کرده باشد.

زارا که خیلی ناراحت شده بود، موضوع را با احمد در میان گذاشت. احمد در این اواخر ساکت‌تر شده بود. او می‌دانست که بین زارا و معین گپی هست؛ ولی از جزئیات مطمئن نبود. از طرفی، چون معین رئیس احمد بود، او نمی‌خواست در مورد رابطهٔ آن‌ها بیش از حد دخالت کند. در جواب زارا گفت: «فعلاً با غصه خوردن مشکلی حل نمی‌شه. همان‌طوری که معین گفته، بهتر است مدتی صبر کنی.»

«من از تو گِله دارم. تو باید به من می‌گفتی. باید تذکر می‌دادی که ظاهرم ممکنه برای بعضی‌ها خوش‌آیند نباشه.»

«من نمی‌دونستم که ممکنه این‌طوری بشه. از طرفی، من در مورد این موضوعات چند باری باهات صحبت کردم؛ ولی تو علاقه‌ای به گوش کردن نداشتی.»

زارا ساکت شد و حرفی نزد. چشمانش کم‌فروغ شده بود و کاملاً مشخص بود که در شرایط روحی مناسبی نیست. احمد سعی کرد او را دل‌داری بدهد و گفت: «همان‌طور که معین گفته این یک موضوع موقتی است. به خیر خیلی زود به دفتر معینیت مالی‌اداری برمی‌گردی.»

زارا ترجیح داد در مورد این اتفاق به فاطمه و دوستانش چیزی نگوید. امیدوار بود به زودی این مشکل حل شود. او یک روز بعد، به دفتر ریاست اداری رفت. ریاست اداری در ساختمانی قرار داشت که چسبیده به ساختمان اصلی وزارت بود؛ ساختمان

سه طبقهٔ توسی‌رنگ که کاملاً تحت تأثیر ساختمان اصلی وزارت بود. دفتر کار رئیس اداری، اجمل صاحب، در یک سالن تودرتو قرار داشت. ابتدا اتاق نسبتاً کوچک صنم، منشی رئیس اداری بود. سپس اتاق بزرگ و مربع‌شکلی قرار داشت که محل کار رئیس اداری بود. زارا وقتی وارد اتاق صنم شد، در آنجا یک میز خالی را دید. حدس زد که احتمالاً این میز را برای او گذاشته‌اند. سلام کرد و خودش را معرفی کرد. صنم جواب سلامش را داد و خوش‌آمد گفت. او زنی میان‌سال، کمی چاق و کوتاه‌قد بود که بعد از سقوط حکومت طالبان در وزارت معارف شروع به کار کرده بود. جزو باسابقه‌ترین کارمندان وزارت معارف بود. به میز مقابلش اشاره کرد و گفت: «می‌توانید وسایل‌تانه روی آن میز بگذارید. رئیس اداری هم داخل اتاقش منتظر شما است.»

زارا سرش را تکان داد. پشت میز تازه‌اش رفت و کیفش را روی آن گذاشت. بعد، به سوی دروازهٔ رئیس رفت. وارد اتاق که شد، میز مستطیلی و بزرگ رئیس اداری را در گوشهٔ اتاق، در کنار پنجره دید. پرچم افغانستان و همین‌طور پرچم وزارت معارف در دو طرف میز قرار داشتند. در جلوی میز ردیفی از مبل‌ها گذاشته شده بودند. در گوشهٔ دیگر اتاق، مقابل میز رئیس اداری، یک میز بزرگ و طولانی بود که اطرافش تعداد زیاد صندلی کنار هم قطار شده بودند. رئیس اداری پشت میزش مشغول انجام کارهای روزمره بود. کت‌وشلوار سیاه‌رنگ، کراوات آبی و پیراهن سفید به تن داشت. موهای کوتاه و نسبتاً کم‌پشت داشت که با دقت به عقب شانه کرده بود. او صورت کشیده، بینی عقابی و چشمانی درشت داشت. با دیدن زارا از پشت میز خود بلند شد و کمی جلوتر آمد. قدش کمی از زارا بلندتر به نظر می‌رسید.

«سلام رئیس صاحب، زارا موسوی هستم. معین صاحب گفتند که مدتی در ریاست شما کار کنم.»

«سلام علیک زارا جان. بلی، معین صاحب همراه من هم گپ زدند.»

رئیس به زارا تعارف کرد که بنشیند. او روی مبل تک‌نفرهٔ مقابل میز نشست. رئیس

هم روبه‌رویش. به زارا گفت: «چون در دفتر معین کار کرده‌اید، کارهای این ریاست را هم می‌توانید به آسانی انجام بدهید. تفاوت زیادی در کارهایمان نیست. اگر سؤالی داشتی یا کمکی ضرورت داشتی، با صنم یا خودم مطرح کن.»

زارا کار خود را در ریاست اداری شروع کرد؛ ولی از فضا و شرایط آن‌جا راضی نبود. معین سعی می‌کرد او را دل‌داری بدهد. رئیس اداری هم توجه خاصی به او داشت و هر روز احوالش را می‌پرسید. سعی می‌کرد در ریاست احساس راحتی کند. حتا یک بار او را برای ناهار به رستورانی در شهرنو دعوت کرد. آن روز آن‌جا قابلی سفارش دادند. رئیس در توصیف قابلی گفت: «گوشت این قابلی را از اندخوی می‌آورند و آن را با روغن کنجد خالص می‌پزند.»

او حتا به زارا گفت: «اگر می‌خواهی می‌توانی در ریاست کارهای شخصی خود را هم انجام بدهی. مجبور نیستی حتماً کارهای وزارت را انجام بدهی.»

زارا که به صورت موقتی به ریاست اداری آمده بود، از این پیشنهاد خوشحال شد. بعدها، او در طول روز بیشتر مشغول انجام کارهای شخصی خود بود و همین‌طور زبان انگلیسی خود را تقویت می‌کرد. هم‌چنین، در باشگاه ورزشی زیبایی‌اندام هم ثبت نام کرد. هفتهٔ سه تا چهار بار و هر بار دو ساعت را آن‌جا می‌رفت.

بعد از رفتن زارا به ریاست اداری، تماس‌های معین با او کمتر شده بود و مانند سابق پیامک نمی‌فرستاد. گاهی تمام روز از او خبری نمی‌شد تا بالاخره زارا احوالش را می‌پرسید. حتا دوبار وقتی زارا برای درخواست‌های اداری می‌خواست پیشش برود، در جوابش گفته بود که با رئیس اداری هماهنگ کند.

روز پنج‌شنبه بود و تعطیلات آخر هفته نزدیک می‌شد. زارا از طرف معین پیامکی دریافت کرد. نوشته بود: «یک کار مهم اداری پیش آمده است. سرم خیلی شلوغ است. مجبورم آخر هفته را کار کنم. نمی‌توانم جمعه پیش‌ات بیایم.» با خواندن پیام، انگار آب سردی رویش ریخته شد. او تصمیم داشت آن جمعه در مورد رابطه‌شان

به صورت مفصل صحبت کند. می‌خواست مشکلاتی را که پیش آمده بود، برطرف کند.

زارا بعد از دریافت پیامک، احساس کرد در شرایط سختی قرار گرفته است. احساس افسردگی به او دست داده بود. فکر می‌کرد خوب نیست با این وضعیت روحی آخر هفته را در خانه بماند. به این فکر بود که چه کاری می‌تواند انجام دهد. بالاخره، تصمیم گرفت با نرگس تماس بگیرد. اگر آن‌ها کار مهمی نداشتند، به دیدنشان برود. هنوز در فکر بود و با نرگس تماسی نگرفته بود که پیامکی از وژمه دریافت کرد که نوشته بود: «سلام زارا جان، بسیار گم هستی. هیچ خبر ما را نمی‌گیری.»

«نه وژمه جان، کمی سرم شلوغ بود؛ ولی همیشه به یادت هستم. به خودم گفته بودم همین که کمی سرم خلوت شد، باید احوالت را بگیرم. چه کنم دیگه... من مثل تو رئیس خود نیستم که همیشه وقتم دست خودم باشه.»

«مقصد که درکایت هیچ نیست. کجا هستی؟»

«خانه هستم وژمه جان.»

«بخیز حرکت کن طرف دفتر مَه بیا. شاو خانهٔ وزیر صاحب مهمان هستیم. یک‌جای بریم.»

«درست است وژمه جان.»

«کدام وزیر صاحب هستند؟»

«بیا باز می‌فامی. مَه تو ره کدام جای ایلایی نمی‌برم.»

«نه، منظورم این نبود. درست است، می‌آیم. تشکر.»

زود آرایش کرد و ناخن‌هایش را لاک زد. یک دست لباس تازه هم پوشید. احساس کرد آرایش کردن و شیک پوشیدن حالش را بهتر کرده است. از خانه خارج شد. یک تاکسی گرفت و به دفتر وژمه رفت. آن‌ها کمی بعدتر به سمت خانهٔ وزیر در منطقهٔ وزیر اکبر خان حرکت کردند. وژمه، در راه بیشتر در مورد وزیر توضیح داد. این‌جا بود

که زارا متوجه شد نام او را در رسانه‌ها و جلسات مختلف شنیده است. فکر نمی‌کرد روزی مهمان چنین آدم مهمی شود. وژمه خاطره‌ای در مورد وزیر تعریف کرد و ادامه داد: «فعلاً اگر در افغانستان چهار یا پنج نفر آدم پیسه‌دار و پرزور باشد، یکی‌شان وزیر صاحب است. برای همین باید بسیار متوجه رفتارت باشی.»

«درست است وژمه جان. متوجه هستم.»

«راستی، یک گپ دیگه. وزیر صاحب در وزارت‌خانه‌اش نه معین هزاره داره و نه معین زن. این یک چانس خوب برای خودت است. اگر مناسبات خودت را همراهش جور کنی، یک فرصت بسیار خوب برایت است. من هم می‌توانم همراهش در این مورد گپ بزنم.»

زارا با شنیدن این حرف کمی جا خورد. حالا بیشتر متوجه اهمیت وسعت دادن شبکهٔ ارتباطاتش خصوصاً با افراد مهم می‌شد. هرچند زارا آن روز به وژمه چیزی نگفت؛ ولی او در معینیت وزارت معارف کار کرده بود و می‌دانست که هنوز برای گرفتن مقام حساس معینیت آن هم در یک وزارت‌خانهٔ مهم آماده نیست. با خودش فکر کرد حتا اگر از نظر فنی مشکلی نباشد، بازهم اعتمادبه‌نفس این کار را ندارد.

آن‌ها به منطقهٔ وزیر اکبر خان رسیدند. وارد سرک سیزدهم شدند. سپس به یکی از کوچه‌های فرعی پیچیدند. در میانه‌های کوچه ایست بازرسی وجود داشت. دو نگهبان مسلح، به ماشین دستور توقف دادند. یکی از آن‌ها به سمت ماشین آمد. رانندهٔ وژمه کارت ماشین را به آن‌ها نشان داد و گفت که خانهٔ وزیر صاحب می‌رویم. نگهبان کارت عبور را چک کرد و پلاک ماشین را با لیستی که پیش خودش داشت، مطابقت داد. سپس با مخابره صحبت کرد و بعد از چند دقیقه به آن‌ها اجازهٔ عبور داد. ماشین به سمت انتهای کوچه حرکت کرد. مقابل خانهٔ وزیر دو غرفهٔ نگهبانی سیمانی پیش‌ساخته قرار داشتند و چندین نگهبان مسلح داخل غرفه‌ها بودند. دو نگهبان دیگر با یک سگ گرگی که برای کشف مواد منفجره آموزش داده شده بود، جلوی ورودی

خانه بودند. کمی آن طرف‌تر سه ماشین لندکروزر ضد گلوله پارک بودند. نگهبان به راننده گفت: «می‌توانید در کنار آن ماشین‌ها پارک کنند.» لحظاتی بعد، مثل این‌که دستور دیگری به نگهبان‌ها رسیده باشد، یکی از آن‌ها به همکارش گفت: «بیرون موترشان را تلاشی کن. می‌توانند داخل بروند.»

نگهبان دیگری با آیینهٔ بازرسی زیرماشین، به سمت ماشین آن‌ها آمد و اطراف و زیر ماشین را بازرسی کرد. به سمت همکاران خود اشاره کرد تا درِ ماشین‌رو خانه را باز کنند. ماشین آن‌ها داخل حیاط شد و در کنار چند ماشین ضدگلوله پارک کرد. زارا و وژمه از ماشین پیاده شدند. حیاط سرسبز و بسیار بزرگی که چندین ساختمان مجزا در قسمت‌های مختلف آن قرار داشت، اولین چیزی بود که نظر زارا را جلب کرد. به نظر می‌رسید سه یا چهار خانهٔ مستقل را به یک‌دیگر وصل کرده و به اقامتگاه وزیر تبدیل کرده است.

وژمه و به دنبالش زارا به سمت یکی از ساختمان‌ها حرکت کردند. نزدیک در ورودی ساختمان رسیده بودند که وزیر را دیدند از پله‌های طبقهٔ دوم پایین می‌آمد. او مرد چهارشانه، میان‌سال با موهای جوگندمی کم‌پشت و ریش مرتب بود. چین و چروک میان‌سالی روی صورت و اطراف چشمانش دیده می‌شد. لباس محلی سفیدرنگ به تن داشت و یک واسکت سیاه‌رنگ یقه‌گرد روی آن پوشیده بود.

وژمه و زارا سلام کردند و وزیر هم به آن‌ها خوش‌آمد گفت. وژمه زارا را به وزیر معرفی کرد. او از دیدن زارا اظهار خوشحالی کرد و بعد، با دست سالنی را که سمت راست‌شان بود، نشان داد و گفت: «شما این‌جه منتظر باشید. تمنا و حکمت هم داخل هستند. مَه در سالن دیگه دو نفر مهمان دارم. اینا را زود رخصت کده، پیش شما میایم.»

سپس آن دو به سمت سالن رفتند. داخل سالن دور تا دور مبل‌های سلطنتی چیده شده بودند. در انتهای سالن یک شومینهٔ تزیینی قرار داشت. در هر طرف شومینه

یک تک‌مبل سلطنتی و در سمت دیگر پرچم افغانستان قرار داشت. مبل‌ها و میزها با فاصله‌های منظم چیده شده بودند. روی میزها هم میوهٔ خشک، میوهٔ تازه و شیرینی گذاشته بودند. حکمت و تمنا در آن سر سالن، نزدیک شومینه نشسته بودند. هر دوی آن‌ها جوان بودند و به نظر می‌رسید اوایل دههٔ چهارم زندگی شان باشند. زارا با خودش فکر کرد که آن‌ها چقدر به هم‌دیگر می‌آیند. حکمت شلوار کتان کرمی، پیراهن سبز و کاپشن قهوه‌ای سوخته پوشیده بود. تمنا هم پالتوی بلند قرمز و شلوار سفید به تن داشت و شالی سبزرنگ روی شانه‌اش انداخته بود. وژمه با آن‌ها احوال‌پرسی کرد و زارا را به آن‌ها معرفی کرد. او رویش را به سوی زارا کرد و گفت: «حکمت و تمنا نامزدند و هردو از دوستان من و وزیر صاحب در کالیفرنیای امریکا هستند. ایشان هم مثل من در امریکا کلان شده‌اند. زمانی که خانواده‌های‌شان از افغانستان مهاجرت کردند، بسیار خُردسن بوده‌اند. حالا آن‌ها در امریکا یک تجارت خانوادگی دارند. در کابل هم به تجارت مواد نفتی و پیمان‌کاری پروژه‌های دولتی مصروف‌اند.»

مهمان‌ها تازه مشغول صحبت شده بودند که وزیر داخل شد. زارا روی صندلی‌اش کمی جابجا شد، و سعی کرد منظم‌تر بنشیند. وزیر روبروی مهمان‌ها نشست و دوباره به زارا خوش‌آمد گفت. وژمه با خنده گفت: «خَی یک زارا خوش آمده است دیگه؟ مَره هیچ نگفتی.»

وزیر با خندهٔ بلندی گفت: «تو که صاحب‌خانه هستی، ضرورت به این گپ‌ها نداری.»

صحبت‌های مختلفی بین مهمانان و وزیر رد و بدل شد. باری، وقتی حکمت خواست بحث تجاری مطرح کند، وزیر با خنده گفت: «حکمت جان، این گپا را بان برای بعد. فعلاً می‌خواهیم کمی جنجال‌های کاری را از خود دور کنیم. باز سر فرصت قصه می‌کنیم.»

او از مهمانانش خواست تا از خودشان پذیرایی کنند: «میوه خشک ما تمامش

ارگانیک است و بدون مصرف کود کیمیاوی تولید شده است. بسیار مزه‌دار است. شیرینی‌ها را آشپز خود ما جور کده، بسیار خوبش است.» بعد از کمی مکث با خنده ادامه داد: «مگم احتیاط کنید که خود را سیر نکنید که گفتم برای‌تان امشاو یک نان بسیار خاص جور کنند.»

آن‌ها مشغول صحبت بودند که یکی از خدمت‌کاران اطلاع داد که شام آماده است. وزیر از مهمانان خواست که همراهش به اتاق غذاخوری بروند. خودش جلو افتاد و همه از دنبالش به سوی سالن غذاخوری حرکت کردند. وقتی وارد اتاق شدند، میز کاملاً چیده شده بود. قابلی، منتو، آشک، سبزی‌پالک و همین‌طور ماهی کباب‌پز روی میز بودند. وزیر با خنده گفت: «خدا کنه نان وطنی خوش داشته باشید. امشب گفتم برای‌تان هوسانه جور کنند.»

نوشیدنی هم تنوع خود را داشت. علاوه بر آب، نوشابه و پیپسی که روی میز چیده شده بودند، یکی از خدمت‌کاران شراب سرخ و سفید نیز تعارف می‌کرد. زارا فقط یک گیلاس شراب سرخ گرفت. به پاسخ اصرار وزیر گفت که بعد از شام دوباره کمی شراب خواهد گرفت؛ ولی برای فعلاً همین قدر کافی است.

بعد از شام آن‌ها دوباره به سالن برگشتند و مشغول صحبت‌های پراکنده شدند. مدت زیادی نگذشته بود که حکمت و تمنا خواستند بروند. وزیر برای همراهی آن‌ها تا در ورودی ساختمان رفت. زارا در این فرصت از وژمه پرسید: «ما کی برویم؟» و وژمه جواب داد: «بگذار وزیر برگردد، ببینیم چطور می‌شود.» بعد از چند دقیقه وزیر برگشت و صحبت‌های آن‌ها تازه گل کرده بود. به نظر نمی‌آمد وژمه قصد رفتن داشته باشد. زارا بعد از گرفتن گیلاس شراب دوم احساس سرگیجهٔ خفیفی داشت. کمی نگران بود که حالت دل‌بدی به او دست ندهد و بالاخره بعد از مدتی کلنجار رفتن با خودش تصمیم گرفت که به آپارتمانش برگردد. زارا از وزیر و وژمه به خاطر دعوت و پذیرایی تشکر کرد و گفت: «باید خانه بروم. ممنون می‌شوم اگر رانندهٔ یکی از شما مرا به خانه برساند.»

وزیر به زارا گفت: «کمی ناوقت شده است. بهتر است شب را این‌جا بمانید.»

ولی زارا اصرار داشت که حتماً به خانه برگردد: « در خانه کمی کار دارم و باید حتماً امشب یا فردا اول صبح آن را خلاص کنم.» وژمه گفت: «کمی بیشتر بمان زارا جان. می‌توانیم بعداً باهم برگردیم.»

ولی زارا به رفتن اصرار داشت. چون او حس خوبی نداشت. با خودش فکر می‌کرد شراب بیشتر از انتظار رویش تأثیر گذاشته است و ممکن است حالش را بد کند. وزیر وقتی مطمئن شد که تصمیم زارا جدی است، از یکی از راننده‌هایش خواست او را به آپارتمانش برساند. وژمه او را تا پیش ماشین همراهی کرد و گفت: «خوب می‌شد اگر به حرف وزیر صاحب گوش می‌کردی و شب را می‌ماندی. به هرصورت من کمی بیشتر می‌مانم، بعداً خانه می‌روم. باز می‌بینیم و گپ می‌زنیم.»

فردای آن شب چون روز تعطیلی بود، زارا تا نزدیکی‌های ظهر خوابید. تازه از خواب بیدار شده بود که گوشی‌اش زنگ خورد. وژمه بود که داشت زنگش می‌زد. زارا تلفن را جواب داد: «سلام وژمه جان، خیرتی است؟»

«سلام زارا جان. بلی، خیرتی است. کدام گپی نشده. مه به خانهٔ خودم هستم. وزیر صاحب هم این‌جا است. برای نان چاشت پیش ما بیا.»

زارا ترجیح می‌داد که بعدازظهر جمعه را در خانه بماند و کمی استراحت کند. از طرفی هم نمی‌خواست حرف وژمه یا وزیر را نادیده بگیرد. در همین فکرها بود که دوباره صدای وژمه را شنید که با خنده و لحن آمرانه‌ای می‌گفت: «بخی، آماده شو. دیشاو هم زود رفتی وزیر صاحب را خفه کردی. راننده را از پشتت روان می‌کنم تا نیم‌ساعت دیگه پیش خانه‌ات است.»

زارا آن بعدازظهر را با وزیر و وژمه گذراند. آن‌ها بعد از ناهار هم حدود دو سه ساعتی در خانهٔ وژمه بودند و دربارهٔ موضوعات مختلفی گپ زدند و وقت‌شان را گذراندند. وزیر خاطرات بعضی از سفرهای خارجی و دیدارش با چهره‌های مطرح

سیاسی جهان را تعریف کرد. وژمه در مورد آشپز فوق‌العاده خانهٔ وزیر گپ زد. زارا در مورد سفر بامیانش برای آن‌ها تعریف کرد. وزیر پیشنهاد کرد که یکی از آخر هفته‌ها را پغمان بروند، باغ یکی از دوستانش؛ پیشنهادی که وژمه بسیار موافقش بود.

هنگام غروب آن روز بود که زارا به خانه برگشت. با وجود احساس خستگی از برنامهٔ آخر هفته‌اش راضی بود. فکر می‌کرد اگر تنها در خانه می‌ماند، افسرده می‌شد. پنج‌شنبه و تمام جمعه در خانه بدون کار خاصی واقعاً دیوانه‌کننده بود. تازه به خانه برگشته بود که به فکر برنامه‌های هفتهٔ بعدش افتاد. کم‌کم خودش را باید برای هفتهٔ پیش رو آماده می‌کرد. از همه مهم‌تر موضوع قراردادش با وزارت بود. هنوز هیچ خبری از قراردادش نبود. با خودش تصمیم گرفت که این هفته هر طور شده باید موضوع قرارداد جدیدش را نهایی کند. او نمی‌توانست برای همیشه منتظر معین بماند.

هفتهٔ کاری جدید شروع شد. دو روز اول هفته را زارا منتظر معین ماند که در مورد قرارداد جدیدش به او خبری بدهد. او سعی کرد وقت خود را با رفتن به سالن ورزشی، مطالعهٔ زبان انگلیسی و صحبت با دوستان و خانواده‌اش بگذراند؛ ولی بعد از این‌که خبر تازه‌ای از قرارداد نشد، با معین تلفنی صحبت کرد. هنوز پیش‌رفتی در خصوص قرارداد کاری‌اش صورت نگرفته بود. معین با خنده گفته بود: «می‌شه زارا جان، می‌شه، کمی حوصله کن.»

آخر هفته به سرعت نزدیک می‌شد. رئیس که متوجه آشفتگی و بی‌قراری زارا شده بود، پیشنهاد کرد که برای ناهار بیرون بروند. حتا گفت که آخر هفته به یک پارتی دعوت است و می‌توانند باهم بروند. زارا با خودش فکر می‌کرد که توجه نشان دادن بیش از حد رئیس اداری، کمکی به حل مشکل او نمی‌کند. بنابراین، از او تشکر کرد و خیلی مؤدبانه پیشنهادش را رد کرد.

روز پنج‌شنبه حوالی چاشت بود که معین بالاخره پیامک داد: «سلام عزیزم، امروز

بسیار مریض و جان‌درد هستم. نمی‌فامم چه گَده مَره. مجبور آخر هفته را در خانه باشم تا به‌خیر وضعیتم کمی خوب‌تر شود و روز شنبه به وظیفه آمده بتانم.»

«سلام، درست است. به خیر زودتر خوب بشی.»

زارا ظهر پنج‌شنبه به خانه برگشت. پیامک معین او را حسابی به‌هم ریخته بود و حوصلهٔ دیدن هیچ کسی را نداشت. مدتی خودش را با اینترنت مشغول کرد. صفحه‌های مجازی را گشت و پست‌های مختلف را خواند. بالاخره تصمیم گرفت آخر هفته‌اش را با آشپزی و گوش دادن به موسیقی بگذراند. فوری لیست کوتاهی از مواد آشپزی تهیه کرد و به سرای‌دار ساختمان زنگ زد. از او خواست مواد مورد نیازش را از دکان سر کوچه بگیرد و خودش شروع کرد به آشپزی. باید پیاز پوست می‌کند. باید سیب‌زمینی پوست می‌کند. فلفل‌ها را ریز می‌کرد و بعدش باید گوشت چرخ‌کرده را سرخ می‌کرد و... اصلاً حوصلهٔ این کارها را نداشت. دوباره بی‌قراری و آشفتگی به سراغش آمده بود. احساس یأس و بیچارگی می‌کرد. سرانجام، آشپزی را متوقف کرد و در گوشه‌ای نشست و سعی کرد خود را آرام کند. هرچه تلاش کرد، نتوانست حس ناامیدی را در خود از بین ببرد. ظاهراً تلاش‌هایش فایده‌ای نداشت. باید حواسش را طور دیگری پرت می‌کرد. تصمیم گرفت که برای شام بیرون برود. برج شهرنو تا مجیدمال فاصلهٔ چندانی نداشت. چندین رستوران خوب در آن‌جا بودند. می‌توانست تا آن‌جا پیاده‌روی کند، شامش را در یکی از رستوران‌های آن‌جا بخورد و دوباره برگردد.

خورشید تازه غروب کرده بود. هوا گرگ‌ومیش بود و باد سرد و سوزناکی می‌وزید. عابرین برای فرار از سرما و تاریکی شب، با عجله به سمت خانه‌های‌شان می‌رفتند. زارا پالتوی بلندی پوشید، کیفش را سر شانه‌اش انداخت، یقهٔ پالتو را بالا کشید و دستانش را در جیب‌هایش فرو کرد. سعی کرد تا جایی که می‌تواند گردن و سر خود را داخل یقهٔ پالتو فروکند تا از شر سرما در امان باشد. از سرک آپارتمانش

خارج شد و به سمت چهارراهی حاجی یعقوب حرکت کرد. به چهارراهی که رسید، به سمت مجیدمال پیچید. از ایست بازرسی گذشت و وارد طبقه اول شد. باید از آسانسور بالا می‌رفت و خود را به رستوران می‌رساند. در آخرین فروشگاه نبش سالن، نرسیده به آسانسور توجه‌اش را خانواده‌ای جلب کرد. به نظرش آشنا می‌رسیدند. وقتی با دقت بیشتری نگاه کرد، دید که معین با خانم و دو پسرش مشغول خریدند. به نظر نمی‌رسید که معین مریض باشد. آن‌ها با خنده و شوخی در حال صحبت بودند و اجناس داخل فروشگاه را ورانداز می‌کردند. زارا با دیدن این صحنه شوکه شد. احساس کرد که قلبش شکست و از درون فروریخت. دیگر احساس گرسنگی نمی‌کرد. به یک‌بارگی نظرش عوض شد و به سرعت به سمت در خروجی برگشت. تصمیم گرفت قبل از این‌که معین او را ببیند، از آنجا خارج شود. در خیابان روبه‌روی مجیدمال ایستاد؛ اما نمی‌دانست باید کجا برود یا چه کار کند. چند قدمی به سمت خانه رفت؛ ولی دوباره برگشت و این بار، در جهت مخالف حرکت کرد. هنوز گیج بود و نمی‌دانست چه باید بکند؛ ولی باید حتماً کاری می‌کرد. با خودش فکر کرد که امشب چگونه به خواب خواهد رفت. این آخر هفته حتماً در آپارتمان دیوانه خواهد شد. در همین زمان، فکری به ذهنش رسید و دنبال گوشی‌اش گشت. به رئیس اداری پیام داد: «سلام رئیس صاحب، خوب هستید؟»

«سلام زارا جان، تشکر. به خیر باشی.»

«کجا هستید رئیس صاحب؟ گفته بودید امشب یک پارتی دارین.»

«بلی، زارا جان. در حال رفتن به پارتی هستم. بیا یک‌جا بُریم، تنها ده خانه دیق نبیاری.»

«خوب است رئیس صاحب.»

«کجا هستی که من بیایم پشتت؟»

«خانه هستم، رئیس صاحب.»

«درست است. تا نیم ساعت دیگه میایم پشتت. راستی زارا جان، در اداره و پیش همکارا مَره رئیس بگو، ولی وقتی بین خود هستیم، ضرور نیست رئیس صدا کنی. اجمل بُگو.»

«درست است.»

آن‌ها به سمت شیرپور رفتند و در طول مسیر صحبت زیادی نکردند. اجمل حس کرد وضعیت زارا عادی نیست. پرسید: «مشکلی پیش آمده زارا جان؟»

«فقط کمی خسته‌ام. در خانه حوصله‌ام سر رفته بود.»

اجمل ماشین را در کوچهٔ جلوی یک مجموعهٔ آپارتمانی با نمای سنگی پارک کرد. آن‌ها با آسانسور به طبقهٔ سوم رفتند. در هر طبقه یک آپارتمان وجود داشت. وقتی وارد آپارتمان شدند، یکی از دوستان اجمل آن‌ها را به سمت سالن پذیرایی راهنمایی کرد. سالن پذیرایی به دو بخش اصلی تقسیم شده بود؛ یکی اُپن آشپزخانه در گوشهٔ سالن و دیگری، بخش پذیرایی که با مبلمان و وسایل تزئینی پر شده بود. در گوشهٔ سالن پذیرایی مانیتور بزرگی روی دیوار نصب بود و موسیقی پخش می‌کرد.

اجمل زارا را به دوستانش معرفی کرد. ده مرد و زن در پارتی بودند. بیشتر آن‌ها کارمندان دولتی وزارت‌های مختلف بودند و چند نفر هم در شرکت‌های خصوصی یا مؤسسات بین‌المللی مشغول کار بودند. زارا با همه کوتاه احوال‌پرسی کرد. بعد همگی در مورد هفتهٔ گذشته مشغول صحبت شدند و در مورد کار و برنامه‌های‌شان گپ می‌زدند. هر کسی سعی می‌کرد موضوع جالب و خنده‌داری را انتخاب کند و برای دیگران تعریف کند. موسیقی‌های مختلف از مانیتور پخش می‌شدند؛ ولی بلندی صدای آن به حدی نبود که مانع شنیدن صحبت‌ها شود. با گذشت زمان و سرخوشی که به خاطر نوشیدن الکل به همه دست داده بود، فضای مهمانی صمیمی‌تر می‌شد و شکل غیررسمی به خود می‌گرفت.

آن شب زارا با پیاله‌های سنگین ویسکی شروع کرد. در سومین شات بود که از مانیتور یک موسیقی ایرانی پخش شد. به یک‌بارگی به یاد خانه‌شان در قم افتاد. به یاد تک‌درخت انجیر گوشهٔ حیاط. او دلش می‌خواست به فاطمه زنگ بزند و با او درد دل کند. به یاد مریم افتاد و یلدا را به خاطر آورد و شیطنت‌های دخترانهٔ دوران دانشجویی‌شان را. حتا دلش برای دعواهای بی‌بی‌گل و فاطمه هم تنگ شده بود. با این افکار، دچار سرگیجه شد. ویسکی زیادی که نوشیده بود، دیگر تأثیر خود را کم‌کم نشان می‌داد. او به سختی افراد اطرافش را می‌دید و می‌شناخت. تنها سایهٔ آن‌ها را می‌دید که در اطرافش می‌نوشیدند، می‌خندیدند، می‌رقصیدند و از خود بی‌خود می‌شدند. سعی کرد تا جایی که می‌تواند مشغول پارتی باشد، برقصد و تمام آن‌چه را که آن روز دیده بود، فراموش کند. چندین بار بعضی از مردان خواستند که به او نزدیک شوند، یا او را در حین رقص لمس کنند؛ همهٔ آن‌ها را پس زد. یکی دو شات ویسکی دیگر هم سرکشید. احساس کرد در حال بالا آوردن است و ترکیبی از سردرد و سرگیجه داشت. دیگر نمی‌توانست خود را کنترل کند. روی مبل نشست و سعی کرد کمی استراحت کند؛ اما حس بالا آوردن رهایش نمی‌کرد. از سالن پذیرایی خارج شد، و وارد راه‌رو باریکی شد. از جلوی در ورودی آپارتمان گذشت و در انتهای سالن داخل دست‌شویی رفت. در آیینه نگاهی به ظاهر آشفتهٔ خودش انداخت. در را از داخل قفل کرد و روی زمین نشست. سر خود را داخل کاسهٔ توالت برد و انگشت شست خود را داخل حلقش فروکرد. تلاش کرد تمام آن‌چه را که خورده بود، بالا بیاورد. حس بدی به او دست داده بود؛ اما نمی‌توانست بالا بیاورد. دوباره روی زمین نشست و به دیوار تکیه زد. در همین وقت صدای کسانی را شنید که پشت در آمده بودند و به در می‌کوبیدند. از او می‌خواستند در را باز کند. او دقیق نمی‌فهمید چه می‌گویند، فقط صدای داد زدن و کوبیدن‌شان را می‌شنید. از روی عصبانیت و بیچارگی فریاد زد: «برین، مشکلی نیست. به زودی بیرون میام.»

زارا بالاخره بالا آورد. پس از آن احساس می‌کرد معده‌اش خالی شده است. الکل و خوراکی‌های سبکی را که در پارتی خورده بود، کف کاسهٔ توالت ریخت. بلند شد و دست و دهانش را آب کشید. در آیینه نگاهی به خود انداخت. حس بیچارگی و بدبختی دوباره به سراغش آمد. در گوشهٔ دست‌شویی روی زمین نشست و گریه کرد.

بعد از مدتی، از دست‌شویی بیرون آمد و به سمت اتاق پذیرایی رفت. از مانیتور هم‌چنان موسیقی پخش می‌شد. دو نفر جلوی مانیتور به صورت ملایمی می‌رقصیدند. دیگران روی مبل نشسته بودند و آن‌ها را تماشا می‌کردند. سه نفر دیگر هم در گوشهٔ دیگر سالن نشسته بودند و بین خودشان صحبت می‌کردند. اجمل وقتی زارا را دید، به سمتش آمد. قبل از این‌که چیزی بگوید، زارا گفت: «من را به آپارتمانم برسان». در همین لحظه میزبان به آن‌ها نزدیک شد و گفت: «زارا، شب را این‌جا بمان. ناوقت شده است.» و اجمل هم فوراً حرفش را تأیید کرد. زارا این بار با عصبانیت فریاد زد: «گفتم من را به آپارتمانم برسان.» به یک‌باره فضای سالن ساکت شد و همهٔ نگاه‌ها متوجه آن‌ها شد. این بار زارا با صدای آرام‌تر و لحنی التماس‌آمیز خواهش کرد که او را به آپارتمانش برساند.

در طول مسیر اجمل سعی کرد با او سر صحبت را باز کند؛ ولی او حوصلهٔ گپ زدن نداشت. آرام و افسرده روی صندلی نشسته بود و شانهٔ خود را به در ماشین تکیه داده بود. خیابان‌ها خلوت و نسبتاً تاریک بود. به جز ماشین‌های عبوری هیچ پیاده‌ای دیده نمی‌شد. صدای پارس سگ‌ها از دوردست و گاهی نزدیک شنیده می‌شد. آن‌ها بالاخره به کوچهٔ برج شهرنو رسیدند. زارا از اجمل تشکر کرد، از ماشین پیاده شد و به سمت در ورودی رفت. نگهبان‌های برج با نگاه‌شان شروع به تعقیب زارا وورانداز کردن ماشین اجمل کردند. زارا سنگینی نگاه‌های آن‌ها را حس می‌کرد. از در اول گذشت، در دوم را هم پشت سر گذاشت. نگهبان‌ها هم‌چنان بدون این‌که چیزی

بگویند، با نگاه‌شان او را تعقیب می‌کردند. زارا به یاد نگهبان‌های چشم‌چران وزارت افتاد. این اواخر یکی از آن‌ها وقتی از مقابل‌شان گذشته بود، با لحنی کنایه‌آمیزی گفته بود: «جُوان‌مرگی چقه مقبول است.»

وارد آپارتمانش شد و مستقیم به طرف اتاق خوابش رفت. چندین قرص خواب‌آور را با یک لیوان آب سرکشید. خود را روی تخت انداخت و آن‌قدر گریه کرد تا خوابش برد.

دوباره شنبه فرارسید و اولین روز کاری هفته شروع شد. زارا سرشار از اضطراب و نگرانی بود. آخر هفتهٔ بدی را پشت سر گذاشته بود. در مسیر راه وزارت خداخدا می‌کرد که هفتهٔ خوبی را پیش رو داشته باشد. شوق و انگیزه‌ای برای رفتن به وزارت نداشت؛ ولی او باید قوی می‌بود. این روزها در زندگی هرکسی پیش می‌آید. اگر از این شرایط سالم بیرون بیاید، حتماً قوی‌تر هم می‌شود. او نمی‌خواست تسلیم شود. با این افکار از مقابل سیتی سنتر گذشت. مغازه‌ها را یکی بعد دیگری پشت سر گذاشت. به چهارراهی صدارت رسید و از شلوغی آن‌جا راه خود را به سوی وزارت معارف باز کرد. از مقابل نگهبان‌های وزارت که نگاه‌شان روی او قفل شده بود، با بی‌توجهی گذشت و به سمت ریاست اداری راه خود را کج کرد. صنم زودتر از او به دفتر رسیده بود. زارا سلام کرد، صبح به‌خیری گفت و در جای خود نشست. صنم جواب سرد و کوتاهی داد. زارا کتاب‌های انگلیسی‌اش را باز کرد و سعی کرد خودش را با مطالعه سرگرم کند. در همین لحظه پیامکی دریافت کرد. فوراً گوشی خود را باز کرد. اجمل بود. حالش را پرسیده بود. هم‌چنین گفته بود که برای جلسه‌ای، از خانه مستقیم به وزارت مالیه می‌رود و بعدازظهر به وزارت می‌آید. زارا نوشت: «حالم کاملاً خوب است.» و به خاطر احوال‌پرسی‌اش تشکر کرد.

زارا آن روز کمی با تأخیر به باشگاه رفت. وقتی برگشت، هانی و صدف را در حیاط وزارت دید. مدتی با آن‌ها صحبت کرد، سپس به محل کارش برگشت. سعی کرد خود

را با گشت زدن در سایت‌های اینترنتی مشغول کند. مدتی نگذشته بود که پیامکی از معین دریافت کرد: «شنیدم که شاو جمعه به پارتی رفته بودی. خوش گذشت؟»

«تشکر، بد نبود. خودت چطوری؟ مریضی‌ات خوب شد؟»

«کاملاً نه، ولی بهترم. خوب شد که استراحت کردم، وگرنه امروز هم به وظیفه آمده نمی‌تانستم.»

«ولی من تو رو در مجیدمال با خانواده‌ات دیدم. اصلاً به نظر نمی‌آمد که مریض باشی. خیلی هم سرحال بودی.»

معین شوکه شد، نمی‌دانست که زارا او را دیده است؛ ولی فوراً خود را جمع کرد و گفت: «یک خرید فوری پیش آمده بود و مجبور شدم با وجود مریضی بیرون بروم. مدت زیادی بیرون نماندم. بعد از خرید، فوراً به خانه برگشتم.»

معین برای این‌که موضوع بحث را عوض کند، به زارا گفت: «تو چطو بدون مَه به پارتی رفتی؟ همراه کی رفته بودی؟ چه کدی اونجَه؟»

«کار خاصی نکردم. رئیس صاحب گفت اگر دیق می‌یاری، به پارتی‌مان بیا. من هم قبول کردم.»

«دیگه کی‌ها اونجه بودن؟ ساعتت تیر شد؟»

«تو که از پارتی خبر داری، حتماً خبر داری کی‌ها اون‌جا بودن. تازه، من خیلی‌ها را نمی‌شناختم. حالم خوب نبود.»

«همراه‌شان ساعت‌تیری کدی. هر کاری دلت شد کدی، مَگَم خبر نداری کیا بودن؟»

«من هیچ کاری نکردم. همراه کسی هم نبودم.»

«خی ایطو. تمام شاو را اونجا بودی و ساعت‌های دو و سه صبح پس آمدی. باز با هیچ‌کسی هم نبودی و هیچ‌کاری هم نکدی.»

زارا دلش شکست. قطره اشکی از گوشهٔ چشمش سرازیر شد. او ترجیح داد در آن لحظه هیچ جوابی ندهد. هر پیامک اشتباهی می‌توانست وضعیت را بدتر کند. شاید بهتر بود یکی دو روزی از معین خبری نگیرد و حتا با او قهر کند. با خود فکر کرد که هنوز افغانستان و مردانش را خوب نمی‌شناسد. باید با کسی در این مورد صحبت می‌کرد. تنها کسی که تا حدودی از رابطهٔ او و معین خبر داشت و زارا می‌توانست با او صحبت کند، احمد بود. او مدت زیادی بود که در دفتر معین کار می‌کرد و خصوصیات اخلاقی‌اش را می‌شناخت. به احمد پیامک داد و از او خواست که آنروز بعد از ساعت کاری هم‌دیگر را ببینند.

بعدازظهر او و احمد هم‌دیگر را در یکی از کافه‌های شهرنو دیدند. زارا غمگین و افسرده به نظر می‌رسید. بعد از سلام و احوال‌پرسی، بدون مقدمه‌چینی سراغ موضوع اصلی رفت: «راستش می‌خواستم یه چیزی را باهات مشورت کنم؛ این‌که مدتی می‌شه رابطهٔ من و معین نزدیک و صمیمی شده. ما به هم‌دیگه از نظر عاطفی وابسته شدیم؛ ولی این آخر هفته یه اتفاقی افتاد. من حوصله‌ام سر رفته بود و با یکی از دوستام به یه پارتی رفتیم و معین فهمید. اون خیلی از این موضوع ناراحت شده تا جایی که با هم‌دیگه جروبحث کردیم. دارم فکر می‌کنم اگر نتونم درستش کنم، ممکن است به مشکل بخورم. می‌دونی، فقط بحث رابطه‌ام با معین نیست. بحث کارم تو وزارت هم هست. دو هفته بیشتر از قراردادم با ادارهٔ مهاجرت نمونده و معین به من قول داده بود که وزارت با حقوق خوبی منو دوباره استخدام می‌کنه.»

«شاید نمی‌خواد کاری برات بکنه. یا شاید هم امکاناتش محدوده و نمی‌تونه. بالاخره، اطراف معین هم پُر از کسایی هست که درخواست کار، اضافه‌حقوق یا قرارداد تازه دارند.»

«ولی من هر کس نیستم.»

هردویشان چند ثانیه‌ای مکث کردند و احمد گفت: «کاش قبل از این‌که این‌قدر به

معین نزدیک بشی، به من می‌گفتی. من سند یا مدرکی علیه معین ندارم؛ ولی این تیپ آدم‌ها را خیلی خوب می‌شناسم. من حتا مطمئن نیستم که فرستادن تو به ریاست اداری هدایت وزیر بوده باشه. شاید هم نظر وزیر بوده و هم نظر خود معین. می‌دونی مدتی بود که شایعهٔ ارتباط تو با معین تو وزارت پیچیده بود. شاید معین می‌خواسته خودش را از شایعه‌ها محافظت کنه.»

احمد دوباره کمی مکث کرد و گفت: «و حالا شبیه همون شایعه، این بار در مورد تو و رئیس اداری داره همه جا پخش می‌شه.»

«بین من و رئیس اداری هیچ چیزی نیست.»

«تو این‌طور موضوعات، شایعه یه اتفاق به بدی خود اتفاقه. از این گذشته یادت هست که به تو گفتم فاصله‌ات را با معین حفظ کن. حالا همین رو در مورد رئیس اداری هم می‌گم.»

بعد از مکثی ادامه داد: «اصلاً تو چرا به این‌طور آدما نزدیک می‌شی؟ واقعاً چرا در مقابل‌شون این‌قدر ضعیف می‌شی؟»

زارا با عصبانیت جواب داد: «منظورت چیه؟ من هی هیچی نمی‌گم و تو هرچه دلت می‌خواد داری می‌گی. تو داری این حرفا را به من می‌گی؟ تا حالا یه نگاه به خودت انداختی؟ تا حالا از خودت پرسیدی که چرا جلوی هانی این‌قدر خوار و حقیری؟ آخه اون چی داره که جلوش این‌قد کم می‌یاری؟ تو اصلاً می‌دونی که صدف تو رو دوست داره؟ تو رو می‌خواد؟»

احمد از این حرفش کمی شوکه شد. مکث کرد و بعد ادامه داد: «صدف هیچ علاقه‌ای به من نداره.»

«تو کوری و نمی‌بینی. تویی که اعتمادبه‌نفس اون دختر رو ازش گرفتی. تو همیشه اون‌قد غرق هانی می‌شی که هیچ توجهی به او نداری.»

صحبت‌های آن‌ها به جاهای تلخی کشید. هیچ‌کدام‌شان نمی‌خواستند که این‌طوری بشود؛ ولی جریان بحث از کنترل هردوی‌شان خارج شد. بالاخره، با دل‌خوری از یک‌دیگر جدا شدند.

چند روز دیگر هم گذشت؛ ولی از معین هیچ خبری نبود. برخلاف انتظار زارا، معین نه تماسی گرفت و نه پیامی فرستاد. تا تمام شدن مهلت قرارداد زارا با ادارهٔ مهاجرت یک هفته بیشتر باقی نمانده بود. او باید کاری می‌کرد. نمی‌توانست بدون شغل و درآمد مدت زیادی در کابل دوام بیاورد. در مورد خانه هم نگران بود. اگر معین از او می‌خواست که آپارتمانش را ترک کند، باید چه می‌کرد. حالا نگرانی‌های تازه‌ای به لیست نگرانی‌های قبلی‌اش اضافه شده بود. تصمیم گرفت خودش به معین پیامک بفرستد. گوشی‌اش را برداشت و نوشت: «سلام، خوبی؟»

«سلام زارا جان، تشکر. بد نیستم، مگم بسیار مصروف هستم.»

«می‌دونی قراردادم داره با وزارت خلاص می‌شه. به نظرت باید چه کار کنم؟»

«من همراه رئیس اداری گپ می‌زنم که راهی پیدا کند. خودت هم همراهش پی‌گیری کن.»

زارا آه سردی کشید و تقریباً ناامید شد. معین هیچ کاری در مورد قراردادش نکرده بود و ظاهراً قصدی هم نداشت. بنابراین، رئیس اداری چه کاری می‌توانست بکند؟ تازه، حتا اگر رئیس اداری قرارداد او را درست می‌کرد، در مقابلش چه تقاضایی داشت؟

زارا کم‌کم به این نتیجه می‌رسید که ماندن در وزارت معارف ارزش هزینه‌ای را که می‌پرداخت، نداشت: «باید از این‌جا بروم. وزارت معارف چندان آش دهان‌سوزی هم نیست. از همان ماه‌های پیش باید فکر می‌کردم که این وزارت جای ماندن نیست. باید یک جای بهتر می‌رفتم؛ جایی که امکان پیشرفت داشته باشم. در وزارت معارف آینده ای ندارم؛ اما چطور می‌توانم جای دیگری را پیدا کنم. حالا که ظاهراً معین هم من را به رئیس حواله کرده... باید یک فکر اساسی بکنم. حتماً راهی وجود دارد.»

او از وزارت معارف ناامید شده بود. متوجه جدی بودن وضعیتش شده بود و غرق در افکار خود بود. به شدت تقلا می‌کرد تا راهی برای بیرون رفتن از این مشکل پیدا کند. به یاد حرف محسن افتاد که گفته بود: «این‌جا افغانستانه، کافیه یه دختر کمی خوشکل باشه و کمی هم به خودش برسه، تو یه هفته می‌تونه هر مقامی را ملاقات کنه.»

فکری به ذهنش رسید و فوراً دست به کار شد. معرفی مختصری در مورد خودش تهیه کرد. به سراغ توییتر، واتساپ، فیس‌بوک و اینستاگرام رفت. عکس‌های پروفایل جذاب‌تری برای خودش گذاشت. هم‌چنین، شرح مختصری در مورد تخصص، توانایی و علاقمندی‌های خود در صفحه‌های اجتماعی‌اش نوشت. چند عکس شیک از خودش تهیه کرد و مطالبی مرتبط با علاقمندی‌ها و تخصصش در صفحه‌های اجتماعی‌اش پست کرد. سپس، به جست‌وجو پرداخت. صفحه‌های شخصی تعدادی از وزیران و سایر شخصیت‌های تأثیرگذاری را که فکر می‌کرد مناسب هستند، پیدا کرد. با وژمه و بعضی از دوستانِ دختر دیگرش هم تماس گرفت. توانست شماره‌های واتساپ بعضی از شخصیت‌های مهم را نیز به دست آورد. لیستی از تمام شماره‌تماس‌ها و لینک‌های اینترنتی درست کرد. شروع کرد به پیام گذاشتن برای تک‌تک آن‌ها. او خود را معرفی می‌کرد و درخواست ملاقات می‌داد. آخرین هفتهٔ کاری زارا در وزارت معارف به همین ترتیب گذشت.

هیچ خبری از معین نبود. هفتهٔ بعد زارا به وزارت معارف نرفت. رئیس اداری چندین بار تماس گرفت و از او خواست که سر کارش بیاید. به زارا قول داد که به زودی قرارداد جدید به او خواهند داد. حقوق او بدون وقفه پرداخت خواهد شد؛ ولی زارا تصمیم خود را گرفته بود. او نمی‌خواست به وزارت معارف برگردد.

بعد از گذشت چند روز، بعضی از پیام‌هایی را که فرستاده بود، جواب دریافت کردند. با این جواب‌ها او کمی امیدوار شد. یکی از وزیرها به منشی‌اش گفته بود

که برایش وقت ملاقات تنظیم کند. دستیار یکی از مقامات اصلی کشور در جواب پیامش گفته بود، می‌تواند با او به جای رئیس‌اش صحبت کند. یکی از نزدیک‌ترین شخصیت‌ها به رئیس جمهور که آدم خوش‌نامی هم نبود، هفتهٔ بعدی وقت ملاقات داده بود.

طی دو هفتهٔ بعدی زارا پنج نفر از مقامات بلندپایهٔ کشور، دستیار یا نمایندهٔ باصلاحیت آن‌ها را ملاقات کرد. او در تمام این جلسات یک رونوشت از رزومهٔ کاری و همین‌طور یک طرح پیشنهادی مرتبط با نهادی که در آن‌جا ملاقات داشت، با خود برد. طرز برخورد و رویهٔ بعضی از آن‌ها طوری بود که او تصمیم گرفت دیگر سراغ آن‌ها نرود. دستیار یکی از مقام‌ها به او قول داد که کار خوبی برایش پیشنهاد خواهد شد؛ ولی قبل از آن باید با او یک سفر دوبی برود. او گفت که زارا لازم نیست هیچ هزینه‌ای بپردازد، بلکه تمام مصارف سفر را نیز خود او خواهد پرداخت. یکی از وزیران هم رزومه و طرح‌هایش را گرفت و گفت که می‌خواند و همراهش تماس می‌گیرد. او در مورد یکی از مقامات هنوز شک داشت و از صحبت‌های پراکندهٔ او نمی‌توانست متوجه چیزی شود.

زارا احساس خستگی و همین‌طور سردرگمی می‌کرد. می‌دانست پیدا کردن کار در ادارات دولتی افغانستان ممکن است کمی وقت‌گیر باشد. می‌دانست باید صبور باشد؛ اما نمی‌دانست که روی‌کرد درستی را در پیش گرفته است یا نه. به یاد صحبت‌های هانی افتاد که می‌گفت: «در افغانستان باید مردها را اجازه ندهی خیلی از تو دور و یا خیلی به تو نزدیک شوند؛ ولی باید آن‌ها را همیشه در امیدواری نگه داری تا کارهایت پیش برود.»

زارا هم‌زمان سایت‌های کاریابی را هم به طور مرتب دنبال می‌کرد. به چندین ارگان بین‌المللی و همین‌طور شرکت‌های خصوصی نیز برای شغل‌های مختلف فرم درخواستی پر کرد و رزومهٔ خود را فرستاد.

از بی‌کاری زارا سه هفته گذشت. تماس‌های او با افراد و اداره‌های مختلف تا هنوز نتیجه‌ای نداده بود. همهٔ آن‌ها برای این‌که قدمی بردارند، ظاهراً توقعی داشتند. بعضی از آن‌ها همیشه به بهانه‌های مختلف می‌خواستند زارا را از نزدیک ببینند. در چنین مواقعی، او سعی می‌کرد تا محل ملاقات‌شان محل کارشان باشد. اگر امکان آن وجود نداشت، خوردن قهوه در کافی‌شاپ یا دعوت ناهارشان را هم قبول می‌کرد. زارا گاهی چاره‌ای نداشت و مجبور می‌شد به خانهٔ بعضی از مقامات هم برود. در این‌طور مواقع او سعی می‌کرد تنها نرود و یکی از دخترهای اطراف وژمه یا دختری را که در برج شهرنو با او آشنا شده بود، با خود ببرد.

فصل هشتم

سرمای زمستان شکسته بود. کم‌کم نشانه‌های بهار را می‌شد در شهر کابل دید. خورشید با حرارت بیشتری می‌تابید. باد دیگر آن سوزناکی یکی دو ماه قبلش را نداشت. نوروز نزدیک بود؛ ولی زارا آن حس و حال همیشگی روزهای سال نو را نداشت. در سال‌های گذشته شب و روزهای عید یک‌جا با دیگران برای خرید به بازار می‌رفت. خانه‌تکانی مفصلی انجام می‌داد. به دیدوبازدید دوستان و فامیل‌هایشان می‌رفت؛ اما حالا آن روزها و آن حال‌وهوای خوش چقدر به نظرش دور از دسترس می‌رسید. از طرفی، خانواده‌اش هم اصرار داشتند که او تعطیلی سال نو را به ایران برگردد. آن‌ها دلتنگش شده بودند. خودش هم خصوصاً در چند ماه آخر، به شدت دلتنگ خانواده و دوستان ایرانش شده بود؛ اما در شرایط مناسب کاری و اقتصادی قرار نداشت. نمی‌خواست پول اندکی را که پس‌انداز کرده بود، خرج سفر ایران کند. در ماه‌های آینده احتمالاً روزهای سختی پیش رو داشت. برعلاوه، چند روز پیش معین هم بالاخره پیامک داده بود و گفته بود که آپارتمانش را لازم دارد. خواسته بود که تا یک‌ماه دیگر آن‌جا را خالی کند.

روزها می‌گذشت و زارا هیچ امیدی نداشت. او به شدت افسرده و مضطرب بود. آن اواخر بارها در گوشهٔ آپارتمانش نشسته بود و به حال خود گریه کرده بود. تنهایی روزهای سال نو هم حس ناامیدی و بیچارگی او را مضاعف کرده بود. با خودش فکر کرد به هوای تازه‌ای احتیاج دارد. نمی‌توانست به این وضعیت ادامه بدهد. با نشستن و غصه خوردن خیلی زود دچار افسردگی می‌شد. شروع به گشتن در گوشی‌اش کرد. چشمش به شمارهٔ هانی خورد. مدت زیادی بود که از او خبری نداشت. تصمیم گرفت زنگش بزند و اگر فرصت داشت، همدیگر را ببینند. بعد از دو زنگ آزاد، تماس برقرار شد و باهم صحبت کردند. چند دقیقه‌ای احوال‌پرسی کردند و در مورد نوروز و حال و هوای سال نو باهم صحبت کردند. هردویشان اظهار دلتنگی کردند. زارا پیشنهاد کرد که هم‌دیگر را ببینند یا هم کدام جایی بروند. هانی موافق بود و گفت: «با صدف سه نفری به میخانهٔ فورتین، در منطقهٔ وزیر اکبر خان برویم. آنجا پارتی‌های خوبی برگزار می‌شه. کسانی هم که آنجا می‌آیند، معمولاً هم‌دیگر را نمی‌شناسند و هرکسی مصروف کار خود است.» بعد از کمی مکث ادامه داد: «هفتهٔ پیش یک موتر خریدم.» هیجان‌زده بود تا ماشینش را هرچه زودتر به زارا نشان بدهد. قرار شد که او و صدف بیایند، زارا را هم از خانه‌اش بگیرند، بعد، سه نفری به میخانهٔ فورتین بروند.

بعدازظهر آن روز هانی و صدف با ماشین کرولای قرمزرنگ مدل دوهزار به برج شهرنو رفتند و منتظر شدند. زارا که از قبل آماده شده بود، با فاصلهٔ چند دقیقه از آپارتمان بیرون شد و سوار ماشین شد. به محضی که دروازه را بست و به چوکی پشت سر ماشین نشست، گفت: «تبریک باشه هانی جان. چه ماشین خوش‌رنگی!»

«تشکر زارا جان. چندان موتر مدل‌بالا که نیست؛ ولی خوب، مقصد کارمان شوه.»

صدف گفت: «اتفاقاً ماشین قشنگ و کار راه‌اندازی است.»

زارا هم بلافاصله حرفش را تأیید کرد. آنگاه هانی شروع کرد به گفتن داستان‌های

عجیب و غریبی که برای گرفتن گواهی‌نامهٔ رانندگی از سر گذرانده بود. چیزی نگذشت که به منطقهٔ وزیر اکبر خان و سپس به ورودی خیابان چهاردهم رسیدند. آن‌جا یک ایست بازرسی بود که ماشین‌ها را با دقت بازرسی می‌کرد و بعد از اطمینان، اجازهٔ ورود می‌دادند. بعد از بازرسی، به سمت انتهای خیابان حرکت کردند و نرسیده به انتها، به سمت راست پیچیدند و در مقابل یک در کوچک طوسی‌رنگ و ضدگلوله پارک کردند. یکی از نگهبان‌ها از پنجرهٔ تعبیه‌شده بر روی درِ ضدگلوله، هر سه آن‌ها را ورانداز کرد. سپس، در باز شد و آن‌ها داخل رفتند. نگهبان‌ها آن‌ها را بازرسی کردند و سپس راه ورود را به آن‌ها نشان دادند. در ورودی به یک حیاط کوچک راه داشت. در گوشهٔ روبه‌روی در ورودی سرویس‌های بهداشتی بودند. در چوبی سمت چپ به سالنی ختم می‌شد که طبقهٔ اول و دوم فورتین را از یک‌دیگر جدا می‌کرد.

آن‌ها وارد سالن طبقهٔ اول شدند. سمت راست سالن بار بود و روبه‌روی بار، صندلی‌ها و میزها برای نشستن گذاشته شده بودند. سمت چپ سالن سکویی فرش‌شده با تشک و تزئین‌شده با تعدادی بالشت گذاشته شده بود. جمعیت نسبتاً زیادی در سالن جمع بودند و معمولاً در گروه‌های چند نفری ایستاده یا نشسته در حال نوشیدن مشروب بودند. تعدادی نیز در فضای باز جلوی بار مشغول رقصیدن بودند. صدف به زارا و هانی اشاره کرد که به دنبالش بیایند و خود به سمتی رفت که یک نیمکت چوبی خالی و یک میز وجود داشت. هرچند، این اولین باری بود که زارا به یک میخانهٔ رسمی آمده بود؛ ولی فضا تفاوت زیادی با پارتی‌هایی که در کابل رفته بود، نداشت. یک خانهٔ قدیمی بازسازی‌شده را تبدیل به یک میخانه کرده بودند و فقط این‌جا باید نوشیدنی‌ها را می‌خریدند. افراد بیشتری حضور داشتند و با یکدیگر احوالپرسی نمی کردند.

لحظاتی بعد پیش‌خدمت آمد و مینوی نوشیدنی‌های الکلی، غیرالکلی و همین‌طور خوراکی‌های فوری را آورد. آن‌ها ویسکی، آب و کمی میوهٔ خشک سفارش دادند.

هانی رو کرد به صدف و با خنده گفت: «مواظب من باش، وگرنه خودت باید در برگشت رانندگی کنی.»

زارا ویسکی را مزه‌مزه کرد و با خودش فکر کرد که بعد از چند هفتهٔ طاقت‌فرسا به چنین چیزی واقعاً احتیاج دارد. آن‌ها مشغول صحبت در مورد موضوعات مختلف شدند. گاهی هم نیم‌نگاهی به جمعیت می‌انداختند. بعضی پسرها و دخترها راورانداز می‌کردند و در مورد رقصیدن‌شان نظر می‌دادند. از پیش‌خدمت خواستند تا لیوان‌های ویسکی‌شان را دوباره پر کند. کم‌کم، حس سرخوشی سراغ‌شان می‌آمد. ظاهراً الکل داشت تأثیرش را می‌گذاشت. زارا حس خوش‌آیندی داشت. او احساس کرد شانه‌هایش سبک‌تر شده‌اند و حالا کمی سرگیجه هم دارد. سعی کرد به آن توجهی نکند. پیش‌خدمت برای بار سوم لیوان‌های ویسکی‌شان را پر کرد. بعد از مدتی، زارا به دوستانش پیشنهاد کرد که با هم‌دیگر برقصند.

ویسکی کاملاً تأثیر خودش را گذاشته بود. زارا سرخوش و رها با تمام توان می‌رقصید. به هیچ چیزی یا کسی توجه نداشت. مرد جوانی که در حال رقصیدن بود، سعی کرد به زارا نزدیک شود؛ اما زارا فاصله گرفت و به رقص خود ادامه داد. چند لحظه بعد آن شخص دوباره خود را به او نزدیک کرد. زارا نفس‌های گرمش را روی صورت خود حس می‌کرد. با دو دست او را هل داد. او به نیمکت‌های کنار دیوار برخورد کرد؛ ولی فوراً خودش را جمع‌وجور کرد. زارا هم‌چنان با سبک‌بالی خاصی رقصید و رقصید. ناگهان متوجه شد که او تنها کسی است که می‌رقصد. تمام سالن حلقه‌اش کرده‌اند و برایش دست می‌زنند.

هوای سالن به شدت گرم شده بود. ظاهراً سیستم تهویه به خوبی کار نمی‌کرد. شاید هم جمعیت داخل سالن بیش از اندازه بود. زارا احتیاج به هوای تازه داشت. راه خود را به سمت حیاط فورتین باز کرد. در گوشهٔ حیاط نیم‌کتی گذاشته شده بود. روی نیم‌کت نشست و شروع کرد به کشیدن نفس‌های عمیق. هنوز چند دقیقه‌ای نگذشته بود که صدای مردی توجه‌اش را به خود جلب کرد. او در گوشهٔ دیگر نیم‌کت ایستاده بود

و به انگلیسی گفت: «چقدر راحت و رها رقصیدی و چقدر تأیید یا ملامت بقیه برات بی‌اهمیت بود. دوستش داشتم.»

زارا کمی هول شد؛ ولی فوراً دست‌وپای خودش را جمع کرد و از او تشکر کرد. مرد به سمتش آمد. دستش را دراز کرد و گفت: «هانس هستم.» زارا با او دست داد و گفت: «از دیدن شما خوشحالم. اسم من هم زارا است.»

زارا از دیدن یک خارجی کمی ذوق کرده بود. هرچند در وزارت و در جلسات دوبی با خارجی‌ها سر و کار داشت؛ ولی این اولین بارش بود که مستقیماً با یک خارجی، آن هم در بیرون از محیط کار صحبت می‌کرد. آن همه انگلیسی خوانده بود، بالاخره یک جایی داشت به دردش می‌خورد. آن‌ها در حیاط فورتین مدتی هوای تازه گرفتند و باهم صحبت کردند.

هانس لاغر و قدبلند بود. پوست روشن، بینی استخوانی، موهای بلند جوگندمی و چشم‌های آبی داشت. او گفت: «اهل آلمان هستم و شش ماه پیش به نمایندگی از یک شرکت آلمانی به افغانستان آمدم. دفتر شرکت ما در کارته‌سه است و ما برندهٔ دو پروژهٔ بزرگ مطالعاتی و مشوره‌دهی در افغانستان شده‌ایم. محل هر دو پروژه شهر کابل است و فعلاً در حال جمع‌آوری اطلاعات هستیم. در این مرحله، تمرکزمان بیشتر بر طراحی و انجام مطالعات میدانی، جست‌وجوی مطالعات مرتبط و قبلی انجام‌شده است.»

زارا بعد از شنیدن صحبت‌های هانس احساس کرد برایش فرصت خوبی پیش آمده است. شاید می‌توانست در شرکت هانس مشغول کار شود. با این افکار، گفت: «هشت ماه گذشته را از طریق ادارهٔ مهاجرت در وزارت معارف کار می‌کردم. مدت زمان پروژه تمام شد و الآن دنبال یک کار تازه می‌گردم.»

«جالب، دنبال چه نوع کاری می‌گردی؟»

«تخصص من علوم انسانی است؛ موضوعات سیاسی، اجتماعی و اقتصادی. در وزارت معارف کارهای اداری را هم پیش می‌بردم.» زارا سعی کرد به شکلی تخصص

و سابقهٔ کاری‌اش را با آنچه هانس در معرفی از خودش گفته بود، مرتبط نشان بدهد. هانس پرسید: «چند وقت یک‌بار به فورتین می‌آیید؟»

«اولین بارم است. کابل را خیلی نمی‌شناسم و تنها زندگی می‌کنم.»

آن‌ها شماره‌های یک‌دیگر را گرفتند و قرار گذاشتند که با هم‌دیگر بیشتر در تماس باشند.

هانس در ماه‌های گذشته سخت کار کرده بود. دو پروژهٔ پیچیده را در محیطی کاملاً جدید آغاز کرده بود. باید همه چیز را از صفر شروع می‌کرد؛ دفتر می‌گرفت و وسایل آن را تهیه می‌کرد. کارمندان پروژه را جذب می‌کرد، شبکه‌سازی می‌کرد و با سازمان‌های دولتی و غیردولتی ارتباطات مؤثر ایجاد می‌کرد. در کنار تمام این‌ها او باید پیچیدگی‌های فرهنگی افغانستان را هم در نظر می‌گرفت. باید مسائل و مشکلات امنیتی را بررسی می‌کرد. او می‌دانست که برای همیشه نمی‌تواند فقط کار کند. بعد از شش ماه کار شبانه‌روزی کم‌کم احساس فرسودگی می‌کرد. آن شب به فورتین آمده بود تا کمی از محیط کار دور باشد. میخانهٔ فورتین در منطقهٔ کاملاً محافظت‌شدهٔ کابل و در فاصلهٔ خیلی کمی از دفتر بانک جهانی و چندین سفارت‌خانه قرار داشت. خارجی‌های زیادی برای تبدیل هوا و هم‌چنین دور شدن هرچند موقتی از شرایط پیچیدهٔ کاری و امنیتی کابل، به آن‌جا می‌آمدند.

هانس بعد از دیدن زارا در فورتین و صحبت کوتاهی که باهم داشتند، تصمیم گرفت بیشتر با او آشنا شود. دو روز دیگر اولین روز سال نو بود و در افغانستان تعطیلی رسمی. او با خودش فکر کرد که شاید فرصت مناسبی برای دعوت زارا و آشنایی بیشتر با او باشد. به زارا پیامک داد: «سلام زارا جان، چطوری؟»

«سلام هانس، من خوب هستم. تشکر.»

«خواستم احوالت را بپرسم و ببینم که برای روز اول سال نو چه برنامه‌ای خواهی داشت؟»

زارا برای روز اول سال نو برنامه‌ای نداشت. دوست هم نداشت وقتی از نظر کاری در شرایط مناسبی نیست، به دیدن دوستانش برود. دیدن آن‌ها از یک طرف مصرف داشت و از سوی دیگر، ممکن بود آن‌ها در مورد شغلش بپرسند. آن‌گاه همه می‌دانستند که او بی‌کار است. بدون شک، او این را نمی‌خواست. از این رو، در جواب هانس گفت: «برنامه خاصی ندارم. در خانه خواهم بود.»

«اگر دوست داشتی، من و دو سه نفر از دوستانم می‌خواهیم گریل کنیم. خوشحال می‌شویم به مهمان‌خانهٔ شرکت ما بیایی. من می‌توانم راننده دنبالت بفرستم . دوباره تو را به خانه‌ات هم برمی‌گرداند.»

زارا که دنبال بهانه‌ای برای آشنایی بیشتر با هانس بود تا شاید بتواند یک پیشنهاد کاری بگیرد، فوراً قبول کرد. او تا کنون برای شغل‌های زیادی درخواست داده بود و هنوز هیچ جوابی نگرفته بود. از طرفی، ملاقات‌هایی که از طریق صفحات اجتماعی با مقامات دولتی داشت هم نتیجه‌ای نداده بود. این دعوت می‌توانست برایش آغاز یک فرصت باشد.

روز اول سال نو شد. زارا از شب قبلش پیام‌های تبریکی زیادی به مناسبت سال نو دریافت کرد. در میان فرستنده‌های پیام، رئیس، معین، رئیس ادارهٔ مستقل دولتی و حتا یک وزیر هم دیده می‌شد. تمام پیام‌ها را جواب داد. بیشتر آن‌ها کسانی بودند که زارا در ماه‌های اخیر در پارتی‌ها و مهمانی‌ها با آن‌ها آشنا شده بود. او لیست افراد را یک‌بار دیگر از بالا به پایین در گوشی‌اش مرور کرد و به آن‌هایی که لازم می‌دید، پیام تبریکی فرستاد.

نزدیکی‌های ظهر باتور، راننده و نگهبان هانس، با یک تویوتای شاسی‌بلند سفیدرنگ دنبال زارا رفت. او را گرفت و با خود به کارته‌سه برد. خیابان‌ها خلوت بودند و آن‌ها بعد از حدود پانزده دقیقه رانندگی به جادهٔ دارالامان رسیدند و از مقابل کفایت‌مارکت به داخل سَرَک شورا پیچیدند و به سوی پل‌سرخ پیش رفتند. باتور در

مقابل در بزرگ سیاه‌رنگی که روی دیوارهای آن سیم‌خاردار کشیده شده بود، توقف کرد. بلافاصله کسی از داخل حیاط پنجرهٔ کوچک کشویی تعبیه‌شده روی در را باز کرد و به آن‌ها نگاهی انداخت. بعد از چند لحظه در به صورت کامل باز شد. باتور داخل حیاط رفت و نگهبان در را بست. او در گوشه‌ای پارک کرد و زارا از ماشین پیاده شد. درست در همین زمان، هانس هم به آن‌ها نزدیک شد. آن‌ها باهم سلام و احوال‌پرسی کردند. سپس هانس از باتور در مورد وضعیت جاده‌ها پرسید. او با انگلیسی دست‌وپا شکسته‌ای جواب داد که جاده‌ها خلوت بود و مشکل خاصی وجود نداشت.

هانس و زارا به سمت ایوانی رفتند که در ورودی ساختمان اصلی خانه و در وسط حیاط قرار داشت. وسایل گریل و همین‌طور چندین صندلی در آن‌جا گذاشته شده بودند. مهمان‌خانه شبیه بیشترِ خانه‌های ویلایی کارته‌سه و کارته‌چهار در قطعه زمین بزرگی ساخته شده بود. ساختمان اصلی در میانه حیاط بود. یک سمت خانه فضای سبز و گل‌کاری دیده می‌شد. پشت سر و سمت دیگرش فقط راه باریکی برای رفت‌وآمد در نظر گرفته شده بود. روبه‌روی ساختمان اصلی و مقابل در ورودی پیادهٔ خانه با دو اتاق، یک حمام‌دست‌شویی و یک آشپزخانه ساخته شده بود. باتور، زینب خانمش و دخترش آرزو در آن‌جا زندگی می‌کردند. در کنار در اصلی اتاقک نگهبانی‌ای وجود داشت. دو نگهبان مسلح شبانه‌روز به صورت نوبتی مسئولیت امنیت مهمان‌خانه را به عهده داشتند.

در ایوان دو نفر از دوستان هانس یکی آلمانی و دیگری فرانسوی نشسته بودند. هانس آن‌ها را به یک‌دیگر معرفی کرد. استفان فرانسوی بود و در مؤسسهٔ آغاخان کار می‌کرد. کارل اهل آلمان بود و در پروژه‌های آب‌رسانی شهر کابل که توسط کشور خودش تمویل می‌شد، کار میکرد. هانس با هر دوی آن‌ها حین اجرای پروژه مطالعاتی‌اش آشنا شده بود.

آن روز هوای بهاری زیبایی بود. نور خورشید ملایم بود و گرمای خوش‌آیندی داشت. هنوز رطوبت خوبی در هوا وجود داشت و خشکی هوای کابل پوست را اذیت نمی‌کرد. لحظاتی بعد باتور هم به ایوان آمد تا با هانس در کباب کردن گوشت کمک کند. کارل آب‌جوهایی را که با خودش آورده بود، باز کرد و بین همه تقسیم کرد. باتور آب‌جو را با خنده رد کرد و گفت: «الکل مرا گیج و منگ می‌کند.» کباب‌ها دانه‌دانه آماده می‌شد و هانس آن‌ها را بین مهمان‌ها تقسیم می‌کرد. او از باتور خواست که مقداری هم برای نگهبانان و همین‌طور زن و فرزندش ببرد.

بعد از خوردن ناهار، آفتاب گرفتن و مدتی صحبت کردن در ایوان خانه، استفان و کارل تصمیم گرفتند که بروند. هانس از باتور خواست آن‌ها را برساند. بعد از رفتن آن‌ها، او و زارا در آفتاب بعدازظهر ایوان نشستند و صحبت‌شان را ادامه دادند. هانس گفت: «شش ماه گذشته را بی‌وقفه کار کرده‌ام و حالا خوش‌حالم که می‌بینم همه چیز در مسیر درست قرار دارد؛ اما کمی دلتنگ شهرم هامبورگ شده‌ام. اگر فرصتی شد، می‌خواهم به مرخصی بروم.»

سپس او در مورد برنامه‌های زارا پرسید. زارا هم وضعیت خود را مفصل برایش شرح داد. صحبت‌های آن‌ها در موارد مختلف ادامه پیدا کرد. بعد هانس به زارا پیشنهاد کرد که مهمان‌خانه را به او نشان بدهد.

آن‌ها داخل طبقهٔ اول خانه رفتند. دو اتاق بزرگ سمت راست و چپ سالن ورودی بودند. وقتی آن‌ها وارد اتاق سمت چپ شدند، زارا در کوچکی را دید که به سوی آشپزخانه باز می‌شد. درها و پنجره‌ها همگی چوبی، ولی تازه‌ساز بودند و با دقت رنگ شده بودند. هر دو اتاق طبقهٔ پایین به عنوان اتاق‌های نشیمن استفاده می‌شدند. بعد از دیدن اتاق‌های طبقهٔ اول، از پله‌های نسبتاً عریضی که در میانه راه یک پاگرد بزرگ هم داشت، به طبقهٔ دوم رفتند. سرویس بهداشتی طبقهٔ اول زیر همین پاگرد قرار داشت. در طبقهٔ دوم یک سالن کوچک سه اتاق و یک

حمام‌دست‌شویی را به یک‌دیگر وصل می‌کرد. یکی از اتاق‌ها را هانس گرفته بود و دو اتاق دیگر مهمان‌خانه بودند.

پس از تماشای طبقهٔ دوم، آن‌ها دوباره به حیاط برگشتند. سه درخت کاج قدیمی و بلند در یک راستا و در مرز بین فضای سبز و پیاده‌رو، درخت توت قرمز در گوشهٔ حیاط و همین‌طور یک درخت سیب که تقریباً در وسط حیاط و فضای سبز قرار داشت، منظرهٔ زیبایی را ایجاد کرده بود. آن‌ها مدتی در حیاط در مورد موضوعات مختلف صحبت کردند. هانس در مورد آپارتمان زارا پرسید. زارا گفت: «آپارتمان خوب و راحتی است و به محل کار سابقم هم نزدیک است؛ ولی حالا با توجه به این‌که کاری ندارم، کرایه‌اش برایم زیاد است. اگر کار جدیدم فاصله‌اش با محل آپارتمان زیاد باشد، احتمالاً آن را تخلیه می‌کنم.»

«در مورد کار، می‌خواهی با ما کار کنی؟ ما هنوز هم در حال استخدام نیروی جدید هستیم و به کسانی با تحصیلات و تخصص تو احتیاج داریم.»

زارا از شنیدن پیشنهاد هانس هیجان‌زده شد؛ ولی سعی کرد خود را آرام و خون‌سرد نشان بدهد. او چند روز بود به این موضوع فکر می‌کرد؛ ولی نمی‌دانست چطور آن را مطرح کند. زارا از پیشنهاد هانس تشکر کرد و گفت: «از کار و پروژهٔ شما خوشم می‌آید. اگر شما فکر می‌کنید برای این پروژه مناسب هستم، من هم دوست دارم امتحانش کنم. بنابراین، من باید هرچه زودتر جای مناسبی در همین منطقه پیدا کنم.»

هانس به او توصیه کرد که برای پیدا کردن جای مناسب عجله نکند؛ چون اگر خانهٔ بدی گیرش بیاید، به راحتی نمی‌تواند آن را عوض کند. هانس پیشنهاد کرد که او می‌تواند برای فعلاً تا پیدا کردن جای مناسبی در مهمان‌خانه و اتاق اضافه‌ای که وجود دارد، زندگی کند. زارا از پیشنهاد او تشکر کرد و صحبتش را تأیید کرد: «پیدا کردن جای مناسب ممکن است کمی طول بکشد، برای همین لطف بزرگی در حق

من است که بتوانم تا پیدا کردن یک آپارتمان جدید در مهمان‌خانهٔ شرکت باشم. قول می‌دهم که این وضعیت مدت زیاد طول نخواهد کشید.»

آن روز، روز زارا بود. تمام مشکلاتش یکی بعد از دیگری حل می‌شدند. به یادش آمد که امروز روز اول سال نو هم است و امسال چقدر خوب شروع شده است. از خدا خواست که تمام سال همین‌طور خوب و خوش پیش برود. او هنوز غرق خوش‌حالی اتفاقات خوب آن روزش بود که باتور برگشت. با آمدن او هانس گفت: «هر وقتی که خواستی بروی، باتور تو را خواهد رساند.»

زارا فکر کرد که دیگر وقت رفتنش است. حالا روحیهٔ تازه‌ای پیدا کرده بود. دلش می‌خواست کمی با خانواده و دوستانش صحبت کند. مدتی بود که حوصلهٔ هیچ کاری را نداشت؛ ولی حالا ظاهراً شرایط بهتر شده بود. بنابراین، از هانس تشکر کرد و گفت: «باید زودتر به خانه برگردم و به بعضی کارهای عقب‌افتاده‌ام رسیدگی کنم.»

زارا در راه برگشت به خانه هیجان‌زده بود. احساس می‌کرد هوای کابل تازه‌تر شده است و محیطش دل‌پذیرتر. حتا عابرین پیاده هم مثل روزهای قبل سعی نکرده بودند تا از ترس سرما خود را در میان لباس‌های دست‌دوم و کهنه‌شان پنهان کنند. او به یاد زمستان سرد کابل افتاد. از سرما نفرت داشت. بارها از دود ماشین‌ها و جنراتورها در هوای کابل احساس خفگی کرده بود. بارها در مسیر کارش سوز سرما را در استخوان‌هایش حس کرده بود. دو ماه آخر زمستان که برایش به کابوسی تبدیل شده بود؛ شروع کار در ریاست اداری، چشم انتظار معین بودن، بی‌توجهی‌های او و در نهایت تمام آن خفت و خواری‌ای که به خاطر جست‌وجوی کار کشیده بود. تمام این حوادث کابل را پیش چشم زارا بد ساخته بودند.

به نظر می‌رسید سال نو اتفاقات خوبی به همراه داشت. زارا امیدوار بود کار جدیدش را شروع کند. او می‌توانست به مهمان‌خانهٔ زیبای شرکت برود و تا پیدا

کردن آپارتمان برای خودش، آنجا باشد. او با خودش گفت: «کسی چه می‌داند، شاید هم رابطه‌ام با هانس نزدیک‌تر شد. همیشه به این بلوندها کراش داشتم. و بازی سرنوشت هانس را سر راهم قرار داد. اگر قرار است با یکی رابطه داشته باشم، حداقل باید ارزشش را داشته باشد، نه یکی مثل معینِ تازه‌به‌دوران‌رسیده‌ای که نان قومیتش را می‌خورد.»

فردای آن روز زارا به هانس پیامکی فرستاد و به خاطر دعوت دیروزش تشکر کرد. برایش نوشت که همه چیز عالی بود و بهترین شروع برای سال نو. هانس هم نوشت: «خوشحالم که این‌قدر از دیدار دیروز راضی هستی. من هم قصد داشتم برایت پیامک بدهم و بخواهم که پاسپورت و رزومه‌ات را برای تنظیم قرارداد کاری بفرستی.» هم‌چنین، شمارۀ تلفن باتور را هم به زارا فرستاد تا برای کوچ‌کشی به مهمان‌خانۀ شرکت با او هماهنگی کند.

زارا در واقع برای شنیدن این خبر لحظه‌شماری می‌کرد و به سختی خود را کنترل کرده بود تا در مورد قرارداد کاری و همین‌طور کوچ‌کشی چیزی نپرسد؛ ولی او با خون‌سردی از هانس تشکر کرد و گفت: «رزومه و کپی پاسپورتم را امروز می‌فرستم. بعد از جمع کردن وسایلم با باتور هم هماهنگ می‌کنم. وسایل زیادی ندارم؛ لذا کوچ‌کشی من زیاد طول نمی‌کشد.»

زارا دوباره به روزهای اوجش بازگشته بود. وقتی در آیینه به خود نگاه کرد، احساس می‌کرد لبخندی طبیعی دوباره بر لبانش نقش بسته است. با خودش فکر کرد، چقدر به سختی در دو ماه گذشته سعی می‌کرد خود را جلوی دیگران خوشحال نشان بدهد. همیشه نقابی بر صورت داشت تا غم‌هایش را پنهان کند. چقدر مجبور شده بود برای خوب نشان دادن اوضاع برای خانواده و دوستانش داستان سرهم کند.

او کم‌کم باید از آپارتمان مورد علاقه‌اش کوچ می‌کرد. به گونه‌ای به آنجا وابسته شده بود. با این افکار، به اتاق خوابش رفت. در مقابل آیینۀ قدنمای روبه‌روی

تخت‌خوابش ایستاد. به یاد آورد که معین بارها و بارها در این حالت پشت سرش ایستاده بود و او را بغل کرده بود. گونه‌هایش را بوسیده بود و دست‌هایش را دور کمرش حلقه کرده بود. بارها روی همین تخت‌خواب هردوی‌شان لخت دراز کشیده بودند و فیلم تماشا کرده بودند. معین معمولاً طرف‌دار فیلم‌های هندی بود؛ اما او می‌خواست سریال‌های امریکایی ببیند. سرانجام هم این خودش بود که تصمیمش را به کرسی می‌نشاند و سریال امریکایی می‌دیدند. یاد آن روزی افتاد که به اتاق خواب سایه‌رخ و تاریک رفته بودند. بدون وقفه شراب نوشیده بودند، فیلمی به انتخاب او و فیلم دیگر به انتخاب معین دیده بودند. بقیهٔ روز را با سردردی و سرگیجه گذرانده بودند. به یاد آورد که چطور معین را به هر طرفی که دلش می‌خواست می‌کشاند. چطور کنترل او را به دست گرفته بود؛ ولی چرا و چطور یک‌باره همه چیز خراب شد؟... احساس استفاده شدن و دورانداخته شدن به او دست داد. برای یک لحظه از معین، از وزارت و از خودش بدش آمد. از خود پرسید که چرا زودتر متوجه نشد، چرا معین را این‌قدر دیر شناخت. یک لحظه فکر کرد، باید به وزارت برود و آبروی معین را همه جا ببرد. می‌تواند پیش وزیر برود و همه چیز را برای او تعریف کند. حداقل می‌تواند برود و به صورت معین تُف بیندازد؛ اما زود فکرهایش را پس گرفت. با خود اندیشید که درافتادن با معین می‌تواند تبعات بدی برایش داشته باشد؛ زیرا او هم پول‌دار است و هم قدرتمند. همه جا شناخته و واسطه دارد. با این کارها فقط آبروی خود و خانواده‌اش را می‌برد. اقوامش اگر بشنوند، چه خواهند گفت. دوستان و همکارانش چه فکر خواهند کرد. احساس کرد دستش از همه جا کوتاه است. هر کاری انجام دهد، ضررش بیشتر از هر کسی به خودش می‌رسد. احساس یأس و سرخوردگی دوباره به سراغش آمد. آرزو کرد کاش هیچ وقت معین را ندیده بود.

فردای آن روز زارا شروع کرد به جمع کردن وسایلش. لباس‌هایش را تا کرد و درون چمدانش گذاشت. با فروشگاه داخل برج شهرنو تصفیه‌حساب کرد. کتاب‌هایش را

جمع کرد و از سرای‌دار ساختمان خواست دو کارتن خالی برایش بیاورد. یکی را برای کتاب‌هایش گذاشت و دیگری را برای وسایل خرده‌ریزی نگهداشت که در دقیقهٔ نود سر و کله‌شان پیدا می‌شوند. سه چمدان دیگر لباس و سایر وسایلش شده بودند. وقتی جمع‌آوری و تنظیم وسایلش تمام شد، به باتور زنگ زد و از او خواست که روز بعد بعدازظهر برای بردن وسایلش به برج شهرنو بیاید.

فردای آن روز، باتور چمدان‌ها را درون صندوق عقب و صندلی عقب موتر جابه‌جا کرد. زارا به قسمت اداری برج رفت، کلیدها را تحویل داد و به آن‌ها گفت: «معین صاحب کلیدها را از شما خواهد گرفت.» و به معین پیامی نوشت و از او به خاطر آپارتمانش تشکر کرد و افزود: «دیگر به آپارتمان احتیاجی ندارم. می‌توانی کلیدها را از نگهبانی تحویل بگیری.»

زارا دیگر کاری در برج شهرنو نداشت. برای آخرین بار نگاهی به برج و آپارتمان خود انداخت و از آنجا دور شد. چند دقیقه بعد، آن‌ها از شهرنو به سمت مهمان‌خانهٔ شرکت به راه افتادند. خیابان‌ها نسبتاً شلوغ بودند؛ اما ترافیک روان بود. سال نو آغاز شده بود. مکاتب باز شده بودند و هوا نیز گرم‌تر بود. تمام این‌ها باعث جنب‌وجوش و شلوغی بیشتر شهر بودند. آن‌ها از مقابل سیتی‌سنتر گذشتند و شهرنو را پشت سر گذاشتند. به چهارراهی صدارت رسیدند. این همان مسیری بود که او شش ماه گذشته تقریباً هر روز از آن رفته بود. قبل از این‌که باتور به سمت وزارت معارف دور بزند، از او خواست که از راه دیگری بروند. باتور مسیر خود را عوض کرد و به سمت قوای مرکز رفت و از آنجا به طرف خیابانی رفت که از بالای کوه به طرف کارته‌سخی کشیده شده بود. آن‌ها از مقابل پوهنتون کابل گذشتند و به سوی چهارراهی پل‌سرخ رفتند. جنب‌وجوش و شلوغی آخر هفته در همه جا دیده می‌شد؛ ولی زارا کمتر متوجه این موضوع بود. او بیشتر هیجان شروع دوباره‌اش را داشت.

بالاخره ماشین جلوی دروازهٔ مهمان‌خانه توقف کرد. نگهبان با شنیدن صدای ماشین، از دریچهٔ کوچک دروازه نگاهی سریع به بیرون انداخت. با شناختن باتور در را باز کرد. باتور ماشین را داخل حیاط برد و با لبخند به زارا گفت: «وسایل‌تان را به اتاق می‌برم.» اتاق خالی طبقهٔ دوم برای زارا آماده شده بود. او وسایل را به آن‌جا برد و به زارا گفت: «اگر چیزی ضرورت داشتید، می‌توانید به من یا خانمم زینب بگویید.»

زارا شروع کرد به مرتب کردن وسایلش. لباس‌هایش را داخل کمد آویزان کرد و چمدان‌هایش را جابه‌جا کرد. کمی بعدتر کسی به دروازه‌اش زد. زارا در را باز کرد. خانمی با دختر کوچکی پشت دروازه ایستاده بودند. خانم سینی سفیدرنگی چینی‌مانند به دست داشت که روی آن چاینک، پیاله و شیرینی و... گذاشته شده بودند. خانم با لبان خندان گفت: «سلام زارا خانم. زینب هستم. چای آوردم. گفتم شاید تشنه باشید.»

«سلام زینب جان، تشکر. خوشحال شدم از آشنایی شما.» و با دستش به سوی دختر کوچک اشاره کرد و گفت: «دخترت هست؟»

«بلی، دخترکم است، آرزو نام دارد.»

«به‌به، چه دختر خوشگل و نازی دارین. ماشاءالله، ماشاءالله... چند ساله هستی آرزو جان؟»

آرزو گفت: «شش ساله اَستُم.»

«مکتب می‌ری آرزو جان؟»

«بلی، امسال صنف اول استُم.»

زارا از زینب و آرزو خواست داخل اتاق بیایند. آن‌ها مدتی با هم‌دیگر صحبت کردند. زارا در مورد مهمان‌خانه سؤالاتی پرسید.

«در چند ماه اول هر یکی دو هفته به طور مرتب مهمان‌های خارجی داشتیم. چندین زن و مرد خارجی آمدند و رفتند؛ ولی رفته‌رفته مهمان‌ها کمتر شدند. در دو ماه اخیر کسی نیامده است.»

زارا در مورد غذا هم پرسید. زینب گفت: «صبحانه و شام را من درست می‌کنم. هانس خیلی بیرون نمی‌رود، ولی گاهی از بیرون غذا سفارش می‌دهد.»

زینب همین‌طور در مورد امکانات خانه و سایر موضوعاتی که ممکن بود برای زارا مهم باشد، توضیحاتی داد. گفت: «هانس به ما خیلی لطف دارد. به من و باتور معاش خوبی می‌دهد. هم‌چنین، هزینهٔ مکتب خصوصی آرزو را هم شخصاً می‌پردازد.»

نزدیکی‌های غروب وقتی هانس به مهمان‌خانه رسید، زارا روی حویلی در حال قدم زدن بود. به او خوش‌آمد گفت و پرسید: «همه چیز مرتب است؟»

زارا هم تشکر کرد و داستان کوچ‌کشی‌اش را مختصر برای او تعریف کرد. به پیشنهاد هانس به سوی اتاق نشیمن رفتند و صحبت‌های‌شان را ادامه دادند. صحبت‌های‌شان تا هنگام نان شب ادامه پیدا کرد. بعد از مدتی، زینب آمد و خبر داد که شام آماده است. بشقاب‌ها را آورد و میز غذاخوری گوشهٔ اتاق را مرتب کرد.

غذا ماست خانگی، نان تازه و سبزیجاتی بود که در فِر، با روغن زیتون و ادویه‌جات پخته شده بود. تکه‌های سیب‌زمینی، کلم، حبه‌های سیر، بادمجان تکه‌شده، بروکلی، فلفل دلمه، کدو و هویج سر میز غذاخوری دیده می‌شدند. زارا تا به حال غذا را به این شکل نخورده بود؛ ولی به نظرش کاملاً رژیمی می‌آمد و برای سلامتی هم مفید می‌نمود. او غذا را مزه‌مزه کرد. از طعم آن بدش نیامد. از همه مهم‌تر این‌که احتمالاً کالری کمی داشت و باعث چاقی هم نمی‌شد.

هانس رو کرد به زارا و گفت: «امیدوارم از این غذا خوشت بیاید. دست‌پخت زینب خیلی خوب است؛ یک دورهٔ کلاس‌های آشپزی رفته است. ما معمولاً در خانه

غذای‌مان را در فِر، با روغن خیلی کم می‌پزیم. معمولاً در طول هفته سبزیجات، حبوبات، مرغ و ماهی می‌خوریم.»

سپس با خنده ادامه داد: «گاهی هم البته چندان به غذای سالم اهمیت نمی‌دهیم. هرچه دل‌مان خواست می‌خوریم. راستی، داخل یخچال آشپزخانه همیشه ماست خانگی، سبزی تازه و پاک‌شده وجود دارد. هرچقدر خواسته باشی، می‌توانی بخوری.»

بعد از غذا، زارا در مورد برنامهٔ فردای هانس پرسید. او گفت: «فردا چون تعطیلی است، می‌شود تا دیرتر خوابید؛ اما راستش من خیلی اهل تا دیروقت خوابیدن نیستم. عادت دارم شب‌ها زودتر بخوابم و صبح‌ها نیز وقت‌تر از خواب بلند شوم. در خانه وسایل ورزشی دارم، هر روز صبح ورزش می‌کنم. تو هم اگر بخواهی ورزش کنی، می‌توانی از وسایل ورزشی استفاده کنی.»

اتاق زارا کنار اتاق هانس قرار داشت. تقریباً وسط اتاقش بخاری چوبی گذاشته شده بود، هر باری که زارا به آن می‌نگریست، زمستان به خاطرش تازه می‌شد. اکنون دیگر بی‌کاره شده بود و اضافی می‌نمود. زینب هم گفته بود، چون هوا گرم شده است، به زودی آن را برمی‌دارند. گوشهٔ سمت چپ اتاق یک میز مطالعه، تعدادی کتاب و یک چراغ مطالعه قرار داشت. اتاق پنجرهٔ چوبی دو لبه داشت که رو به داخل باز می‌شد. پردهٔ ضخیمی روی چوب پرده نصب بود تا از ورود سرمای زمستان جلوگیری کند. در گوشهٔ سمت راست، نزدیک پنجره یک تخت‌خواب یک‌نفره و چراغ خواب قرار داشت. کنار آن یک کمد جالباسی بود. روبه‌روی تختخواب و روی دیوار یک تلویزیون نصب شده بود. تابلویی از بودای بزرگ بامیان نیز روی قسمت میانی دیوار اتاق نصب بود.

زارا پرده‌های پنجره را کشید و روی تخت‌خوابش نشست. گوشی خود را چک کرد. پیامک‌هایی را که تاکنون نخوانده بود، مرور کرد. بعضی از آن‌ها را که فکر می‌کرد

مهم نیستند، نگاه نکرد تا مجبور نشود اکنون جواب بدهد. بعضی از آن‌ها توسط افراد مهم‌تری فرستاده شده بودند. او بعد از کمی فکر کردن به هر کدام جواب مناسب فرستاد.

حالا فرصتی بود تا کمی استراحت کند؛ اما پیش از خوابیدن، با خانواده‌اش، یلدا و همین‌طور نرگس صحبت کرد. به آن‌ها گفت که کار تازه‌ای پیدا کرده است؛ آن هم در یک شرکت بین‌المللی. به خاطر دور بودن محل زندگی و کارش، فعلاً به مهمان‌خانهٔ شرکت آمده است تا سر فرصت جای مناسبی در نزدیکی کارش پیدا کند. بعد از آن، کمی در مورد کار جدیدش و مهمان‌خانهٔ شرکت توضیحاتی داد.

نرگس بعد از احوال‌پرسی و اظهار خوش‌حالی گفت: «دلم می‌خواست روز اول سال نو همدیگه رو می دیدیم. حیف که نشد.» قرار گذاشتند که به زودی هم‌دیگر را از نزدیک ببینند و سیر قصه کنند.

فاطمه هم کار جدید زارا را برایش تبریک گفت. او خوشحال بود که خواهرش از شرایطش راضی است. دلتنگش بود و برای دیدنش لحظه‌شماری می‌کرد. زارا قول داد که به زودی، حتا برای مدت کوتاهی هم که شده، به ایران می‌آید و از نزدیک یک‌دیگر را می‌بینند.

زارا صبح زود با صدای زنگ موبایلش از خواب بیدار شد. ساعت هفت صبح بود. از آن‌جایی که اولین روزش بود که به مهمان‌خانه آمده بود و به هانس وعدهٔ پختن صبحانه هم داده بود، نمی‌خواست دیر بیدار شود. برای چند دقیقه‌ای پیامک‌های گوشی‌اش را چک کرد. پیامک مهم یا خاصی نیامده بود. در سایت‌ها و رسانه‌های اجتماعی هم ظاهراً خبر خاصی نبود. از تخت‌خوابش بلند شد. پرده‌های اتاق را جمع کرد و نور ملایم آفتاب وارد اتاق شد. بعد، کم‌کم به سوی طبقهٔ پایین رفت تا املت درست کند. هانس روی تردمیل در حال دویدن بود. او با دیدن زارا صبح به‌خیر گفت و پرسید: «دیشب چطور گذشت؟»

زارا هم صبح به‌خیر گفت و با خنده جواب داد: «مثل یک خرس خوابیدم.»

سپس ادامه داد: «می‌خواهم صبحانه آماده کنم. به تخم مرغ، فلفل تازه، سیر و گوجه احتیاج دارم.»

هانس گفت: «می‌توانی به باتور بگویی که آن‌ها را تهیه کند.»

سپس زارا به سمت حیاط رفت. هانس از پشت سرش با صدای بلند گفت: «و نان تازه.»

زارا بعد از این‌که با باتور صحبت کرد، به سمت آشپزخانه برگشت. بعضی از مواد مورد نیازش در آشپزخانه بودند. آستین‌هایش را بالا زد و شروع کرد به آماده کردن صبحانه تا باتور بقیهٔ مواد مورد نیازش را از بیرون تهیه کند.

املت جزو غذاهای مورد علاقهٔ زارا بود. او نه‌تنها به عنوان صبحانهٔ آخر هفته که خیلی وقت‌های دیگر هم املت می‌پخت؛ خوش‌مزه، سریع و آسان. البته املت‌های خوش‌مزهٔ او به خاطر گوجهٔ زیادی بود که استفاده می‌کرد. گوجه‌ها را ریزریز می‌کرد. در ماهی‌تابه کمی روغن می‌ریخت و منتظر می‌شد تا داغ شود. سپس ترکیب گوجه، فلفل تازه و سیر را آن‌قدر در روغن تفت می‌داد تا آب گوجه‌ها به اندازهٔ کافی گرفته شود. سپس تخم مرغ‌ها را اضافه می‌کرد و منتظر می‌شد تا به اندازه کافی پخته شوند.

زارا به هانس پیشنهاد کرد که صبحانه را در ایوان خانه بخورند. هرچند هوا کمی سرد بود؛ ولی دیگر آن سوز زمستانی را نداشت. با داشتن یک لباس بهاری مشکل حل می‌شد. آن‌ها املت و چای را روی میزی در ایوان بردند و شروع کردند به خوردن صبحانه. هانس گرسنه به نظر می‌رسید. لقمهٔ بزرگی برداشت و در دهانش گذاشت. مزه‌مزه کرد و به نشانهٔ رضایت ابروانش را بالا داد. بعد، شروع کرد به تعریف کردن: «دست‌پختت حرف ندارد زارا.»

زارا با خندهٔ ملایمی گفت: «باید املت را با نان بخوری، وگرنه این‌طوری سیر نمی‌شوی.»

هانس فوراً یک تکه نان تازه هم در دهانش گذاشت. پشت سرش لیوان چای را برداشت و هورتی کشید. او به زارا پیشنهاد کرد که بعد از صبحانه شرکت را به او نشان بدهد. هانس گفت: «ما دو خانه‌ای را که پشت‌به‌پشت یک‌دیگر قرار دارند، برای شرکت و مهمان‌خانه اجاره کردیم؛ اما بعدتر دیدیم که جا کم داریم. از این رو، تصمیم‌مان عوض شد و مهمان‌خانهٔ جدیدی گرفتیم.»

بعد از صبحانه آن‌ها پیاده به سمت شرکت راه افتادند. بعد از پنج‌شش دقیقه به خانه‌ای رسیدند که یک در کوچک و یک در بزرگ دولبهٔ قهوه‌ای‌رنگ داشت. هانس به یکی از نگهبان‌ها تلفن کرد تا در را باز کند. در کوچک باز شد. آن‌ها سلام کردند و داخل شدند. درِ کوچک مستقیماً به اتاقی باز می‌شد که از کانتینر ساخته شده بود. در ورودی کانتینر یک دستگاه بازرسی بدنی وجود داشت که مراجعین باید از داخل آن می‌گذشتند. در گوشهٔ دیگر کانتینر دوربین‌هایی تعبیه شده بودند که بخش‌های مختلف ساختمان از جمله کوچه و در ورودی را پوشش می‌دادند. آن‌ها از کانتینر گذشتند و وارد حیاط شرکت شدند. یک فضای سبز نسبتاً بزرگ سمت راست‌شان قرار داشت. اطراف فضای سبز را درخت‌کاری کرده بودند. در گوشهٔ دیگر حیاط که سنگ‌فرش بود، مجموعه‌ای از درختان دیده می‌شدند. ساختمان بزرگی در مقابل در ورودی بزرگ قرار داشت. آن‌ها داخل ساختمان شدند. طبقهٔ پایین ساختمان متشکل از سه اتاق بود که با میز و کامپیوتر کارمندان پر شده بودند. به سمت طبقهٔ دوم رفتند. اتاق هانس، سالن بزرگ جلسات و همین‌طور اتاق هماهنگی پروژه‌ها در همین طبقه قرار داشتند. هانس به زارا گفت: «تو و ناهید همکارمان در این اتاق کار خواهید کرد.»

ناهید مسئول بازاریابی و هماهنگ‌کنندهٔ پروژه‌های در حال اجرای شرکت بود. زارا قرار بود بخشی از کارهای ناهید را برعهده بگیرد. بعد از دیدن طبقهٔ دوم، دوباره به طبقهٔ پایین برگشتند. در انتهای راهرو دری بود که به پشت سر ساختمان باز

می‌شد. از آنجا می‌شد به خانهٔ پشت سر رفت. هانس گفت: «بخش دیگری از کارمندان ما در خانهٔ پشت سر هستند.»

آن‌ها به حیاط پشت سر رفتند. ساختمان کوچک‌تری آنجا بود. در طبقهٔ اول یکی از اتاق‌ها را مجهز کرده بودند تا در شرایط اضطراری پناه‌گاه باشد. دو اتاق دیگر هم به کارمندان اختصاص داشت. طبقهٔ دوم ساختمان شامل یک آشپزخانه، یک اتاق نشیمن و یک اتاق استراحت برای مهمانان بود. هانس گفت: «قبلاً این ساختمان به طور کامل مهمان‌خانه بود؛ ولی فعلاً فقط طبقهٔ دوم به عنوان مهمان‌خانه باقی مانده است. به احتمال زیاد آن را هم دفتر کاری خواهیم ساخت.»

بعدازظهر آن روز و تمام روز شنبه را که تعطیلی آخر هفتهٔ شرکت بود، زارا در مهمان‌خانه ماند. وسایلش را مرتب کرد و به سر و وضع اتاق رسیدگی کرد. تغییراتی جزئی طبق دلخواهش به دکور اتاق آورد. همچنین سعی کرد با هم‌خانه‌ای‌های جدیدش کمی آشنا شود. و البته بعد از دو ماه نگرانی و اضطراب کمی به خودش استراحت داد.

روز یک‌شنبه زارا رسماً کار خودش را در شرکت شروع کرد. هانس او را به ناهید معرفی کرد. ناهید دختری خوش‌خنده و خوش‌برخورد بود. او چشمانی درشت، بینی‌ای که به صورت نسبتاً کوچکش کمی بزرگی می‌کرد، لب‌های نازک و قد متوسط داشت. زارا ناخودآگاه از دیدن ناهید خوش‌حال شد؛ ناهید به خوشگلی او نبود. آن دو با یک‌دیگر دست دادند و به صورت مختصر احوال‌پرسی کردند. هانس در مورد وظایف زارا به ناهید توضیحاتی داد و از او خواست در شروع کار، با زارا همکاری بیشتری داشته باشد. خودش از قبل به نگهبان‌ها گفته بود که یک میز به اتاق هماهنگی پروژه اضافه کنند. زارا پشت میز خودش نشست و کار جدیدش را رسماً شروع کرد.

ناهید دختر خون‌گرم و پرحرفی بود. او در انجام کارهای شرکت جدی بود و حواسش به کارهای زارا هم بود. همان‌طوری که هانس گفته بود، سعی می‌کرد با زارا حداکثر همکاری را داشته باشد. آن روز، ناهید بیشتر سؤالات زارا را جواب داد و مشکلات او را حل کرد. فقط در دو مورد لازم شد که زارا مستقیماً از هانس نظر بخواهد.

چند روزی از شروع کار جدید او گذشت. بیشتر نقش هماهنگی بین تیم‌های میدانی‌ای را داشت که پرسش‌نامه‌ها را خانه‌به‌خانه می‌بردند و پر می‌کردند. این تیم‌ها برای جمع‌آوری اطلاعات مورد نیاز پروژه به ادارات دولتی، کتاب‌خانه‌ها و هر جایی که امکان داشت پروژه‌های مشابه انجام شده باشند، می‌رفتند. گاهی لازم بود جلسات آموزشی یا توجیهی برای سرگروه تیم‌های میدانی برگزار شود. سپس هر سرگروه باید اعضای تیم خود را آموزش می‌داد. هماهنگی برای آموزش سرگروه‌ها را هم به زارا سپردند.

زارا با همکاری ناهید، پیگیری اداری کارهای مناطق تحت پوشش را به عهده داشت و گزارش‌های روزانه و هفتگی از سرگروه‌های تیم‌های میدانی دریافت می‌کرد. بر علاوه این‌ها، گاهی بعضی از کارهای جزئی دیگر هم از او خواسته می‌شد که به‌صورت مستقیم ربطی به پروژه‌ها نداشتند؛ مثلاً روزی هانس لیستی از شرکت‌ها و اشخاص داخلی و خارجی را به زارا داد و از او خواست که پروفایل شرکت را برای آن‌ها ایمیل کند.

یک هفته از شروع کار زارا در شرکت هانس گذشته بود. او و هانس در ایوان مهمان‌خانه نشسته بودند و دربارهٔ موضوعات مختلف صحبت می‌کردند. هانس نظر زارا را در مورد زندگی‌اش در کابل پرسید. او جواب داد: «تقریباً به زندگیِ کابل عادت کرده‌ام؛ اما گاهی برای خانواده و دوستانم در ایران دلتنگ می‌شوم؛ ولی در مجموع اگر کسی در کابل کار خوبی داشته باشد و همین‌طور دوستانی که او را درک کنند، زندگی این‌جا خوش می‌گذرد.»

هانس گفت: «وقتی پیشنهاد شروع این کار به من شد، مطمئن نبودم که افغانستان بیایم یا نه؛ چون من کار نسبتاً مرتب و منظمی در هامبورگ داشتم. هر روز صبح سر کار می‌رفتم. بعدازظهر در محلهٔ زیبایم کمی می‌دویدم. سپس به آپارتمانم می‌رفتم، شام می‌خوردم و تلویزیون تماشا می‌کردم. وقتی این پیشنهاد به من شد، تصمیم گرفتم با چند نفری که در کابل می‌شناختم، مشورت کنم. از آن‌ها در مورد شرایط کاری و وضعیت امنیتی پرسیدم. آن‌ها به من گفتند ممکن است در شروع با مشکلاتی روبه‌رو شوم؛ ولی اوضاع آن‌قدر که از بیرون به نظر می‌رسد، سخت نیست. آن‌ها هم‌چنین به من توصیه کردند که به حرف‌های رسانه‌ها خیلی باور نکنم. آن‌ها عادت دارند همیشه در مورد همه چیز اغراق کنند.

بالاخره تصمیم خود را گرفتم و پیشنهاد کار در افغانستان را قبول کردم. از کارم استعفا دادم و به افغانستان آمدم. با تمام سختی‌ها کارمان با موفقیت پیش رفت. در کار جدیدم، چندین برابر حقوق بیشتری می‌گیرم. می‌توانم درصدی از سود شرکت را داشته باشم و از نظر مالیاتی هم این کار به نفعم است. در ضمن، تجربهٔ کار بین‌المللی برایم به حساب می‌آید. حالا شبکهٔ وسیعی از دوستان و همکاران خارجی هم دارم.»

هانس کمی تأمل کرد و ادامه داد: «در شش ماه گذشته به شدت مشغول کار بودم. نمی‌توانستم انرژی‌ام را غیر از یک شروع محکم و موفق روی چیز دیگری بگذارم. خوشحالم که زحمت‌هایم نتیجه دادند و اکنون کارها به خوبی پیش می‌روند. بالاخره، یک سیستم کارآمد ایجاد شده است. حالا کمی احساس خستگی می‌کنم و فکر می‌کنم نمی‌توانم برای همیشه این‌طوری ادامه بدهم.»

به زارا نگریست و با خنده گفت: «می‌خواهم یک دوست‌دختر پیدا کنم.»

زارا هم خندید و پرسید: «دنبال چه جور دوست دختری می‌گردی؟»

«معیار خیلی خاصی ندارم. باید طرفم را ببینم، صحبت کنم و اگر مناسب هم بودیم، ببینیم به کجا می‌رسیم.»

هانس در مورد زارا قبلاً فکر کرده بود. بدش نمی‌آمد که با او وارد رابطه شود؛ ولی از موافقت زارا مطمئن نبود. با خودش فکر کرد که اکنون فرصت خوبی است تا این موضوع را مطرح کند: «تو چه زارا؟ با کسی هستی یا کسی را می‌بینی این روزها؟»

زارا با خندۀ کوتاهی گفت: «نه، با کسی نیستم. این روزها که فقط شرکت و مهمان‌خانه. کسی رو هم نمی‌بینم.»

«نظرت چیست که من و تو دیت داشته باشیم؟»

زارا که از پیشنهاد هانس بدش نیامده بود، با خنده گفت: «موافقم؛ اما چطوری؟»

«آخر هفته چطور است؟ برای شام به یک رستوران می‌رویم و باهم صحبت می‌کنیم. من دنبال یک جای خوب می‌گردم، اگر تو جای خاصی را مد نظر داری، بگو.»

«خوب است. رستوران خاصی مدنظرم نیست.»

□□

ساعت کاری به جز تعطیلی روزهای جمعه و شنبه، هر روز از ساعت ۷:۳۰ صبح تا ۴ بعدازظهر بود. هانس و زارا معمولاً بیشتر در شرکت می‌ماندند، و صبر می‌کردند تا تمام کارمندان به خانه‌های‌شان بروند؛ ولی آن پنجشنبه تقریباً هم‌زمان با بقیه از شرکت خارج شدند. آن‌ها تصمیم گرفته بودند ساعت شش به رستورانی در پل‌سرخ بروند و شام‌شان را آن‌جا بخورند. قبل از این‌که سر قرارشان بروند، باید آماده می‌شدند. هردوی‌شان تا حدودی در مورد قرار آن شب هیجان‌زده بودند؛ ولی از طرفی بعد از مدتی زندگی باهمی در مهمان‌خانه شناخت نسبی از یکدیگر داشتند.

برای زارا این نوع قرار گذاشتن تقریباً تازه بود. او علاوه بر هیجان، کمی کنجکاو هم بود تا ببیند برنامۀ امشب‌شان چطور پیش می‌رود. هانس هم اولین بار بود که در کابل با یک دختر افغانستانی قرار می‌گذاشت. او سعی کرده بود در گوگل اطلاعاتی در مورد نحوۀ قرار گذاشتن با دختران افغان پیدا کند، ولی مطلب چندانی دستگیرش نشده

بود. آن روز هانس در راه برگشت به مهمان‌خانه به زارا گفت: «اگر تو هم موافق باشی، امشب به باربی‌کیو تونایت برویم. کیفیت و تنوع غذایی خوبی دارد. فکر می‌کنم تو هم خوشت می‌آید.» زارا مخالفتی نداشت و تصمیم‌شان قطعی شد.

زارا و هانس پانزده دقیقه کم شش شام، آماده شدند. هردوی‌شان لباس‌های مرتب و شیک پوشیده بودند. هانس که قبلاً فقط در جلسه‌های کاری بیرون از شرکت کت می‌پوشید؛ آن شب نیز کت تک آبی‌رنگ، پیراهن سفید، شلوار کتان راستهٔ قهوه‌ای و کفش قهوه‌ای سوخته پوشیده بود. زارا پیراهن سبز یقه‌دارش را به تن کرده بود. شلوار سیاه و کفش پاشنه‌بلند پوشیده بود و روسری سفید با گل‌های هم‌رنگ پیراهنش، دور گردنش انداخته بود.

باتور آن‌ها را به رستوران باربی‌کیو تونایت برد. هانس از او خواست که به مهمان‌خانه برگردد. وقتی دوباره زنگ زد، برای برگرداندن‌شان دوباره به رستوران بیاید. رستوران باربی‌کیو حیاط زیبا و سرسبزی داشت. یک فوارهٔ آب دقیقاً در وسط حیاط قرار داشت. در گوشهٔ سمت راست حیاط یک آلاچیق بزرگ بود. کف آلاچیق با سنگ‌ریزه‌های سفید و خاکی‌رنگ فرش شده بود. در ادامهٔ آن یک بالکن و سپس چندین اتاق برای کسانی وجود داشت که می‌خواستند در فضای سربسته غذا بخورند. در سمت چپ حیاط صفه‌های جداگانه‌ای تعبیه شده بودند تا مشتری‌ها بتوانند در فضای آزاد غذا بخورند یا چلم سفارش بدهند. چند میز دیگر هم در وسط حیاط و نزدیک فوارهٔ آب قرار داشت. این قسمت هم با سنگ‌ریزه‌ها فرش شده بود. باد ملایمی می‌وزید. آسمان صاف بود و در مجموع هوا برای نشستن در فضای آزاد حیاط، خیلی خوب بود. زارا پیشنهاد کرد که در یکی از میزهای وسط حیاط بنشینند. لحظاتی بعد، پیش‌خدمت لیست غذا و نوشیدنی‌ها را آورد. هانس گفت: «این‌جا چکن چومین‌های خیلی خوبی دارد. من می‌خواهم یک‌بار دیگر امتحان کنم.»

زارا هم از لیست غذاها، قابلی را انتخاب کرد. برای نوشیدنی آن‌ها لیموناد و آب سفارش دادند. هانس پیش‌خدمت را صدا کرد و سفارش غذا و نوشیدنی داد. زمانی که فاطمه کابل بود، زارا یک بار این‌جا آمده بود. نرگس و محسن آن‌ها را دعوت کرده بودند. اکنون دلش برای آن‌ها تنگ شده بود. با خودش گفت: «اگر محسن و نرگس خانه بودند، فردا به آن‌ها سری خواهم زد.» او در همین فکرها بود که هانس از لباس‌هایش تعریف کرد. او کمی خجالت کشید و گونه‌هایش سرخ شد. از هانس تشکر کرد و گفت: «این لباس‌ها را در سفر کاری‌ای که به دوبی داشتم، خریدم.»

در همین لحظه بود که تلفن همراه هانس زنگ خورد. او داشت گوشی‌اش را روی حالت بی‌صدا می‌گذاشت که زارا گفت: «می‌توانی جواب بدهی و مشکلی نیست.» هانس با خنده گفت: «تماس مهمی نیست، بعداً جواب خواهم داد.» و بعد، کمی در مورد تحولات سیاسی آن روزهای افغانستان صحبت کرد. زارا با تکان دادن سر و جملات کوتاه آن را تأیید کرد.

در همین لحظه پیش‌خدمت غذای‌شان را آورد. غذاها خوش‌مزه به نظر می‌رسیدند. زارا رو کرد به سوی هانس و گفت: «به غذاها دست نزنی تا من اول یک عکس بگیرم.» بعد با عجله گوشی‌اش را کشید و چند تا عکس گرفت. بعد از گرفتن عکس‌ها، پیشنهاد کرد که غذای‌شان را شریک کنند. او از پیش‌خدمت خواست تا دو بشقاب کوچک خالی هم برای آن‌ها بیاورد. هانس که می‌دید زارا از غذای رستوران خوشش آمده است، شروع کرد به تعریف کردنش... با خنده گفت: «طوری تعریف می‌کنم، انگار خودم غذا را پخته باشم.» و زارا با خنده گفت: «دقیقاً من هم می‌خواستم همین را بگویم.»

در حین خوردن غذا هانس حال خانوادهٔ زارا را پرسید. او گفت: «هفتهٔ چند بار با آن‌ها صحبت می‌کنم. حال‌شان خوب است.»

«خیلی خوب است که با خانواده‌ات دایم در تماس هستی.»

سپس هرکدام در مورد علاقه‌شان به مسافرت صحبت کردند. زارا در مورد سفرش به بامیان گفت. هانس گفت: «من علاقه دارم به مناطق مختلف افغانستان سفر کنم؛ اما متأسفانه وضعیت امنیتی این امکان را به من نمی‌دهد.»

بعد از صرف غذا، هانس با خنده به زارا گفت: «خوبی قرار ما این است که بعد از مدتی همکاری، چیزهای نسبتاً زیادی در مورد هم می‌دانیم و این کار را برای تصمیم‌گیری ساده‌تر می‌کند.»

زارا هم با خنده‌اش به نوعی حرف او را تأیید کرد. هانس ادامه داد: «دلم می‌خواهد با تو وارد رابطه شوم؛ ولی اگر تو هنوز تصمیم خود را نگرفته‌ای، می‌توانی بیشتر فکر کنی.»

زارا از این حرف او هیجان‌زده و خوشحال شد؛ ولی سعی کرد خود را آرام و خونسرد نشان بدهد. با کمی مکث گفت: «کمی وقت نیاز دارم تا بیشتر در این مورد فکر کنم.»

هانس مخالفتی نداشت. سپس گوشی‌اش را از جیبش بیرون کرد و به باتور زنگ زد تا بیاید و آن‌ها را به مهمان‌خانه برگرداند.

فردای آن روز زارا به دیدن نرگس و محسن رفت. فاصلهٔ آن‌ها از مهمان‌خانه بیشتر از ده دقیقه پیاده‌روی نبود. دوستان زارا مدت‌ها بود که او را ندیده بودند. بنابراین، مشتاق بودند از او بیشتر بشنوند. بعد از احوال‌پرسی، نرگس پرسید: «خوب زارا جان، خیلی کم‌پیدا شدی. تعطیلی سال نو هم نیامدی پیش ما.»

«نرگس جان، خیلی کارهام زیاد بود. همان روزهای سال نو تقریباً کار جدیدم را شروع کردم. به خاطر دوری محل کار و زندگی مجبور شدم کوچ‌کشی هم بکنم. خلاصه این‌قدر گرفتار شدم که حتا نفهمیدم سال نو چطور شروع شد. تصمیم داشتم سال نو ایران باشم؛ ولی این‌قدر سرم شلوغ شد که تصمیم گرفتم کاملاً بی‌خیالش بشم.»

«که این‌طور. راستی، از کار جدیدت بگو. می‌شه بیشتر توضیح بدی؟»

زارا در مورد شرکت به آن‌ها توضیح داد و گفت: «اعلان‌های کاریابی را در سایت‌های اینترنتی دنبال می‌کردم. به این شرکت درخواست کار دادم. بعد از مدتی، مرا به مصاحبه خواست و در نهایت با درخواستم موافقت شد.»

و در ادامه در مورد وظایفش توضیحاتی داد. محسن گفت: «با این حساب، این روزها دنبال جایی برای زندگی هم هستی. چرا دوباره پیش ما نمی‌آیی؟»

«دوست دارم؛ ولی اگر بتونم یک آپارتمان شبیه چیزی که در برج شهرنو داشتم، در کارته‌سه یا چهار پیدا کنم بهتره. زمستان‌های کابل سرد می‌شه و آپارتمان‌ها سیستم حفظ و مراقبت بهتری دارند. در ضمن، شما هم به‌خیر به امریکا می‌روید، من هم نمی‌تونم تنها در این خانه باشم.»

نرگس پرسید: «جایی که الآن هستی چطوریه، زارا جان؟»

«فعلاً به صورت موقتی در مهمان‌خانه شرکت هستم. جای خیلی قشنگیه و ازش راضی‌ام. آن‌ها به من گفته‌اند که عجله‌ای نیست و می‌تونم سر فرصت دنبال خانه برای خودم بگردم.»

«در مهمان‌خانه چند نفر هستید؟»

زارا در مورد مهمان‌خانه توضیحاتی داد و گفت: «با من پنج نفر داخلی و یک خارجی در اونجا هستیم. مهمان‌خانه و شرکت هر دو همین‌جا در سرک شورا هستند. کاش می‌تونستم شما را دعوت کنم؛ ولی ما مقررات نسبتاً سختی داریم. من خودم در آنجا مهمان هستم. نمی‌تونم کسی را دعوت کنم.»

محسن و نرگس به اتفاق گفتند: «می‌فهمیم که چی می‌گی. هر وقتی که بخواهیم هم‌دیگر را ببینیم، خوب است که تو خانهٔ ما بیایی. این‌جا راحت‌تریم.»

محسن به شوخی ادامه داد: «به‌خیر آپارتمانت را که گرفتی، یک مهمانی هم به خاطر کار و هم به خاطر خانهٔ تازه‌ات بده.»

«درست است.» زارا گفت.

با توجه به جنگ‌های شدید آن روزهای افغانستان، نرگس نگران اوضاع امنیتی بود. محسن گفت: «پیش از این طالبان بیشتر مناطق روستایی شرق و جنوب افغانستان را در اختیار داشتند؛ ولی حالا مناطق شمالی را هم یکی پی هم تصرف می‌کنند. در مناطق شمالی، فقط شهرهای اصلی در دست نیروهای دولتی مانده‌اند. این شدت گرفتن فعالیت‌های طالبان احتمالاً به خاطر این است که در مذاکرات صلح قطر دست بالا را داشته باشند. امیدوارم مذاکرات صلح قطر به نتیجه برسد.»

آن روز، آن‌ها در خانه آشپزی کردند و با هم‌دیگر وقت گذراندند. بعد از خوردن ناهار به پل‌سرخ رفتند و ساعتی را در کافهٔ سیمپل گذراندند. محسن میزی را درست روبه‌روی در ورودی کافه پیشنهاد کرد. او با تیزبینی در ورودی را کنترل می‌کرد و در مورد مشتری‌هایی که به کافه رفت‌وآمد می‌کردند، حدس‌هایی می‌زد. بیشتر این حدس‌ها بر اساس ظاهر، نوع پوشش و حرکات‌شان بود. زارا و نرگس هم گاهی حدس‌های او را تأیید می‌کردند و چیزهایی به آن اضافه می‌کردند و گاهی با آن مخالفت می‌کردند و نظر خاص خودشان را داشتند.

آن‌جا معمولاً جوانان با تیپ‌های مختلف رفت‌وآمد می‌کردند. دختری با کلاه ویژهٔ نقاشان، عینک تزئینی، پالتوی بلند صورتی، شلوار لی کوتاه و کفش‌های ساق‌دار وارد کافه شد. به سرعت اطرافش را از نظر گذراند و سرانجام، روی میز خالی دونفره نشست. پیش‌خدمت که پسر جوان، خوش‌تیپ و خوش‌خنده‌ای بود، به سراغش رفت. با هم‌دیگر احوال‌پرسی کردند. گویی دختر از مشتری‌های دایمی‌شان بود. سفارشش را گرفت و از او دور شد.

کمی بعدتر، پسر جوانی با تیشرتی که عکس چه‌گوارا روی آن نقش شده بود، وارد کافه شد. دوستش کلاهی به سر داشت که نماد سوسیالیستی را در خود داشت. آن‌ها روی نیم‌کتی در گوشهٔ دیگر سالن نشستند؛ جایی مسلط به تمام کافه بود و شروع

کردند به دید زدن دخترهایی که در آن‌جا آمده بودند. تعدادی از دختران و پسران جوان در بیرون، روی بالکن کافه جمع شده بودند. سیگار می‌کشیدند و گاهی از پشت شیشه به داخل کافه سرک می‌کشیدند. چند نفری هم تنها نشسته بودند، چای می‌نوشیدند و سرشان در لپ‌تاپ‌شان بود.

بعد از این‌که از کافه سیمپل برآمدند، در پل‌سرخ گشتی زدند. بعضی از لباس‌فروشی‌ها را دیدند. به پاساژ کتاب‌فروشی رفتند. محسن آن‌جا دنبال چند کتاب گشت. در آخر، به فروشگاه بزرگ مواد غذایی کنار پاساژ کتاب‌فروشی رفتند. نرگس خریدهایی برای خانه انجام داد و زارا هم یک کارتن خرما و کمی میوهٔ خشک برای خودش خرید. سپس، همگی به سمت خانه برگشتند. وقتی سرکوچهٔ رضایی سنتر رسیدند، زارا از آن‌ها خداحافظی کرد و به سمت سرک شورا رفت.

□□

تعطیلی ادارات دولتی در افغانستان روزهای پنج‌شنبه و جمعه بود؛ ولی ادارات و سازمان‌های بین‌المللی معمولاً روزهای جمعه و شنبه را تعطیل می‌کردند. هانس هم با تعطیل کردن جمعه و شنبه سعی کرده بود هم با شرکت اصلی‌شان در آلمان و هم با ادارات دولتی افغانستان همراهی بهتری داشته باشد.

روز شنبه با این‌که تعطیلی بود، هانس برای انجام بعضی از کارهای فوری به شرکت رفت. زارا گفت: «هانس، من هم می‌توانم کمک کنم تا کارها زودتر تمام شوند.»

«کارهایی نیست که بتوانم تقسیم کنم. مجبورم خودم آن را انجام بدهم.» هانس گفت.

زارا روز شنبه را در مهمان‌خانه ماند. بعضی کارهای عقب‌مانده‌اش را انجام داد. لباس‌هایش را شست، آن‌ها را اتو کرد، اتاقش را مرتب کرد و مدتی هم با اینترنت وقتش را گذراند. در آخر روز هم، با فاطمه و یلدا در مورد کارهایی صحبت کرد که در چند روز گذشته انجام داده بود. با هیجان به آن‌ها گفت: «هانس به من پیشنهاد دوستی داده؛ ولی هنوز تصمیم نگرفته‌ام که چه جوابی بدهم.»

یلدا که اکنون دانشجوی فوق لیسانس بود و در یکی از ادارات دولتی کار می‌کرد، با حسرت به صحبت‌های زارا گوش می‌داد. آرزو کرد کاش ایران کشور منزویای نبود و با کشورهای دنیا ارتباطات وسیع‌تری داشت. در این صورت، تهران هم پر از شرکت‌های خارجی و اتباع کشورهای دیگر بود. آنگاه فرصت‌های کاری هم بیشتر بود. او با خودش فکر کرد کار کردن در یک شرکت بین‌المللی، داشتن دوست‌پسر خارجی و مسئول هماهنگی پروژه‌ها بودن چقدر برایش دست‌نیافتنی است. بیشتر شبیه فیلم‌های سینمایی می‌ماند تا زندگی واقعی.

زارا هفتهٔ کاری دیگری را شروع کرد. او کم‌کم با شرایط جدید کاری‌اش عادت می‌کرد. بعد از قراری که با هانس گذاشته بود، احساس راحتی بیشتری می‌کرد. می‌دانست که جوابش به هانس مثبت است؛ فقط فکر کرده بود بهتر است چند روزی را صبر کند. این‌طوری ناز بیشتری به هانس می‌فروخت و قطعاً ارج بیشتری هم می‌داشت. در طول هفته، بیشتر وقت آن‌ها صرف کارهای اداری شد. در مورد موضوعات مختلف صحبت کردند. فقط یک روز هانس غیرمستقیم سعی کرد تصمیم زارا را بداند؛ اما او زود موضوع صحبت را عوض کرد و مسائل دیگر را پیش کشید.

آخرین روز کاری هفته فرارسید. زارا می‌خواست هانس را از تصمیمش باخبر کند. از این رو، بعدازظهر پنج‌شنبه پیامک کوتاهی به او فرستاد: «در مورد پیشنهادت فکر کردم. موافقم. خوشحال می‌شوم باهم وارد رابطه شویم.»

هانس بعد از چند دقیقه با فرستادن قلبک سرخ، پیامک زارا را جواب داد. بعد از قلبک نوشت: «خوشحالم که جوابت مثبت است. این پیام بهترین اتفاق این هفته‌ام بود.»

آن روز در مسیر برگشت به شرکت، بین آن‌ها فضای صمیمی؛ اما سنگینی برقرار بود. هانس سعی داشت همه چیز آرام و شاد باشد؛ ولی زارا تا حدودی هیجان‌زده بود و می‌خواست بداند که هانس در مورد آن شب و در کل، در مورد آخر هفته چه فکر

می‌کند و چه برنامه‌ای دارد. وقتی به خانه رسیدند، هانس بحث شام را پیش کشید. او پیشنهاد کرد که از بیرون شام بخواهند و به شوخی گفت: «از غذای سالم زینب خسته شده‌ام.»

زارا موافق بود. پیشنهاد کرد از رستوران تاج‌بیگم غذای ایرانی سفارش بدهند و در ایوان مهمان‌خانه بخورند. هانس موافقت کرد و به باتور گفت: «امشب برای همه از تاج‌بیگم غذا بیاور.»

هانس با لبخند به سمت زارا آمد. با دو دستش به آرامی دو طرف سر زارا را گرفت و بوسه‌ای بر پیشانی‌اش زد: «چنین اتفاق خوش‌آیندی هر روز نمی‌افتد. باید به بهترین شکل ممکن تجلیلش کنیم.» گونه‌های زارا سرخ شد و با دستپاچگی سرش را به نشانۀ موافقت تکان داد. احساس خوبی داشت. اولین تماس عاطفی آن‌ها برایش خوش‌آیند بود. نفس آرام و عمیقی کشید و گفت: «تا شام آماده شود، من می‌روم لباس‌هایم را عوض کنم.»

باتور میز غذای زارا و هانس را در ایوان چیده بود. آن‌ها به ایوان مهمان‌خانه رفتند تا شام بخورند و در مورد برنامۀ آخر هفته‌شان صحبت کنند. هوا معتدل، بهاری و دلپذیر بود. تاریکی و سکوت شب، آرامش خاصی به مهمان‌خانه داده بود. صدای آواز جیرجیرک‌ها از باغچه شنیده می‌شد. زارا احساس می‌کرد همه چیز چقدر زیبا و رؤیایی است. پیشنهاد کرد که روز جمعه بعدازظهر به باغ بابر بروند و شب هم در بیرون غذا بخورند. هانس هم موافق بود. آن‌ها مدتی در ایوان نشستند و در مورد موضوعات مختلف صحبت کردند و خاطرات میخانۀ فورتین و روزهایی که تازه آشنا شده بودند را مرور کردند.

بعد از شام به اتاق هانس رفتند. اتاق او بزرگ و جادار بود. در یک سمت تخت‌خواب بزرگی با یک میز مطالعه و کمد لباس قرار داشت. یک قفسۀ کتاب فاصله بین تخت تا دیوار را پر کرده بود، و یک تلویزیون روی دیوار روبه‌روی تخت‌خواب نصب بود. سمت

دیگر اتاق به سبک سنتی تزیین شده بود. کف اتاق تکه‌فرش سرخ‌رنگ دست‌بافت افغانی انداخته شده بود. در وسط فرش میز کوتاه و نسبتاً عریضی از چوب درخت چهارمغز قرار داشت. دور تا دور اتاق پشتی‌های سنتی هم‌رنگ فرش گذاشته شده بودند. در دو گوشهٔ اتاق دو آباژور با طرح سنتی، شبیه چراغ‌های الکین بود. دیوارها هم با چند قالیچهٔ دست‌بافت سنتی تزیین شده بودند.

آنها روی زمین کنار هم نشستند و به پشتی‌ها تکیه دادند. هانس برای هر دوی‌شان شراب سرخ ریخت. زارا با تنظیم آباژورها نور اتاق را کمتر کرد. صحبت‌های‌شان گل کرده بود؛ آنها در مورد سفرهایی که باید باهم بروند، قصه می‌کردند. هانس گفت: «می‌خواهم تو را به هامبورگ ببرم. هامبورگ جای زیبایی است. تا زمانی که هوا هنوز خیلی گرم یا سرد نشده، زیبایی‌اش دوچندان می‌شود. باید در هافن‌سیتی باهم قدم بزنیم. در کناره‌های رودخانهٔ اِلبی وقت بگذرانیم و در یک بعدازظهر تابستانی در یونگفرن اِشتیگ به رفت‌وآمد قایق‌ها نگاه کنیم. آفتاب بگیریم و آبجو بنوشیم. وقتی هوا تاریک‌تر شد، ما می‌توانیم به ریپربان برویم. فاصلهٔ دو ایستگاه ریپربان و سِنت پائولی را بارها بالا و پایین برویم. به جمعیتی که از آخر هفته‌شان لذت می‌برند، خیره شویم. به کلوپ‌های رقص برویم و با مردان و زنان جوان برقصیم. الکل بنوشیم، مست شویم و به روسپی‌خانه‌ها و سینماهای پورن سَرک بکشیم. تمام شب را دیوانگی کنیم و... نزدیکی‌های صبح در حالی که از مستی تِلوتِلو می‌خوریم، سوار قطار شویم و به سمت خانه‌مان برویم.»

آنچه را هانس می‌گفت، زارا پیش چشمانش مجسم می‌کرد و از خودش می‌پرسید: «آیا واقعاً آن روز خواهد رسید؟» و از ته قلبش چنین روزهایی را آرزو می‌کرد. او خود را دست‌دردست هانس در شهر هامبورگ و در کناره‌های اِلبی، در ریپربان و هافن‌سیتی می‌دید. هنوز غرق رؤیاهای خودش بود که گرمی نفس‌های

هانس را روی صورتش حس کرد. لحظاتی بعد روی زانوهای هانس نشسته بود و هانس دستانش را دور کمرش حلقه کرده بود و لبان یک‌دیگر را می‌بوسیدند.

فردای آن شب، آن‌ها تا نزدیکی‌های ظهر خوابیدند. بعد از شبی طولانی و رمانتیک، هر دو به استراحت احتیاج داشتند. زارا کمی زودتر از هانس از خواب بیدار شد. او آرام لباس‌های خود را پوشید، به آشپزخانه رفت و به درست کردن املت شروع کرد؛ غذای مورد علاقه‌اش. فلفل، سیر و گوجه‌ها را از یخچال بیرون آورد، شست و به خُرد کردن آن‌ها پرداخت. در همین لحظه گرمی دستانی را حس کرد که از پشت دور کمرش حلقه شده بودند. هانس سرش را خم کرد و گردنش را بوسید. زارا پشت خود را به بدن هانس چسباند. هردویشان از گرمای خوش‌آیند تن یک‌دیگر لذت بردند.

هانس با دست راستش صورت زارا را کمی به عقب خم کرد و به بوسیدن لب‌های گوشتی‌اش پرداخت. هر دو لبش را به دهانش برد و با لب‌ها و دندان‌هایش به شکل ملایمی آن‌ها را فشرد. هم‌زمان دست دیگر هانس زیر لباس زارا و به سمت سینه‌هایش خزید و شروع کرد به لمس کردن آن‌ها. چند دقیقه‌ای را در این حالت گذراندند. سپس بدون این‌که صحبتی بکنند، دست‌دردست هم‌دیگر به سمت اتاق هانس رفتند.

بعد از معاشقهٔ صبح‌گاهی، زارا سراغ پختن املت رفت و هانس از باتور خواست تا برای آن‌ها نان تازه بیاورد. آن‌ها تمام آخر هفته را در خانه ماندند، مشروبات الکولی نوشیدند، معاشقه کردند، موسیقی گوش کردند، گپ زدند و فیلم دیدند.

◻◻

روزها و هفته‌ها می‌گذشتند. زارا از شرایط جدید کاری، رابطهٔ عاطفی و در کل، از زندگی‌اش در کابل بسیار راضی بود. آن‌ها تمام هفته را کار می‌کردند، آخر هفته‌ها با یک‌دیگر وقت می‌گذراندند و لحظات بسیار خوشی را رقم می‌زدند. زارا گاهی از خود می‌پرسید، واقعاً چطور شد که با مردی مثل معین وارد رابطه شد. او حالا نه‌تنها معین را از نظر شخصیتی و فرهنگی در سطح خود نمی‌دید، بلکه از این‌که رابطه‌شان تمام شده بود، خوشحال بود. فکر می‌کرد اگر رابطه‌اش با معین ادامه می‌یافت، با توجه به سخت‌گیری‌های معین، متأهل بودن، فرزند داشتن و هم‌چنین خصوصیات مردسالارانه‌اش معلوم نبود عاقبت‌شان به کجا می‌کشید.

نزدیک دو ماه از شروع کار زارا در شرکت هانس گذشته بود. او به کار خود تقریباً مسلط شده بود و می‌توانست بدون هیچ مشکل آن را انجام دهد. با هانس رابطهٔ خوبی داشت و در مهمان‌خانه هم احساس راحتی می‌کرد. از این‌ها گذشته، هانس سخت‌گیری بیشتر مردان افغان را هم نداشت. سعی نمی‌کرد او را کنترل کند. زارا هر وقت فرصت داشت به دیدن دوستانش می‌رفت و سعی می‌کرد شبکهٔ آشنایانش را در کابل گسترش دهد.

زارا ارتباطش را با احمد هم قطع نکرد. گاه‌گاهی باهم صحبت می‌کردند؛ اما از هانی و صدف خبری نداشت. روزی از احمد در مورد آن‌ها پرسید. احمد گفت: «صدف هنوز در وزارت است؛ ولی هانی از طرف وزارت برای یک دورهٔ آموزشی کوتاه‌مدت به فرانسه رفت و دیگه برنگشت. فعلاً تماسی باهم نداریم. او هیچ ارتباطی به این دورهٔ آموزشی نداشت و با حمایت وزیر به فرانسه فرستاده شد.»

زارا گفت: «عجب ناقلا بوده این هانی. پس آخر دوست‌دختر وزیر شد؟»

«بحث دوستی نبود. وزیر هانی را به خاطر سکس می‌خواست و هانی وزیر را به خاطر پول و قدرتش.»

زارا ناگهان یادش افتاد که معین به خاطر دستور وزیر و تنها به خاطر پوشش زارا مجبورش کرد که به ریاست اداری برود. از احمد پرسید: «معین چی؟ اون چیزی به وزیر نگفت؟»

«معین از این موضوع ناراحت بود. دو دفعه همراه وزیر صحبت کرد تا نظرش را عوض کند؛ ولی وزیر گفته بود: اگر به این دورهٔ آموزشی یک نفر برود، او هانی است.»

«عجب. خودت از این موضوع چطور خبر شدی؟»

«ما خو در دفتر معینیت مالی‌اداری هستیم. خودت می‌دانی که تمام موضوعات پیش ما طی مراحل می‌شه. بعضی از گپ‌ها را حامدی قصه کرد. در وزارت هم شایعه بود که وزیر با هانی رابطه داشته؛ ولی بعد ده غمش مانده که همراهش چه کنه. برای همین او را به فرانسه فرستاد.»

زارا در مورد رابطه‌اش با هانس، به احمد چیزی نگفت. او نمی‌خواست فعلاً دوستانش در این مورد چیزی بدانند. با خودش فکر کرده بود دختری که اسم یک مرد رویش است، مثل یک مهرهٔ سوخته است. دیگر هیچ مرد دیگری به چشم یک گزینه به او نگاه نمی‌کند، او را آن‌طوری که باید، تحویل نمی‌گیرد و کمک نمی کند.

فصل نهم

مدت زیادی می‌شد که زارا در کابل بود. تقریباً یک سال بود که خانواده و دوستانش را در ایران ندیده بود. هانس می‌دانست که این اولین‌باری است که زارا از خانواده‌اش برای مدتی طولانی دور شده است و دلتنگ آن‌ها است. نمی‌خواست زارا را غمگین ببیند. برعلاوه، ماه رمضان هم شروع شده بود و تمام ادارات دولتی و خصوصی نصف روز کار می‌کردند. بسیاری از کارمندان خارجی به مرخصی رفته بودند. حجم کارها هم کمتر شده بود و خودش هم تصمیم داشت برای یک سفر کوتاه یک‌هفته‌ای آلمان برود. از این رو، به زارا پیشنهاد کرد که برای یک تعطیلی دوهفته‌ای به ایران برود. زارا از این موضوع خیلی خوشحال شد و بلافاصله کارهای اداری گرفتن ویزا را شروع کرد.

با توجه به این‌که زارا در کابل مشغول کار بود و همین‌طور بستگان نزدیکی در ایران داشت، فرایند گرفتن ویزا برای او بیشتر از چند روز طول نکشید. او به خانواده‌اش و همین‌طور به یلدا اطلاع داد که بلیت گرفته است و به زودی برای دیدن آن‌ها به ایران می‌آید.

بالاخره روز رفتن زارا فرارسید. باتور او را به فرودگاه کابل رساند و تا گرفتن کارت پرواز صبر کرد. هواپیمای کابل-تهران حدود ظهر پرواز کرد و بعد از تقریباً دو ساعت به تهران رسید. زارا در طول مسیر هیجان‌زده بود و برای زودتر رسیدن لحظه‌شماری می‌کرد. از طرفی، او خیلی خوشحال بود که در تعطیلات سال نو به ایران نرفته است، سختی‌ها را تحمل کرده و الآن در بهترین شرایط ممکن خانواده‌اش را می‌بیند.

در فرودگاه بی‌بی‌گل، فاطمه، مریم و یلدا منتظرش بودند. همهٔ آن‌ها ذوق‌زده بودند. از این‌که بعد از مدت‌ها بار دیگر همگی باهم بودند، در پوست خود نمی‌گنجیدند. آن‌ها از فرودگاه به سمت قم حرکت کردند و مستقیم به خانه رفتند. فاطمه برای زارا قورمه‌سبزی پخته بود و او هر قاشقی را که بر می‌داشت، برای مدتی در دهان خود می‌چرخاند و چشمان خود را می‌بست تا از طعم غذای خانه‌اش بیشتر لذت ببرد. بعد از قورت دادن هر لقمه دست‌پخت فاطمه را تعریف می‌کرد و می‌گفت: «چقدر دلم برای همه چیز این‌جا تنگ شده بود.»

یلدا بعد از خوردن غذا رو کرد به سوی زارا و گفت: «باید زودتر بروم؛ ولی قول می‌دهم که فردا تمام روز پیش تو باشم. از کارم مرخصی می‌گیرم تا با خیال راحت بتوانم پیش شما بمانم.»

زارا قبل از رفتن یلدا سوغاتی‌هایش را داد و تأکید کرد که فردا زودتر بیاید و افزود: «بیشتر از دو هفته از کارم مرخصی نگرفته‌ام. و در ضمن به هیچ صورت امکان تمدید مرخصی وجود ندارد.»

«فردا حتماً زودتر می‌آیم. با توجه به وقت کمی که داری، برای دو هفتهٔ پیشِ رو باید برنامه‌های فشرده‌ای بریزیم.» یلدا گفت.

آن شب زارا تا نیمه‌های شب با بی‌بی‌گل، فاطمه و مریم در مورد کابل، شرایط زندگی، وضعیت مردم و هم‌چنین زندگی خودش صحبت کرد. سوغاتی‌هایی را که از کابل و سفر دوبی خریده بود، برای‌شان داد. او گفت: «بعد از تموم شدن دورهٔ

ادارهٔ مهاجرت تصمیم گرفتم تو یه شرکت خارجی مشغول کار شوم. کار تو چنین شرکت‌هایی برای رزومهٔ کاری‌ام خوب است. در ضمن حقوق خوبی هم می‌گیرم و شرکت در مهمان‌خانه‌اش به من اتاق داده است.»

از این‌که او از شرایط کار و زندگی‌اش در کابل راضی بود، خانواده‌اش خوشحال بودند. تنها نگرانی آن‌ها اوضاع امنیتی کابل بود؛ ولی زارا به آن‌ها اطمینان داد که بسیار احتیاط می‌کند و مشکلی پیش نمی‌آید.

فردای آن روز یلدا برای ناهار به خانهٔ زارا آمد. با این‌که ماه رمضان بود؛ ولی به جز بی‌بی‌گل بقیه روزه نمی‌گرفتند. آن‌ها با این‌که به خاطر تناسب اندام سعی می‌کردند پرخوری نکنند، ولی بازهم نمی‌توانستند که یک ماه کامل را روزه بگیرند. زارا گفت: «می‌توانم غذا نخورم، ولی آب نخوردن برای سلامتی‌ام خوب نیست.»

فاطمه گفت: «روزهایی که روزه می‌گیرم یا از سیری بعد از افطار و یا از گرسنگی قبل از افطار نمی‌توانم هیچ کار مفیدی انجام دهم.»

یلدا با خنده گفت: «شمال که برویم، مسافر حساب می‌شویم و با وجدان راحت می‌توانیم روزه نگیریم.»

آن روز بعدازظهر آن‌ها برنامه ریختند که به شمال سفر بروند. به خاطر ماه رمضان خیلی از رستوران‌ها و جاهای دیدنی در طول روز تعطیل بودند. بنابراین، ترجیح دادند، در مناطق جنگلی یا نزدیک ساحل ویلا یا خانهٔ مناسبی را برای چند روز کرایه کنند. در طول روز می‌توانستند با هم‌دیگر وقت بگذرانند یا به جاهایی بروند که ماه رمضان تأثیر زیادی روی فعالیت آن‌ها نداشت. بعد از افطار و تاریکی هوا، هم می‌توانستند برای خوردن شام و گشت‌وگذار بیرون بروند.

یلدا و فاطمه می‌خواستند بدانند رابطهٔ زارا و هانس چطوری هست و چگونه پیش می‌رود. یلدا گفت: «خوش به حالت. دوست‌پسر خارجی داری. عکس‌هاش را فرستاده بودی، دیدم. چقدر هم خوش‌تیپه.» آن‌ها سؤالاتی در موردش پرسیدند. زارا

گفت: «رابطه‌مون خدا را شکر خیلی خوب پیش می‌ره. دارم فکر می‌کنم خوب است که رئیس آدم، دوست‌پسرش هم باشه. با این‌که مدت زیادی نمی‌شه که در شرکت کارم را شروع کردم؛ ولی به‌هم مرخصی داد. قراره با هم‌دیگه یه سفر به آلمان بریم. هانس می‌خواد خیلی جاها را نشونم بده. ما هردومون یک رابطهٔ جدی و طولانی می‌خوایم.»

زارا مکثی کوتاه کرد و بعد، در مورد علاقه‌مندی‌ها، جذابیت، توانایی‌ها و سخت‌کوشی هانس برای آن‌ها توضیح داد. آن روز فاطمه و یلدا هم در مورد کار و زندگی‌شان صحبت‌هایی کردند، ولی هر سه موافق بودند که شرایط کار و زندگی در قم خیلی یک‌نواخت و کسالت‌آور است.

تازه فقط دو روز از آمدن زارا به ایران می‌گذشت. او در حال آماده کردن وسایلش برای سفر شمال بود که در پیام‌گیر اینستاگرامش پیام‌هایی از امیر دریافت کرد. زارا سال‌ها بود که از او خبری نداشت. امیر حالا در آلمان زندگی می‌کرد. زارا هیجده ساله بود که اولین بار او را در مغازه‌اش دید و کم‌کم همراهش آشنا شد. او پسری چهارشانه و توپُر بود. ابروهای کشیده و موهایی پرپشت داشت. چشمان سیاه‌رنگ و نافذی داشت و چندسالی از زارا بزرگ‌تر بود. یک مغازهٔ لباس‌فروشی را در خیابان صفائیه اجاره کرده بود. از جنوب ایران جنس می‌آورد و در مغازه‌اش می‌فروخت.

زارا دو بار اول کاملاً به صورت تصادفی به مغازهٔ امیر رفت، به این نیت که اجناسش را ببیند؛ ولی کم‌کم از او خوشش آمد. دو بار دیگر بدون این‌که چیزی لازم داشته باشد، به مغازه‌اش رفت. در آخرین بار امیر به او پیشنهاد دوستی داد؛ اما او چیزی نگفت، خندهٔ کوتاهی کرد و سرش را پایین انداخت. امیر شمارهٔ گوشی‌اش را روی تکه‌کاغذی نوشت و تسلیمش کرد. او شماره را گرفت و به سرعت از مغازه خارج شد. بعد از آن، آن‌ها چند باری در پارک، مغازهٔ امیر و کافی‌شاپ هم‌دیگر را دیدند. رابطه‌شان کم‌کم گرم‌تر شد و زارا حتی فکر می‌کرد شاید بتواند ارتباط کاری بین مغازهٔ امیر و کارگاه خیاطی خودشان ایجاد کند. او یکی دو بار هم در این مورد با امیر صحبت کرد.

چند ماه از آشنایی آن‌ها می‌گذشت. زارا چندین بار در هفته به مغازهٔ امیر می‌رفت. در آن‌جا با بعضی از دوستان نزدیک او هم آشنا شد. کم‌کم احساس می‌کرد به امیر وابسته شده است. دیگر تقریباً هر روز یک‌دیگر را می‌دیدند، و یا دست‌کم باهم تلفنی صحبت می‌کردند. زارا حتا علاقه‌اش به خیابان صفائیه بیشتر شده بود و حس تازه‌ای به آن‌جا پیدا کرده بود. فکر و ذهنش درگیر شده بود. در طول روز بارها و بارها به یاد امیر می‌افتاد. همیشه خود را در رؤیاهایی که داشت، با او یک‌جا می‌دید. از طرفی، هنوز خودش را به طور کامل به او معرفی هم نکرده بود. نگفته بود که افغان است. با خودش فکر می‌کرد بالاخره زمانش می‌رسد، که این مسئله را به او بگوید. لزومی نمی‌دید که بدون هیچ مقدمه و دلیلی این موضوع را مطرح کند.

بالاخره یک روز اتفاقی افتاد. زارا به نانوایی سنگک سر کوچه‌شان رفت تا چند تا نان بگیرد. هرچند سر ظهر و آخرهای تنور بود، بازهم نانوایی خیلی شلوغ نبود. وقتی وارد نانوایی شد، فقط یک پسر هزاره با قیافهٔ قابل تشخیص منتظر نان گرفتن بود. بعد از او زارا می‌توانست نان بگیرد. در همین لحظه خانم ایرانی میان‌سالی وارد نانوایی شد و با نانوا شروع کرد به سلام و احوال‌پرسی. نانوا بعد از سلام و احوال‌پرسی به او گفت: «متأسفانه نون تمام شده خانم. بهتون نمی‌رسه.»

خانم میان‌سال ناراحت شد و به نانوا گفت: «دستتون درد نکنه آقا. بعد از این همه مدت آشنایی باید این‌طوری با ما برخورد شود؟ ناسلامتی ما از قدیمی‌ترین ساکنین این محل هستیم.»

بعد بلافاصله متوجه پسر هزاره شد و با حالت تهاجمی رو به او کرده و گفت: «افغانیا تمام این مملکت رو گرفتند. تو صف نونوایی، اتوبوس و همه‌جا باید اینا را ببینیم.»

خانم رو به نانوا کرد و گفت: «تا ما نون نگرفتیم، این افغانی حق نداره نون بخره.» سپس با تحکم رو به زارا کرد و گفت: «خانم شما نونت را بگیر.»

زارا کاملاً شوکه شده بود. زبانش بند آمده بود و نمی‌دانست باید چه کار کند. با عجله نان را جمع کرد، پولش را داد و از نانوایی خارج شد. در تمام مسیر خودخوری می‌کرد. خودش را سرزنش می‌کرد؛ این‌که چرا الآن به نانوایی آمده است. می‌توانست زودتر برود یا هم بعدازظهر. اگر امروز اصلاً نان نمی‌خرید، مگر اتفاقی می‌افتاد، مگر از گرسنگی می‌مردند. بعد با خودش فکر کرد، در محلهٔ قبلی‌شان افغان‌ها زیاد بودند، ولی این‌جا تقریباً هیچ‌کسی نیست. زارا با خودش به غُر زدن شروع کرد: «اصلاً این پسر افغانی تو این محله چه کار داره. اصلاً چرا باید به این نانوایی بیاد.»

زارا بارها زمانی که مترو یا اتوبوس شلوغ بود، نگاه معنادار بعضی از ایرانی‌ها را نسبت به افغان‌هایی که قابل تشخیص بودند، حس کرده بود. حتا زمانی که نگاهی هم وجود نداشت، خود افغان‌ها راحت به نظر نمی‌رسیدند و فکر می‌کردند جای یک ایرانی را اشغال کرده‌اند. اصلاً هر جایی که صف بود، هر جایی که ازدحام بود، می‌شد چند تا از این نگاه‌های معنادار را پیدا کرد.

زارا تمام آن روز را با فکر مضطرب و پریشان گذراند. گاهی آن پسر هزاره را مقصر می‌دانست که در آن‌جا و در نانوایی محلهٔ آن‌ها آمده بود. گاهی احساس شرم می‌کرد که نان را گرفته است و به آن زن چیزی نگفته است: «دست‌کم می‌تونستم به اون زن اعتراض کنم؛ اما اگر می‌فهمید که من هم افغانی‌ام، آنوقت چی؟ وضع از چیزی که بود، بدتر نمی‌شد؟ ... من باید خودم را از این فلاکت نجات بدم... اگر زن امیر بشم، و چون در ایران هم به دنیا اومدم، شاید بتونم شناس‌نامهٔ ایرانی بگیرم. اگر هیچ راه دیگه‌ای نبود، شاید حتا با رشوه دادن هم بتونم شناس‌نامهٔ ایرانی بخرم. بالاخره، باید یک راهی باشه.»

او فردای همان روز با امیر قرار داشت. امیر بدون این‌که تلاش زیادی بکند، متوجه وضعیت آشفتهٔ روحی زارا شد و در مورد علت ناراحتی‌اش پرسید. اصرار داشت زارا موضوع را به او بگوید و این‌طوری خود را خالی کند تا ناراحتی‌اش کمتر شود. زارا که

منتظر فرصت بود تا افغان بودنش را به او بگوید، اتفاق روز قبل را تعریف کرد. امیر بعد از شنیدن صحبت‌های زارا گفت: «دلیل نداره خودت رو الکی ناراحت کنی، اون خانم به تو که چیز بدی نگفته.»

«خوب، من هم افغانی هستم.»

امیر از شنیدن این حرف جا خورد. برای مدت کوتاهی نتوانست چیزی بگوید؛ اما در نهایت سعی کرد خودش را کنترل کند و همه چیز را عادی جلوه بدهد. بعد از آن، هرچند امیر سعی می‌کرد رفتارش عادی باشد؛ اما زارا احساس می‌کرد چیزی بین آن‌ها تغییر کرده است و امیر آن آدم سابق نیست. حس می‌کرد رفتارش نسبت به او سرد شده است. حتا یکی دو بار از او پرسید که اگر چیزی شده، برایش بگوید؛ اما امیر گفت: «اتفاقی نیفتاده است، همه چیز خوب است.»

بعد از مدتی کم‌کم این موضوع به فراموشی سپرده شد و رابطهٔ آن‌ها به حالت عادی برگشت؛ چیزی که زارا را خوشحال کرده بود. او تمام سعی‌اش را می‌کرد تا امیر را هم خوشحال کند و از بودن با او راضی باشد. در یکی از تعطیلات آخر هفته، امیر خواست همراهش به یک پارتی کوچک در خانهٔ یکی از دوستانش برود. هرچند او تا حالا با امیر به پارتی و جاهای خصوصی نرفته بود، ولی بازهم این درخواست او را قبول کرد.

روزی که طرف پارتی می‌رفتند، هوا نسبتاً گرم بود. زارا تاپ صورتی، مانتوی تابستانی نخودی‌رنگ نازک پوشیده بود و شال سبز سر کرده بود. قرار بود خانهٔ دوست امیر جمع شوند. او آپارتمانی در طبقهٔ دوم یک مجموعهٔ ساختمانی چهارطبقه داشت. درب ورودی آپارتمان و راه‌پله‌ها از پیاده‌رو همان خیابان اصلی بود. در ورودی آپارتمان در سمت چپ سرویس بهداشتی و انباری قرار داشت. سمت راست دری بود که به سالن پذیرایی و یک آشپزخانه اوپن باز می‌شد. آشپزخانه حدود سی سانتی متر بالاتر از پذیرایی ساخته شده بود. در گوشهٔ سالن پذیرایی دو اتاق خواب قرار داشتند. در قسمتی از همین سالن مبل گذاشته شده بود. نزدیک آن میزی بود که روی آن ودکا،

میوه و شیرینی چیده شده بودند. روی دیوار مقابل مبل‌ها هم یک تلویزیون سونی بزرگ نصب بود.

مهمان‌ها همه در سالن پذیرایی گردهم جمع شدند. به اضافهٔ امیر، زارا و دوستش، یک پسر و یک دختر دیگر هم آنجا بودند. زارا اولین‌بارش بود که آن‌ها را می‌دید. امیر تلویزیون را روشن کرد و یک آهنگ شاد گذاشت. با خنده گفت: «خوب، پارتی‌مون را شروع می‌کنیم.»

زارا تا آن روز نوشیدنی الکلی نخورده بود؛ ولی با اصرار امیر به نوشیدن ودکا شروع کرد. برای این‌که طعم نوشیدنی برای او خوش‌آیند باشد، امیر آن را با آب میوه مخلوط کرد. آن‌ها مدت نسبتاً زیادی نوشیدند، رقصیدند و خوشگذرانی کردند. کنترل وقت و زمان از دست زارا خارج شده بود. سرخوشی‌ای که از خوردن اولین لیوان ودکا به او دست داده بود، در لیوان‌های دوم و سوم تبدیل به سردرد ملایمی شد؛ اما امیر اصرار داشت که باهم ادامه بدهند. به زارا کمی آب داد و سپس لیوان ودکایش را دوباره پر کرد.

سردرد زارا بیشتر و بیشتر شد و سرانجام به جایی رسید که احساس سرگیجه هم به سراغش آمد. کم‌کم احساس می‌کرد نمی‌تواند به رقص ادامه بدهد. امیر او را روی مبل نشاند تا کمی استراحت کند. خودش هم بعد از چند دقیقه پیشش برگشت تا حالش را بپرسد. زارا سرگیجه داشت و نگران بود که حالش بدتر نشود. امیر او را به اتاق خواب کوچک کنار سالن پذیرایی بُرد و کمکش کرد که دراز بکشد. خودش رفت و با یک لیوان آب برگشت. زارا احساس خفگی می‌کرد، به هوای تازه احتیاج داشت، حس می‌کرد اتاق دور سرش می‌چرخد و صداهای گنگی از موسیقی و سر و صدای مهمان‌ها به گوشش می‌رسید. از امیر خواست تا پنجره را باز کند. امیر بعد از باز کردن پنجرهٔ اتاق خواب دوباره کنارش برگشت و روی زمین نشست. زارا را در بغلش گرفت و کمکش کرد تا کمی آب بنوشد. بعد لیوان را از دستش گرفت و در گوشهٔ

اتاق گذاشت. زارا هنوز در بغل امیر بود. او روی لب‌های زارا خم شد و شروع کرد به بوسیدن لب‌هایش.

زارا شوکه شده بود. نمی توانست حرکتی بکند، خشکش زده بود و دقیقاً نمی‌دانست دارد چه اتفاقی می‌افتد. امیر دستش را میان سینه‌های زارا برد؛ اما زارا سعی کرد مانع این کار او شود. می‌خواست دست امیر را پس بزند؛ اما در شرایطی نبود که بتواند مقاومت کند. در حالت نیمه‌هشیاری از امیر خواست که این کار را با او نکند؛ اما امیر به خواهش‌های او توجهی نداشت. گفت: «نترس، کسی متوجه‌مون نمی‌شه. در اتاق رو از داخل قفل کردم.» و با عجله شروع کرد به باز کردن دکمه‌های مانتوی زارا. بعد با سرعت و خشونت شلوار و شورت او را هم‌زمان پایین کشید. زارا به گریه افتاد و به مقاومت شروع کرد. نفس‌نفس می‌زد و زیر دست و پای امیر تقلا می‌کرد. امیر در حالی که با یک دست سعی داشت او را کنترل کند، با دست دیگر کمربند و لباس‌های خودش را هم در آورد. زارا زیرش گیر افتاده بود و تمام وزن او را روی بدنش حس می‌کرد. کار زیادی از دستش ساخته نبود و چاره‌ای جز التماس نداشت. امیر در حالی‌که به او تجاوز می‌کرد، گفت: «اگه نذاری، دیگه دوستت ندارم.»

زارا به سختی نفس می‌کشید، گریه‌اش تبدیل به هِق‌هِق شده بود. درد شدیدی داشت و تمام بدنش می‌سوخت. انگار چیزی در داخل شکمش آتش گرفته بود. بعد از مدتی مقاومت، وقتی دید کاری از دستش بر نمی‌آید، سرانجام تسلیم شد. حس بی‌چارگی و یأس شدیدی می‌کرد. با پشت روی زمین دراز کشیده بود و با اندوه و غم به سقف اتاق خیره شده بود. دیگر توانی برای مقاومت نداشت. قطره‌های اشک از گوشهٔ هر دو چشمش به سمت شقیقه‌هایش سرازیر می‌شدند. امیر توجهی به او نداشت. کاملاً مشغول کار خودش بود. دستمال‌های کاغذی خونی را در گوشهٔ اتاق گذاشت و این بار با کاندوم به کار خود ادامه داد.

زارا بعد از این قضیه، چند روز با امیر تماس نگرفت. منتظر بود امیر احوالش را بپرسد؛ ولی هیچ خبری از او نشد. بعد از یک هفته بی‌خبری، سعی کرد از طریق دوستانش بفهمد که او کجا است. بعد از پرس‌وجوهای زیاد، متوجه شد مدتی است که امیر قصد سفر قاچاقی به اروپا را داشته است و بالاخره چند روز پیش به ترکیه رفته و از آنجا قصد دارد به صورت غیرقانونی به آلمان برود. پس از آن، دیگر هیچ وقت خبری از او نشد. زارا تا مدت زیادی در شوک بود. به شدت افسرده شده بود. از مردها می‌ترسید و سعی می‌کرد از آن‌ها فاصله بگیرد. امیدش را به زندگی از دست داده بود و همیشه فکر می‌کرد دیگر هیچ وقت شانسی برای داشتن یک زندگی نرمال نخواهد داشت. حتا فکر می‌کرد که بعد از تجاوز امیر، به نوعی ناقص شده است. همیشه با خودش می‌گفت: «اگر روزی مردی با من ازدواج کند، لطف بزرگی در حقم کرده است.»

□ □

روز سوم آمدن زارا به ایران، همراه خانواده و یلدا ماشین مسافرتی‌ای را گرفتند و برای یک هفته به سمت شمال ایران رفتند. آن‌ها بین خودشان کارها را تقسیم کرده بودند. هرچند بی‌بی‌گل خیلی راضی به نظر نمی‌رسید، ولی او مسئول مواظبت از مریم بود. رانندگی به عهدهٔ یلدا و فاطمه بود و زارا هم به گفتهٔ خودش قرار بود: «بر حُسن اجرای امور نظارت کند.» در طول مسیر چندین جا توقف کردند تا از منظره‌های زیبای اطراف جاده لذت ببرند، غذا بخورند و یا استراحت کنند. در مسیر راه زمانی که آن‌ها برای استراحت توقف کردند، زارا به فاطمه و یلدا در مورد پیام‌های امیر صحبت کرد. یلدا که تازه از موضوع امیر باخبر می‌شد، شوکه شده بود و او را دل‌داری داد. زارا تشکر کرد و گفت: «گذشت زمان حالم را بهتر کرده و امیر را هم تا حد زیادی فراموش کرده بودم. هرچند این پیامش من را به گذشته برد؛ ولی حالا آن دختر سادهٔ قدیم نیستم. می‌دونم که بحران‌های عاطفی را چطور پشت سر بگذارم.»

فاطمه و یلدا هردوی‌شان می‌خواستند بدانند امیر برایش چه نوشته است. از این رو، عین پیام‌هایش را برای آن‌ها خواند:

«سلام زارا جان. بدون مقدمه می‌رم سر اصل موضوع. می‌ترسم احوال‌پرسی کنم؛ ولی تو بدون تموم کردن این نامه به خاطر کاری که در حقات کردم، نامه را نخونده پاره کنی و دور بیندازی. هرچند بهت حق می‌دم؛ اما آرزو می‌کنم این نامه را تا آخر بخونی حتا اگر هیچ وقت نخواهی که جواب منو بدی.

مدت کوتاهی بعد از این‌که باهم آشنا شدیم، من تصمیم گرفتم از ایران برم. وضعیت کار و بار اون‌طوری که من انتظارش رو داشتم، خوب پیش نمی‌رفت. از طرفی، فکر می‌کردم مگه ما چند بار زندگی می‌کنیم که باید تمام عمرم رو سگ‌دُو بزنم برای چندرغازی. تو ایران برای من آینده‌ای نبود. تو این فکر بودم که چطور این موضوع را به تو بگم و دوستی‌مون را تموم کنم... تا این‌که تو اومدی و به من گفتی که افغانی هستی. بعدش احساس کردم که راحت‌تر می‌تونم این رابطه را تموم کنم. با خودم گفتم حتا اگر ایران هم می‌موندم، آب ما تو یه جوب نمی‌رفت. چطور می‌تونستم بگم دوست‌دخترم افغانیه؟ یا اگر جلوتر می‌رفتیم، مادر من یه عروس افغانی را چطور قبول می‌کرد؟ من چطوری به دوستا و فامیلام می‌گفتم که زنم افغانیه؟ تازه، عاقبت بچه‌هامون چه می‌شد؟ تو ایران خود ایرانی‌ها هزار و یک مشکل دارند. فکرش را بکن، بچه‌هایی که افغانی‌ـ‌ایرانی می‌بودن، وضعیت‌شون چی می‌شد.

کاری رو که تو روز پارتی کردم، هیچ وقت نمی‌تونم فراموش کنم و برای همیشه به خاطر اون پیش تو شرمنده می‌مونم. نمی‌خوام توجیه کنم؛ ولی اون روز بیش از اندازه ودکا خوردم. خیلی مست شده بودم. نمی‌فهمیدم چی غلطه و چی درسته. وقتی داشتم با لیوان بهت آب می‌دادم، یک لحظه فکر شیطانی‌ای اومد سراغم. سعی کردم در مقابلش مقاومت کنم؛ اما به خودم گفتم تا چند روز دیگه داری از ایران می‌ری و معلوم نیست دیگه کی برمی‌گردی. از طرفی، زارا هم افغانیه. دستش تو ایران به هیچ

جا بند نیست؛ ولی حالا خدا شاهده خیلی از کاری که کردم پشیمونم. بارها به خودم لعنت فرستادم. چند بار کابوس دیدم. عذاب وجدان منو وِل نمی‌کنه. شاید باورش برات سخت باشه که من آدم شده باشم. برای همین می‌خوام خیلی خلاصه اتفاقایی را که برام در این چندسال افتاده تعریف کنم. این‌طوری شاید باورش برات آسون‌تر بشه که چقد پشیمونم، و چقد در مقابل تو احساس گناه می‌کنم:

تو ایران با یه قاچاق‌بر که کارش مهاجرت غیرقانونی بود، آشنا شدم. گول حرفاش رو خوردم، هرچی داشتم را فروختم و سمت ترکیه اومدم. دنبال راهی بودم که بتونم به اروپا برم و اون قاچاق‌بر نامرد قرار بود کمک‌ام کنه. پول‌هام رو خورد و من رو به یه قاچاق‌بر دیگه معرفی کرد. ما هم که تو ترکیه غیرقانونی زندگی می‌کردیم، کسی رو نمی‌شناختیم و مجبور بودیم به همین‌ها پناه ببریم و این‌ها هم از همه بدتر بودند.

بالاخره من موندم و جیب خالی و هزار و یک مشکل. بخاطر مجبوری به کار سیاه شروع کردم. هر کاری، از شستن ظرف تو رستورانا تا حمالی و تمیز کردن خونه‌های مردم، برای این‌که چندرغازی پس‌انداز کنم. همون پول رو هم بعضی کارفرماها درست نمی‌دادند و اگر به مشکلی برمی‌خوردیم، هیچ کسی نبود که از ما حمایت کنه. حتا اگر پیش پلیس می‌رفتیم، به خاطر کار سیاه خودمون به دردسر می‌افتادیم.

چندین بار گیر نژادپرست‌های ترک افتادم. آن‌ها ما را یابانجی، یعنی خارجی صدا می‌کردند و تا می‌خوردیم کتک می‌زدند. به ما توهین می‌کردند و بعد پول، موبایل و هر چه داشتیم رو می‌گرفتند. یک‌بار حتا دوستم که ترکی بلد بود، بهشون التماس کرد که ما آذری و هم‌خون شما هستیم، بازهم هیچ توجهی نکردند.

بعد از سه سال دربه‌دری و بدبختی تونستم پولی جمع کنم و دوباره خودم رو دست قاچاق‌برها بسپارم تا منو به یونان ببرن. چندین بار برگشت خوردیم. یک روز تو جنگل از شدت گشنگی نزدیک بود بمیریم. دفعهٔ دیگه به خاطر این‌که پلیس‌ها ما را نبینن، مجبور شدیم ساعت‌ها تو لجن و کثافت دراز بکشیم. شاید بدترین خاطره‌ام شبی باشه

که تو جنگل خودم را به خواب زده بودم و صدای گریه و زاری زن ایرانی هم گروهی‌مون را می‌شنیدم که قاچاق‌برها کمی اون‌طرف‌تر داشتند بهش تجاوز می‌کردند.

بعد از تمام این سگ‌کشی‌ها اگر غرق نشی، اگه از گرسنگی نمیری و به یونان برسی، تازه می‌فهمی که عربا و افغانیا اولویت دارند. تازه می‌فهمی که فارسی به لهجهٔ ایرانی یک امتیاز منفی حساب می‌شه. بالاخره به کمک یه خانوادهٔ افغانی که از استانبول باهم بودیم و با هزار التماس و خواهش پلیس یونان قانع شد که من افغانی‌ام.

تازه در کمپ یونان بود که متوجه شدم باید بیشتر و بیشتر به افغانیا نگاه کنم. بیشتر در موردشون بخونم و بدونم تا بتونم دوام بیارم و حداقل قبولی اجتماعی بگیرم. ثابت کردن کیس‌های تابلویی مثل کیس سیاسی، دوجنسه بودن و یا تغییر مذهب خیلی مشکله. تازه بعدها هم نمی‌تونی ایران برگردی. بهشون گفتم، افغانی‌ام و خیلی وقت پیش ایران اومدم. هیچ وقت مدرک نداشتم و کارگری می‌کردم و در نهایت تصمیم گرفتم از ایران بیام سمت اروپا. در افغانستان هم کسی را نمی‌شناسم که برگردم. تمام فامیلم را طالبا کشتند.

حدود دو سال تو جزیرهٔ لسبوس موندم. خیلی سختی کشیدم. پونزده کیلو وزن کم کردم. یه روز کمپ ما تو یونان آتش گرفت. دولت آلمان هم تصمیم گرفت کسایی رو که تو کمپ بودند، به آلمان ببره. من هم جزو کسایی بودم که انتخاب شدم. حالا من یه پناهندهٔ افغانی‌ام. احساس می‌کنم هیچی‌ام عوض نشده، به جز ملیتی که روی مدارکم نوشته شده.

زارا جان! تمام این سختی‌هایی که کشیدم و بلاهایی که تو این مسیر سرم اومد، از من یه آدم دیگه ساخت. فهمیدم که ایرانی و افغانی نداریم. ما چقد شبیه همیم. فهمیدم که ما اصلاً یکی هستیم. تاریخ، دین، سرزمین، فرهنگ، مشاهیر و همه چیزمون یکیه. فرق ما و شما همین مرز سیاسیه که بین‌مون کشیده شده. فرق ما همین نفت و گازیه که ما داریم و شما ندارین.

شاید فکر کنی چرا رازی به این مهمی را بهت گفتم. راستش با کاری که من در حق تو کردم، حتا اگر باعث بشی که من قبولی آلمانم خراب بشه، هیچ گله‌ای ازت ندارم. این‌طوری حتا شاید عذاب وجدانی که دارم، کمی آروم بشه. گذشته از اینا، الآن دیگه مثل سابق کشته‌مردهٔ خارج هم نیستم. می‌خوام ازت معذرت‌خواهی کنم. می‌خوام التماس کنم منو ببخشی و ازت خواهش کنم که با من ازدواج کنی و یک فرصت دیگه برای باهم بودن داشته باشیم.»

بعد از این‌که زارا نامهٔ بلند امیر را خواند، یلدا پرسید: «حالا می‌خوای چه جوابی بدی؟»

زارا گفت: «من واقعاً نمی‌دونم که اون موقع چطوری فکر می‌کردم که با آدمی مثل امیر دوست شدم؛ ولی چیزی که الآن می‌دونم اینه که من با هم‌چین آدمایی حتا تا سرکوچه هم نمیرم. دیگه چه برسه که بخوام ازدواج کنم. امیر در سطح من نیست. الآنم یک جواب کوتاه بهِش می‌دم و میگم دیگه مزاحم من نشه. از تمام جاها هم بلاکش می‌کنم.»

زارا خیلی کوتاه نوشت: «سلام. دوستی ما همان موقع هم اشتباه بود. بعد از اون کاری که در حقم کردی، تا مدت‌ها خیلی اذیت شدم. تازه داشتم خودم را از اون درد و رنج خلاص می‌کردم که پیامت را دیدم. لطفاً دیگه هیچ وقت به من پیامی نده. از نظر من رابطهٔ ما خیلی وقته که تموم شده.»

زارا قصد نداشت مسافرت شمال را با فکر کردن به نامهٔ امیر خراب کند. او آمده بود تا با خانواده و دوستانش وقت بگذراند و دوباره به کابل پیش هانس و سر کارش برگردد. برای زارا امیر اصلاً گزینه‌ای برای ازدواج نبود. او با زارای آن سال‌ها خیلی فرق کرده بود. به مراتب بلندپروازتر شده بود. وقتی دقیق‌تر فکر می‌کرد، به نظرش می‌رسید که خوب شد رابطه‌اش با امیر دوام نکرد وگرنه معلوم نبود الآن چه شرایطی داشت.

زارا درگیر همین افکار و گذشته‌ها بود که به جنگل‌های دو هزار رسیدند و مدتی در آنجا توقف کردند. هوا هنوز آن‌قدر گرم نشده بود که آزار دهنده باشد. آن‌ها در جنگل پیاده‌روی کردند. غذا خوردند و در جاهای مختلف عکس گرفتند. هوای تازه، فضای سبز و آرامش منطقه حس خوب و بی‌نظیری به آن‌ها داده بود. سپس، به سمت خانهٔ روستایی‌ای رفتند که برای سه روز کرایه کرده بودند. خانه تقریباً قدیمی ولی بازسازی‌شده بود. در ساخت خانه از چوب، سنگ و گِل استفاده شده بود. دیوارهایش را کاهگل کرده بودند. دو ایوان زیبا و جادار داشت که آن‌ها تقریباً تمام روزشان را در آنجا با آشپزی، صحبت و چای خوردن می‌گذراندند. در مجموع تصمیم نداشتند وقتشان را با رانندگی بگذرانند. همه موافق بودند که بیشتر در یک‌جا بمانند. بر اساس پیشنهاد فاطمه قرار شد که ویلایی در نزدیکی ساحل کرایه کنند و دو روز دیگر هم در آنجا باشند.

بالاخره پس از شش روز مسافرت، نیمه‌های روز هفتم بود که دوباره به سمت خانه برگشتند. زارا در قم و تهران نیز باید بعضی از دوستان و اقوام نزدیکش را می‌دید. سپس باید آمادهٔ برگشت به کابل می‌شد. دو هفته مرخصی او به سرعت رو به پایان بود و دلتنگ هانس نیز شده بود. هرچند روزانه به طور مرتب خبرش را می‌گرفت؛ ولی بازهم نمی‌خواست او را برای مدتی طولانی در محیطی مثل کابل تنها بگذارد. زارا از این‌که اکنون دلش در کابل بود و نمی‌خواست مدت زمان بیشتری در ایران بماند، تعجب کرده بود. در حالی که وقتی از کابل به سمت ایران پرواز می‌کرد، حس خیلی خوبی داشت. حتا به فکرش می‌گشت اگر این دو هفته مرخصی تبدیل به یک ماه شود، بازهم در ایران می‌ماند؛ اما حالا که در ایران بود، آن حس را نداشت. حس می‌کرد دلبستگی‌هایش به ایران در حال کم‌رنگ شدن است. فکر می‌کرد زندگی در ایران بیش از حد معمولی و پیش‌پاافتاده است. او نمی‌توانست این وضعیت را برای مدت طولانی تحمل کند. یک سال زندگی در کابل، با تمام ناملایمت‌هایی که داشت، او را تغییر داده بود. او

آن آدم سابق نبود که نمی‌توانست با افغانستان ارتباط برقرار کند. زارا در افغانستان می‌توانست بزرگ فکر کند، بزرگ آرزو کند و برای آیندهٔ بهتر با چنگ و دندان مبارزه کند. به یاد حرف‌های محسن افتاد که گفته بود: «این‌جا با تمام خوبی‌ها و بدی‌هاش وطن ما است. اگه تو رو محدود می‌کنند، به خاطر اینه که ازت می‌ترسند. می‌ترسند که جاشون رو بگیری. اگه تو رو انکار می‌کنند، برای اینه که بدجوری ذهن‌شون رو درگیر کردی. این‌جا به تو به چشم یه رقیب نگاه می‌کنند؛ اما تو ایران چی؟ اون‌جا هیچ‌کس تو رو نمی‌بینه. اون‌جا تو اصلاً وجود نداری. تو هیچی نیستی. این‌جا تو چشم یه عده دوستی، تو چشم یه عده هم‌سرنوشتی و تو چشم یه عده خار. این‌جا هستی. وجود داری و بودنت رو حس می‌کنی.»

روزهای کوتاه مرخصی زارا به سرعت می‌گذشتند. او کارهایی را که در نظر داشت، مرور می‌کرد و یک‌به‌یک انجام می‌داد. تا توانست با خانواده و دوستانش وقت گذراند. به مهمانی رفت. به بازار و بعضی مراکز تجاری قم و تهران رفت و برای دوستانش در کابل سوغاتی خرید. از غذاهای خانگی لذت برد. بعضی از اقوام نزدیکش را دید. برای معاینهٔ پزشکی و دندان‌پزشکی رفت. سری به دانشگاه تهران زد و مسیر خوابگاه تا دانشگاه را چندین بار با یلدا و فاطمه پیاده‌روی کرد.

فصل دهم

زمان برگشت به کابل فرا رسید. زارا دوست داشت با فاطمه و یلدا وقت بیشتری بگذراند؛ اما این امکان نداشت. او می‌دانست که حالا به کابل تعلق دارد، کارش آن‌جا بود، هانس آن‌جا بود و آینده‌اش را در آن‌جا برنامه‌ریزی کرده بود. از این رو، وسایلش را جمع کرد، یک چمدان بیشتر از چیزی شد که از کابل با خود آورده بود. اظهار امیدواری کرد که در فرودگاه مجبور نشود جریمه اضافه بار بدهد.

پرواز تهران-کابل اول صبح بود. آن‌ها برای این‌که به پرواز دیر نرسند، از قم باید صبح زود حرکت می‌کردند. بعدازظهر روز قبل یلدا پیش زارا آمد. بعد از خوردن شام همه تصمیم گرفتند که زودتر بخوابند تا صبح زود بیدار شوند. صبح بعد یلدا، فاطمه، بی‌بی‌گل و مریم او را به فرودگاه رساندند. موقعی که از هم‌دیگر جدا می‌شدند، اشک در چشمان همه جمع شده بود. فاطمه نتوانست جلوی خودش را بگیرد و زد زیر گریه. خداحافظی‌شان خیلی احساسی شد. زارا هم گریه‌اش گرفت، تک‌تک آن‌ها را بغل کرد، بوسید و به بهانهٔ تحویل دادن وسایل از آن‌ها زودتر جدا شد.

بعد از این‌که کارت پرواز را گرفت، وسایلش را به بخش بار تحویل داد. چند کیلویی بیشتر اضافه‌بار نداشت و با خوش‌شانسی پول اضافه‌ای پرداخت نکرد. بالاخره بعد از مدتی انتظار سوار هواپیما شد. او تمام خاطرات خوش مسافرت پیش چشمانش ظاهر می‌شدند. با لبخندی هر خاطره را رد می‌کرد و به خاطرهٔ بعدی می‌رسید. همهٔ آن‌ها چقدر با زارا مهربان بودند و خاطرش را می‌خواستند. چقدر زندگی با خانواده و دوستانش خوش می‌گذشت و خواستنی بود. با خودش عهد کرد که روزی او و خانواده‌اش دوباره باهم و یک‌جا زندگی خواهند کرد؛ ولی آن‌جا نباید ایران یا افغانستان باشد.

بعد از حدود دو ساعت هواپیما بالای شهر کابل رسید. زارا بلاک‌های میدان هوایی را تشخیص داد. پل‌چرخی از آن بالا کاملاً واضح می‌نمود. کابل افقی و بی‌نظم رشد کرده بود. رفت‌وآمد ماشین‌ها در خیابان‌ها را می‌شد تشخیص داد. پس از مدتی، بالاخره هواپیما فرود آمد. زارا با عجله سعی کرد در اول صف کسانی باشد که پاسپورت‌شان دخولی می‌خورد. بلافاصله به بخش گرفتن چمدان رفت. زمانی که منتظر چمدان‌هایش بود، به هانس پیامک فرستاد. هانس از دیدن پیامک او ابراز خوشحالی کرد و خوش‌آمد گفت. قرار شد که در مهمان‌خانه یک‌دیگر را ببینند.

در پارکینگ فرودگاه کابل باتور منتظرش بود. همین که وارد پارکینگ شد، باتور سمتش آمد و بعد از احوال‌پرسی چمدان‌هایش را گرفت و به سمت ماشین برد. در طول مسیر زارا در مورد وضعیت مهمان‌خانه و هانس پرسید. باتور توضیحاتی داد و گفت: «همه چیز مرتب است. هانس هم بعد از سفر شما، آلمان رفت و چند روز پیش برگشت.»

آن‌ها از مسیر باغ بالا به سمت مهمان‌خانه حرکت کردند. به خاطر ماه رمضان، ساعت رخصتی مأمورین دولت حدود ظهر بود و خیابان‌ها نسبتاً شلوغ شده بودند. زارا این بار تمام مسیرها را می‌شناخت و با تمام خیابان‌ها آشنا بود. او بارها این راه

را رفته بود و از این خیابان‌ها عبور کرده بود. آن‌ها بالاخره بعد از پشت سرگذاشتن چندین شلوغی و ازدحام، به مهمان‌خانه رسیدند. نگهبان در را باز کرد. باتور چمدان‌ها را از ماشین پایین کرد و به اتاق زارا برد. لحظاتی بعد، زینب و آرزو با چای و کمی هم شیرینی تازه به اتاقش آمدند. زینب روزه داشت؛ ولی زارا و آرزو چای نوشیدند و کمی شیرینی خوردند. بعد از چای، زارا سوغاتی‌هایی را که برای آن‌ها خریده بود، تحویل‌شان داد. آرزو از کتاب‌های داستانی‌ای که برایش آورده بود، حسابی ذوق کرد و همان‌جا به خواندن آن‌ها شروع کرد.

بعد از رفتن زینب و آرزو، زارا شروع کرد به باز کردن وسایلش. بعضی مواد خوراکی یخ‌زده را از درون چمدان‌هایش بیرون کشید تا درون یخچال بچیند. تازه بسته‌های قورمه‌سبزی آماده را داخل یخچال می‌گذاشت که نفس‌های گرمی را پشت گردنش حس کرد. سپس دست‌هایی از پشت دور کمرش حلقه شدند. زارا به سمت هانس برگشت، از کراوات قرمزش گرفت و او را به سمت خودش کشید. لب‌های‌شان روی یک‌دیگر قفل شدند. آن‌ها برای مدتی بدون این‌که هیچ حرفی رد و بدل کنند، با یک‌دیگر معاشقه کردند. سپس هانس به زارا کمک کرد تا وسایل را در آشپزخانه جابه‌جا کند.

❐❐

زارا دوباره به برنامهٔ عادی کاری و زندگی خود برگشته بود. هفتهٔ آخر ماه رمضان او صبح‌ها سر کار می‌رفت و تا ظهر در آن‌جا بود. بعد از رفتن کارمندان همراه هانس به مهمان‌خانه برمی‌گشت و باهم ناهار می‌خوردند. بعدازظهرها معمولاً از مهمان‌خانه کار می‌کردند و غروب‌ها وقت‌شان را با یک‌دیگر می‌گذراندند. چند روز بیشتر از ماه رمضان نمانده بود، و مردم کم‌کم برای مراسم عید فطر آماده می‌شدند. شلوغی و جنب‌وجوش را می‌شد در خیابان‌ها دید. خیاط‌ها فرصت سر خاراندن نداشتند. بازار لباس‌فروشان هم گرم شده بود. میوهٔ خشک به جز مغازه‌ها، سر کراچی‌ها و هر جای

شلوغ و پررفت‌وآمد دیگر فروخته می‌شد. خیلی از شیرینی‌فروشی‌ها حتا چند روز مانده به عید سفارش جدید قبول نمی‌کردند. هرچند خبر تلفات زیاد سربازان اردوی ملی و تصرف بعضی از شهرهای کوچک و ولسوالی‌ها توسط طالبان مردم کابل را نگران کرده بود؛ ولی آن‌ها سعی می‌کردند چند روزی هم که شده با تجلیل عید جنگ را فراموش کنند. زارا هم کم‌کم برای عید آماده می‌شد. او با استفاده از فرصت تعطیلات قصد داشت بعضی از دوستان و همین‌طور اقوامش را از نزدیک ببیند.

بالاخره سه روز تعطیلی عید فطر شروع شد. زارا از کسانی که باید به آن‌ها پیام تبریکی می‌فرستاد، تقریباً لیست بلندبالایی داشت. متن‌ها و عکس‌های مرتبط، به سه زبان فارسی، پشتو و انگلیسی تهیه کرد. با شناختی که از شخصیت‌ها و افراد مورد نظرش داشت، متناسب با تیپ شخصیتی آن‌ها، یکی از متن‌ها و عکس‌ها را انتخاب می‌کرد و برای آن‌ها می‌فرستاد. پیام تبریکی‌ای هم به معین فرستاد. معین بعد از تشکر و تبریک گفتن عید، در مورد وضعیت کار و زندگی‌اش پرسید. زارا هم در جوابش نوشت: «در یکی از شرکت‌های بین‌المللی به عنوان هماهنگ‌کنندهٔ پروژه‌ها کار می‌کنم و از شرایطم بسیار راضی‌ام.»

از میان لیست زارا عده‌ای هم بودند که باید آن‌ها را از نزدیک می‌دید. یکی از آن‌ها وژمه بود. بنابراین، به دیدن وژمه رفت. طبق معمول اطراف او را تعدادی از زنان جوان پر کرده بودند. همهٔ آن‌ها باهم برای عیدمبارکی پیش وزیر رفتند. هرچند وزیر به خاطر مهمانان زیادی که به تبریکی عید آمده بودند، سرش شلوغ بود؛ ولی به گرمی از آن‌ها استقبال کرد. زارا از این‌که وزیر سرش شلوغ بود و باید به بقیه مهمان‌ها هم رسیدگی می‌کرد، خوشحال به نظر می‌رسید. به هر حال، او فقط می‌خواست دیداری تازه شود.

زارا به صورت جداگانه با فرید، یکی از رئیس‌ها و همین‌طور معین وزارت خارجه هم دیداری داشت. امیدوار بود روزی بتواند در وزارت خارجه کار کند و در نهایت یک دیپلمات شود. معین وزارت خارجه گفت: «مشکل اصلی فعلاً عدم وجود بودجه

است؛ کوشش می‌کنم در تعطیلات عید، معین صاحب وزارت مالیه را ببینم و در مورد معاشت همراهش گپ بزنم. خودت هم سعی کن با معین صاحب در ارتباط باشی و نظر مثبتش را جلب کنی.»

زارا جریان صحبتش با معین وزارت خارجه را با فرید و همین‌طور رئیس وزارت خارجه نیز در میان گذاشت. هر دوی آن‌ها فکر می‌کردند این کار شدنی است. زارا باید کمی بیشتر تلاش کند و پی‌گیر باشد. هر چند او هنوز امیدش را از دست نداده بود؛ ولی می‌دانست که در افغانستان بین یک گپ و عملی شدنش فاصلهٔ زیادی وجود دارد. با خودش فکر کرد: «فعلاً شرایط کاری و مالی خوبی دارم، هانس هم از هر نظر من را حمایت میکنه. بنابراین، می‌تونم بدون نگرانی و با حوصله دنبال یک فرصت واقعی باشم.»

روزی با یکی از دخترانی که در برج شهرنو با او آشنا شده بود، به دیدن یکی از چهره‌های ادبی افغانستان رفتند. در آن‌جا با تاجری آشنا شد که اهل افغانستان بود و در امریکا زندگی می‌کرد. بعد از آن، پیامک‌ها و زنگ‌های تاجر به حدی زیاد شد که مجبور شد در روز دوم آشنایی‌شان او را بلاک کند.

در روزهای عید، زارا بعضی از اقوام نزدیکش را هم دید. به خانهٔ محسن و نرگس نیز رفت. کارهای بورسیهٔ فولبرایت آن‌ها تکمیل شده بود. هرچند نرگس چندان راضی به نظر نمی‌رسید؛ اما آن‌ها کم‌کم به فکر فروختن بعضی از وسایل خانه‌شان بودند. محسن می‌گفت: «نمی‌دانیم دقیقاً کی به افغانستان برمیگردیم. از طرفی، جایی برای نگهداری این وسایل نیز نداریم. بنابراین، مجبوریم این‌ها را بفروشیم.»

آن‌ها بیشتر از این‌که نگران وسایل خانه‌شان باشند، نگران این مسئله بودند که مبادا در یک دانشگاه یا دست‌کم دو دانشگاه نزدیک به‌هم قبول نشوند. نرگس گفت: «چون ما به صورت جداگانه و مستقل برای فولبرایت اقدام کرده بودیم، مشکل است که بتوانیم در یک دانشگاه و یک‌جا باشیم.»

زارا علی‌رغم این‌که دلش می‌خواست از وضعیت وزارت معارف باخبر شود؛ ولی فرصت نکرد احمد را ببیند. زارا سرش خیلی شلوغ شد و همیشه قرار بود جایی برود یا کسی را ببیند. البته باید فرصتی را برای وقت گذراندن با هانس هم در نظر می‌گرفت. بنابراین، زارا و احمد به پیامک بسنده کردند.

بعد از تعطیلات عید ساعت‌های کاری به روال عادی برگشت. روزها و هفته‌ها به سرعت می‌گذشتند و پروژه‌های شرکت پیشرفت خوبی داشتند. زارا هر یک‌شنبه هفتهٔ جدید کاری را شروع می‌کرد. آن‌قدر درگیر کارهای روزمره می‌شد که دیگر گذر زمان را حس نمی‌کرد. به یک‌بارگی متوجه می‌شد که پنج‌شنبه شده است. گویی زمان روی دور تند افتاده بود و بی‌امان به پیش می‌رفت. با این هم، اوضاع طبق میلش بود. به کارهای شرکت مسلط شده بود. آخر هفته‌های خوبی را با هانس می‌گذراند. هم‌چنین با افراد تازهٔ بیشتری آشنا شده بود. آدم‌های مهم زیادی را در کابل می‌شناخت. با خانواده و دوستانش هم به طور مرتب در تماس بود. فاطمه و مریم به زودی به انگلستان می‌رفتند. محسن و نرگس هم برای دورهٔ فوق لیسانس امریکا رفتند. یلدا هم هرچند از اوضاع ایران ناراضی بود؛ ولی کارش را داشت، خانواده‌اش پیشش بود و چرخ روزگارش می‌چرخید.

□ □

به خاطر پیش‌روی‌های سریع طالبان، سفارت آلمان مقررات امنیتی و احتیاطی جدیدی اعلام کرد. هرچند شرکت هانس به عنوان شرکت خصوصی ملزم به رعایت این قوانین نبود؛ ولی هانس خودش نگران اوضاع امنیتی بود. مذاکرات صلح دولت افغانستان و طالبان در دوحه خوب پیش نمی‌رفت. هانس شاید مجبور می‌شد برای مدتی پروژه را متوقف کند. نمی‌توانست جان خود و کارمندانش را به خطر بیندازد. از طرفی، آن‌ها فقط چند ماه دیگر لازم داشتند تا مرحلهٔ اول پروژه را با موفقیت تمام کنند.

زارا چند روزی بود که هانس را زیر نظر داشت. به نظرش می‌رسید که او انرژی و انگیزهٔ سابق را ندارد. بیشتر وقت‌ها به فکر فرومی‌رفت و ساکت بود. بالاخره روزی علت نگرانی‌اش را پرسید. هانس هرچند نمی‌خواست بی‌جهت زارا را مضطرب کند؛ ولی تقریباً به این نتیجه رسیده بود که شرایط به سمت خوبی پیش نمی‌رود. با کمی تأمل گفت: «دنیا از آوردن دموکراسی در افغانستان ناامید شده و ظاهراً کم آورده است. دیگر نمی‌خواهد پول مالیات مردمش را در افغانستان مصرف کند. دیگر نمی‌خواهد اولادش را به جنگ افغانستان بفرستد و به جای آن‌ها بجنگد. خیلی از سیاست‌مداران افغانستان از مجاهد گرفته تا تکنوکرات، گرفتار فساد اداری و اخلاقی‌اند. هیچ کدام‌شان به فکر جمهوری نیم‌بند این کشور نیستند. به نظرم غرب و خصوصاً امریکا به این نتیجه رسیده‌اند که نظام طالبان برای ادارهٔ افغانستان مناسب‌تر است.»

«یعنی چه؟ پس مردمِ افغانستان چه می‌شوند؟»

«خیلی از مردم افغانستان تفاوت زیادی بین نظام شاهی، دموکراسی یا امارت نمی‌بینند. خیلی‌ها حتا فرقش را هم نمی‌دانند. مردم بعضی از مناطق افغانستان از طالبان حمایت می‌کنند. اکثریت هم خودشان را بی‌طرف گرفته‌اند. تازه همین سیاست‌مداران فاسد مگر از مردم افغانستان نیستند؟ مگر مردم این‌ها را حمایت یا انتخاب نکردند؟»

«هانس، حالا به نظرت چی می‌شه؟»

«اوضاع امنیتی رو به خراب شدن است. سفارت آلمان از ما خواسته که برای هر شرایطی؛ از جمله سقوط کابل آماده باشیم.»

«سقوط کابل؟»

«البته سقوط کابل خیلی بعید است؛ ولی همین الآن هم خیلی از شهرهای مهم به دست طالبان افتاده‌اند. در غرب افغانستان جنگ تا نزدیکی‌های شهر هرات هم رسیده.»

«به نظرت ما باید چه کار کنیم؟ من می‌ترسم...»

«نگران نباش عزیزم. ما فقط باید کمی محتاط باشیم. سرعت کارمان را بالاتر می‌بریم تا بتوانیم این مرحلهٔ پروژه را هرچه زودتر تمام کنیم. اگر بتوانیم خوب پیش برویم تا آخرهای سپتامبر مرحلهٔ اول پروژه تمام می‌شود. بعد چند ماهی کار را متوقف می‌کنیم تا ببینیم اوضاع چطور می‌شود.»

«بعد از توقف کار تو می‌ری آلمان؟ من چی می‌شم؟»

«من پروسهٔ درخواست ویزای تو را شروع کردم. با هم‌دیگر می‌رویم. به عنوان دستیار من و یک عضو کلیدی شرکت باید بتوانم برایت ویزا بگیرم. فقط چون بخش کنسولی سفارت آلمان در کابل فعال نیست، ممکن است مجبور بشوی هند یا پاکستان بروی. البته تا آن موقع راهی برای آن هم پیدا می‌کنیم.»

«من الآن لازمه کاری انجام بدم؟»

«یک کپی از پاسپورتت را به من بده. بقیهٔ کارها را من فعلاً پی‌گیری می‌کنم.»

«مرسی عزیزم.»

□□

از فردای آن روز کارهای شرکت شدت بیشتری گرفت. هانس با زمان مسابقه‌ای را شروع کرده بود. او تا دیروقت در شرکت می‌ماند تا کارهای روزانه را کنترل کند و برنامه‌های روز بعد را آماده کند. زارا هم گاهی از شرکت و گاهی از مهمان‌خانه به او کمک می‌کرد. در مورد تصمیم جدیدش به کارمندان هم چیزی نگفت؛ ولی از تمام آن‌ها خواست که اضافه‌کاری کنند. او می‌خواست کارها زودتر از جدول زمان‌بندی تمام شود. تیم‌های میدانی بیشتری استخدام شدند و اطلاعات جمع‌آوری‌شده به صورت روزانه به دفتر ارسال می‌شدند و برای تجزیه و تحلیل آماده می‌شدند.

اوضاع امنیتی به سرعت در حال تغییر بود. جنگ در اطراف شهر هرات دوباره شدت گرفته بود. تقریباً تمام ولسوالی‌ها به دست نیروهای طالبان افتاده بودند.

گمرک اسلام‌قلعه و تورغندی که از مهم‌ترین منابع درآمد دولت افغانستان بودند، به دست طالبان افتادند. ولسوالی‌های شمال کشور نیز یکی بعد از دیگری سقوط می‌کردند. کشورهای خارجی به سرعت شهروندان خود را از سایر شهرهای اصلی به کابل منتقل می‌کردند. تلفات اردو و پلیس ملی به شدت بالا گرفته بود. ترک وظیفه هم در میان آن‌ها رو به افزایش بود. وخامت اوضاع امنیتی نگرانی را در دل همه ایجاد کرده بود. زارا پیش از این، توجهی به مسائل سیاسی و نظامی نداشت؛ اما اکنون کم‌کم نگران می‌شد. روزی به هانس گفت: «وضعیت انگار خوب نیست. واقعاً چطور می‌شه به نظرت؟ نکند طالبان کابل را بگیرند؟ ما چه کار باید بکنیم؟»

«براساس پیش‌بینی‌های معتبر حتا اگر طالبان کابل را هم بگیرند، این اتفاق پنج شش ماه طول می‌کشد. ما اگر با همین سرعت پیش برویم تا دو ماه دیگر مرحلهٔ اول پروژه را تمام می‌کنیم. درخواست ویزای تو هم به خوبی پیش رفته است. به زودی باید آمادهٔ رفتن به هند شوی.» هانس گفت.

وضعیت امنیتی در سراسر کشور از حالت عادی خارج شده بود. مسئله دیگر فقط حفظ هرات نبود. چندین ولایت مهم دیگر هم در آستانهٔ سقوط بودند. جبهه‌های جنگ با کمبود تجهیزات، نیرو و عدم روحیهٔ جنگی در میان سربازان روبه‌رو بودند. دیگر آشفتگی و سراسیمگی را می‌شد در ظاهر و حرکات مردم کوچه و بازار نیز مشاهده کرد. زارا برای درخواست ویزای هند وقت ملاقات گرفت. او پاسپورت و مدارک خود را آماده کرد تا به سفارت هند تحویل بدهد.

هانس با تمام تلاش سعی داشت پروژهٔ در حال کارش را ظرف یک ماه دیگر تمام کند. هنوز امیدوار بود که دست‌کم کابل به این زودی سقوط نمی‌کند. از طرفی، سرعت حوادث و اتفاقات خیلی بالا بود و هر لحظه آن‌ها را غافل‌گیر می‌کرد. مرکز پانزده ولایت در یک هفته به دست طالبان افتاد. غزنی در فاصله یک‌صد و پنجاه

کیلومتری کابل سقوط کرد. از جمع شهرهای بزرگ تنها کابل، جلال‌آباد و مزارشریف هم‌چنان در اختیار دولت بودند.

روز یک‌شنبه بیست‌وچهارم اسد سال ۱۴۰۰ بود، زارا با سر و صدایی که از اتاق کناری می‌شنید، از خواب بیدار شد. هانس بود که با صدای بلند، با کسی در حال جر و بحث بود. فقط صدای او شنیده می‌شد؛ اما صدای طرف دعوایش به گوش نمی‌رسید. ظاهراً تلفنی صحبت می‌کرد. زارا تا به حال هانس را عصبانی و آشفته ندیده بود. جرئت نکرد سراغش برود. فقط چند دقیقه گذشته بود که هانس وارد اتاق شد و با سراسیمگی گفت: «از سفارت آلمان تماس گرفته بودند. خواستند خودم را به هتل سرینا برسانم. از آن‌جا ما را به سفارت آلمان می‌برند.»

اندکی مکث کرد و سپس با صدای گرفته‌ای ادامه داد: «تمام تلاشم را کردم که بتوانم تو را هم ببرم؛ اما هیچ راهی پیدا نتوانستم. نتوانستم آن‌ها را از پشت تلفن متقاعد کنم. فکر می‌کنم اگر از نزدیک همراهشان صحبت کنم، شاید راهی پیدا شود و بتوانم متقاعدشان کنم. تو فعلاً در همین‌جا منتظر بمان و جایی نرو. من خیلی زود دنبالت می‌آیم.»

با شنیدن این حرف‌های هانس، زارا به یک‌بارگی فرو ریخت. انگار کابوسی که همیشه از آن می‌ترسید، اتفاق افتاد. گویی دلش غرق شد. چیزی نتوانست بگوید؛ ولی اشک از چشمانش سرازیر شد. هانس او را بغل کرد و بوسید؛ اما زارا مثل مردهٔ بی‌جان نه حرفی می‌زد و نه حرکتی می‌کرد. هانس با گفتن متأسفم فوراً به پوشیدن لباس شروع کرد و وسایل ضروری‌اش را برداشت. دوباره پیش زارا آمد و گفت: «اگر ماندنم مشکلی را حل می‌کرد، حتماً پیش تو می‌ماندم؛ اما ما باید منطقی فکر کنیم.»

باتور در حیاط مهمان‌خانه منتظر بود. وقتی هانس سوار ماشین شد، به سرعت به سمت مرکز شهر که هتل سرینا آن‌جا موقعیت داشت، حرکت کردند. باتور گفت: «مزار شریف و جلال آباد هم سقوط کردند. گفته می‌شود طالبان به چهارآسیاب، در

یازده کیلومتری شهر کابل رسیده‌اند.» هانس به ناهید زنگ زد و به او گفت: «شرکت تعطیل است. کارمندان تا اطلاع بعدی در خانه بمانند.» سپس رو به باتور کرد و گفت: «اگر طالبان وارد شهر شدند، اسلحه و لباس‌های نظامی‌ات را جایی پنهان کن. نگهبان‌های شرکت و مهمان‌خانه را مرخص کن. سعی کنید جلب توجه نکنید. من باید دنبال راهی باشم تا شما را از کابل خارج کنم. مواظب خودتان و زارا باش. تماس خود را با من قطع نکن.»

آن‌ها به هتل سرینا رسیدند. هانس به سرعت داخل هتل رفت و باتور به سمت مهمان‌خانه برگشت. او در راه برگشت به مهمان‌خانه بود که شایعۀ ورود طالبان به داخل شهر کابل پخش شد. باتور سعی کرد تلفنی از دوستانش اطلاعاتی بگیرد. گفته می‌شد طالبان در کوته‌سنگی و دارالامان دیده شده‌اند. تمام شهر در سراسیمگی فرو رفته بود. مردم سرگردان بودند و هر کسی با عجله به سمتی در حرکت بود. باتور سعی کرد قبل از این‌که در ترافیک گیر بماند، خود را به مهمان‌خانه برساند. او تصمیم گرفت به جای خیابان‌های اصلی از مسیر کوچه‌ها و راه‌های فرعی برود.

زارا گیج و مبهوت بود. نمی‌توانست جلو اشک‌هایش را بگیرد. هنوز از تخت‌خواب بیرون نیامده بود. دلش می‌خواست در را قفل کند، پرده‌ها را بکشد و برای همیشه همان‌جا بماند. دوباره ناامیدی و یأس چند ماه پیش به سراغش آمده بود. با خودش فکر می‌کرد که این همه سختی و بدبختی حقش نیست. چرا تمام بدشانسی‌ها مال اوست. از خودش می‌پرسید: «چرا زمانی که همه چیز داشت خوب پیش می‌رفت، باید این‌طوری دوباره خراب شود؟» کلافه شده بود و نمی‌دانست چه کار کند و چه تصمیمی بگیرد. گوشی‌اش را نگاه کرد. پیام‌های زیادی دریافت کرده بود و همه حالش را پرسیده بودند. از فاطمه، بی‌بی‌گل، یلدا و بعضی از دوستان کابلش تماس‌های ازدست‌رفته داشت. گوشی را از حالت سایلنت خارج کرد. به یلدا و خانواده‌اش پیام گذاشت که حالش خوب است و نگرانش نباشند. نوشت: «الآن نمی‌تونم صحبت کنم؛ چون در حال جابه‌جایی هستیم.

خیلی زود با شما تماس می‌گیرم.» سپس، از میان پیام‌ها سعی کرد به مهم‌ترین آن‌ها جواب‌های مختصری بدهد. در همین زمان بود که در زده شد. پس از چند ثانیه زینب با صبحانه وارد اتاق شد. او می‌دانست که زارا در شرایط روحی خوبی نیست. مدتی باهم صحبت کردند. سعی کردند یک‌دیگر را آرام کنند. هر دو از ترس‌های‌شان گفتند و از نگرانی‌های‌شان. زینب گفت: «تا ده سالگی‌ام را در دورهٔ حکومت قبلی طالبان زندگی کردم. با این‌که دختربچهٔ کم‌سنی بودم، ولی بازهم خاطرات بدی از آن وقتا دارم. امیدوارم اتفاق بدی نیفتد و راهی برای نجات ما پیدا شود.»

زارا بعد از رفتن زینب دوباره در خودش فرورفت. به هانس فکر کرد. او هم زارا را تنها گذاشته بود. روزهای خوبی که باهم داشتند، از جلو چشمانش گذشتند. به یاد آورد که آن‌ها قرار بود باهم به هامبورگ بروند. حس بدی به هانس پیدا کرد: «دیگر نباید به هیچ مردی اعتماد کنم. باید خودم دست به کار بشم. هیچ‌کسی جز خودم نمی‌تونه کمکم کند. باید یک کاری بکنم...»

مدتی سکوت کرد و به فکر فرو رفت. پس از اندک‌زمانی فکری به ذهنش رسید. به سراغ کامپیوترش رفت؛ نرم افزار ورد را باز کرد و شروع کرد به نوشتن نامه‌ای: «سلام. اسم من زهرا موسوی است. یک سال به عنوان کارمند بلندرتبهٔ وزارت معارف مشغول کار بودم. تا قبل از سقوط کابل نیز برای یک شرکت خارجی کار می‌کردم. هم‌چنین یک زن، شیعه و از قوم هزاره هستم. تمام این‌ها باعث شده است که به صورت جدی در خطر دستگیری توسط طالبان باشم. فعلاً در شرایط بسیار سختی قرار دارم و مخفیانه در کابل زندگی می‌کنم. لطفاً لطفاً به من کمک کنید.»

سپس ایمیل تمام افراد و شرکت‌های خارجی را که به خاطر پروژه با آن‌ها در تماس بود، پیدا کرد. بعد سراغ فیس‌بوک، توییتر، اینستاگرام و سایت‌های اینترنتی رفت. افراد و سازمان‌هایی را جست‌وجو کرد که به نوعی به افغانستان ارتباط داشتند. هم‌چنین، سراغ گوشی خود رفت و تمام کسانی را که فکر می‌کرد می‌توانند به او کمک کنند، پیدا

کرد. در نهایت لیستی طولانی از ایمیل و مشخصات افراد، سازمان‌ها و شرکت‌ها تهیه و شروع به فرستادن ایمیل و پیام به آن‌ها کرد.

ساعت پنج بعد ازظهر بود. احساس ضعف و گرسنگی می‌کرد. پیامک زینب را دید که نوشته بود: «زارا جان، چندین بار درِ وازه اتاقت را تک تک کردم؛ ولی جواب ندادی... غذایت را بیرون در اتاقت گذاشته ام.» پیامک هانس را دید که گفته بود: «ما را بعد از چندین ساعت سرگردانی، در نهایت به داخل فرودگاه کابل بردند. فعلاً در حال صحبت با سازمان‌های مختلف در آلمان هستم تا بتوانم راهی برای خارج کردنت از کابل پیدا کنم. داخل فرودگاه همه چیز بی‌نظم و به‌هم‌ریخته است و هیچ‌کس انتظار سقوط سریع کابل را نداشته است.»

کمی غذا خورد. با خانواده‌اش تماس گرفت: «نگران نباشید. حال من خوبه و جام امن هست. قرار هست به زودی به فرودگاه کابل بروم و بعد به آلمان. فرودگاه در کنترل نیروهای خارجی‌ست، و طالبان مانع رفتن کسی به فرودگاه نمیشوند.» سپس به آشپزخانه رفت، یک شیشه شراب سرخ گرفت و به اتاق برگشت. پشت کامپیوترش نشست و شروع کرد به فرستادن ایمیل و پیامک به افراد و سازمان‌هایی که لیست آن‌ها را تهیه کرده بود. تعداد زیادی ایمیل و پیامک فرستاد. هیچ جایی را از قلم نینداخت. هر جایی که کم‌ترین شانسی می‌دید، آن را از دست نمی‌داد.

پاسی از شب گذشته بود. احساس ضعف می‌کرد. زینب پشت در اتاق برایش غذا گذاشته بود. سعی کرد غذا بخورد؛ ولی اشتها نداشت. تلویزیون را روشن کرد. حکومت قبلی سقوط کرده بود. نیروهای طالبان در شهر بودند. تصاویر طالبان را در ارگ ریاست جمهوری دید. آن‌ها در مکان‌های مهم و حساس شهر مستقر شده بودند؛ اما فرودگاه کابل هم‌چنان در اختیار نیروهای خارجی بود. طالبان تعهد کرده بودند که تا دو هفته کسانی که می‌خواهند از افغانستان خارج شوند، به فرودگاه کابل و مسیرهای آن دسترسی داشته باشند.

ناگهان به ذهنش رسید که امشب، اولین شبی است که زیر سایهٔ حکومت طالبان زندگی می‌کند. احساس خفگی کرد. به نظرش کابل تنگ و تاریک رسید. گویی اکسیجنی در هوا نبود. انگار زمان متوقف شده بود. بغض گلویش را گرفت. تلویزیون را خاموش کرد. دوباره سر کارش برگشت. پیام‌هایی را که فرستاده بود، یک‌بار دیگر بررسی کرد. بازهم شروع کرد به فرستادن پیامک‌ها و ایمیل‌های تازه. آن شب شراب نوشید، گریه کرد و تا نزدیکی های صبح ایمیل فرستاد. آن‌قدر این کار را انجام داد تا پشت کامپیوتر خوابش برد.

چند ساعتی بیشتر نتوانست بخوابد. کابوس می‌دید. طالبان پیدای‌شان کرده بودند و آن‌ها جایی برای فرار نداشتند. از خواب پرید. فوراً به سراغ کامپیوتر و موبایلش رفت. هانس پیام داده بود: «ما را به قطر یا دوبی و بعد به آلمان می‌برند. با وزارت خارجه آلمان صحبت کردم، موافقت کردند که تو را به آلمان بیاورند. منتظرم که نامت شامل لیست کسانی شود که اجازهٔ ورود به فرودگاه کابل را دارند. به محض گرفتن نامهٔ قبولی‌ات، آن را برایت خواهم فرستاد و باتور تو را به فرودگاه می‌رساند. من همین‌طور به دنبال راهی هستم که باتور و خانواده‌اش، نگهبان‌ها و در صورت امکان بقیهٔ کارمندان اصلی شرکت را هم از افغانستان خارج کنم.»

زارا ایمیل، فیس‌بوک، تو بیتر و اینستاگرام خود را باز کرد. به تعدادی از پیام‌هایش جواب داده شده بود. بعضی از ایمیل‌ها از او خواسته بودند که شمارهٔ واتساپ و تلفن خود را برای‌شان بفرستد. آن‌ها خواسته بودند تماس خود را قطع نکند و همیشه در دسترس باشد. همین‌طور نکاتی را یادآور شده بودند تا با رعایت آن‌ها بتواند خون‌سرد باشد و امنیت بهتری داشته باشد.

زارا با دیدن پیام هانس و همین‌طور جواب‌هایی که ایمیل‌هایش گرفته بودند، کمی امیدوار شد. بلافاصله به ترتیب اولویت به کسانی که فکر می‌کرد می‌توانند کاری انجام دهند، پیام فرستاد. با یک خانم فرانسوی و یک خانم آلمانی در کابل، یک ایتالیایی

و یک سویدنی در اروپا و همین طور دو امریکایی ارتباط برقرار کرد و از طریق آن‌ها عضو چندین گروه واتساپی شد. اعضای این گروه‌ها افرادی مثل خودش بودند که احتیاج به کمک داشتند یا کسانی بودند که می‌توانستند کمکی ارائه کنند.

با وجود این امیدواری‌ها، بازهم دست از تلاش برنداشت. در اینترنت کسانی را جست‌وجو می‌کرد که بتوانند به او کمک کنند. در اتاق چند بار زده شد. زینب بود که چای و کمی غذا آورده بود. زارا نمی‌دانست چه وقت روز است. با اصرار زینب کمی غذا خورد. هنگامی که داشت غذا می‌خورد، در مورد آرزو پرسید. زینب گفت: «او هم به تشویش است. فهمیده که کدام اتفاقات ناخوش‌آیندی افتاده است.» زینب ادامه داد: «نگهبان‌های شرکت و مهمان‌خانه را رخصت کردیم. باتور هم لباس‌های نظامی و اسلحه‌اش را از مهمان‌خانه خارج کرده و جای دیگری برده است.»

زارا بعد از خوردن اندکی غذا، دوباره شروع کرد به تماس گرفتن با افراد و ارگان‌های مختلف. در مورد شرایط و وضعیت خود با کسانی که آشنا شده بود، صحبت می‌کرد. پیام‌های گروه‌های واتساپ را می‌خواند تا از هیچ موضوع مهمی بی‌خبر نماند. در همین موقع پیامی از هانس رسید: «زارا جان، بالاخره نامهٔ قبولی‌ات را از وزارت خارجهٔ آلمان گرفتم. اسکن نامه و شمارهٔ تلفن خانمی به نام لینا را برایت همین الآن روان می‌کنم. او در کابل است و هماهنگی‌های لازم برای خارج کردن تو و چند نفر دیگر را انجام می‌دهد.»

ساعت دوازدهٔ شب بود که لینا در گروه واتساپ پیام گذاشت: «فردا اول صبح باید در فرودگاه کابل باشید. باید توجه سربازان خارجی را جلب کنید، خودتان را به در ورودی برسانید و مدرک شناسایی معتبر و همین‌طور نامه‌هایی را که برای شما فرستاده‌ام، به سربازان نشان دهید تا اجازه بدهند وارد فرودگاه شوید.»

او در پیام بعدی‌اش نوشت: «لطفاً وسایل اضافه نیاورید. فقط یک کوله‌پشتی، آب و غذا با خود داشته باشید.»

با در نظرداشت توصیه‌های لینا، صبح زود زارا از زینب و آرزو خداحافظی کرد و خواست که برایش دعا کنند. باتور او را به سمت فرودگاه کابل برد. بعد از سقوط کابل این اولین باری بود که زارا از مهمان‌خانه بیرون می‌رفت. چهرهٔ شهر کاملاً عوض شده بود. مردم سراسیمه و نگران به نظر می‌رسیدند. پلیس و اردوی ملی ناپدید شده بودند. پرچم‌های طالبان در همه جا دیده می‌شدند. کاروان‌های نظامی آن‌ها هر طرف در حال گشت‌وگذار بودند. زارا انگار این شهر را دیگر نمی‌شناخت. گویی به کابل دیگری قدم گذاشته بود.

آنها نزدیک فرودگاه کابل رسیدند. هزاران نفر پیاده و سواره به سمت فرودگاه در حال حرکت بودند. باتور ماشین را نزدیک فرودگاه پارک کرد. زارا منتظر هم‌گروهی‌هایش ماند. قرار بود همگی باهم در صف ورود به فرودگاه بایستند. چیزی نگذشت که سه نفر از هم‌گروهی‌هایش رسیدند. زارا از باتور خواست که پیش زن و فرزندش برگردد.

زارا و هم‌گروهی‌هایش خود را به جمعیت رساندند. آن‌ها وارد صف شدند. وضعیت غیرقابل کنترل بود. گاهی صدای تیراندازی شنیده می‌شد. مردم می‌گفتند طالبان و سربازان خارجی گاهی برای کنترل جمیعت دست به تیراندازی هوایی می‌زنند. هزاران نفر با مدرک یا با دست خالی خود را به فرودگاه رسانده بودند. زارا و دوستانش سعی کردند خود را به دروازهٔ ورودی فرودگاه برسانند؛ اما هنوز راه درازی در پیش داشتند. تراکم جمعیت هر لحظه بیشتر می‌شد. بعد از چندین ساعت هنوز پیش‌رفتی نداشتند. هوا رو به گرمی بود. گرد و غبار تمام فضا را پوشانده بود و حتا در هوای آزاد هم نفس کشیدن مشکل بود.

رفته‌رفته بعدازظهر شد. هوا به شدت گرم بود. گروه آن‌ها در اثر فشار جمعیت کمی پراکنده شده بود. زارا احساس ضعف و تشنگی می‌کرد؛ اما فرصتی برای نوشیدن آب یا خوردن غذا نداشت. در حین حرکت به سمت جلو کفشش هم از پایش درآمد. سعی کرد کفش خود را دوباره بپوشد که در زیر فشار جمعیت به زمین افتاد. یکی از

هم‌گروهی‌هایش به‌موقع او را از زمین بلند کرد. چیزی نمانده بود که زیر دست و پای جمعیت له شود.

دوباره جمعیت به سمت در ورودی هجوم بردند. زارا احساس درد شدیدی کرد. گویی تمام استخوان‌هایش تیر کشیدند. بلند جیغ کشید. کسی در شلوغی او را دست‌مالی کرده بود. سرش را به اطراف چرخاند؛ اما هیچ فایده‌ای نداشت. نمی‌توانست کسی را متهم کند. حتا اگر این کار را می‌کرد، بازهم فایده‌ای نداشت. هوا کم‌کم رو به تاریکی می‌رفت. تمام انرژی‌اش هم تحلیل رفته بود. حالا فقط یک نفر از هم‌گروهی‌های خودش را در کنارش می‌دید. هردو تصمیم گرفتند که از سیل جمعیت بیرون بروند و فردا دوباره شانس خود را برای رسیدن به فرودگاه امتحان کنند.

زارا و یکی از همراهانش، الهام، به خیابان اصلی برگشتند. آن‌ها خسته و گرسنه اما مصمم به ادامهٔ مسیر بودند. تصمیم گرفتند که فردا نزدیکی غروب زمانی که هوا خنک‌تر شد، دوباره به فرودگاه بیایند. الهام قبل از این‌که از زارا جدا شود، متوجه شد که کیف پولش نیست. با عجله کوله‌پشتی خود را نگاه کرد؛ اما آن‌جا هم نبود. هرچند بابت گم شدن پول‌هایش ناراحت بود؛ اما از این‌که مدارکش گم نشده بود، ناراحتی‌اش کمتر شد. کمی پول از زارا قرض گرفت تا خود را به خانه برساند.

آن شب زارا پس به مهمان‌خانه برگشت. زینب وقتی او را دید، با نگرانی پرسید: «چطور شد؟» زارا توانایی صحبت کردن نداشت. قرار شد غذایی بخورد، استراحت کند و سپس به آن‌ها بگوید که چه گذشته است. بعد از شام اتفاقاتی را که افتاده بود، تعریف کرد. باتور او را دل‌داری داد و گفت: «بهتر است امشب را خوب استراحت کنید و فردا با انرژی و توان بیشتری دوباره شانس خود را امتحان کنید.»

او خیلی خسته بود و پاهایش حسابی کوفت کرده بود. روی تخت دراز کشید تا کمی استراحت کند. تلویزیون را روشن کرد تا اخبار را ببیند؛ هزاران نفر به فرودگاه کابل هجوم آورده بودند. در دو روز گذشته چندین نفر زیر دست و پا له شده بودند.

تعدادی هم در اثر تیراندازی کشته شده بودند. عده‌ای نیز از هواپیمای در حال پرواز سقوط کرده بودند. زارا با خودش فکر کرد که بیچارگی، درماندگی و ناامیدی مردم را به هر کاری وا می‌دارد. او غرق این افکار خود بود که از شدت خستگی خوابش برد.

صبح بعد زارا دوباره سراغ ایمیل‌ها، گروه‌های واتساپ و شبکه‌های اجتماعی‌اش رفت. با خانواده‌اش صحبت کرد. در مورد اتفاقات روز گذشته به آن‌ها چیزی نگفت؛ اما گفت که آن‌شب باید به فرودگاه برود. با هانس در مورد برنامهٔ شب پیشِ رو صحبت کرد. هم‌چنین با معرفی یکی از آشناهای دولتی‌اش و از طریق یک امریکایی که در شبکه‌های اجتماعی آشنا شده بود، به وزارت خارجهٔ امریکا برای دریافت ویزای پی‌وان معرفی شده بود. زارا بعدازظهر آن روز قبل از رفتن دوباره به فرودگاه کمی خوابید تا در طول شب بتواند سرپا و سرحال باشد. هنگام غروب دوباره با زینب و آرزو خداحافظی کرد. باتور او را به فرودگاه کابل رساند. الهام زودتر رسیده بود و منتظرش بود. آن دو دوباره خود را به دل جمعیتی زدند که در صف ورود به فرودگاه بودند. در هوای نسبتاً خنک‌تر شب سعی کردند آهسته‌آهسته به پیش بروند. آن‌ها تمام شب را در صف منتظر بودند. گاهی سعی می‌کردند لحظه‌ای جایی برای نشستن پیدا کنند و گاهی به دیوارهای سیمانی تکیه می‌دادند. ترس، هیجان و اضطراب چشم‌های‌شان را کاملاً بی‌خواب کرده بود. تنها خستگی می‌توانست آن‌ها را از پای در آورد. کم‌کم هوا رو به روشنی می‌رفت و جمعیت هم در حال زیادتر شدن بود. ساعت شش صبح بررسی مدارک مردم دوباره آغاز شد.

با باز شدن در، سیل جمعیت دوباره به سمت ورودی فرودگاه هجوم بردند. زارا و الهام با تمام توان سعی کردند خود را به در نزدیک کنند. جمعیت هربار آن‌ها را به سمتی می‌کشید. زارا به سختی می‌توانست نفس بکشد. او با تمام توان به سمت دروازه حرکت می‌کرد و خود را به جمعیتی سپرده بود که به آن سمت در حرکت بود. بالاخره، حدود ساعت ده صبح بود که نزدیک در ورودی رسید. وقتی آن‌جا رسید،

اطراف خود را نگاه کرد؛ اما از الهام خبری نبود. او را در میان جمعیت گم کرده بود. اسناد خود را به سربازان مؤظف نشان داد. آن‌ها بعد از بررسی اسناد و مدارکش به او اجازهٔ ورود دادند.

□ □

بالاخره وارد فرودگاه کابل شد. بعد از در ورودی، وارد یک فضای بزرگ و سرباز شد. بزرگی آن به وسعت یک زمین فوتبال بود. کف زمین آسفالت شده بود؛ اما هیچ سرپناهی برای محافظت از نور خورشید و باران وجود نداشت. مردم گروه‌گروه در بخش‌های مختلف میدان نشسته بودند. بی‌نظمی و آشفتگی در هر گوشه‌اش دیده می‌شد. سربازان کشورهای مختلف به هر طرف رفت‌وآمد داشتند. گاهی هم نام کشورشان را بلند فریاد می‌زدند تا کسانی را که با همکاری اتباع آنان وارد میدان هوایی شده‌اند، راهنمایی کنند. سربازی به زارا نزدیک شد و پرسید: «ایتالیا؟» زارا خودش را جمع کرد و گفت: «نه، آلمان.» سرباز به گوشه‌ای اشاره کرد و گفت که آن‌جا برود. زارا به همان سمت به راه افتاد. او سربازان کشورهای مختلف را در رفت و آمد می‌دید. ملیت بعضی از آن‌ها را می‌شد از پرچمی که روی لباس‌هایشان بود، شناخت. چندین سرباز انگلیسی از مقابلش گذشتند. دو سرباز فرانسوی هم از کنارش رد شدند. برای لحظه‌ای فکری در ذهنش رسید. برگشت و از یکی از آن‌ها قسمتی را پرسید که مربوط امریکایی‌ها بود. سرباز گفت: «چرا آن‌جا می‌روی؟»

«ویزای پی‌وان دارم و باید به امریکا سفر کنم.» زارا گفت.

پس از آن، سرباز بخش مربوط پناهندگان امریکا را با دستش نشان داد. زارا از او تشکر کرد و به آن سمت راه افتاد. بر اساس ایمیل‌هایی که روز قبل گرفته بود، می‌دانست که پروسه پی‌وان او در وزارت خارجه امریکا در حال بررسی است. از طرفی، در یکی دو روز گذشته افراد زیادی بدون هیچ مدرکی با همین پروازها از افغانستان خارج شده بودند. بنابراین، دلیلی نداشت که او نتواند. با خودش فکر کرد:

«رفتن به امریکا به ریسک و امتحانش می‌ارزد. در بدترین حالت، مجبورم می‌کنند تا به کمپ آلمانی‌ها برگردم.»

مهم‌ترین هدف مأموریت سربازان بین‌المللی در آن دو هفته، خارج کردن تعداد بیشتر افراد از افغانستان بود. وضعیت امنیتی و امکانات در فرودگاه کابل خوب نبود. جمعیت زیادی به میدان هوایی هجوم آورده بودند و گزارش‌های تأییدنشده‌ای از احتمال وقوع حملهٔ انتحاری توسط گروه داعش نیز وجود داشت. بنابراین، کارهای اداری کسانی که داخل فرودگاه می‌شدند، به سرعت انجام می‌شد تا بتوانند زودتر از افغانستان خارج شوند و افراد جدیدی جایگزین آن‌ها شوند.

بدین‌سان زارا به گروهی پیوست که مقصدشان امریکا بود. سراسیمگی، بی‌نظمی و آشفتگی در همه جا دیده می‌شد. صدای تیراندازی هوایی از هر طرف به گوش می‌رسید. سربازان برای کنترل و منظم کردن مردم چه در بیرون و چه در داخل فرودگاه مشکل داشتند. تعدادی از پناهندگان جوان‌تر که داخل فرودگاه بودند، برای منظم کردن مردم به سربازان کمک می‌کردند. سربازان خارجی هم با توجه به مشکلات لوجستیکی و ارتباط با مردم از کمک هر کسی استقبال می‌کردند.

زارا هم دست به کار شد و به کمک سربازان خارجی شتافت. هر کاری را که فکر می‌کرد در توانش است، انجام می‌داد. گاهی به عنوان مترجم کار می‌کرد، گاهی فرم‌های اداری را برای مردم پر می‌کرد و زمانی برای توزیع غذا و آب مردم را به صف می‌کرد. او تا نیمه‌های شب به سربازان خارجی کمک کرد. بعد از این‌که حجم کارها کم شد و احساس خستگی کرد، تصمیم گرفت اندکی استراحت کند. در گوشه‌ای تکهٔ مقوایی را برداشت و زیر خود انداخت. سپس کوله‌پشتی و مانتویش را کشید و برای خود بالشت درست کرد و با پشت دراز کشید. به آسمان کابل خیره شد. آسمان صاف بود. می‌توانست ستاره‌ها را بشمارد. اکنون صدای همهمهٔ مردم نیز نسبت به روز کمتر شده بود. صدای تیراندازی هوایی نیز شنیده نمی‌شد. به فکر فرو رفت و به آیندهٔ مبهمی

اندیشید که پیش رو داشت. در همین لحظه یکی از سربازان امریکایی نزدیک شد و به او یک بالشت داد و گفت: «شب ممکن است هوا سرد شود، بهتر است لباست را دوباره بپوشی.» زارا بالشت را از او گرفت و تشکر کرد.

فردای آن روز تا ظهر برای انجام بهتر و سریع‌تر کارهای اداری، توزیع آب و غذا به سربازان کمک کرد. بعد از غذای چاشت، گروه زارا از میدان اول خارج و به میدان دوم منتقل شدند. در میدان دوم به تمام اعضای گروه دست‌بندهای پلاستیکی سفیدرنگی داده شد که مشخصات‌شان روی آن‌ها نوشته شده بود. کارهای اداری رو به پایان بود و با تاریک شدن هوا تمام گروه به محوطهٔ باز باند فرودگاه برده شدند. آن‌ها حدود یک ساعت منتظر بودند. زارا در این فرصت به خانواده‌اش، هانس و یلدا در مورد سلامتی‌اش اطمینان داد و گفت: «منتظر پرواز قطر هستم. ممکن است در چند روز آینده اینترنت نداشته باشم؛ ولی به محض این‌که به اینترنت دسترسی پیدا کردم، با شما تماس می‌گیرم.»

چندین هواپیمای نظامی سی‌هفده در فرودگاه کابل آمادهٔ پرواز می‌شدند. اولین هواپیما زارا و سایر کسانی را که در گروه او بودند، سوار کرد. تمام هواپیما پر از مسافر شد. آن‌ها در دو ردیف صندلیِ دو طرف و همین‌طور کف هواپیما نشستند. بعد از مدت کوتاهی پرواز کردند. زارا که تقریباً در وسط هواپیما نشسته بود، نفس راحتی کشید. بالاخره توانسته بود از کابل خارج شود. بعد از چند ساعت به کمپ نظامی امریکایی‌ها در قطر رسیدند. زارا و هم‌گروهی‌هایش را در سربازخانهٔ بزرگی جا دادند. سالن به دو بخش فامیلی و مجردها تقسیم شده بود. در آن‌جا تخت‌خواب‌های زیادی به صورت منظم در یک ردیف گذاشته شده بودند. در گوشه‌ای دست‌شویی و چند باب حمام قرار داشتند و در گوشهٔ دیگر سالن مواد غذایی، آب، حوله و سایر مواد ضروری توزیع می‌شد.

اقامت زارا و همراهانش در قطر کمتر از یک روز بود. امریکایی‌ها می‌خواستند هر چه زودتر برای افراد تازه‌ای که از کابل می‌آیند، جا باز شود. صبح روز بعد، آن‌ها توسط

هواپیماهای بوینگ یونایتد ایرلاینز به پایگاه نظامی رامشتاینِ امریکا در آلمان منتقل شدند. آن‌ها بعد از حدود شش ساعت پرواز، گرمای طاقت‌فرسای قطر را پشت سر گذاشتند و هوای نسبتاً سرد پایگاه نظامی رامشتاین را تجربه کردند.

در پایگاه رامشتاین مراحل اداری و امنیتی بیشتری انجام شد. این پایگاه نسبت به کابل و قطر امکانات بهتری داشت. آن‌ها چهار روز در پایگاه رامشتاین ماندند. بعد از چند روز، بالاخره زارا توانست در آن‌جا حمام کند و کمی خستگی راه را بگیرد. از طرفی، تعداد نسبتاً زیاد نیروهای نظامی و داوطلب در پایگاه باعث سرعت گرفتن انجام کارهای اداری شده بود.

زارا در رامشتاین بود که به هانس پیامک داد. برایش نوشت: «من نمی‌خواهم در آلمان بمانم. تصمیم گرفته‌ام به امریکا بروم.» هانس سعی کرد نظرش را عوض کند، نوشت: « عجله نکن. کمی بیشتر در این مورد فکر کن. من می‌توانم بیایم تو را از پایگاه نظامی بگیرم.»

«لطفاً این کار را نکن. من فعلاً در شرایط خوبی نیستم و نمی‌توانم در این مورد با جزئیات صحبت کنم. ولی بعداً مفصل دلیل این تصمیمم را به تو خواهم گفت.»

بعد از چهار روز اقامت در آلمان، زارا توسط یک پرواز غیرنظامی دیگر به فرودگاه دالاس، در شمال ویرجینیا منتقل شد. در فرودگاه دالاس تمام مسافرین آزمایش کرونا دادند. سپس به مرکز دالاس اکسپو منتقل شدند. در آن‌جا سیم‌کارت امریکا و بعضی وسایل ضروری دیگر بین‌شان توزیع شد. به همهٔ آن‌ها واکسن کرونا زده شد. سپس اقامت دو سالهٔ بشردوستانهٔ امریکا را دریافت کردند.

زارا و همراهانش توسط چندین اتوبوس به پایگاه نظامی فورت پیکت در جنوب ویرجینیا منتقل شدند. این‌جا آخرین ایستگاه‌شان قبل از ورود به شهرهای امریکا و آغاز یک زندگی معمولی بود. سفر از دالاس تا فورت پیکت حدود سه‌ونیم ساعت طول کشید. در این مدت زارا فرصتی پیدا کرد تا با خانواده و بعضی از دوستانش در مورد

رسیدنش به امریکا صحبت کند. او از خوشحالی در پوست خود نمی‌گنجید. بالاخره این سفر طولانی به پایان خود نزدیک می‌شد. در طول مسیر سرسبزی اطراف جاده‌ها، زیرساخت‌های وسیع امریکا و همین‌طور شلوغی و گاهی ترافیک جاده‌ها نظرش را بیشتر از هر چیزی به خود جلب می‌کردند.

آن‌ها بالاخره به فورت پیکت رسیدند. در ورودی پایگاه کنار تابلویی که نام پایگاه روی آن نوشته شده بود، یک تانک سبزرنگ تزئینی وجود داشت. پایگاه نظامی فورت پیکت خیلی بزرگ به نظر می‌رسید. تا چشم کار می‌کرد، تأسیسات پایگاه بود و بعد از آن فقط جنگل و فضای سبز دیده می‌شد. هرچند هوای بیرون گرم بود، ولی داخل اتوبوس خنک بود. آن‌ها از مقابل سربازخانه‌های زیادی عبور کردند. بعضی از آن‌ها در حال بازسازی بودند. تعدادی هم در حال ساخته شدن بودند. پس از این‌که از اتوبوس‌ها پیاده شدند، به بلاک‌های ساختمانی چوبی رسیدند. به نظر می‌رسید سربازخانه‌ها و بلاک‌های ساختمانی برای اسکان موقت پناهجویان اختصاص داده شده‌اند. نزدیک در ورودی سربازخانه‌ها و بلاک‌ها ردیفی از دست‌شویی‌های قابل حمل و سطل‌های بزرگ زباله دیده می‌شدند. زارا کانتینرهایی را دید که برای توزیع وسایل بهداشتی و لباس در جاهای مختلف پایگاه قرار داده شده بودند.

راهنمای پناهجویان به آن‌ها گفت: «مسجد، کلینیک، زمین بازی کودکان و همین‌طور کلاس آموزش کامپیوتر و زبان برای بزرگ‌سالان هم جزئی از تأسیسات پایگاه است. در آشپزخانه و رستوران پایگاه غذاهای سنتی افغانی؛ مانند قابلی، قورمهٔ گوشت، سبزیجات پخته، چیپس و ... نیز برای پناهجویان تهیه می‌شوند. در واقع، در این پایگاه شهر کوچک و موقتی‌ای برای پناهجویان در حال احداث است. این‌جا تمام پناهجویان از نظر امنیتی و سلامتی بررسی می‌شوند. واکسن‌های مورد نیاز را دریافت می‌کنند. فرایند بایومتریک شدنشان هم تکمیل می‌شود. کارهای اداری لازم برای ورودشان به جامعهٔ امریکا انجام می‌گیرد. در آخرین مرحله، دفاتر اسکان مجدد

به آن‌ها در پیدا کردن کار و خانه کمک می‌کنند و پناهجویان در ایالت‌های مختلف امریکا ساکن می‌شوند.»

سرانجام زارا همراه چهار خانوادهٔ دیگر در یک سالن جای گرفت. زارا در گوشهٔ سالن، در طبقهٔ دوم یک تخت، وسایل خود را گذاشت. با استفاده از ملحفه‌هایی که در اختیار داشت، اطراف تخت خود پرده‌ای کشید و سعی کرد فضای خصوصی بیشتری داشته باشد. در این‌جا می‌توانست از شلوغی و سر و صدای بچه‌ها هم کمی دورتر باشد. او در این سالن کوچک احساس راحتی می‌کرد. چهار خانواده‌ای که زارا همراه‌شان بود، بیشتر بین خودشان وقت می‌گذراندند. او تصور می‌کرد که آن‌ها از کابل هم‌دیگر را می‌شناخته‌اند. از این گذشته، تعداد زیاد بچه‌های‌شان عملاً وقت آزادی برای آن‌ها نمی‌گذاشت. در همان روز اول متوجه شد که در سالن آن‌ها، یک دختر تنهای دیگر هم هست که نامش سیما است. زارا به او پیشنهاد کرد که تخت‌خوابش را عوض کند و پیش او بیاید. آن‌ها یک تخت‌خواب دو طبقه را گرفتند. زارا طبقهٔ بالا و سیما طبقهٔ پایین را انتخاب کرد.

زارا به طور مرتب در مورد وضعیت پایگاه، شرایط خودش و برنامه‌هایی که داشت، با خانواده و دوستان نزدیکش صحبت می‌کرد. او یکی دو بار با نرگس و محسن هم صحبت کرد. آن‌ها در ایالت نیویورک و در فاصلهٔ نزدیک به‌هم درس می‌خواندند. با احمد هم صحبت کرد. او هنوز در کابل بود و سعی داشت راهی برای خروج از افغانستان پیدا کند. باتور، زینب و آروز مهمان‌خانه را ترک کرده بودند و فعلاً در خانهٔ یکی از اقوام‌شان زندگی می‌کردند. هم‌چنین باخبر شد که هم‌گروهی‌اش الهام هم بالاخره خودش را به آلمان رسانده است. او با هانس هم صحبت کرد. به او گفت: «تصمیم دارم در امریکا زندگی کنم. تو نباید مرا در کابل تنها می‌گذاشتی. هیچ وقت نمی‌توانم این موضوع را فراموش کنم. احساس می‌کنم تو کسی نیستی که بتوانم به تو تکیه کنم.»

او در مورد سختی‌هایی که بعد از رفتن هانس کشیده بود، نیز صحبت کرد و گفت: «حالا به آینده نگاه می‌کنم. نمی‌خواهم رابطه‌ام را با تو ادامه بدهم.» هانس با شنیدن سخنان او به توجیه رفتارش پرداخت؛ اما توجیهات او نتوانست زارا را متقاعد کند. او تصمیم خودش را گرفته بود و به سخنان هانس اهمیتی نمی‌داد.

□□

یک ماه از زمان آمدن زارا به پایگاه فورت پیکت گذشت. او سعی می‌کرد از تمام کسانی که می‌شناسد، در مورد امریکا، بهترین شهرها برای زندگی، تحصیل و کار اطلاعات جمع‌آوری کند. اطلاعاتی را که از جاهای مختلف به دست می‌آورد، با یک‌دیگر مقایسه می‌کرد تا بتواند بهترین تصمیم را بگیرد. کارهای اداری، امنیتی و پزشکی‌اش هم قدم‌به‌قدم پیش می‌رفت. سعی می‌کرد با کارهای مختلف خود را سرگرم کند تا گذشت زمان را کمتر متوجه شود. همراه سیما در منظم کردن آشپزخانه و سالن غذاخوری به صورت داوطلب همکاری می‌کردند. آن‌ها پناهنده‌ها را به صف می‌کردند و در غذا گرفتن به آن‌ها کمک می‌کردند. از آن‌ها می‌خواستند تا میزهای غذاخوری خود را تمیز کنند و یا زباله‌های خود را در جای درست بیندازند. همین‌طور مشورت‌هایی هم به آشپزها می‌دادند. برای‌شان می‌گفتند که افغان‌ها چه نوع غذاهایی را بیشتر دوست دارند و هنگام غذا خوردن چه عادات و رسم‌هایی دارند.

زارا در فورت پیکت راحت‌تر لباس می‌پوشید. حجاب نداشت و خود را پای‌بند رسومات و سخت‌گیری‌های کابل نمی‌کرد. هر روز صبح در محوطهٔ پایگاه می‌دوید یا قدم می‌زد. هرچند بعضی از افغان‌ها با دیدهٔ تحقیرآمیز به ظاهر جدیدش نگاه می‌کردند؛ ولی او اهمیتی نمی‌داد. آن‌ها دیگر کاری از دست‌شان ساخته نبود. او از خودش می‌پرسید این مردانی که ظاهر جدید او را برنمی‌تابند آیا می‌توانند حتا برای یک هفته مثل زنان داخل افغانستان زندگی کنند؟ آیا آن‌ها می‌توانند حجابی را که بر زنان تحمیل می‌کنند، حتا یک هفته خودشان بپوشند؟ قیودات و سخت‌گیری‌هایی

را که برای زنان می‌خواهند، برای خودشان هم می‌خواهند؟ از این گذشته، اگر من دوست‌دختر یکی از همین‌ها شوم، آن وقت هرچه آزادتر و بی‌بندوبارتر باشم، بیشتر نمی‌پسندند؟

زارا در مورد زنانی که ظاهر جدیدش را دوست نداشتند، نیز فکر می‌کرد. با خودش می‌گفت: «چطور کسی می‌تواند با دست خودش زندگی خود را نابود کند؟ چطور می‌تواند قوانین احمقانهٔ مردان را با رضایت بالای خود تطبیق کند؟ آیا مردان حاضرند کنترل تمام‌عیار زندگی‌شان را به زنان بسپارند؟ چقدر تغییر ذهن و فکر چنین زنانی مهم است. آن‌ها اسیران و قربانیانی هستند که زنجیر خود را پرستش می‌کنند. با تحولاتی که در افغانستان آمده، آیا دیگر شانسی برای رهایی این زنان وجود دارد؟ آیا روزبه‌روز به تعدادشان اضافه نخواهد شد؟»

روزی زارا و سیما در حیاط پایگاه قدم می‌زدند. نم‌نم باران شروع شد و باد خنکی موهای سیما را به رقص آورد. قطره‌های باران روی صورتش نشست. ناخودآگاه دستانش را باز کرد و به دور خود چرخید. نفسی عمیق کشید و هوای تازه را با ولع به درون ریه‌هایش فرستاد. اشک در چشمانش جمع شد. رو کرد به سوی زارا و گفت: «چه حس نابی! بعد از بیست سال زندگی، اولین باری است که این حس خوب را تجربه می‌کنم. اولین باری است که وزش باد را در میان موهای رهای خودم و در فضایی عمومی احساس می‌کنم.»

تعدادی از نظامیان امریکایی که در پایگاه بودند، قبلاً در افغانستان مأموریت انجام داده بودند. زارا و سیما با بعضی از آن‌ها دوست شده بودند و گاهی با آن‌ها صحبت می‌کردند. هرچند بعضی از مردان افغان از دیدن این صحنه‌ها خوش‌شان نمی‌آمد؛ ولی آن دو به واکنش آن‌ها هیچ اهمیتی نمی‌دادند. حتا یک بار یکی از آن مردان سعی کرده بود در این مورد به آن‌ها تذکر بدهد؛ اما زارا با این که کمی ترسیده بود؛ ولی با قاطعیت گفته بودش که در کارشان دخالت نکند.

از میان نظامیان امریکایی زارا با مایکل صمیمی شده بود. آن‌ها با یک‌دیگر زیاد صحبت می‌کردند. زارا هر روز صبح که برای قدم زدن در محوطهٔ پایگاه می‌رفت، مایکل را می‌دید. آن‌ها در طول روز هم اگر فرصتی می‌شد، با یک‌دیگر گپ می‌زدند. زارا سعی می‌کرد اطلاعاتی در مورد زندگی و فضای شهرهای امریکا به دست بیاورد. مایکل هم تجربه و دانش خود را با او شریک می‌کرد. روزی مایکل به زارا پیشنهاد کرد که به ایالت واشنگتن بیاید و با او زندگی کند. مایکل آن‌جا یک خانه داشت.

□□

کارهای اداری، پزشکی و امنیتی زارا تقریباً تمام شده بود. او باید منتظر آژانس‌های اسکان مجدد می‌ماند. آن‌ها قرار بود برای زارا خانه پیدا کنند و همین‌طور در پیدا کردن کار کمکش کنند. زارا چندین روز بود که در حال سبک و سنگین کردن گزینه‌های مختلف بود. تصمیم گرفته بود هرطوری که شده، در اطراف واشنگتن دی‌سی زندگی کند؛ ولی آژانس‌های اسکان مجدد به خاطر گرانی منطقهٔ اطراف واشنگتن دی‌سی و همین‌طور تکمیل بودن ظرفیت‌شان، پناه‌جویان را به ایالت‌های دوردست می‌فرستادند. آن‌ها به زارا گفتند: «اگر می‌خواهی در دی‌سی یا اطراف آن ساکن شوی، باید تمام مسئولیت‌ها را خودت به عهده بگیری. آژانس هیچ کمکی نمی‌کند.»

زارا به فکر فرو رفت. او وقت زیادی نداشت. باید زودتر تصمیم می‌گرفت. می‌خواست هرچه می‌تواند به پایتخت امریکا نزدیک باشد. می‌خواست در مرکز قدرت و ثروت جهان زندگی کند. خودش را تصور می‌کرد که در خیابان‌های دی‌سی قدم می‌زند. کاخ سفید، کنگرهٔ امریکا، پنتاگون، یادبود آبراهام لینکلن و... تمام این‌ها در اطرافش است. نمی‌توانست از تمام این زیبایی‌ها چشم بپوشد. او با افغان‌هایی که از کابل می‌شناخت هم صحبت کرده بود. بعضی از آن‌ها در شهر دی‌سی یا اطرافش زندگی می‌کردند. چندین نفرشان به او پیشنهاد کرده بودند که پیش آن‌ها بیاید؛ ولی همهٔ آن‌ها توقعات خاصی داشتند؛ چیزی که برای او قابل قبول نبود. او فکر می‌کرد شاید

در کابل آن‌ها برای خودشان کسی بودند؛ اما این‌جا باید حد خودشان را بشناسند. از این گذشته، جامعهٔ افغان‌های اطراف شهر دی‌سی خیلی درهم تنیده و تودرتو بود. اگر به خانهٔ یکی از این‌ها می‌رفت، حتماً خبرش همه جا درز می‌کرد و آن وقت نمی‌شد به آسانی جمعش کرد.

زارا دوباره به سراغ مایکل رفت. از او خواست تا مشکل او را به هر راهی می‌تواند حل کند. مایکل از او چند روزی مهلت خواست. فردای آن روز با زارا در مورد یکی از دوستانش به نام جورج صحبت کرد. مایکل گفت: «جورج در فیرفکس کاونتی زندگی می‌کند. مجرد است و می‌خواهد دوست‌دختر داشته باشد. شما با هم‌دیگر از طریق اینترنت صحبت کنید و هم‌دیگر را ببینید. اگر یکدیگر را پَسند کردید، تو می‌توانی پیش او بروی. جورج به تو در انجام کارهای اداری‌ات هم کمک می‌کند. خودت هم می‌توانی به دنبال کار بگردی و زندگی جدید خود را در امریکا آغاز کنی.»

زارا به فکر فرو رفت. با خودش اندیشید و جوانب این مسئله را بررسی کرد. سرانجام، با پیشنهاد مایکل موافقت کرد.

زارا و جورج چند روزی با یک‌دیگر در تماس بودند. از نظر هر دوی آن‌ها هیچ مشکل خاصی وجود نداشت که آن‌ها نتوانند وارد رابطه شوند. هماهنگی اداری انجام شد. جورج قرار شد به دنبال زارا بیاید و او را به آپارتمانش ببرد. فردای آن‌روز جورج آمد و پیش دروازهٔ ورودی پایگاه نظامی منتظر شد. زارا با سیما و مایکل خداحافظی کرد. یکی از کارمندان اداری کمپ او را تا ورودی پایگاه نظامی همراهی کرد؛ جایی که جورج منتظرش بود. بعد از ساعت‌ها صحبت تصویری و اینترنتی، این اولین دیدارشان بود. جورج کمی بلندتر از او به نظر می‌رسید. چهارشانه و توپر بود. مردی میان‌سال بود و موهای سیاه‌رنگ داشت. او دوست دوران دبیرستان مایکل بود و حالا کارمند شرکتی بود که کارش نوسازی خانه‌های فرسوده بود. چندسالی می‌شد که بازار املاک و مستقلات در امریکا رونق خاصی داشت. شرکت‌ها خانه‌های قدیمی را می‌خریدند

و بعد از نوسازی به قیمت خوبی دوباره می‌فروختند. جورج تقریباً از تمام کارهای نوسازی خانه سر در می‌آورد و تجربهٔ خوبی در این قسمت داشت.

آپارتمان جورج در طبقهٔ هشتم یک مجتمع مسکونی قرار داشت. او یک آپارتمان یک‌خوابه داشت که برای دو نفر کافی بود. در دو طرف در ورودی گنجه‌هایی برای گذاشتن وسایل اضافه وجود داشت. سمت چپ درِ ورودی، سالنی بود که به طرف سرویس بهداشتی و اتاق خواب می‌رفت. سمت راست سالن نورگیر و نسبتاً بزرگی برای پذیرایی قرار داشت که یک بالکن کوچک هم داشت. آشپزخانه نیز در گوشهٔ دیگر همان سالن بود. یک مجموعهٔ بزرگ شامل فروشگاه‌های مختلف، سالن ورزشی و بانک در نزدیکی آپارتمان بودند که از پنجرهٔ سالن پذیرایی همه دیده می‌شدند. هرچند زارا هنوز وسیلهٔ خاصی نداشت؛ اما جورج بعضی از قسمت‌های آپارتمان را برای وسایل او از قبل خالی کرده بود.

جورج فردای آن روز زارا را برای انجام بعضی کارهای اداری مربوط به حمایت‌های مالی و بیمه به فیرفکس کاونتی برد. آن روز آن‌ها به یک دفتر اسکان مجدد نیز رفتند. مسئول آن‌جا گفت: «به جز کرایهٔ خانه، می‌توانیم در بخش‌های دیگر؛ مثل کاریابی و کلاس‌های مختلف آموزشی به شما کمک کنیم.» زارا که احتیاجی به کرایهٔ خانه نداشت، پیشنهادشان را قبول و از آن‌ها تشکر کرد.

او کم‌کم زندگی عادی خود را این بار در امریکا شروع می‌کرد. روزها در بعضی از کلاس‌های آنلاین مخصوص مهاجرین شرکت می‌کرد. هم‌زمان در جست‌وجوی کار مناسب خودش نیز بود. بعدازظهرها هم زمانی که جورج به آپارتمان برمی‌گشت، با یک‌دیگر وقت می‌گذراندند. بخشی از وقت خود را هم در اینترنت می‌گذراند، با فامیل و دوستانش صحبت می‌کرد تا از احوال آن‌ها هم باخبر باشد.

روزی زارا با زینب صحبت کرد. او خبر بدی داشت. باتور را طالبان گرفته بودند. زینب به جاهای مختلف سر زده بود؛ اما هیچ خبری از او نبود. هیچ‌کسی هم پاسخ‌گو

نبود. آن‌ها دیگر امیدی به زنده بودن باتور نداشتند. هانس سعی داشت هر طوری که شده دست‌کم زینب و آرزو را از افغانستان خارج کند. حمید، برادر زینب، آن‌ها را به پاکستان برده بود تا از آن‌جا ویزای آلمان بگیرند.

زینب گفت: «در راه پاکستان بسیار سختی کشیدیم. خود را پشت مرز رسانده بودیم؛ اما طالبان نمی‌ماندند که ما خارج شویم. مدام به من تذکر می‌دادند که حجابم کامل نیست یا خودم را باید بهتر بپوشانم. از حمید هم پرسان می‌کردند که چرا به پاکستان می‌روی. حمید که پشتو یاد نداشت، دست‌وپاشکسته جواب می‌داد که خواهرم مریض است. او را برای تداوی به پاکستان می‌برم؛ اما طالبان گپش را باور نمی‌کردند. فکر می‌کردند حمید نظامی است و قصد فرار به امریکا را دارد. چند نفر طالب حمید را زیر بار مشت و لگد گرفتند. بعد چندین قنداق تفنگ به سر و پشت حمید زدند و به او گفتند حرکت کن. آن‌ها می‌خواستند او را به زندان ببرند.»

زینب با بغض به حرف‌هایش ادامه داد: «خیلی ترسیده بودم. نفسم بند آمده بود. نمی‌فامیدم چه کار کنم. برای یک لحظه به فکرم رسید که فریاد بزنم و کمک بخوایم. باز با خودم گفتم از چه کسی کمک طلب کنم؟ تمام کشور به دست آن‌ها است، کسی نیست که کمک‌مان کند. این شد که من و به دنبالم آرزو به گریه، جیغ زدن و التماس افتادیم. طالب‌ها حمید را به سمت خود می‌کشیدند و من و آرزو به سمت خودمان. این طوری شد که چند نفر از مردم محل میانجی‌گری کردند. بالاخره طالب‌ها حمید را اِلا کردند.»

زینب با کمی مکث گفت: «فعلاً در اسلام‌آباد، در حال طی مراحل ویزای آلمان هستیم. آرزو افسرده شده است و مدام به خاطر پدرش بی‌قراری می‌کند. من هم چشم به‌راه هستم تا شاید از باتور خبری بشنوم.»

زارا از شنیدن صحبت‌های زینب ناراحت شد. تمام آن روز را گریه کرد. به زنان و مردانی می‌اندیشید که نتوانسته بودند از افغانستان خارج شوند. به دخترانی فکر می‌کرد

که باید نوجوانی و جوانی‌شان را بدون هیچ امیدی پشت سر بگذارند؛ دخترانی که جز شستن، پختن، روفتن، زاییدن فرزند و بزرگ کردن آن وظیفهٔ دیگری نخواهند داشت. زنان و دخترانی که برای همیشه از آزادی، کار و نعمت‌های دیگری که او داشت، محروم بودند.

پاورقی‌ها

---

1. ادارهٔ مهاجرت(International Organization for Migration "IOM")